AF160326

Das Buch
Frankfurt 2040: Unbemannte Sanitätsdrohnen, die Hilfe vorgaukeln, Kommunikatoren, die ihre Besitzer fest im Griff haben, und ein omnipotenter Überwachungsstaat. Hacker Malik Cerny versucht, so wenig wie möglich mit den Machern seiner Gegenwart in Berührung zu kommen. Doch als er zusehen muss, wie ein junger Mann fast stirbt, läuft er gegen den Technikapparat Sturm – und landet in der Höhle des Löwen. Bei der Strafarbeit in der Edelkantine eines der größten IT-Unternehmen stößt er auf ein Zukunftsszenario, das selbst seine kühnsten Horrorvorstellungen übertrifft. Er setzt alles daran, damit es weiterhin ein Leben jenseits von gnadenloser Selbstkontrolle, Anpassung und Ausmusterung geben kann.

Die Autorin
Christine Schick hat während ihres Psychologiestudiums in Berlin kurz nach dem Mauerfall ihre ersten Schritte im kreativen Schreiben gemacht. Die Kreuzung beider Leidenschaften ergab ein Aufbaustudium der Medienwissenschaft und -praxis in Tübingen. Heute arbeitet sie als Redakteurin für eine Lokalzeitung und frönt auch privat weiter ihrer Schreiblust.

Christine Schick

Die reiche Zukunft hat ein Double

Maliks Kampf gegen die schöne neue Überwachungswelt

spiritbooks

Das Werk, einschließlich aller seiner Teile, ist urheberrechtlich geschützt. Jede Verwertung ist ohne Zustimmung des Verlages und des Autors unzulässig. Dies gilt insbesondere für Vervielfältigungen, Übersetzungen, Mikroverfilmungen und die Einspeicherung und Verarbeitung in elektronischen Systemen.

© 2020 spiritbooks / 70771 Echterdingen
Verlag: spiritbooks, www.spiritbooks.de
Autor: Christine Schick
Covergestaltung: eichfelder artworks, www.eichfelder.de
Bildquellen: Adobe Stock/Kevin Carden (Datei-Nummer: 236214062), Istockphoto/gonin (Stock-Fotografie-ID:985091648), Istockphoto/SeanPavonePhoto (Stock-Fotografie-ID:186367581), www.adobe.stock.com, www.istockphoto.com
Korrektorat: Carina Bein, Sonja Falk
Druck und Vertrieb: tredition GmbH, Hamburg

ISBN: 978-3-946435-72-3
ISBN: 978-3-946435-73-0 (E-Book)
1. Auflage

Handlungen und Personen dieses Romans sind frei erfunden. Ähnlichkeiten mit realen Handlungen oder Personen sind rein zufällig.

1

Wer hat denn hier Leute ausgekippt, schoss es Malik durch den Kopf. Normalerweise war niemand in seiner Straße anzutreffen, wenn er am Abend von der Schicht im Freizeitpark kam. Deshalb wohnte er ja in dieser Gegend. Er sah, wie sein Nachbar in Richtung einer Gruppe Jugendlicher schimpfte. Malik glaubte sich zu erinnern, dass sie das Haus gegenüber für ihre Treffen nutzte. Sechs Leute standen draußen vor dem Eingang.

„Verschwindet endlich. Wir wollen hier keine Elektro-Junkies!", schrie der Alte herüber. „Miete zahlt ihr auch nicht." Sein Bademantel wirkte steif und fleckig, so als sei er seit Jahren nicht gewaschen worden.

Die Reaktion der Jugendlichen war abzusehen, dachte Malik, und interessierte ihn wenig. Es lief darauf hinaus, dass sich zwei unzufriedene Lager ineinander verkeilten. Er wollte nach Hause, die Tür hinter sich zumachen. Lesen, schlafen.

Der Kleinste in der Gruppe verdrehte wild die Augen, hatte Probleme, gerade zu stehen, hielt sich an seinem Kumpel fest. Ein dünnes, weißes Kabel hing ihm aus der Nase.

„Machen Sie sich doch nichts vor, alter Mann. Sie gehören auch zu den Abgehängten." Er spuckte die Worte förmlich über die Straße. „Wollen Sie mal nippen am neuronalen Cocktail? Aber ich befürchte, die Daten zu Ihrer Geschichte fallen zu spärlich aus. Partnerin, Kinder, ein Haustier? Nein? Deshalb sind Sie auch so mies drauf, hab ich recht?"

Der Alte machte eine resignierte Handbewegung, sah Malik genervt an, murmelte „Noch so ein Verrückter", drehte sich um und verschwand in der Tür seiner Doppelhaushälfte. Malik wollte es ihm gleichtun und zog den Schlüssel aus der Tasche.

Gelächter drang zu ihm herüber. „Schaut mal, ein Höhlenmensch, der ist so arm, dass er sich noch nicht mal einen Highcontroller für sein Schloss leisten kann", meinte der schlaksige Blonde, der seinen Kumpel immer noch stützte. Der lachte jetzt irre. Plötzlich fing der Jugendliche an, zu zucken, und kniff die Augen zu, als sei es ein Akt der Konzentration, den heranrollenden epileptischen Anfall abzuwehren.

„Scheiße, nicht schon wieder, Dragusch", sagte der Blonde. Es klang genervt. „Du hast die Zeit wieder überschritten, das ist nicht in Ordnung und wir werden das nicht für dich ausbaden."

Malik schloss die Augen und schüttelte den Kopf. Als er sie wieder öffnete, löste sich die Gruppe von dem Jungen, der sich an einem rostigen Geländer festhielt, und ging die Straße in Richtung Unterdruckbahnstation hinunter.

„Das ist nicht euer Ernst. Die Negativpunkte im Sozialscore holt ihr nie wieder auf, wenn ihr euren Kumpel jetzt einfach hängen lasst", rief Malik laut.

Keine Reaktion, die Karawane zog weiter. Der Jugendliche kauerte zuckend am Geländer, ließ los, rutschte die Stufen herunter, dann überschlug er sich.

„Scheiße, scheiße, scheiße", fluchte Malik und rannte los.

Der Junge lag jetzt auf dem Gehweg gekrümmt und hielt den Takt. Sein Gesicht war blutverschmiert, vermutlich hatte er sich auf die Zunge oder Lippe gebissen. Malik kniete sich zu ihm herunter, hielt den Arm zur Seite und drehte das Gesicht etwas zu sich. Er holte tief Luft, griff das Kabel und zog es mit einem Ruck heraus. Der Miniaturchip war ebenfalls blutverschmiert. Die Zuckungen wurden stärker und Malik hatte einige Mühe, dem Jungen das dazugehörige Gerät aus der Tasche zu ziehen, schaffte es dann aber doch. Auf dem 3-D-Wachsglas-Display stand: *Die unendliche Reise ohne mich. Level 15.*

Malik schnaubte und warf das Ding in den Vorgarten. Dann setzte er sich auf den Boden, legte den Kopf des Jungen so sanft wie möglich ab und suchte nach seinem Highcontroller. Dabei bemerkte er, wie feucht sich seine Hand anfühlte. Malik schaute nach. Sein Junkie hatte eine Platzwunde am Hinterkopf.

Von Weitem sah er eine Frau auf die Straße einbiegen. Malik winkte. „Hey, können Sie die Rettung rufen?", rief er ihr entgegen, woraufhin die Angesprochene sofort kehrtmachte. „Himmel, was für ein krimineller Tag", fluchte er vor sich hin. Endlich fand er sein Gerät und wählte zittrig die Nummer. Sein Körper stellte ihm Weglauf-Hormone zur Verfügung. Komm, reiß dich zusammen, sagte er sich, der Typ braucht Hilfe.

„Hey, du hast ja doch einen. Wieso denn dann der Schlüssel?"

Malik zuckte zusammen. Die Augen des Jugendlichen blickten ihn nicht unfreundlich an. „Du blutest, hattest einen epileptischen Anfall, ich hole die Rettung", er hielt inne. „Wär nicht schlecht, wenn du in eine Klinik kommst. Entzug", sagte Malik. Er sprach total abgehackt. Es waren die Aufregung und die ungewohnte Situation, abends überhaupt noch groß reden zu müssen. Normalerweise war er einfach nur für sich.

„Ich bin noch nie über einen Drohnenkontakt hinausgekommen, ich glaube nicht, dass sie mich nehmen", sagte der Junge. Es klang verdammt resigniert.

„Werden wir ja sehen", murmelte Malik und gab der Rettungszentrale durch, dass ein Verletzter im Nordend einen Wagen und eine Behandlung in einem Krankenhaus benötigte.

Der Jugendliche versuchte, hochzukommen, schob sich anderthalb Meter nach links, wo er sich an eine Steinmauer anlehnen konnte. Dann tastete er seine Taschen ab. Er sah Malik fragend an. „Wo ist mein Neurodreamer?"

„Auf dem Kompost", sagte Malik.

„Kompost?" Sein Gegenüber blinzelte, fuhr sich mit der Hand in den Nacken und stöhnte leise. „Könnte schlecht sein, wenn sie ihn finden. Kannst du ihn in der Kanalisation versenken?"

Malik nickte, stand auf, ging die Treppen hoch und suchte auf dem Rasen nach dem Gerät. Unter einer alten Buche entdeckte er es, lief hinters Haus und schaute sich nach einem Schacht oder Kanalgitter um. Auf der gegenüberliegenden Straßenseite wurde er endlich fündig, warf Dreamer, Chip und Kabel nach unten und war erleichtert, ein Platschen zu hören. Das Wasser würde die Elektronik zerstören und das Zeug nicht wieder auffindbar machen. Ihn selbst hatte es noch nie gereizt, sich mit einem Neurodreamer die eigene Gedankenwelt aufzumischen und mit dem Neokortex Karussell zu fahren. Nicht, weil es illegal war und unter Strafe stand, sondern weil er besonders dort für sich bleiben wollte und keinen Wert darauf legte, seine grauen Zellen zu beschleunigen und in einem Multimediacocktail zu ertränken.

Als Malik wieder zurück am Haus war und auf seinen Junkie zusteuerte, nahm er das leise Surren der Drohnen wahr. Sein Blick verdüsterte sich. Er kam näher und registrierte die zwei unbemannten Sani-Flieger etwa einen halben Meter über dem Boden.

„Dragusch Winter", sagte der Junge.

„Wie haben Sie sich die Verletzungen zugezogen?", tönte eine Stimme aus der Drohne. Sie zog nach oben und aktivierte ihr Licht-Kommunikationssystem. Im hellgrauen Kegel kam Draguschs blutverschmiertes Gesicht gut zur Geltung.

„Hören Sie, Dragusch hatte einen epileptischen Anfall und ist gestürzt. Er muss in eine Klinik", schaltete sich Malik ein.

Dragusch war auf seine Namensnennung hin zusammengezuckt, jetzt starrte er Malik an, was ihm unangenehm war. Es löste das Gefühl in ihm aus, als hätte er einen Kümmerervertrag unterschrieben. Er wollte ihn auch unterstützen, aber viel konnte er weiß Gott nicht für ihn tun.

Die andere Drohne stieg auf Augenhöhe. „Wie ist Ihr Name?"

Malik ignorierte die Frage. „Verbinden Sie mich mit dem nächstgelegenen Krankenhaus. Ich will mit jemand von der Notaufnahme sprechen."

„Wie ist Ihr Name?"

Malik zog seinen Kommunikator und wählte erneut die Nummer der Rettung. Die Verbindung kam nicht zustande, dann verstand er. Die Drohnen verhinderten den Verbindungsaufbau seines Highcontrollers.

„Herr Cerny, lassen Sie uns bitte zuerst die Anamnese machen, dann schauen wir weiter." Malik wunderte es nicht, dass die automatisierten Rettungsflieger ihn per Gesichtserkennung nun datentechnisch auf dem Schirm hatten. Aber es regte ihn maßlos auf, dass sie überhaupt Energie damit verschwendeten, statt zu helfen.

„Darf ich Sie darauf aufmerksam machen, dass dieser Patient eine Platzwunde am Kopf hat, die stark blutet", sagte Malik mit unterdrückter Wut. Er schloss die Augen, um den Impuls unter Kontrolle zu bekommen, nach dem Ding zu schlagen.

„Herr Winter, sind Sie in der Lage, aufzustehen und zu gehen?"

„Ich glaube nicht", sagte Dragusch, „mir ist ziemlich schlecht." Seine Stimme war leiser geworden.

Die Drohne flog nah an ihn heran, das laute Surren bedeutete, dass sie Videosequenzen in hochauflösenden Bildern machte.

„Haben Sie sich mit elektrischen Impulsen neuronal stimuliert?"

„Nein", sagte Dragusch. Er wirkte jetzt müde und abwesend.

„Haben Sie Familienangehörige oder Verwandte, die Sie hier abholen können?"

„Verstehen Sie das unter einer Anamnese?", schrie Malik. Genau genommen war das irrational. Er wusste, dass im Inneren der Plastikgehäuse und Elektronik nur Softwareprogramme saßen. Und damit keine teure medizinische Betreuung eingefordert werden konnte, hatten die terroristischen Drohnen seine Verbindung nach draußen lahmgelegt. Alles lief auf die Simulation heraus, sich zu kümmern, aber das Gegenteil war der Fall. Hochflexible, intelligente Abwimmeltechnik könnte man auch sagen. Malik kannte sich auf dem Gebiet aus. Er sah auf seinen Highcontroller. Immer noch keine Freigabe. Wenn er nach Hause rannte und es vor den Drohnen schaffte, die Tür zuzuknallen, hatte er vielleicht eine Chance. Aber er wollte Dragusch jetzt nicht allein lassen.

Im nächsten Moment würgte der Jugendliche, drehte sich zur Seite und übergab sich. Die Drohne nahm Abstand.

Malik ballte die Faust, mit zittriger Stimme sagte er: „Wenn Sie nicht sofort Hilfe holen, sehe ich mich gezwungen, die Sache zu übernehmen."

„Bitte beruhigen Sie sich. Wir sind verpflichtet, abzuwägen. Wenn Sie sich aufregen, verschlimmern Sie die Lage möglicherweise."

„Hey, Malik, lass mal, schon gut." Dragusch hustete, dann wischte er sich über den Mund.

„Nichts ist gut", sagte Malik, schaute ein letztes Mal auf sein Gerät, dann rief er: „Codebefehl 1002, abgesegnet von 0863, Autorisierung erteilt, keine Rückfrage nötig."

Die beiden Drohnen bewegten sich von ihnen weg, zogen langsam auseinander, verharrten in einem Abstand von etwa zehn Metern in der Luft. Plötzlich beschleunigten sie, flogen direkt aufeinander zu, kollidierten und fielen krachend zu Boden.

Malik tippte sich durchs Menü, wartete, hörte, wie sein Blut in den Ohren pochte.

„Malik, was gibt's?"

„Charlie, kannst du mir bitte von unserem Standort eine Verbindung zur der Kliniknotaufnahme machen, die am nächsten liegt?"

„Alles in Ordnung bei dir?"

„Ja, ich brauche Hilfe für einen Bekannten."

„Alles klar, ich geh übers Friendsnet. Pass auf dich auf."

„Danke."

„Hallo, Rettungsleitstelle 14."

„Das ist ein Notfall, ich habe hier jemand, der kurz vor einem zweiten epileptischen Anfall steht, sich beim Sturz schwer verletzt hat. Wir brauchen einen Wagen, sofort!"

Als Malik das Gespräch beendet hatte, registrierte er, wie Dragusch ihn anstarrte. Immerhin, er hatte aufgehört, zu spucken, und im Moment zuckte er auch nicht.

„Sie sind bestimmt gleich da", meinte Malik.

„Was bist du? Ein Geheimagent? Ein Außerirdischer?", fragte Dragusch. Er schien sich noch nicht 100-prozentig sicher, wie unheimlich ihm die Sache war. „Ich bin nur dein fucking Nachbar", sagte Malik.

„Da sind die Sequenzen meines Neurodreamers ja Pipifax dagegen. Dich hätte ich mal in meine Synapsen einspielen sollen!" Draguschs Lächeln erfasste seine Augen, dann lachte er leise.

Malik fühlte sich geschmeichelt, auch er lächelte.

Dann sah er den Krankenwagen kommen, gefolgt von einem Polizeiauto. Malik ahnte, was das bedeutete. Er war trotzdem froh, dass er die Drohnen vom Himmel geholt hatte.

2

„Ich wollte doch den Canyonritt, habe ich Ihnen gerade gesagt, Herr Gott noch mal", tönte eine maulige Frauenstimme durch den Lautsprecher.

Malik schaute auf einen der Bildschirme, dann nach vorne über die Glasscheibe in den Raum, in dem die Dame im Cyberanzug in der Elektro-Lore saß. Wie ein verärgertes Tier blickt sie mich an, dachte er. Leichthelm, Brille und sensorenbestückte, dicke Handschuhe ließen sie wegen ihrer zierlichen Statur wie ein zu groß geratenes Insekt wirken.

Er gönnte ihr die alte, schwere Ausrüstung des Freizeitparks, hob die Hand und rief: „Bitte entschuldigen Sie, wird sofort korrigiert." Malik klickte aufs Cowboysymbol und der Wagen bewegte sich auf seiner Bahn langsam weiter in die Halle hinein.

„Was hattest du für die charmante Besucherin vorgesehen?", fragte Dario. Malik drehte sich zu seinem Bruder um und stand auf.

Einen Waldbrandeinsatz in Spanien oder den 11. September als Feuerwehrfrau, hätte er fast gesagt, riss sich aber zusammen. Es war ihm durchaus bewusst, dass das eher sein Thema war. Er hoffte, dass sein Termin vor Gericht nicht zum Inferno wurde.

„Aufgrund ihrer ausgesuchten Höflichkeit vielleicht eine Runde als Servicekraft in einem Schnellimbissrestaurant, sagen wir in Zentralasien um das Jahr 2000 herum", meinte Malik.

Dario lachte, ließ sich auf den Sitz vor den Monitoren fallen und schaltete sich durch die Stationen. „Wie war die Auslastung am Vormittag?"

„Die Cyberreisen und Sportkämpfe waren gut besucht, interaktive Dokus und Gastronomie kannst du vergessen", sagte Malik und fügte hinzu: „Danke, dass du für mich einspringst."

„Na ja, ich hoffe, dazu beizutragen, dass du dich bei einer Süßen oder einem Süßen festhackst. Dann wäre ich als Geschäftsnachfolger endlich aus dem Schneider", meinte Dario.

Malik schnappte sich seine Jacke. Auf dem Weg zum Ausgang stieß er mit dem Schienbein gegen eine Metallbox mit alten Brillen und Rechnergehäusen und fluchte leise. Sein Bruder zog die Augenbrauen hoch. „So unkonzentriert kenn ich dich gar nicht. Alles in Ordnung?", fragte er.

„Hab meine Tage. Ich muss los", sagte Malik und ging aus der Tür. Er wollte nicht in die Lage kommen, irgendetwas erzählen zu müssen. Sein Bruder hatte eine große Begabung, ihm Dinge zu entlocken, die ihn beschäftigen. Er hatte aber wenig Lust, ihn und seinen Onkel Sohan nervös zu machen, das war er selbst schon genug.

Die Fahrt in der Unterdruckbahn nahm er nur schemenhaft wahr. Als er im Sozialgericht ankam, forderte eine blecherne Stimme am Check-in ihn auf, seinen Highcontroller abzugeben und sich auf die in den Boden eingelassene Glasplatte vor ihm zu stellen. „Bitte die Augen weit öffnen", meldete sich die Stimme abermals. Malik stöhnte und blickte auf den Bildschirm gegenüber. Es war für ihn immer noch so, als würde er aufgefordert, sich auszuziehen. Dann fuhr ein heller Lichtstrahl an seinem Körper entlang.

Um sich abzulenken, überlegte er, auf welche Daten sie sich konzentrieren würden. Kleiderherkunft, Muskelzustand, Körperspannung, psychomotorische Gesichtsbewegungen vermutlich im Vergleich zu seinen bisherigen Scans auf Polizeirevieren sowie den allgemeinen Alltagsreise- und -konsumdaten. Aller Wahrscheinlichkeit nach führte kein Ergebnis daran vorbei, dass er am Rande der Gesellschaft stand.

Eine Gruppe Männer, deren Gesichter fast komplett mit Tätowierungen versehen waren, tauchte hinter ihm auf. Malik musste grinsen. Das würde den Scanner einigermaßen herausfordern. Die Gesichtserkennung so auszuknocken, war genial. Eigentlich wäre er gern dabei gewesen, aber im nächsten Moment leuchtete auf dem Display über der Tür sein Name auf. Er sog die Luft ein. Je schneller er das hier hinter sich gebracht hatte, desto besser.

Als er sich der Tür näherte, zog sie mit einem schleifenden Geräusch auf. Es wurde ein nüchterner, weiß getünchter Raum mit drei Stühlen in der Mitte und einem hufeisenförmigen Tischensemble vor ihm sichtbar, an dem ein älterer Mann saß. Mit einer kurzen Handbewegung signalisierte er Malik, sich zu setzen. Die Kameras unter der Decke richteten sich nach ihm aus.

„Mein Name ist Clemens Elderstedt. Ich verhandle heute als Richter Ihren Fall. Einen Technikbeirat erachte ich nicht für notwendig. Sie haben keinen Rechtsbeistand, Herr Cerny?"

„Nein", sagte Malik und versuchte, sich seine Unsicherheit nicht anmerken zu lassen. Die Frage ließ seine Alarmglocken angehen. Das hier war ernster, als er gedacht hatte. Warum hatte er nicht über einen Pflichtverteidiger nachgedacht? Na ja, weil er sich im Recht fühlte. Verflucht!

In seine innere Schimpftirade drang nun etwas vor, mit dem er ebenso wenig gerechnet hatte und das er nur aus alten Filmen kannte.

„Malik Cerny, 30 Jahre, letzte Ausbildung ist ein mit Auszeichnung abgeschlossenes Studium der Informatik und Soziologie. Sie kommen aus nicht ganz einfachen sozialen Verhältnissen, wachsen in einer Familie mit Fahrgeschäft und Puppenbühne auf, die aber schon vor Ihrer Geburt Geschichte ist."

Der Richter fing an, eine Art Sozialbiografie zu entwerfen, ein Bild von ihm zu zeichnen, um fürs Protokoll klarzumachen, wer hier vor Gericht stand.

„Kein festes Zuhause, immer unterwegs. Ihr Vater verunglückt schwer, als Sie zwölf Jahre alt sind, muss als Schwerbehinderter von der Familie versorgt werden, bis er Suizid begeht. Angesichts dieser Umstände liefern Sie beste Noten in der Schule ab. Aber es gibt noch eine andere Seite. Sie machen sich schon als Jugendlicher einen Namen in der Hackerszene. Das wird publik, als Sie in die Krankenkassendatenbanken eindringen, um die medizinischen Leistungen für ihren Vater zu verbessern, nachdem die Familie vor Gericht verloren hat. Später fallen Sie durch weitere

Aktionen auf, bei denen gegen Überwachung demonstriert wird, machen Erkennungssoftware und soziale Algorithmen unbrauchbar. Das zeigt die ungute Mischung aus Zorn und außergewöhnlicher Begabung, mit der Sie nicht zurechtzukommen scheinen."

Malik konzentrierte sich auf seine Atmung. Länger aus als ein. Er würde diesem Richter nicht recht geben, indem er seine wenig freundlichen Gefühle an die Oberfläche ließ. In diesem Moment saßen sie in seinem Brustkorb, sein Herz hämmerte, seine Hände begannen, feucht zu werden. Länger aus als ein. Leider stand er hier keiner automatisierten, softwaregesteuerten Richterdrohne gegenüber.

Gegen den nüchternen Ritt durch sein bisheriges Leben hatte er noch nicht einmal etwas einzuwenden, aber er fand es anmaßend, das Schicksal seines Vaters mit drei Halbsätzen abzuhaken. Drei Halbsätze. Er lächelte unmerklich, ein Reflex, um die Bilderfetzen und die damit einhergehende Traurigkeit zurückzudrängen, die sich nun zu seiner Wut gesellten.

Das Wichtigste war, sich jetzt in den Richter hineinzudenken, zu überlegen, was er hören wollte, worauf er anspringen würde.

„Der jüngste Vorfall dazu ist recht eindeutig. Um einen Krankentransport für einen jungen Drogenabhängigen zu erzwingen, haben Sie zwei hoch spezialisierte Notfalldrohnen zerstört", sagte Clemens Elderstedt. „Sie haben kostbare Steuergelder zunichtegemacht. Ich schließe aus Ihrem Verhalten, dass die Verwarnungen früherer Fälle nicht dort angekommen sind, wo sie es hätten sollen. Deshalb denke ich an eine einmonatige Haftstrafe."

Malik stand reflexartig auf, blinzelte, starrte den Richter an. Seine Gedanken rasten. Knast? Vorbestraft hieße, keine Möglichkeit mehr, frei oder im Park zu arbeiten. Die Auflagen verlangten ein polizeiliches Führungszeugnis ohne Eintrag. Er würde seine Wohnung nicht halten können und sich bei Dragusch erkundigen müssen, wo er Neurodreamer vertickten konnte. Spirale abwärts.

Der Richter bedeutete ihm, sich wieder zu setzen. Länger aus als ein. Er musste reagieren, dem etwas entgegensetzen. Es musste ehrlich klingen, also war es erst mal am besten, ehrlich zu sein. „Herr Elderstedt. Der Junge war in Gefahr. Er hatte einen epileptischen Anfall und stand kurz vor einem zweiten", sagte Malik und fügte in Gedanken hinzu: ... und mit epileptischen Anfällen kenne ich mich aus.

„Genau diese Situation hatten die maschinellen Helfer zu beurteilen, die Sie unbrauchbar gemacht haben. Der Wert liegt bei rund 60.000 Mittelwesteuro. Und es geht nicht nur um das Geld an sich, auch die Drohnen fehlen nun für potenzielle Einsätze. Das haben Sie zu verantworten", sagte der Richter und sah ihn eindringlich an. „Sind Sie noch nie auf die Idee gekommen, dass die von vielen Experten entwickelten Programme die richtigen Entscheidungen treffen? Wie kommen Sie darauf, dass Sie die Situation als Nichtmediziner besser beurteilen können?"

„Jeder weiß, dass hinter diesen Programmen auch ökonomische Überlegungen stehen", sagte Malik vorsichtig. „Was hätten Sie denn an meiner Stelle getan? Hätten Sie wirklich den zweiten Anfall, den dritten abgewartet?", fragte er.

„Sie plädieren also auf Notwehr", sagte Clemens Elderstedt, ohne auf Maliks direkte Ansprache einzugehen. Er tippte mit dem Stift auf seinen 3-D-Wachsglasbildschirm. „Ich muss mich allerdings auch fragen, ob es Ihnen möglicherweise nicht nur um den Jungen, sondern auch um die Lust am Zerstören ging."

„Nein, das ist Unsinn", meinte Malik mit fester Stimme. „Ich stand unter Zeitdruck, ich wollte schnelle Hilfe, ohne mit einem Drohnenprogramm in einer Endlosschleife festzuhängen. Also musste ich mich zwischen Dragusch und den Maschinen entscheiden. Sie wissen, wie das Ergebnis ausgefallen ist. Wenn Sie mich jetzt mit einer Haftstrafe abschießen, kann ich nicht mehr arbeiten, nicht bei meiner Familie, nicht mehr freiberuflich", sagte er und hielt dem Blick des Richters stand.

„Dann haben Sie den Ernst der Lage ja verstanden", sagte der und schüttelte den Kopf. „Vor dem Hintergrund Ihrer Familiengeschichte verstehe ich Ihr Misstrauen und Ihre Skepsis. Trotzdem ist es mir wichtig, dass Sie einen Perspektivwechsel vollziehen. Hinter Firmen, die Drohnen und die dazugehörige Software herstellen und betreiben, stehen Menschen und keine Monster."

Das ist ja das Problem, schoss es Malik durch den Kopf. Aber er wusste, dass es nicht klug war, Clemens Elderstedt das auf die Nase zu binden. Er kapierte auch nicht recht, worauf der hinauswollte. Deshalb deutete er ein Nicken an.

„Dann sehe ich eine Möglichkeit darin, die Haftstrafe in Sozialstunden umzuwandeln. Die sollen Sie bei einer Firma ableisten und zwar genau bei dem Unternehmen, das die Drohnen herstellt und sie dem Gesundheitssystem kontinuierlich spendet", sagte der Richter.

„Was?" Malik war völlig irritiert. „Bei Kronberg?"

„Ganz genau, ich möchte, dass Sie die Perspektive derer kennenlernen, die tagtäglich für unsere Gesellschaft arbeiten und Verantwortung übernehmen", sagte Clemens Elderstedt.

„Au ja!" Malik hatte das Gefühl, dass seine Stimme eine Oktave nach oben verlegt worden war. Sein ironischer Ausrutscher tat ihm schon leid, als er sich selbst noch sprechen hörte. Scheiße, scheiße, scheiße! Du bist ein Idiot, dachte er und suchte fieberhaft nach einer Verharmlosungsstrategie.

Der Richter sah ihn mit einem mitleidigen Lächeln an, schüttelte den Kopf und wurde wieder ernst. „Sie müssen Ihre Arroganz und Destruktivität in den Griff bekommen."

Malik rauschten Bilder und Halbsätze durch den Kopf. Seine Arroganz und Destruktivität? Was hätte Clemens Elderstedt gemacht, wenn Dragusch Winter zuckend vor ihm zusammengebrochen wäre? Liegen lassen? Lasst sie doch einfach alle liegen, wo sie hinfallen. Was war das für ein Land, in dem sich immer nur alles um Anpassung, Leistung und Funktionieren drehte? Wieso hatte die Generation, welcher der Richter angehörte, nie eine Maschinensteuer eingeführt? So könnten sie heute wenigstens die Sozialleistungen bezahlen, die für junge, alte und nicht hoch qualifizierte Menschen wichtig wären. Aber nein, man machte alle zu Prostituierten, die sich Firmen wie Kronberg anzudienen hatten. Unternehmen steuerten heutzutage nicht ihren Anteil zur Gesellschaft bei, nein, sie spendeten. Ganz zufällig waren diese Spenden Geräte, die sie selbst herstellten. Drohnen, die dich nie zu einer medizinischen Behandlung vordringen ließen. Kronberg war auch dafür verantwortlich gewesen, die Leistungskürzungen gegenüber seinem Vater durchzusetzen. Kostenoptimierung bis zur Windel. Als Urheber der Verwaltungssoftware, die damals bei den Krankenkassen eingesetzt wurde und seinem Vater nur die allerbilligsten Einlagen genehmigt hatte. Die Kriterien: Bewegungsfähigkeit und Wahrnehmungsmöglichkeiten unterhalb der Gürtellinie. Wie sich sein Vater beim ständigen Umziehen fühlte, weil sie nicht passten und ihren Zweck nicht erfüllten, spielte keine Rolle.

„Ich weiß, was Sie jetzt denken. Aber Sie werden nicht im Ansatz mit technischen Dingen zu tun haben, sondern in der Kantine arbeiten", riss ihn der Richter aus seinen Gedanken.

Das war seine Chance, Himmel. Bitte, vermassel das jetzt nicht wieder, betete er ein bisschen zu sich selbst und legte eine irritierte Miene auf. „In der Kantine?", fragte er.

„Ganz genau. Den Beiköchen assistieren, Essen ausgeben, Extrawünsche der Mitarbeiter vom Karottensüppchen bis zur sternförmig geschnittenen Kiwi erfüllen."

Malik konnte es kaum glauben, was ihm Clemens Elderstedt da auf dem Silbertablett servierte. Selber schuld, wenn er sich als genug qualifiziert einstufte und keinen Technikbeirat für notwendig erachtete. Wer war hier eigentlich arrogant?

„Aber ich habe keine Ahnung von solchen Sachen und ..." Malik fuhr sich durchs Haar. Er wollte so wirken, als beschäftigte ihn das, was sich dort in der Küche oder beim Bedienen abspielen sollte, durfte, konnte.

„Sie sind nicht der Erste und der Einzige, der bei dieser Firma Sozialstunden ableistet. Sie werden entsprechend eingewiesen und angeleitet. Tut Ihnen vielleicht auch mal gut, etwas ganz und gar Praktisches zu machen", sagte Elderstedt. Unglaublich. Wenn der Richter unbedingt wollte, dass er sich die Taschen voll Passwörter stopfte, Zugänge erkundete und das Unternehmen studierte, würde er sich fügen. Er hatte schließlich keine Wahl. Elderstedt saß am längeren Hebel. Malik wollte den Richter noch weiter auf Nebengleise führen. Sicher war sicher.

„Herr Elderstedt, ich finde es klasse, dass Sie mir Sozialstunden anbieten. Aber ich muss zugeben, dass ich ein bisschen unsicher bei Gesprächen und Kontakten bin. Vielleicht wäre es besser, wenn ich nur irgendwo etwas sortiere, aufräume ...", sagte er.

Der Richter schüttelte den Kopf. „Genau das ist meine Bedingung. Dass Sie mitmachen, sich integrieren, wie gesagt, ich will einen Perspektivenwechsel."

Malik deutete ein Nicken an, was so viel heißen sollte wie es fällt mir schwer, aber ich lasse mich darauf ein.

Abgeschoben an die Kantinenfront, in Konversation verstrickt. Vielleicht war noch ein klitzekleines bisschen Zeit, sich ins Bestellsystem zu vertiefen.

Wer lieferte denn das leckere Essen an die Kronberg-Mannschaft? Da ließ sich sicher auch in den generellen Betriebsdatenbankbahnhof umsteigen und etwas über die weiteren Partnerschaften und Netzwerke herausfinden.

Welche Abschottungstaktiken griffen wo, wie kommunizierten die Mitarbeiter untereinander? Welche Schlupflöcher hatten Einzelne vielleicht nicht im Blick? Und wer in der Führungsriege arbeitete gerade an welchem Projekt zum Nachteil der restlichen Bevölkerung? Das würde auch seine Freundin Charlie brennend interessieren.

Es stand ein opulentes Mahl für ihn bereit. Malik war sicher, dass er die Zeit bei Kronberg für sich nutzen konnte. Gut nutzen konnte. Er würde den Mitarbeitern ihre Rouladen servieren und konnte sich in Ruhe in ihrer Welt umschauen. Nur erwischen lassen durfte er sich nicht. „In Ordnung. Wann fange ich dort an?", fragte Malik.

„Wenn sich irgendetwas ereignet, Klagen zu uns vordringen, wandern Sie in wenigen Stunden hinter Gitter. Die Zeit wird dann auch nicht angerechnet. Ist das klar?"

„Völlig", sagte Malik knapp. „Bei wem melde ich mich?"

„Sie bekommen die Unterlagen draußen am Serviceschalter", sagte Clemens Elderstedt und sah ihn an. „Ich würde es vorziehen, wenn wir uns nicht wiedersehen. Finden Sie einen guten Platz für sich, Herr Cerny."

Am Schalter erhielt er seinen Highcontroller von einem Justizmitarbeiter zurück. „Ich brauch noch die Daten zu meinen Sozialstunden, die ich ableisten muss", sagte er zu dem graubärtigen Mann in Uniform vor ihm.

„Finden Sie alles auf Ihrem Gerät."

„Könnten Sie mir das bitte ausdrucken? Zur Sicherheit."

Der Mann sah ihn irritiert an, begab sich aber an seinen Bildschirm und wischte ein bisschen herum. Kurz darauf schob sich seitlich von ihm ein DIN-A4-Blatt aus der Wand, das er Malik reichte.

„Haben Sie vielen Dank", sagte er und ging aus dem Gebäude. Er prägte sich die Angaben ein, faltete das Dokument und steckte es in seine Jackentasche.

Während er auf die Unterdruckbahn wartete, löschte er alle Daten seines Highcontrollers. Der Luftsog im Tunnel kündigte das Eintreffen der Linie nach Nordend an. Malik ließ sein Gerät in einen der Abfalleimer gleiten und stieg ein.

3

Malik war verdammt müde, aber es half nichts. Der Hauptstandort des Konzerns Kronberg befand sich auf einem westlich von Frankfurt gelegenen großen Gelände, das erst als Kreuzungspunkt der verschiedenen Elektrobikeschnelltrassen ausgebaut und später vom Unternehmen aufgekauft worden war. Wer von weiter her kam, nahm die Unterdruckbahn. Das waren höllisch viele.

Um 5 Uhr reihte sich Malik in die Schlangen ein und versuchte, sich aus dem Gedränge und Geschubse herauszuhalten. Das war schwer, weil immer wieder jemand in der Nähe nervös wurde, schneller nach vorne kommen wollte und sich mit dem Pulk um sich herum anlegte. Nach anderthalb Stunden steckte er in einem der Wagen.

Er konnte von Glück sagen, dass sein Onkel einigermaßen gelassen reagiert hatte. Zwar war er nicht begeistert, unter der Woche auf ihn verzichten zu müssen. Aber Malik hatte sich schon überlegt, über die drei Monate immer die komplette Wochenendschicht anzubieten, was Sohan versöhnlich stimmte. Möglich, dass auch sein Bruder noch ein gutes Wort für ihn eingelegt hatte.

Kurz nach 6.50 Uhr meldete sich Malik am Haupteingang und legte sein Dokument vor. Eine Dame mit indonesischem Aussehen hinter dem marmornen Tresen fasste den Ausdruck mit spitzen Fingern an und las. An der Wand über ihr stand in großen Lettern *Kornberg – Verabredung mit der Zukunft*.

„Terry, ich hab einen S 100 hier, bring ihn bitte rüber", rief sie nach hinten.

Das Kürzel klang wie eine Mischung aus einem Automobil des 20. Jahrhunderts und der Bezeichnung für eine ansteckende Krankheit. Würde ihm jemand schräg kommen, hatte er immer noch die Möglichkeit, ganz nebenbei fallen zu lassen, dass der gerade mit einem S 100 sprach, dachte Malik. Er konnte ja nicht ahnen, dass das schneller in Erfüllung gehen würde, als ihm lieb war.

„Bitte, geben Sie mir Ihren Highcontroller, damit wir ihn kurz überprüfen können", sagte die Empfangsdame.

„Ich habe zurzeit kein Gerät", sagte Malik.

„Was? Das ist ein Scherz, oder?" Die Frau wirkte irritiert und genervt. „Jeder hat einen Highcontroller."

Malik zuckte mit den Schultern. „Brauche ich ihn denn zum Arbeiten?"

„Sie müssen erreichbar sein", meinte die Frau knapp.

Und überwachbar, fügte Malik in Gedanken hinzu. Er hoffte trotzdem, dass sie nicht auf die Idee kam, ihn wegzuschicken. Auf keinen Fall wollte er die Geduld des Richters strapazieren, im Notfall anbieten, morgen mit einem geliehenen Kommunikator wiederzukommen.

„Gib ihm halt eines der Firmengeräte", sagte ein Mann, bei dem es sich wohl um Terry handelte und der nun lässig am Tresen lehnte.

„Einem S 100?"

„Du meine Güte, dann soll er dir oder den Kollegen das Ding abends eben wiedergeben, wenn er das Gelände verlässt", meinte Terry.

Darauf hatte Malik spekuliert und triumphierte innerlich, als er das Gerät ausgehändigt bekam, nachdem er auf gefühlt zehn Bildschirmen unterschrieben hatte. Aus den Voreinstellungen ließ sich einiges ableiten und er war gleichzeitig vor einem Zugriff der Firma auf seine privaten Daten geschützt.

„Können Sie damit umgehen?", fragte die Empfangsfrau.

„Wenn ich Probleme habe, könnte ich ja die Kollegen fragen", entgegnete Malik und dachte im selben Moment, dass er es nicht übertreiben sollte.

„Das sind nicht Ihre Kollegen", sagte sein Gegenüber streng. „Vergessen Sie nicht, weshalb Sie hier sind."

Terry rollte mit den Augen, winkte ihm und führte ihn in einen Raum, in dem drei Männer und eine Frau standen. Um den Arm der Dame wand sich ein Schlangen-Tattoo. Dadurch, dass sie wild gestikulierte, sah es so aus, als wolle sie das Tier auf ihr Gegenüber hetzen. Sie und ein leger gekleideter Mittfünfziger mit Basecap und Dreitagebart drehten sich zu ihm um. „Hier habt ihr den Letzten für heute", sagte Terry und machte kehrt.

„Tagchen, mein Name ist Bartholomäus Krüger, kurz Bart, das ist meine Kollegin Sindy Oven. Bitte stellen Sie sich doch kurz vor und sagen uns, welche Qualifikation Sie mitbringen", sagte der Typ höflich.

„Ich heiße Malik Cerny und habe gerade gelernt, dass ich ein S 100 bin."

„Tsss, bitte", murmelte Sindy Oven und machte eine Geste in Richtung ihres Kollegen, die wohl bedeutete, dass der Malik haben konnte.

Bartholomäus Krüger grinste. „Wie sieht es mit einer Ausbildung aus?"

„Ich habe Soziologie studiert, aber ich dachte ich werde hier in der Kantine eingesetzt", sagte Malik. Dass er auch Informatiker war, musste er ja nicht gleich jedem auf die Nase binden.

Sindy Oven drehte sich überrascht zu ihm, doch Bart hob die Hand. „Selber schuld, wenn du so vorschnell reagierst."

„Als ob du nicht wüsstest, dass uns auch mal ein Höherqualifizierter guttun würde", sagte die Schlangenfrau. „Seit du die Managerküche leitest, bist du genauso arrogant wie die. Eigentlich habe ich dieselbe Weisungsbefugnis wie du. Was, wenn ich einfach darauf bestehe, den Jungen zu bekommen?"

Malik kam sich vor wie ein Sklave auf einem orientalischen Basar, bei dem der Studienabschluss von Muskeln und Zähnen als Kriterium abgelöst worden war. „Kann ich kurz auf die Toilette?", fragte er.

„Klar, gleich hier um die Ecke, zweite Tür rechts", sagte Bart.

Malik machte seinen Gang, schaute sich um und registrierte hinter der Tür einen Bereich, der im toten Winkel der Kameras lag. Er nahm seinen Highcontroller, öffnete die Klappe für den Akku, griff in seine Jacke und setzte ein Miniaturteil hinter den

Herzverteiler. Mal sehen, was über den Tag abgerufen, weitergegeben und gespeichert wurde. Später würde er sein Analysetool wieder herausnehmen und zu Hause auswerten.

Als er zurück in den Raum kam, waren alle außer Bart verschwunden. Malik nickte ihm freundlich zu. Er würde sich jetzt nicht mehr aufregen oder provozieren lassen, sondern in Ruhe seine kleine Studie betreiben. Dabei war es vor allem wichtig, nicht groß aufzufallen. Für einen S 100 sollte das aber kein Riesenproblem sein, sagte er sich. Als Erstes bekam er den Küchenbereich zu sehen, der riesig war. Es gab mehrere Anlieferungszonen, in denen frisches Obst und Gemüse, Fisch, Fleisch und Tofu in rauen Mengen eintrafen und von dort in begehbare Kühl- und Tiefkühlschränke wanderten. Dies war im Großen und Ganzen automatisiert, ebenso wie die Arbeitsinseln der Warmküche, auf denen gegart, gebraten und gedünstet wurde. „Um krebserregende Bestandteile zu minimieren. Das ist der Bereich, dem ich am meisten nachweine", sagte Bart. „Es gibt aber ein paar wenige Ausnahmen, die zeig ich Ihnen gleich."

Malik hatte das Gefühl, in einer Hotelanlage zu sein. Jetzt öffnete sich ein riesiger Raum. An den Seiten in mehreren Reihen befanden sich modern und schlicht gehaltene Tische und Sitzgruppen. Die Mitte durchzog ein großes Buffet, immer wieder durchbrochen von schmalen Kochzeilen. „Das ist einer Ihrer Arbeitsplätze", sagte Bart.

Malik schaute seinen neuen Chef überrascht an. Vorsichtig merkte er an: „Ich bin aber kein Koch."

„Das ist ganz einfach. Sie müssen den Leuten, die etwas frisch zubereitet haben möchten, ein paar Dinge zusammenstellen. Die Zeiten sind völlig automatisiert. Eine Digitalanzeige leitet Sie an, egal, was Sie anstellen", sagte der Mittfünfziger. „Es geht nur darum, Hygieneregeln einzuhalten, und ums Gefühl."

„Ums Gefühl?" Malik war irritiert.

„Ich weiß, das klingt jetzt seltsam, aber die Kantine ist aus meiner Sicht so was wie die letzte Bastion eines Miteinanders. Gemeinsames Essen. Genuss. Hier finden wichtige Gespräche, Treffen und ein Austausch statt, auch jenseits von Arbeit", sagte Bart.

Das erschien Malik doch etwas blauäugig zu sein, aber er sagte erst mal nichts. „Später zeig ich Ihnen auch noch das Businessrestaurant für besondere Anlässe und mach Sie mit Hedi, Hedwig Schwaderer, unserer guten Seele im Team, bekannt", sagte sein Chef. „Aber jetzt müssen wir uns an die Arbeit machen. Wir bringen die Speisen nach vorne zum Buffet. Wenn Sie einen falschen Platz erwischen sollten, meldet sich der Advisor und spielt im Display ein, was Sie korrigieren müssen."

„Wieso machen Sie das nicht auch maschinell?", fragte Malik.

„Weil die Führungsleute Wert auf eine ruhige Atmosphäre legen, genauso wie auf die Möglichkeit, auch mal einen Mitarbeiter außerhalb ihrer Abteilung zu sprechen. Wenn Sie mich persönlich fragen, ist es die alte Angst vor der Übernahme der Maschinen", meinte Bart, „hat mir meinen Arbeitsplatz erhalten."

Das Einsortieren war wirklich unkompliziert, allerdings spürte Malik, obwohl die Behälter nicht sonderlich schwer waren, nach zwei Stunden durchaus seine Muskeln. Trotzdem hätte er nichts dagegen einzuwenden gehabt, die Tätigkeit bis Arbeitsende fortzusetzen, statt in den Bedien- und Kochmodus zu wechseln.

Small Talk war ihm zuwider, und hinzu kam seine seltsame Rolle als essenanreichender, luxuriöser Maschinenersatz. Was für eine Farce, wenn er bedachte, wie er hierhergekommen war. Auch er hatte auf einer Behandlung durch ein menschliches Gegenüber bestanden und war dafür verknackt worden.

„Seien Sie locker, reden Sie mit den Leuten, wenn die entsprechende Signale aussenden", meinte sein Chef.

Malik seufzte.

„Schon gut, war nur so eine Idee. Wenn Fragen auftauchen, ich bin direkt hier in der nächsten Foodzone, winken Sie einfach, wenn was ist, ja?", sagte Bart mit einem Lächeln.

Malik nahm in seiner Kochnische Aufstellung. Er war froh, zunächst nicht angesprochen zu werden, und verlegte sich aufs Beobachten. Nach kurzer Zeit konnte er bereits Typen bilden und versuchte dann, vorherzusehen, welcher seiner Kategorien die Führungskraft angehörte, die als Nächstes ans Buffet trat.

Die Optimierer verbrachten längere Zeit mit ihren Highcontrollern, riefen Daten einzelner Speisen ab und verglichen diese vermutlich mit Eckdaten ihres Konsums und Tagesprogramms.

Die Zwangsvariierer achteten darauf, immer etwas Neues auszuprobieren, und stürzten sich förmlich auf die exotischen Speisen. Sie bescherten ihm auch die ersten Zubereitungseinsätze: asiatische Heuschrecken kurz angebraten, Algenpopcorn, flambierte Tibetschnecken.

Dann gab es noch eine Fraktion, die wenig Wert aufs Essen legte, ihr Menü übersichtlich und lieblos gestaltete, aber sich dem Ritual oder den Kollegen verpflichtet fühlte. Malik nannte sie die Kostverächter.

Bislang lag seine Zuordnungsquote bei 90 Prozent. Dann tauchte eine Gruppe von vier Leuten auf, die auf seine Kochzone zusteuerte. Malik kniff die Augen zusammen. Bei dem Mann, der vorausschritt, handelte es sich um keinen Geringeren als Gerald Kronberg, den Konzernchef höchstpersönlich. Er war im Gespräch mit einem Mann, der ihm nur bis zum Kinn reichte, aber einen körperlich geschmeidigeren Eindruck machte. Eine Mischung aus Gepard und Frettchen, schoss es Malik durch den Kopf.

Hinter den beiden gingen zwei Frauen, eine hochgewachsene Dame mit dunklem Teint und ein schmales Persönchen. Ihre schwarzen, glatten Haare waren in einer Art Helmform geschnitten und wippten beim Gehen. Die dunkel umrandete Brille brachte den wachen Blick der jungen Frau gut zur Geltung.

Malik war schon gedanklich dabei, eine neue Kategorie aufzumachen, und fast enttäuscht, als sie dann doch ihren Highcontroller aus der Tasche holte. Im nächsten Moment musste die Frau heftig niesen, zog ein Taschentuch aus ihrem Jackett und verfiel in ein unterdrücktes Husten.

Das Gepardenfrettchen sah genervt nach hinten, so als wolle es sagen: Gib endlich Ruhe! Dann wandte es sich wieder Kronberg zu.

Malik freute sich, dass die Mitarbeiterin dies gar nicht mitbekam, weil sie wieder hustete. Sie ließ den Blick über die Salate schweifen, blieb bei den Artischocken hängen. Malik ging hinter seiner Theke an den beiden Männern vorbei.

„Soll ich Ihnen ein paar auf einen Teller tun?", fragte er die junge Frau. Sie blinzelte, lächelte und nickte. „Sehr gerne."

Wieder musste sie husten. Im selben Moment entglitt ihr der Highcontroller, landete auf der Kante der Schüssel mit dem Lollo rosso und tauchte zwischen den Blättern ab. Die Besitzerin wedelte noch kurz hinterher, griff sich an die Stirn und sah Malik grinsend an. „Mist, Mist, Mist. Tut mir total leid, bitte entschuldigen Sie."

Malik war völlig baff, wie tief ihre Stimme klang, und fragte sich, wie viel dabei der Erkältung geschuldet war. Er schaute sich nach einem Salatbesteck um. Als er fündig geworden war, schob er das Grünzeug beiseite, lächelte und die Frau nahm sich ihr Gerät heraus.

„Ich wollte gerade diesen Salat, Sie glauben aber nicht, dass ich davon noch nehme, nachdem meine Teamassistentin ihre Bazillenschleuder da reinverfrachtet hat. Beschaffen Sie mal neuen, bitte", sagte das Gepardenfrettchen.

Im nächsten Moment stand Bart bei ihm. „Wird sofort erledigt, bei dir ist mehr los", sagte er und reichte der jungen Frau noch ein Abtrockentuch. „Für Madame Temme, mit besten Wünschen des Hauses."

„Danke, Herr Krüger", sagte sie und verbeugte sich leicht. Malik sah jetzt auch ihr Minidisplay am Revers, auf dem *Suri Temme* stand.

„Hören Sie, das ist alles ganz wunderbar, dass Sie so nett zueinander sind und meine arme, kleine Teamassistentin hier unterstützen und zurück in die Spur bringen möchten", meinte ihr kleinwüchsiger Kollege. „Über die Sinnhaftigkeit dieses Ziels können wir uns gerne später einmal unterhalten, jetzt würde ich es begrüßen, wenn Sie mir das magere Rinderrückensteak kurz anbraten."

Malik hatte Hemmungen, zu Suri zu sehen, tat es dann aber doch. Ihr Mundwinkel zuckte, ansonsten blieb ihre Miene ruhig, verriet nicht viel darüber, ob sie die Bemerkung verletzt hatte. Natürlich hatte sie das. Jeder wäre verletzt.

Wenn er jetzt ohne ein Wort dazu überging, den Typ zu bedienen, würde er sich schlecht gegenüber Suri fühlen. Er wollte aber unbedingt verhindern, auf sich aufmerksam zu machen, zumal Gerald Kronberg direkt neben ihm stand. Deshalb versuchte er einen Scherz, auch wenn er wusste, dass er nicht sonderlich gut darin war.

„Ich sag's ungern, aber Frau Temme hat hier Maßstäbe gesetzt", sagte Malik. „Sie hat mit ihrem Highcontroller gewählt. Ich würde Sie bitten, sich da ein bisschen einzureihen."

Suris Mundwinkel zuckte wieder, aber ihre Augen verrieten, wie gut ihr die Intervention tat. Das spornte Malik an.

„Sie können wahlweise auch einen anderen Gegenstand nehmen. Wenn wir jetzt konsequent dranbleiben, könnten wir vielleicht eine echte Challenge draus machen", sagte Malik.

„Sind Sie übergeschnappt, Sie Pfeife? Kümmern Sie sich lieber darum, dass der Salat herwächst."

„Ich würde keinen Salat essen. Wenn Sie auf Nummer sicher gehen wollen, müssten Sie sich krankmelden oder von der Homezone aus arbeiten, um sich von Ihrer Kollegin nicht anstecken zu lassen. Wäre doch eine unglaubliche Frechheit, wenn sie das täte. Ich meine, als Chef hat man ja auch Verantwortung dem Betrieb, den Mitarbeitern und der Gesellschaft gegenüber, richtig?", sagte Malik, weil er sich einfach nicht mehr zusammenreißen konnte.

„Sag mal, willst du dir eine einfangen?", sagte das Gepardenfrettchen mit gepresster Stimme. Gerald Kronberg drehte sich jetzt nach ihnen um und fing an, zu lachen. „Komm, Hans, lass gut sein", sagte er und tätschelte ihm die Schulter, wohl wissend, dass der sich fügen würde.

Dann musterte er Malik. Genau das hatte er tunlichst vermeiden wollen. Woran lag es, dass er sich immer wieder in Schwierigkeiten brachte?

„Ich muss zugeben, dass es nicht alle Tage vorkommt, vom Beikoch auf Personalfragen angesprochen zu werden", sagte der Konzernchef. Geschickt ließ er offen, wie er Maliks Initiative einordnete. „Sie tragen kein Schild?" Gerald Kronberg tippte sich an die Brust.

„Sie auch nicht", hörte Malik sich sagen. Wieder lachte Kronberg, jetzt noch lauter. Wenn er nicht stehen würde, hätte er sich dabei noch auf die Schenkel geklopft, dachte Malik. Dann sah Kronberg ihn auffordernd an. Malik spürte förmlich, dass jetzt ein Punkt erreicht war, an dem die Stimmung völlig umschlagen konnte. Er zwang sich zu einem Lächeln und sagte: „Mein Name ist Malik Cerny, und ich bin heute den ersten Tag da."

Gerald Kronberg nickte zufrieden. Jovial schob er hinterher: „Ich mag es, wenn Menschen ihre Meinung sagen, und wie in Ihrem Fall auch noch mit einem gewissen Esprit."

Das Entscheidende waren die Feinheiten in der Formulierung, dachte Malik. Das Adjektiv gewiss beispielsweise. Es sollte ihm signalisieren, dass er es schon über den Durchschnitt geschafft hatte, aber für die Kür noch einiges fehlte. Im nächsten Moment registrierte er Barts erschreckten Gesichtsausdruck, der ihn wieder zurück auf den Boden holte.

„Sie glauben mir nicht, hab ich recht?", sagte der Konzernchef jetzt und lächelte.

Malik konnte physisch spüren, dass Kronberg hochsensible Antennen hatte. Er war wirklich gut beraten, ihn nicht zu unterschätzen. Fast hatte er das Gefühl, dass beim Konzernchef so etwas wie Kampfeslust erwacht war. Malik konnte nur noch nicht genau greifen, wie er ihn aufs Glatteis führen oder welche Art von Arena er ihm eröffnen wollte. Doch in diesem Moment war ihm klar, dass ihn nur eine Art Unterwerfungsgeste retten konnte. Um Zeit zu gewinnen, sah Malik kurz zu Suri und lächelte. Doch auch in ihrem Blick zeichnete sich Nervosität und Unsicherheit ab. Hatte sie Angst um ihn? Wohl kaum nach einem Kennenlernzeitraum von drei Minuten. Trotzdem hätte er sich gefreut. Auch er brauchte Unterstützung, gestand er sich ein.

„Na gut, Suri, gehen Sie nach Hause, kurieren Sie sich aus", sagte Gerald Kronberg.

„Aber ..."

„Papperlapapp." Es fehlte nur noch eine Geste, mit der man lästige Fliegen verscheuchte. Suri war zum Nebenschauplatz geworden.

„Herr Cerny, erzählen Sie ein bisschen was über sich! Das ist Ihre Chance. Vielleicht komme ich ja zu dem Ergebnis, dass Sie an verantwortungsvollerer Stelle eingesetzt werden sollten."

Aha, das war es also. Er würde ihn durch die Arbeit herausfordern, ihm eine Position anbieten, die ihn leicht überfordern würde. Für die man mehr als gewisse Qualitäten benötigte, und leider nicht bestehen konnte.

Das passte. Von dem, was er von Gerald Kronberg gehört und gelesen hatte, schätzte er ihn als krankhaft ehrgeizig und leistungsorientiert ein.

Malik atmete tief durch. Er verlangt es, gib es ihm, sagte er sich. Es muss gut gespielt und getimt sein. Er zögerte, kniff die Lippen nicht zusammen. Das war zu viel. Dann blickte er langsam zu ihm auf. „Herr Kronberg, das ist wirklich sehr freundlich, und ich schätze Ihr Angebot außerordentlich, aber ich bin leider nur zu Gast hier."

„Was soll das heißen? Sind Sie im Praktikum?", fragte der Konzernchef. Es zeichnete sich bereits eine leichte Enttäuschung in seiner Stimme ab.

„Nicht direkt, ich bin als S 100 hier." Malik vermied den Blickkontakt, schaute nach unten, sodass Kronberg keine Chance hatte, Gefühle abzulesen.

„Verstehe. Dafür lehnen Sie sich ja ganz schön aus dem Fenster, mein Guter."

Maliks Nackenhaare stellten sich auf. Er hasste diesen gönnerhaften Ton, aber da musste er jetzt durch, das hatte er sich selbst eingebrockt. Er nickte langsam und hoffte, dass Kronberg die Geste akzeptierte.

Der Konzernchef stieß ein kurzes Lachen aus, schüttelte den Kopf und sagte: „Na, dann kommen Sie auf mich zu, wenn Sie Ihre Zeit abgeleistet haben, vielleicht lässt sich ja was machen, wenn Sie sich gut schlagen." Dann nahm er sich vom Salat und zog weiter.

Als Malik wieder aufblickte, stand Suri immer noch da. Im Gegensatz zum Konzernchef fühlte er ihr gegenüber nun allerdings eine deutliche Scham. Kronbergs letzter Triumph sozusagen.

4

Maliks Selbstbewusstsein schwand, gleichzeitig kämpfte er innerlich dagegen an. Jetzt stand er Suri als S 100 gegenüber. In ihren Kreisen galt das vermutlich schon als Kleinkrimineller. Wenn sie wüsste, was er mit Charlie manchmal trieb, konnte er die Sache sicher noch toppen und das Klein streichen. Aber warum scherte ihn das überhaupt? Sie war sowieso in einem anderen Kosmos unterwegs. Er verstand sich selbst nicht recht.

Sie lächelte ihn wieder an, nickte und nahm sich Lollo rosso, Tomaten, Artischockenherzen und von der Balsamicosauce.

„Können Sie mir bitte ein Stück von dem Nonnengansfleisch kurzbraten?", sprach ihn eine ältere Mitarbeiterin von der Seite an.

„Ähh, ja. Sicher." Malik begann, nach der Schale mit dem Vogel zu suchen, von dem er noch nie gehört hatte. Er fragte sich, wer diese Tiere, die er hier in die Pfanne haute, überhaupt fing oder in Fallen lockte. Drohnen, hoch bezahlte Jäger oder Züchter? Drohnenhersteller mit großen halb legalen Jagdgebieten vermutlich.

Während er das Fleisch nach Displayaufforderung wendete, ließ er den Blick durch den Raum schweifen und entdeckte Suri an der linken Fensterseite. Sie saß etwas abgerückt von Gerald Kronberg, dem Gepardenfrettchen und weiteren Wichtigkeit ausdünstenden Führungskräften neben ihrer hochgewachsenen Kollegin und aß schweigend. Der Tisch leerte sich nach und nach. Dann stand auch Suris Kollegin auf, sprach kurz mit ihr. Malik sah auf den Highcontroller. Es war bereits 13.30 Uhr.

Bart kam zu ihm. „Sie können auch bald mal Pause machen. Um 15 Uhr bauen wir das Buffet um. Dann gibt's Sandwiches, Kuchen, kleine Süßigkeiten und Kaffeespezialitäten."

Er wollte sich gerade erkundigen, wie lange er eigentlich arbeiten musste, als sich Suris Kollegin an seinen Chef wandte. Malik sah auf ihr Minidisplay. *Momoko Sandgruber*. Österreichische Eltern mit einem Hang zur Ethnologie, schoss es ihm durch den Kopf.

„Herr Krüger, wir haben Frau Temme ein Drohnentaxi bestellt. Könnten Sie mich kurz begleiten? Ich würde Ihnen noch schnell ihren Mantel aus dem Büro mitgeben", bat sie ihn.

Bart blinzelte, dann schüttelte er leicht den Kopf. „Das tut mir leid, Frau Sandgruber, aber ich kann hier nicht einfach weg."

Malik fragte sich, warum sein Chef ablehnte. Wollte er nichts mit den Führungsleuten und ihrem Bereich zu tun haben?

„Ich habe gleich einen Termin, ich kann nicht wieder herunterkommen", stellte Momoko Sandgruber kühl fest. „Ich hätte ihr es gern erspart, selbst zu gehen. Sie fühlt sich schlapp. Aber dann kann man wohl nichts machen."

Malik spürte den Reflex, sich anzubieten. Was sollte das? Wollte er Suri beweisen, dass er doch ein ganz lieber Kleinkrimineller war? Nein, es ging nicht um ihn, die Frau war krank, und er wollte ihr einfach etwas Gutes tun.

„Herr Krüger, wenn ich jetzt Pause habe, könnte ich das übernehmen", sagte Malik.

Der Kantinenmeister nickte. Er schien fast erleichtert.

„Kennen Sie sich auf dem Gelände denn aus?", fragte Suris Kollegin. „Ich will nicht für verloren gegangene S 100 verantwortlich sein."

Malik rollte mit den Augen. Trotzdem war es ihm angenehmer, in dieser schnoddrigen Art zu kommunizieren. „Ich gehe davon aus, dass die Kronberg-Highcontroller ein Brotkrumenprogramm haben."

„Der Junge ist nicht auf den Kopf gefallen", sagte Momoko Sandgruber und winkte ihm. „Kommen Sie!"

Malik zog seine Schürze aus, legte sie ins unterste Fach hinter der Kochtheke, nickte Krüger zu und folgte ihr. Der Weg führte sie aus dem Gebäude heraus zum Zentralkomplex, wie der Sitz für die Führungskräfte genannt wurde. Ein Park breitete sich vor ihnen aus. Einzelne Gruppen saßen an Holz- oder stabil wirkenden Campingtischen und waren in Gespräche vertieft. Manche schoben auch auf großen 3-D-Wachsglas-Tablets, die in der Mitte vor den Teams lagen, irgendwelche Präsentationen hin und her. Beim Gehen kam es ihm so vor, als flackerten die Farben im Hintergrund. Er blinzelte. Vermutlich war das Gelände nicht so groß, wie es schien, und sie arbeiteten mit einem 3-D-Netz, um die Umgebung angenehmer zu gestalten. Aufwendig und sicher nicht ganz billig.

„Was haben Sie denn angestellt?", fragte Momoko Sandgruber ihn.

„Und Sie?", meinte Malik knapp.

Die Mitarbeiterin schüttelte nur den Kopf. Sie traten ins Gebäude ein.

„Nicht autorisierte Person", meldete der Aufzug. Alles andere hätte Malik auch sehr verwundert.

„Begleitgang, um persönliche Sachen von Suri Temme zu holen", sagte Momoko Sandgruber.

Sie fuhren in den 100. Stock. Als sich die Türen öffneten, war Malik von der Helligkeit geblendet. Die Glasfronten boten eine 180-Grad-Rundsicht. Nach den ersten Schritten registrierte er, dass auch der Boden beziehungsweise die Decke der 99. Etage transparent war. Ihm wurde leicht schwindelig. Momoko Sandgruber grinste, sagte aber nichts.

Einzelne Arbeitsplätze waren nur durch schmale u-förmige helle Stellwände abgetrennt. Lose eingestreut fanden sich immer wieder Tischgruppen, vermutlich für Meetings, dachte Malik, und dass er hier nie arbeiten könnte. Kein Rückzugsraum, keine Privatsphäre. Er fühlte sich wie eine Playmobilfigur, die auf der Glasplatte eines überdimensionalen Scanners herumspazierte.

Momoko Sandgruber steuerte auf einen der hinteren Arbeitsplätze am Fenster zu und machte an einer schmalen Garderobe Halt. Dort streifte sie einen Mantel mit dezentem Rautenmuster vom Bügel und hielt ihn Malik hin. Er nahm ihn und legte ihn sich über den Arm.

Momoko blickte nach oben ins 101. Stockwerk. Erst jetzt bemerkte er, dass auch diese Ebene mit Glasböden ausgestattet war.

Einige Leute traten aus dem Lift und wurden von einer kleinen Abordnung empfangen.

„Ich muss los. Geben Sie dem Aufzug das Stichwort Begleitgang", sagte Sandgruber und nahm die Treppe schräg vor ihm.

Malik vermied es, beim Gehen nach unten zu sehen, und war froh, als sich die Lifttüren schlossen. Kein Wunder, dass Bart sich nicht aufgedrängt hatte. Er machte seine Ansage und der Aufzug begab sich auf Fallkurs. Malik ging davon aus, dass das Sicherheitssystem seine Körpermaße und Kleidung sowie Gewicht, vielleicht auch weitere Eckdaten gespeichert hatte und ihm deshalb den Austritt gewährte. Ansonsten würde es sicher Alarm schlagen.

Die Kantine hatte sich sichtlich geleert. Nur noch zwei Grüppchen und Einzelne saßen an den Tischen. Malik spürte plötzlich den Impuls, den Mantel an Bart zu übergeben, damit der ihn Suri brachte. Doch sein Chef war nirgends zu sehen.

In dem Moment winkte Suri ihm. Er hoffte, dass sie seine Unsicherheit nicht bemerkte, und spielte mit dem Gedanken, wie es gewesen wäre, wenn sie sich einfach nur im Freizeitpark getroffen hätten. In der Schulzeit hatte er es genossen, immer wieder neu anzufangen.

Malik ging zu ihr. Mit einem Lächeln legte er Suris Mantel über den Stuhl neben ihr.

„Haben Sie vielen, vielen Dank", sagte sie, nahm ihn, fuhr mit der Hand in die rechte Seitentasche, dann in die linke und schloss die Augen.

„Irgendwas nicht in Ordnung?", erkundigte sich Malik.

„Nein, ich hab vergessen, Momoko zu bitten, dass sie kurz schaut, ob ich meinen privaten Highcontroller eingesteckt habe. Er liegt vermutlich oben auf dem Tisch oder in meinem Fach", sagte sie.

„Scheiße, ich glaube aber, dass sie jetzt in einem Meeting ist."

Suri winkte mit beiden Händen. „Das ist total unwichtig, ich werde jetzt sowieso unter die Bettdecke kriechen."

Maliks Blick fiel auf ihren Teller. Er schien fast unberührt, nur die Artischockenherzen waren weg. „Das mit dem Salat hat nicht so gut funktioniert, oder? Was ist denn Ihr Lieblingsessen? Vielleicht kann ich noch was organisieren." Wenn ich hier schon im Küchenderby gelandet bin, fügte er in Gedanken hinzu.

„Mein Lieblingsessen?" Suri fuhr sich durchs Gesicht. „Das ist interessant, dass Sie das fragen."

Wahrscheinlich war die Frage viel zu persönlich. Malik hoffte, dass Suri sie nicht als übergriffig empfand.

Er wollte sich gerade höflich zurückziehen, als sie sagte: „Ich sollte wieder in genau diesen Kategorien denken. Lieblingsessen, Lieblingsorte, Lieblingsmusik." Sie hustete. „Ich weiß nicht, ob die Küche so etwas Einfaches wie Vanillepudding hat. Das wäre jetzt großartig. Ein ganzer Topf. Noch ein bisschen warm vom Kochen."

„Ich bin gleich wieder da", sagte Malik und machte sich zur Küche auf. Die Bullaugentüren hinter ihm schwangen noch einige Male hin und her. Er passierte den Vorbereitungsraum, die Inseln der Garküche. Wo war Bart? Auch die Ladezonen lagen verwaist da.

„Hallo, irgendjemand da?", rief er laut. „Ich habe noch einen Wunsch zu erfüllen. Eine Mitarbeiterin möchte Vanillepudding." Himmel, sonst gab es doch auch überall Assistenzsysteme, warum antwortete ihm denn hier keine willfährige Software?

Malik entdeckte einen etwas größeren Bildschirm in der Ecke neben dem Eingang. Er tippte ihn an, hangelte sich durchs Menü, rief die Suchfunktion auf und gab die Stichworte *Nachspeise, Vanillepudding* und *Positionsangabe* ein. Der Slogan *Kronberg – Verabredung mit der Zukunft* tauchte auf und begann, die Weltkugel zu umkreisen, um die Wartezeit zu überbrücken. Malik stöhnte.

„Was soll das?", hörte er Bart sagen.

Malik fuhr herum.

Die Stimme seines Chefs klang verärgert. „Ich wüsste nichts davon, dass Ihnen irgendjemand erlaubt hat, an die Steuerungsgeräte hier zu gehen. Nur weil Sie jetzt im Zentralkomplex waren, heißt das nicht, dass Sie sich als Boss aufführen können."

„Es war niemand da, ich ...", sagte Malik. „Eben", fiel ihm Bart ins Wort. Entweder er fühlte sich in seiner Chefposition angegriffen oder er hatte wirklich Angst, dass sein S 100 etwas anstellte. Wenn das hier so weiterging, würde es eine verdammt anstrengende Zeit werden.

Malik nahm noch einen Anlauf. „Es war niemand da, den ich fragen konnte. Suri Temme hat sich nach einem Vanillepudding erkundigt. Ich wollte ihr den Wunsch gerne erfüllen", sagte er und sah Bart an.

Der schob ihn beiseite, unterbrach die Suche und klickte sich erstaunlich schnell durchs Menü. Ein Teilfenster ging auf und zeigte Malik, wie er die Räume durchstreifte und nach den anderen rief. Auch seine Suchbegriffe wurden angezeigt. Der Küchenchef musterte ihn. Malik beschlich ein ungutes Gefühl. Was wusste er über ihn? Hatte er sich nach dem Schlagabtausch mit Kronberg zu seinem Hintergrund schlaugemacht? Wundern würde ihn das nicht. Malik rieb sich die Schläfe.

„Die Dinger hier sind für Sie tabu. Klar?" Bart sah ihn eindringlich an.

Er wusste Bescheid. Davon war Malik jetzt überzeugt. „Sonnenklar."

Sein Chef winkte mit der Hand und setzte sich in Bewegung, also folgte er ihm. Dann öffnete er eine der Türen zum begehbaren Kühlschrank, tippte auf ein Fach in mittlerer Höhe und bat Malik, ihm vom Geschirr auf der Konsole daneben eine Schale zu reichen. „In der Schublade sind Schöpfer", sagte er.

Als die kleine Schüssel gut gefüllt war, reichte er sie Malik. „Und jetzt schwirr ab, äh, Entschuldigung ..."

„Kein Problem."

„In Ordnung, ich bin Bart. Suri ist ziemlich nett, hab ich recht?"

„Danke, Bart", sagte Malik, ohne auf die Bemerkung einzugehen, und machte sich auf den Weg in den Saal. Er steuerte auf den Tisch zu, an dem jetzt drei Männer in ihren Teegläsern rührten. Suris Platz war leer. Scheiße, dachte Malik, das darf doch nicht wahr sein. Am liebsten hätte er den Pudding an die Wand geklatscht. Dann sah er sie. Suri saß draußen auf einer Bank. Er schob den Löffel in die Hosentasche und ging durch den Haupteingang.

„Einmal Vanillepudding für die Dame", sagte Malik und kam sich ziemlich blöd vor. Er klang so, als machte er gerade ein Schauspielseminar. Die S-100-Teilnehmer hatten aber nur Skripte von Filmen jenseits des 20. Jahrhunderts bekommen. Damit man sie gleich erkannte.

Malik hielt Suri die Schale hin, dann fiel ihm ein, dass der Löffel noch in seiner Hosentasche steckte. Aber das war jetzt auch schon egal, dachte er, zog ihn heraus und reichte ihn der jungen Frau.

„Sie sind unglaublich", sagte sie und strahlte. „Setzen Sie sich doch noch kurz."

Malik freute sich. Jedenfalls schien sie ihn nicht spüren lassen zu wollen, was sie vorher mitbekommen hatte. Das rechnete er ihr hoch an.

„Ich wollte mich noch bei Ihnen bedanken, ehrlich", sagte sie und grinste. „Nur wenn Sie jetzt ..." Suri hielt inne. „... einen kleinen Moment." Dann nahm sie ihre Tasche, zog eine Metallbox heraus, legte ihren Firmenhighcontroller hinein.

Malik zog die Augenbrauen hoch. Er war mehr als überrascht, schaltete, hob die Hand, kramte in seiner Hosentasche und packte sein Gerät dazu. Suri verschloss die Box fest. So drang nichts von ihrer Unterhaltung nach draußen beziehungsweise ins Unternehmensnetzwerk.

„Nur wenn Sie Hans Vidal begegnen, sollten Sie sich ein wenig vorsehen", sagte sie. „Ich fürchte, der hat Sie jetzt gefressen."

„Das Gepardenfrettchen", sagte Malik vor sich hin.

„So nennen Sie ihn? Guter Spitzname!"

Dann mussten sie beide lachen. Suri hustete wieder.

„Ein bisschen Pudding vielleicht?", schlug Malik vor. Sie nickte, aß zwei Löffel und lächelte. Obwohl jetzt keiner von ihnen etwas sagte, fühlte er sich nicht wie sonst nervös und suchte schon in Gedanken nach der nächsten Frage.

„Sollen wir nicht du sagen?", meinte sie. „Ich bin Suri."

„Gerne, Malik. Meine momentane Position im Unternehmen ist dir ja auch schon bekannt", sagte er mit einem Schmunzeln.

Suri sah ihn jetzt ernst an. Ihm rutschte das Herz in die Hose. Vielleicht war sie doch nicht so begeistert und er hatte den Bogen überspannt. Das passierte ihm immer, wenn er begann, Vertrauen zu jemand zu fassen. Möglicherweise wollte sie einfach einen Gesprächspartner haben, bei dem sie wegen der Situation mit dem Gepardenfrettchen etwas Dampf ablassen konnte. Verständlich. Er suchte nach einer unverfänglichen Bemerkung.

„Jetzt wirst du erst mal wieder richtig gesund", sagte er.

Keine Entspannung in ihren Zügen, dann ein Seufzen.

„Ich wär gerne so mutig und frei wie du", sagte Suri.

„Was?" Malik sah sie irritiert an. Dann bekam er eine Gänsehaut. Es war ein seltsames Gefühl. Hochstimmung durch das Kompliment und gleichzeitig begann er, sich Gedanken um sie zu machen. „Meine Freiheitsgrade in der Kantine fallen im Moment eher kleiner aus, aber den Pudding hab ich organisiert bekommen."

„Wenn ich könnte, würde ich sofort bei euch anfangen", sagte sie.

Malik fühlte sich bestätigt. Suri bedrückte etwas. Erstaunlich, dass sie damit zu ihm kam. Oder auch nicht. Er stand außerhalb, gehörte nicht zum Unternehmen. „Das fände ich ziemlich klasse, aber vermutlich löst das dein Problem nicht."

Suri nickte, kniff die Lippen zusammen, holte ein Taschentuch aus ihrem Mantel und schnäuzte sich.

„Hey", sagte Malik, „wenn es dir besser geht, dann weißt du bestimmt, was das Beste ist."

„Eigentlich weiß ich das schon. Ich bin nur nicht so mutig wie du", sagte sie. „Zeigst du mir bei Gelegenheit mal, wie das geht?"

Sanfte Rotorengeräusche kamen näher, dann legte sich ein Schatten über sie. Suris schwarze Haare flogen nach hinten und ihr Pony bäumte sich auf. Das Drohnentaxi setzte mit seinen sechs Kufen auf dem Platz vor dem Kantinengebäude auf. Suri nahm ihre Tasche, öffnete die Box und gab Malik seinen Firmenhighcontroller.

Was soll ich dir zeigen, fragte sich Malik. Wie man durchs Leben taumelt, ohne Plan. Mit der Wut im Gepäck, die immer wieder ausbüxt wie ein schlecht erzogener Hund. Trotzdem spürte er, dass er lächelte. „Gute, gute Besserung", sagte er, „wir sehen uns."

„Ja! Das wollte ich hören!" Suri grinste, hustete, griff nach der Halterung und stieg ein. Malik winkte. Lange.

5

Malik hatte Muskelkater. Klar, das Einräumen, Stehen und Arbeiten in dieser seltsamen Schauküchenattrappe war ungewohnt. Wenn er den heutigen Tag bei Kronberg überstanden hatte, lag der Wochenenddienst im Freizeitpark vor ihm. Kein schlechter Marathon, den er sich da eingebrockt hatte.

Er dachte an Suri. Vielleicht war sie Anfang oder Mitte der Woche wieder fit. Es wäre schön, sie einfach mal dorthin einzuladen. Erstaunlich. Seit der vierten Klasse war das eigentlich nie mehr als Wunsch aufgetaucht. Jemand in seinen Inner Circle einzuweihen, kam bei ihm äußerst selten vor.

Auf der Fahrt in der Unterdruckbahn überlegte er, was Suri Spaß machen könnte. Er tippte auf eine Wildwasserfahrt mit Stromschnellen, bei der das Adrenalin in Strömen fließt. Malik glaubte, dass Suri Lust auf Abenteuer hatte, auch wenn er das nicht begründen konnte.

Aber da war noch mehr. So etwas wie ein Blick auf das Verborgene und Rätselhafte. Schade, dass die Spiel- und Musicalleute nicht mehr bei ihnen auftraten. Malik war davon überzeugt, dass ihr die philosophischen Stücke, die vor 20 Jahren ihre Hochzeit erlebten, gut gefallen hätten. Ob er ihr die alten Puppen seiner Eltern zeigen sollte?

Malik stieg aus und ertappte sich dabei, wie er den Blick durch die Menge der Leute schweifen ließ, auf der Suche nach Suri. Jetzt ist es aber gut, mein Lieber, sagte er sich.

Als er in der Küche einlief, schaute er sich nach Bart um und entdeckte ihn am Eingang zum Speisesaal. Dort kontrollierte sein Chef die Staubsaugerroboter, ob ihre Behälter voll waren und sie in die Entleerungsschlaufe mussten. Im Hintergrund zogen die größeren Maschinenhelfer durch die Reihen der Tischgruppen, um ihre untergeordneten Putzdienstleisterchen einzusammeln, die üblichen Wisch- und Desinfektionsautomaten in kleinerem Format.

„Bart, ich habe eine Frage", sagte Malik. „Könnte ich heute möglicherweise nur eine Stunde Mittagspause machen und dafür entsprechend früher gehen?"

„Du bist sozusagen schon auf dem Sprung ins Wochenende", meinte Bart.

Malik schaute auf den Staubsaugerschwarm und fragte sich, was die Menschen wohl machten, wenn sie niemand mehr hatten, dem sie Faulheit unterstellen konnten. Gleichzeitig mahnte er sich zur Coolness. „Ganz genau. Mein Arbeitgeber würde sich freuen, wenn ich meine Wochenendschicht bereits heute Abend um 19 Uhr anfangen könnte", sagte er.

„Und ich dachte schon, du spekulierst auf einen Krankenbesuch." Bart grinste schräg.

Malik kniff die Augen zusammen. Dann drehte er sich zur Tür. Besser, wenn er sich außer Reichweite irgendeinen Ansatz für den Arbeitstag suchte, nicht in unmittelbarer Nähe zu seinem Vorgesetzten, der sich als Kumpel versuchte.

„Hey, warte", sagte Bart und streckte die Hand nach ihm aus. „Sei doch nicht so überempfindlich. Es ist doch gut, wenn wir hier wenigstens noch ein bisschen was voneinander mitbekommen."

Malik schüttelte den Kopf. „Und hast du schon eine Datei zu Hause angelegt? Der neue S 100 und seine Reaktionen auf die Führungskräfte."

„Nein, aber wenn du nicht so kratzbürstig wärst, hätte ich dir möglicherweise erzählt, dass es Suri Temme gar nicht gut geht und sie mittlerweile in die Arox-Klinik eingeliefert worden ist."

„Was? Wirklich?" Malik konnte nicht verbergen, dass er bestürzt war. Sollte Bart denken, was er wollte.

„Tja, plötzlich doch interessiert am Kantinenfunk, was?"

„Aber es wirkte so, als hätte sie einfach eine Erkältung oder vielleicht eine Grippe", sagte Malik. „Weiß man denn, was los ist?"

„Ich verfüge nicht über die Krankenakte, mein Lieber", sagte Bart und grinste wieder. „Ich wusste, dass du sie gut findest. Ist sie ja auch."

Es hatte beim Richter funktioniert, vermutlich funktionierte es auch bei anderen. Malik stöhnte ein bisschen, dann nickte er ansatzweise. Es war noch nicht mal groß gespielt. „Ja, schon. Du könntest mir sagen, wenn du was hörst."

„Mach ich", sagte Bart. Er schien zufrieden. „Ach so, und das mit einer Stunde einsparen geht. Du hilfst später einfach Hedi."

Als er für sich war und das Buffet mit den Speisen für den Mittagstisch bestückte, versank er in Gedanken. Wieso ging es Suri so schlecht? Bedrückte sie die Situation bei der Arbeit so sehr, dass ihr Körper rebellierte? Was, wenn es dem Konzern ganz recht war, seine Mitarbeiterin in der Klinik ein bisschen ruhiggestellt zu wissen? Na ja. Vielleicht sah er da jetzt schon Gespenster. Nach dem ersten Tag und einem netten Gespräch mit ihr konnte er das kaum beurteilen. Wenn, brauchte er mehr Information.

Gegen 11.45 Uhr stürmten die ersten ausgehungerten Führungskräfte den Speisesaal. Malik schwirrte nach einer halben Stunde der Kopf von Champagner-Shrimps-Soufflé und Steppenbüffelrücken in Château-Lafite-Sauce. Scheinbar markierten die alkoholgeschwängerten Zutaten schon den baldigen Abflug ins Wochenende. Am Ende des Buffet war eine Frau aufgetaucht, die Wein ausschenkte.

„Das ist Hedwig Schwaderer. Sie bevorzugt Hedi. Hedi ist taubstumm, aber des Lippenlesens mächtig. Kommunizieren kann sie über den Highcontroller mit dir. Wenn wir nachher hier fertig sind, räumst du mit ihr weiter die Küche auf. Mach so Pause, wie du es brauchst", sagte Bart.

Malik schaute nach links und registrierte, dass auch Hedi nach ihm sah. Er nickte leicht, sie lächelte.

„Du kannst gut mit Frauen", meinte Bart und zwinkerte ihm zu.

„Kann er", flüsterte Hans Vidal ihm von rechts ins Ohr. Es klang wie eine auf Rosen gebettete Drohung. Malik drehte sich langsam zu ihm, entschloss sich gegen ein Lächeln und für einen ruhigen Blick. Jackett und Hemd saßen wie angegossen. Das Gepardenfrettchen wirkte fit und sprühte vor Lebensenergie. Was für eine Laune der Natur, dachte Malik, was für eine Verschwendung an bioenergetischen Ressourcen, und jetzt mach ich ihm noch ein Angebot, dass er seine Zellen luxuriös füttern kann.

„Sehr viele haben sich heute für den Büffelrücken entschieden", sagte er und konnte sich ein Lächeln nicht mehr verkneifen. „Ich nehme aber an, dass Sie sich nicht unbedingt dem Mainstream anschließen wollen."

„Ouhh, der S 100 macht auf Intellektueller. Lass es. Es steht dir nicht."

„Stimmt, ich würde auch lieber Vanillepudding servieren", sagte Malik und gab damit einer flüchtigen Idee nach. Er bekam eine Reaktion, mit der er keinesfalls gerechnet hatte. Dem Gepardenfrettchen fiel das Gesicht herunter. Vidal blickte irgendwie durch ihn hindurch. Nach ein paar Sekunden hatte er sich wieder im Griff. Er ließ Malik stehen, als sei nichts passiert, schlenderte betont lässig am Buffet entlang und signalisierte Bart, ihm irgendeinen Känguru-Gans-Verschnitt in die Pfanne zu hauen.

Dass er aber nicht noch einmal in seine Richtung blickte, ließ Malik vermuten, einen wunden Punkt getroffen zu haben. Warum um Himmels willen? Er hatte Suri doch ganz offensichtlich gedisst.

Als sich der Saal leerte und sie das Buffet abgetragen hatten, ging Malik mit Hedi in die Küchenräume. Das Arbeiten dort war angenehmer, weil sie nur die Wagen positionieren mussten. Die Behälter kommunizierten mit den Kühlräumen und wurden systematisch ein- beziehungsweise aussortiert, wenn nicht mehr genug von einer Speise übrig war. Anschließend bereiteten sie die Wagen mit Kaffee und Kuchen vor. Malik war froh, nicht so viel reden zu müssen.

Er spielte mit dem Gedanken, Suri in dieser Klinik zu besuchen. Aber war das angemessen? Im Grunde genommen kannten sie sich doch gar nicht. Und selbst wenn sie sich überfahren fühlte oder irritiert war, würde sie Hemmungen haben, es zu zeigen.

Es kam Malik so vor, als würde er ihre momentane Schwäche ausnutzen und den großen Helfer spielen wollen. Das Dumme war nur, er würde sie gerne sehen und wissen, wie es ihr ging. Vielleicht konnte er doch etwas für sie tun. Ohne Hintergedanken.

Er erschrak, als Finger seinen Arm berührten. Hedi winkte ihm und legte dann ihre Hände über den Kopf. Er hob die Augenbrauen und schaute sie ratlos an.

„Hast du Kopfschmerzen?", fragte er.

Hedi entwich ein kehliges Lachen. Sie schüttelte den Kopf und zeigte auf ihn. Der Groschen fiel.

„Ah, hab nur ein bisschen nachgedacht."

Hedi zog einen kleinen Notizblock aus ihrer Hosentasche, in der anderen Hand tauchte ein Bleistift auf. Sie schrieb. Malik lächelte.

Er brauchte kurz, um sich in die Klaue einzufuchsen.

Bart hat gesagt, du bist fertig. Wenn du möchtest, können wir zusammen zur Unterdruckbahn fahren, stand auf dem Zettel.

Malik nickte. Dann stellte sich das Fragezeichen ein. „Fahren?"

Er fand sich auf dem Gepäckträger von Hedis Elektrobike wieder und kam sich vor, als wäre er 15 Jahre alt. Die Unterdruckbahn war erstaunlich leer, vermutlich machten sich einige später oder noch früher auf den Weg, um den Stoßzeiten auszuweichen. Sie blieben trotzdem an der Tür stehen. Hedi sah ihn neugierig an, dann zückte sie wieder ihren Notizblock.

Was grübelst du so viel?

Malik grinste, bat sie um den Stift und schrieb seine Antwort unter ihre Frage.

Ich hab nur ein bisschen an eine Mitarbeiterin gedacht, die ich gestern kennengelernt habe und die jetzt wohl in der Klinik liegt.

Hedi las, nickte, schrieb.

Ja, schrecklich, dass es Suri Temme so schlecht geht. Ich verstehe nicht, dass es immer die Nettesten von allen treffen muss.

Malik gefiel diese altmodische Art, zu kommunizieren, außerordentlich. *Kennst du sie näher?*

Nein, aber sie war immer sehr freundlich zu mir, was man von den anderen Möchtegern-Königinnen und -Königen nicht behaupten kann.
Hedi, du bist klasse!
Malik zögerte, fügte dann aber doch hinzu: *Weißt du was von Problemen mit den Kollegen oder der Arbeit?*
Nicht direkt, aber ich hatte schon das Gefühl, dass sie es nicht leicht hat. Manche reden auch schlecht über sie.
Hedi sah nach draußen und erschrak. Sie gestikulierte wild, er verstand, drückte mehrfach aufs Display, damit die Tür geöffnet blieb. Sie nahm den Block und Stift entgegen, machte eine Winkbewegung und zeigte auf ihre und dann Maliks Augen.
„Ja, wir sehen uns, schönes Wochenende", sagte er.
Zu Dienstbeginn im Freizeitpark musste er den Familien oder auch älteren Herrschaften immer wieder erklären, wie sie Leichthelm, Brille und Sensorenanzüge mit welchen Fahrten kombinieren konnten. Gegen 21 Uhr wurde es angenehmer, weil die Jüngeren die Oberhand gewannen, für die das absolut banal war. Sie zogen in Cliquen durch die Halle. Malik blickte auf die Kamerabilder, dann loggte er sich auf einem kleinen Nebenbildschirm ins Friendsnet ein. Das war laut Charlie noch unbekannt und vor Kontrollzugriffen geschützt, sodass er keine Bedenken haben musste, bei Recherchen entdeckt zu werden. Gab es bei Schnittstellen heikle Situationen, warnte eine Software ihn. Malik zögerte, schließlich tippte er den Namen *Suri Temme* ein.
Das Ergebnis war umfangreich. Eigentlich hatte Malik sich vorgenommen, sich nur Artikel und Dokumente anzusehen, die mit der Arbeit bei Kronberg zu tun hatten, konnte dann aber doch nicht widerstehen.
Suri Temme war ein Jahr älter als er, hatte Volkswirtschaft, Informatik und Mathematik in Frankfurt, Wien, Washington und Cambridge studiert. Ihr Vater war ein hohes Tier in der Politik und Malik erinnerte sich vage daran, ihn früher in irgendwelchen Interviews der Nachrichtenkanäle wahrgenommen zu haben. Heute stand er in der zweiten, aber nicht unbedingt weniger ein-

flussreichen Reihe der Altgedienten. Ihre Mutter war Ärztin und längere Zeit in der Entwicklungshilfe tätig gewesen. Malik klickte sich durch die vielen Homestorys. Familie Temme schien vor zehn Jahren noch ein gefundenes Fressen für die Boulevardpresse gewesen zu sein. Ihm wurde immer unwohler, je länger er sich durch die Artikel und Filmbeiträge arbeitete. Suri war auf vielen Treffen von namhaften Wirtschaftsbossen, Thinktanks, Empfängen und Preisverleihungen präsent. Allerdings im Gegensatz zu ihren beiden Schwestern Aziza und Marcella meist im Hintergrund.

Als die Hochzeitsbilder auftauchten, erschrak er. „Heilige Scheiße", murmelte er. Aziza Temme im wallenden Brautgewand mit meterlanger Schleppe Hand in Hand mit Hans Vidal vor der Mainhatten-Skyline. Die Fotogalerie zeigte eine selbstbewusste, moderne Hochglanzfamilie.

Vier Galerien weiter fanden sich die Mitglieder beider Clans vor dem Scheidungsgericht wieder. Malik ertappte sich dabei, wie er versuchte, die Blicke zwischen Suri und dem Gepardenfrettchen zu analysieren. Wenn er es nötig hatte, sie bei der Arbeit herabzusetzen, was lief privat zwischen den beiden ab?

Was, wenn Suris freundliches Verhalten einfach gespielt war? Mit so vielen, auch familiären Beziehungen konnte sie sich als Frau im wirtschaftlichen Haifischbecken vermutlich ganz gut behaupten. Malik durfte nicht zu naiv an die Sache herangehen. Gleichzeitig verlieh dieser Hintergrund Suris Andeutung durchaus Gewicht. Die Frage war, welche Rolle er in diesem Spiel spielen sollte. Aber war es wahrscheinlich, dass Suri irgendetwas plante, wenn sie in eine Klinik eingeliefert wurde?

Malik lehnte sich zurück und merkte, dass seine Laune auf den Nullpunkt zusteuerte. Er hörte, wie die Tür hinter ihm quietschte, und drehte sich um. „Na, wie läuft's mit den pubertierenden Horden?", fragte sein Bruder.

„Gut, sie cybern sich dumm und dämlich", sagte er.

Dario zog die Augenbrauen hoch, blickte auf den kleinen Seitenbildschirm und wieder zu Malik.

Er kappte die Verbindung und fuhr das Display zurück in den Tisch. „Hat deine schlechte Laune was mit dem charmanten Feger zu tun, der da gerade zu sehen war?", erkundigte er sich und fing an, Maliks Nacken zu massieren.

Er schloss die Augen und genoss die Berührung.

„Ist doch klasse, wenn du mal jemand kennenlernst, so hat dein Strafeinsatz noch was Gutes", sagte sein Bruder.

„Du tust so, als wäre ich ein Hackergespenst, das ..."

„Ja?"

„... das überhaupt nicht fähig zu Kontakten ist."

Dario massierte ihn noch intensiver. Malik stöhnte leise.

„Meinetwegen, dann bin ich eben das Hackergespenst, aber das ist auch nicht das Problem."

„Perfekt! Sie steht auf Hackergespenster! Worauf wartest du?", sagte Dario, drehte den Stuhl und setzte sich Malik gegenüber.

„Es ist komplizierter."

„Vermutlich. Schließlich hat sie Malik Cerny kennengelernt."

„Nein, Himmel, sie ..."

Dario breitete die Arme aus, dann faltete er die Hände. „Bitte, spuck's endlich aus."

„Wir haben uns in der Kantine getroffen, sie hat was angedeutet von Problemen in der Firma. Es wirkte so, als hätte sie einen schweren Stand bei der Arbeit", sprudelte es aus Malik heraus. „Jetzt hab ich ein bisschen recherchiert. Sie kommt aus einflussreichen Kreisen, ist Topabsolventin internationaler Universitäten und alles andere als ein armer Underdog."

„Und was ärgert dich daran? Du könntest dir doch sagen: Da hab ich mir mal eine Frau auf Augenhöhe angelacht."

„Sehr witzig."

„Du hast Angst, dass sie dich verarscht. Aber warum sollte sie? Weiß sie über dich Bescheid? Kennt sie die Fakten über das Hackergespenst?"

„Das glaube ich nicht, aber ich kann es natürlich nicht ausschließen. Trotzdem ist es recht unwahrscheinlich. Es gab nur eine Begegnung." Die Unterhaltung mit Dario tat ihm gut, es war entlastend, Dinge auszusprechen, gemeinsam zu überlegen. Wahrscheinlich machte er das wirklich viel zu selten.

„Es geht ihr gesundheitlich nicht so gut, eigentlich würde ich sie gern mal in der Klinik besuchen, in die sie eingeliefert worden ist. Aber jetzt denke ich, sie hat doch ihre Leute, und wir kennen uns ja noch gar nicht."

„Dreh die Sache doch einfach um und frag dich, was du empfinden würdest."

Malik blinzelte, schüttelte den Kopf. Er verstand nicht.

„Na, angenommen du liegst im Krankenhaus. Würdest du dann auch denken: Wenn Dario und Sohan mich besuchen, reicht das. Zusatztermine von einem flotten Feger brauch ich nicht."

Malik atmete aus und sah seinen Bruder dankbar an.

„Als altes Hackergespenst müsstest du auch berücksichtigen, dass so eine Recherche sehr selektiv ist. Aneinandergereihte Fakten ergeben noch kein Bild eines Menschen. Frag sie nach ihrer Geschichte, lass sie auch selbst an ihrem Image mitstricken", sagte Dario.

Malik nickte und lächelte. „Danke."

„Meine Praxis ist immer für dich geöffnet", sagte sein Bruder und trommelte leicht auf Maliks Schenkel.

6

Malik war extra früh aufgestanden, was sich auf der Fahrt zur Klinik bezahlt machte. Er bekam einen Sitzplatz und konnte noch ein bisschen dösen.

Als er ins Foyer des Hauptgebäudes einlief, stellten sich seine Nackenhaare auf. Er hatte sich nicht umsonst eingeredet, dass sein Besuch Suri vielleicht nur irritieren oder in eine peinliche Situation bringen würde. Malik hasste Krankenhäuser. Sie waren zu eng mit den Erinnerungen an Vaters Unfall und den Folgen verbunden.

Er steuerte auf die Lautsprechersäulen an der Infotheke zu. Als er in ihren Umkreis trat, erkundigte sich eine Männerstimme übereifrig: „Was können wir für Sie tun?"

„Ich möchte jemand besuchen. Ihr Name ist Suri Temme", sagte er und registrierte die Kameras an der Wand gegenüber.

Nach einem Augenblick Bedenkzeit meldete sich die Stimme zurück. „Suri Temme wird auf der Neuroimmunologie behandelt, fünfter Stock, Zimmer 598. Leider müssen wir Sie bitten, von Geschenken wie Blumen oder Speisen abzusehen."

Das machte Malik weniger Sorgen als die Fachabteilung, in der Suri lag. Neuroimmunologie. Das hörte sich nicht banal an. Wenn Kopf und Immunsystem betroffen waren, konnte so einiges durcheinandergeraten. Eines der beiden Gebiete hätte ihm eigentlich schon gereicht.

Malik nahm die Treppe, um noch ein bisschen mehr Zeit zum Ankommen zu haben. In der fünften Etage öffnete er die Tür und trat auf einen kalt beschienenen, leeren Gang. Ein drahtiger Pfleger kam aus einem der Zimmer und musterte ihn im Vorbeigehen. Sicher, für einen typischen Wochenendbesuch war er etwas zu früh dran.

Als er vor dem Zimmer stand, zögerte er. Was, wenn sie noch schlief? Tat sie nicht. Im Krankenhaus wurde man um 5 oder 6 Uhr geweckt. Jedenfalls vor 20 Jahren war das noch so. Was, wenn ihre Eltern bei ihr waren? Himmel, dann würde er dem alten Haudegen auf die Schulter klopfen und sagen, er habe ihn schon lange nicht mehr in den Nachrichten gesehen. Was denn los sei mit ihm? Malik atmete tief durch und klopfte.

Da er nichts hörte, öffnete er die Tür vorsichtig. Suri saß im Bett und wandte den Blick zu ihm. Sie sah ihn etwas ungläubig an, schüttelte leicht den Kopf und strahlte. Malik schloss die Tür und trat näher heran.

„Hey, Suri. Was machst du denn für einen Quatsch?", fragte er.

Sie kniff die Lippen zusammen, blinzelte, fasste sich in den Nacken und rieb mit ihrer Hand hin und her. Ihr Lächeln verblasste. „Ja, das stimmt", sagte sie. „Ganz schöner Quatsch." Sie wirkte irgendwie versunken auf ihn, wie hinter Wasser. Gleichzeitig sah sie ihn aufmerksam an, so als erwarte sie, dass er im nächsten Moment wie eine Seifenblase zerplatzen würde.

„Ich hoffe, sie haben dir unten keine Blumen angedreht, die sie dir oben wieder aus der Hand gerissen haben", sagte Suri.

Malik war irritiert. Diese Frau war niemand, der freiwillig über Blumen sprach. Jedenfalls hätte er das noch geschworen, bevor er durch diese Tür trat. Sollte er sich so dermaßen in ihr getäuscht haben? Aber was erwartete er eigentlich? War es wirklich angemessen, dass er Suri besuchte? Vermutlich hatte sie ganz andere Sorgen, als einer flüchtigen Bekanntschaft Auskunft über ihren momentanen Gesundheitszustand zu geben. Wieso war er auf die Idee gekommen, dass eine einzige Begegnung schon eine Brücke gebaut hatte?

Bei deutlich mehr Zeit, die man zusammen verbrachte, war das schon schwer genug. Ganz davon abgesehen, dass er nicht gerade ein Held in diesen Dingen war. Malik versuchte, sich selbst den Druck zu nehmen. Er würde ein paar Worte mit Suri wechseln und sie dann in Ruhe lassen.

„Ich gebe zu, wenn ich an eine Kleinigkeit gedacht hätte, wäre es vielleicht eher ein Reader mit ein paar aktuellen Fachzeitschriften-E-Papern von Cyberlab oder Algopop gewesen", sagte Malik.

„Cyberlab hab ich schon ewig nicht mehr gelesen", meinte sie und atmete mit einem sehnsuchtsvollen Stöhnen aus. Dann hielt sie inne und sah ihn an. „Du hast dich über mich erkundigt, oder?" Suri rieb sich mit beiden Händen die Schläfen.

„Hast du Schmerzen?" Malik ging ein Stück näher ans Bett, traute sich aber nicht, sich zu setzen.

„Ja, nein, ich ...", sagte sie. „Ich bin so überrascht, dass du hier bist. Ich freu mich."

Wow, 100 Punkte für seinen Bruder. Malik setzte sich vorsichtig auf die Bettkante und beobachtete sich selbst ein bisschen ungläubig dabei.

„Weiß man denn, was dir gesundheitlich zusetzt? Können dir die Fachleute hier helfen?", fragte er.

Da war sie wieder, die unsichtbare Wand, die sich zwischen sie schob. Obwohl Suri ihn anlächelte, schien sie sich in einer seltsamen Art und Weise zurückziehen zu wollen. Möglicherweise versuchte sie, sich einfach nur höflich zu verhalten, obwohl ihr der Besuch eigentlich zu viel war.

„Nicht so richtig, leider", sagte Suri. Es klang ermattet.

Malik lächelte und stand auf. „Jetzt lass ich dich mal wieder in Ruhe. Beim nächsten Besuch hab ich jede Menge Reader mit Cyberlab-E-Papers dabei, versprochen."

Suris Augenbrauen schoben sich zusammen. Sie streckte die Hand aus und sagte: „Ich würde dir so gerne was erzählen und auch von dir hören, ich meine, wenn all die vielen, vielen Untersuchungen hier vorbei sind, weißt du." Mit ihren Händen zeigte sie in die Umgebung des Krankenzimmers, ließ ihren Blick noch mal von links nach rechts schweifen und sah Malik dann in die Augen.

Die Wand war weg. Plötzlich verstand er. Mein Gott, wieso hatte er so lange gebraucht, um zu schalten? Suri konnte nicht frei sprechen, überall waren Kameras und Audiogeräte integriert. Im nächsten Augenblick fiel ihm die Unterhaltung mit Hedi ein.

„Warte", sagte er, „also ich meine, lauf nicht weg, ich habe eine Idee und bin gleich wieder da."

Malik ging nach draußen und suchte nach dem Pfleger. Der war zwar ziemlich genervt von seiner Bitte, fand dann aber doch in einer der Stationsschubladen noch einen alten Notizblock und einen Kugelschreiber. Zurück im Zimmer, setzte sich Malik wieder neben Suri, lockerte ihre Decke etwas und formte sie zu einer leichten Wölbung über ihrem Bauch, sodass sie und er verdeckt unter ihr schreiben konnten.

Da war er wieder, der strahlende Blick. Er sagte ihm, dass er richtig lag. Seine Schrift war verdammt krakelig, aber Suri schien keine Probleme beim Entziffern zu haben.

Hast du Angst vor der Firma?

Sie nickte und nahm ihm den Stift aus der Hand. Die Berührung verursachte ein Kribbeln in seinem Nacken.

Sie haben vor, die Menschen in ein Kontrollkorsett zu stecken, sie in Kasten einzuteilen und wie auf einem Schachbrett hin und her zu schieben.

„Was meinst du mit …?" Suri legte ihre Hand auf seinen Mund. Er nahm den Kuli und schrieb.

Was ist mit den anderen Firmen, sie verfügen doch nicht über alle Daten?

Das ist nicht das Problem, sie ersticken in Informationen.

Suri schloss die Augen, rieb sich wieder den Nacken. Malik sah sie fragend an. Sie hatte offensichtlich Schmerzen. „Du solltest dich ausruhen", flüsterte er. Sie schüttelte den Kopf, also schrieb er weiter.

Was wollen sie erreichen?

Menschen kontrollieren, manipulieren und sich bereichern.

Das ist jetzt nicht wirklich neu.

Suri lachte leise, dann fasste sie sich an die Stirn.

Nein, aber mit dem, was sie planen, können sie eine Menge anrichten, alles unter dem Deckmantel einer gerechten Ressourcenverteilung und des Erhalts der gesellschaftlichen Stabilität.

Planen?

Noch hat die Entwicklung Projektstatus.

Im nächsten Moment klopfte es an der Tür und sie zuckten zusammen. Suri drückte ihm den Notizblock in die Hand, den er sich hektisch in die Hosentasche schob. Die Tür ging auf und es kamen ein Paar sowie Hans Vidal herein.

Malik erkannte Suris Eltern. Sie waren um einiges älter als auf den Bildern, die er gesehen hatte.

„Oh, du hast Besuch!" Alva Temme kam auf sie zu.

Malik streckte ihr die Hand entgegen, woraufhin sie einschlug. „Ich hoffe, wir stören nicht", sagte sie.

Hans Vidal schnaubte.

„Guten Tag, Frau Temme, Malik Cerny", sagte er und nickte. Als sie seine Rechte freigegeben hatte, begrüßte er auch Suris Vater kurz und kam sich dabei fürchterlich steif vor. Machte man das überhaupt noch so oder war das längst auch in diesen Kreisen verpönt?

„Äh, ich könnte den Pfleger fragen, ob es irgendwo Stühle gibt", schlug er vor.

„Was wird das? Machst du hier auf Familie?", sagte das Gepardenfrettchen leise, aber gut artikuliert, sodass es alle hören konnten. „Seit wann umgibst du dich mit Straftätern, Suri? Ich glaube, ich muss mir echt Sorgen machen."

Suri schloss die Augen und kniff die Lippen zusammen.

Dieses unglaubliche Riesenarschloch, dachte Malik. Wie konnte deine Schwester nur? „Vermutlich, weil Sie Suri so ausgesprochen zuvorkommend bei der Arbeit behandeln, dass sie weder ein noch aus weiß vor Unterstützung und Wertschätzung", sagte Malik mit einem kalten Lächeln. „Da hat sie sich in die Arme eines, Achtung, und da lege ich Wert drauf, S 100, gestürzt, um wieder etwas Luft holen zu können."

Alva und Kai Temme sahen aus, als hätten sie gleichzeitig auf eine große Zitronenscheibe gebissen und würden nun den Tequila danach vermissen. Sie blickten von ihm zu Hans Vidal.

Das Gepardenfrettchen grinste, lachte, dann ging er unvermittelt auf Malik los, packte ihn am Pulli und schleuderte ihn gegen die Wand, sodass ihm kurz die Luft wegblieb. Alva Temme gab einen hohen Laut von sich, ihr Mann war mit zwei Schritten bei ihnen und drängte sich mit Unterarm und Ellenbogen zwischen sie. Malik spürte, dass Kai Temme durchaus noch Kraft hatte.

„Hans, Hans, hör sofort auf. Sofort!", schrie er.

Suri hatte angefangen, zu husten, ihre Mutter ging zu ihr. Malik konnte noch erkennen, dass sie die Hände um ihren Kopf legte. Es wirkte so, als habe sie Angst, dass er ihr einfach davonflöge. Scheiße, kein Wunder bei diesem Chaos. Und Malik Cerny mittendrin. Er bekam ein hundsmiserabel schlechtes Gewissen. Riskierte hier eine Prügelei mit ihrem Familienhanswurst, obwohl es Suri einfach nur schlecht ging.

Malik riss die Arme hoch, schaffte es, sich aus Vidals Klammer zu lösen, und sagte laut: „Es tut mir leid, wirklich. Ich gehe jetzt ganz unauffällig."

„Verdammt gute Idee", zischte Vidal.

„Nein, Malik, bitte bl... "

Das, was wohl ein bleib hätte werden sollen, ging in einem Würgen unter. Dann erbrach sich Suri aufs Bett. Mehrfach. Ihre Mutter hielt sie und rief: „Bitte, Kai, drück den Alarm!"

Noch bevor ihr Mann ein panisches „wo?" ausstieß, war Malik an ihm vorbei und legte seine Hand auf den Knopf über dem Bett an der Wand.

Unendlich viele Sekunden später waren zwei Medizinerinnen bei ihnen. Malik versuchte, nicht im Weg herumzustehen. Gleichzeitig wurde es seltsam ruhig um ihn herum. Es kam ihm so vor, als hätte sein vegetatives Nervensystem beschlossen, den Ton abzudrehen.

Die Ärztinnen schoben Suri im Bett nach draußen und verschwanden. Sie wurden auf dem Gang um die Ecke zwischen Kaffeeautomat, Highcontrollerladestation und Bänken abgestellt.

Malik saß auf einem an die Wand getackerten Plastikstuhl. Suris Eltern stand die Angst ins Gesicht geschrieben und Hans Vidal bekam seine Panik fast nicht mehr unter Kontrolle. Er telefonierte, lange, vermaß den Gang und schien dabei in sein Gerät zu kriechen.

Schließlich berichtete er umständlich von irgendeinem wichtigen, unvorhersehbaren Geschäftstermin, der sich nicht verschieben ließ, bat Kai Temme, ihn sofort anzurufen, wenn die Ärzte etwas sagen konnten. Dann spurtete er los.

Als die Tür zur Treppe hinter ihm zufiel, atmete Malik tief aus und sah die fast identisch ablaufende Bewegung bei Alva Temme, die zwei Meter entfernt von ihm auf einer Bank saß. Sie spürte seinen Blick und wandte den Kopf zu ihm. Alva grinste, dann lachte sie leise. „Wehe, Sie verraten mich."

„Tue ich nicht." Malik lächelte. Kai Temme lehnte an der Wand. Auch sein Blick hatte nichts Ablehnendes mehr.

Aus dem Gang kam wie aus dem Nichts eine der beiden Ärztinnen auf sie zu. Alva Temme stand auf und ging zu ihrem Mann. „Bitte sagen Sie uns, was los ist, ich bin eine Kollegin."

„Ihre Tochter hat neurologische Probleme, wir müssen noch verschiedene Möglichkeiten abklären."

„Ist sie ansprechbar? Ich denke, es wäre gut, sie zu fragen, ob sie gestürzt ist oder irgendeinen Unfall hatte", sagte ihre Mutter.

Doch die Ärztin schüttelte den Kopf.

„Was? Was heißt das? Sie ist nicht mehr bei Bewusstsein? Liegt sie im Koma?", hakte Kai Temme nach.

Die Medizinerin nickte, dann schaute sie in seine Richtung.

Malik wurde kalt. Im Koma. Gerade hatte er doch noch mit ihr gesprochen. Er spürte den Notizblock in seiner Hosentasche. Das konnte doch alles nicht wahr sein.

„Entschuldigen Sie die Frage, aber gehören Sie zur Familie?", erkundigte sich die Ärztin.

„Nein, ich bin nur ein Bekannter", sagte er.

„Ich möchte Sie bitten, das, was Sie hier mitbekommen haben, nicht nach außen zu tragen", sagte sie. Ohne eine Reaktion von ihm abzuwarten, forderte sie das Ehepaar auf, ihr in ein Besprechungszimmer zu folgen.

Alva und Kai Temme nickten ihm kurz zu und folgten der Medizinerin. Dann lag der Gang wieder still und menschenleer da. Malik war unglaublich kalt.

7

Malik konnte sich nicht erinnern, wie er zurück zum Freizeitpark gekommen war. Aber sein Autopilot schien noch zu funktionieren. Leidlich. Mit Blick auf die Halle wies er die Familien, Paare und Einzelbesucher ein, verteilte Anzüge und Brillen. Aber manche Gäste wurden ungeduldig, weil er in allem unglaublich langsam war.

„Fühlen Sie sich nicht gut?", erkundigte sich eine Frau bei ihm.

Maliks Mund zuckte. Was sollte er seinem Gegenüber sagen? Wissen Sie, meine Wut und Traurigkeit liefern sich im Moment eine erbitterte Schlacht. Erstere hat gerade eine komplette Zahnreihe verloren, kann kaum noch sprechen, setzt aber umgekehrt ihrer Gegnerin so zu, dass die tränenlos und desorientiert im Ring hängt. Ich warte darauf, dass sich eine von beiden durchsetzt, gehe vermutlich aber vorher selbst zu Boden.

Tat er nicht. Stattdessen drangen Erinnerungen an seinen Vater an die Oberfläche. Der Sturz vom Gerüst, das panische Agieren, Hilfeholen, das Warten und die Besuche in der Klinik. Die Gewissheit, dass Leon Cerny auf Rollstuhl und Pflege angewiesen war. Malik konnte damals nicht mit Sicherheit sagen, wie viel sein Vater von den Streitigkeiten innerhalb der Familie mitbekam. Überzeugt aber war er davon, dass er sich durch den Selbstmord seinem unerträglichen Schicksal entzog. Warum hatte er sie im Stich gelassen, nicht weitergekämpft? Maliks Wut auf die Gesundheitsbehörden, die bei jeder Kleinigkeit Probleme machten, war damals unbeschreiblich groß gewesen. Als er es durch einen Trick endlich geschafft hatte, dass der Antrag für die etwas komfortableren Windeln bewilligt wurde, folgte das, was Malik als absolute Demütigung und zugleich Spitze der Seelenlosigkeit empfand. Die Software von Kronberg machte den Differenzbetrag durch die Großlieferung einer ganzen Palette von Windeln wieder wett. Datenbanken und Sachbearbeiter wussten, dass sie in großen Wohnwagen lebten. Das Bild von den völlig durchnässten, nicht mehr verwendbaren Pappboxen der Pflegeeinlagen, die auf einer Holzpalette neben ihrem Wohnmobil im Regen standen, brannte sich tief in Maliks Gedächtnis ein. Es war unzertrennlich mit dem langsamen Verschwinden und dem Suizid seines Vaters verbunden. Ich will so etwas nie wieder erleben, dachte er.

Nachdem er die letzten Besucher nach draußen gebeten und abgeschlossen hatte, ging er zum alten Riesenrad. Er schaltete es an, nahm die Fernbedienung, ließ sich von der zweiten Kabine die Beine weghebeln und nach oben tragen. Der Wind war kühl geworden und es roch nach Gras und feuchter Erde. Mitte März, eigentlich die allerschönste Zeit im Jahr. Er fühlte sich immer noch betäubt, aber seine Emotionen nahmen allmählich wieder Konturen an.

Eigentlich hätte er Suri den Park gerne gezeigt. Jetzt wusste er noch nicht mal, ob es ein Wiedersehen geben würde. Er stellte sich vor, dass sie neben ihm saß. Ihr Pony im Wind. Die tiefe Stimme, die so gar nicht zu ihrem zierlichen Körper passte. Dann zog er den Notizblock aus seiner Hosentasche und las im Schein der LED, die in die Armlehne des Sitzes integriert war.

Kasten, Schachbrett, Kontrolle, Projektstatus.

Sie war beunruhigt, vielleicht auch ein wenig empört gewesen. Wer war verantwortlich für ihren Zusammenbruch? Wie wahrscheinlich war es, dass die Firma nichts damit zu tun hatte? Und warum hatte sie sich ihn als Vertrauensperson ausgesucht? Es war noch nicht mal Zeit gewesen, ihr zu erzählen, dass auch er vom Fach war. Aber war das überhaupt wichtig?

Noch vor seinem Arbeitsantritt hatte er mit Charlie im Friendsnet geschertz, dass sie sich bald ein wenig in der Firma umsehen konnten. Gedacht hatte er dabei an Informationen über unsaubere Standorte von Serverfarmen, Nicht-Einhaltung der CO_2-Verordnungen und Ähnliches.

Jetzt stellte sich die Frage, ob er mutig genug war, nach einer umfassenderen Sauerei zu suchen. Hatten sie Suri etwas angetan? Konnte er ihr helfen?

Das war definitiv größenwahnsinnig in seiner Lage. Er war ein S 100, ein kleinkrimineller, geduldeter Helfer, der mit einem Bein im Knast stand. Die Mitarbeiter empfanden es vermutlich als wunderbar exotisch, dass der ihnen den Nachtisch reichte.

Aber im Gegensatz zu früher, als er mit zwölf Jahren in die Systeme eingedrungen war, hatte er nun ungleich mehr Erfahrung. Das wirklich Entscheidende aber war, dass er förmlich an der Quelle saß. Es nicht wenigstens zu versuchen, würde er im Nachhinein gegenüber Suri schwer rechtfertigen können. Wahnsinn war das trotzdem.

Sein Kopf sagte ihm, dass er sich hier gerade auf ein Kamikazeprojekt einschoss, sein Bauch, dass er nur so seine Traurigkeit und Wut in vernünftige Bahnen gelenkt bekam und in der Lage war, wieder einigermaßen zu funktionieren. Und er würde die Mischpoke um Hans Vidal nur weiter bedienen können, wenn er das Gefühl hatte, sie wenigstens dabei auszuspionieren und so etwas tun zu können.

Als er Montagmorgen durchs Tor schritt, hatte er sich einen groben Plan zurechtgelegt. Am leichtesten würde er über Suris Highcontroller an Information kommen. Wenn er ihn geknackt bekam. Dabei sollte ihm Suris Kollegin Momoko helfen. Er hoffte, in den Gesprächen, Digitalprotokollen und Nachrichten einen Hinweis auf ihre Recherchen zu finden. Natürlich wollte er das Momoko Sandgruber nicht auf die Nase binden. Da er aber von seinem Besuch und sogar dem Kontakt zu den Eltern erzählen konnte, würde er die Basis einer gewissen Glaubwürdigkeit schaffen können. Er hatte auch vor, Suri den Apparat zu bringen, wenn auch nicht, bevor er selbst einen Blick auf die Nachrichten geworfen hatte. Schließlich musste er damit rechnen, dass er an der Pforte aufgehalten und der Kommunikator wieder einkassiert wurde.

Froh war er, dass er gefühlt bereits Routine dabei hatte, sein Analysetool in die Firma zu schleusen. Das würde ihm bei der Auslese gute Dienste tun. Auch bei Suris Gerät.

Der Vormittag verstrich im Schneckentempo. Als er mit Hedi an der Buffetfront Aufstellung nahm, musste er seinen Widerwillen unterdrücken. Er sah auf die mit Beeren und Kräutern verzierten Medaillons von Känguru und Wildgans, die er vor drei Tagen weder ge-, geschweige denn erkannt hätte. Wer nur eine Sekunde innehielt, musste doch eigentlich verstehen, wie absurd das hier war. Es widersprach allen Regeln der Vernunft. Sämtliche KI-Flotten rechneten ständig aus, wo wie viel CO_2 einzusparen war und wie die Ressourcen gerechter und effektiver eingesetzt beziehungsweise verteilt werden konnten. Wieso schlugen die hier nicht Alarm? Er musste an Dragusch denken. Der hätte vermutlich sein letztes Knäckebrot für den Platz in einer Entzugsklinik gegeben. Das Einzige, was er bekam, waren eine gut überwachte Nichthilfe und ein Update für seinen Neurodreamer. Und Suri? Woran war sie gescheitert?

Momoko Sandgruber tauchte am Eingang auf. Malik betete, dass sie zu seiner Buffethälfte schlenderte. Er würde seine Überlegungen jetzt flott hintenanstellen und ihr so viel Känguru und Wildgans kurzbraten, wie sie maximal verdrücken konnte. Genialerweise schien sie allein zu sein. Kein Gerald Kronberg, kein Hans Vidal in Sicht. Malik verfolgte jede ihrer Bewegungen, ging ihr ein paar Schritte entgegen und lächelte sie an, als sie ihren Blick über die Vorspeisen wandern ließ.

„Sie entwickeln ja eine richtige Dienstleistungslust, wie mir scheint", sagte Momoko Sandgruber schnippisch.

Malik musste grinsen. „Mir ist auch schon ganz schwindelig." Momoko Sandgrubers Schnoddrigkeit gefiel ihm. Er hoffte, dass er einen Draht zu ihr bekam. „Nach was ist Ihnen denn? Salat mit Lachscarpaccio oder was Gejagtes?"

„Ersteres hört sich gut an."

Malik nahm einen großen, viereckigen Porzellanteller, trug den zart geschnittenen Fisch auf, dann Rucola, Postelein, Tomaten und schaute immer wieder zu Momoko Sandgruber, um das Stoppsignal registrieren zu können.

„Von der Sahne-Chilli-Sauce noch, bitte", sagte sie. Jetzt war der entscheidende Moment gekommen. Noch hielt er ihren Teller fest.

„Ich habe eine Bitte, Frau Sandgruber", sagte Malik, während er aus einer Glasflasche Vinaigrette über den Salat träufelte.

„Dachte ich mir doch, dass etwas hinter der neu entdeckten Haltung steckt."

Malik sah sie ernst an, worauf Momoko Sandgruber die Augenbrauen hochzog.

„Ich habe Suri Temme am Wochenende im Krankenhaus besucht. Sie hat mir erzählt, dass sie neulich ihren privaten Highcontroller an ihrem Arbeitsplatz vergessen hat. Sie meinte, es wäre schön, ihr den zu bringen. Denken Sie, das wäre möglich? Ich würde sie morgen oder übermorgen wieder besuchen", sagte Malik und holte Luft.

Er wurde nervös. Das war viel zu direkt, viel zu wenig diplomatisch-charmant formuliert. Momoko Sandgruber war der Typ, der auch ein bisschen unterhalten werden wollte. Zudem wurde ihm bewusst, wie seltsam es klang, dass der kleinkriminelle Küchenhelfer am Krankenbett der IT-Spezialistin sitzen wollte. Suris Kollegin hatte ja nichts von ihrer Annäherung mitbekommen. Oder doch? Suri war von Anfang an nett zu ihm gewesen.

„Ja, Mist, er lag noch auf ihrem Tisch. Ich hab das erst gemerkt, als ich vom Meeting kam, und ihn erst mal weggeschlossen. Aber, wenn sie jetzt private Anrufe machen will, ist das natürlich blöd", sagte Momoko Sandgruber mehr zu sich als zu Malik. „Und Sie fahren demnächst in die Klinik ...", fragte sie und schaute auf sein Display, das Bart ihm besorgt hatte, „Herr Cerny?"

Malik nickte und überlegte fieberhaft, ob er seinem Gegenüber Suris Zustand andeuten sollte. Doch als er noch über eine vorsichtige Formulierung nachdachte, sagte Momoko Sandgruber zu seiner Überraschung auch schon: „Okay, passen Sie auf, ich hole das Ding kurz und Sie sichern mir meinen Salat."

Malik lächelte. „Na klar." Wie auf heißen Kohlen bediente er weitere Mitarbeiter. Gerald Kronberg und ein asiatisch anmutender Gast sowie Hans Vidal betraten den Saal und er begann, innerlich zu fluchen. Malik sah die einzige Lösung darin, die Biege zu machen, um die Übergabe hinauszuzögern. Wenn er Glück hatte, waren die Männer in fünf Minuten in ihr Essen und ihre Gespräche vertieft.

Er spurtete zu Hedi, sagte leise mit deutlichen Lippenbewegungen, dass er unbedingt auf die Toilette müsse. Seine Kollegin nickte und zeigte mit der Hand in Richtung Tür, was wohl so viel hieß wie freie Bahn. Er nickte der Gruppe unmerklich zu, hatte die Handfläche schon an der Schwingtür, da hörte er, wie Momoko nach ihm rief.

„Malik, warten Sie, hier ist Suris Gerät!"

Er drehte sich langsam um. Malik lächelte, ging ein Stück um sie herum, um sie möglichst von den Blicken Vidals und Kronbergs abzuschirmen. Er zwang sich, ruhig zu bleiben.

„Haben Sie vielen Dank", sagte er und wollte den Highcontroller entgegennehmen und in seine Hosentasche stecken. In dem Moment schob sich Hans Vidal zwischen sie, packte seine Hand und hielt sie fest.

„Was soll das, Frau Sandgruber? Wie kommen Sie dazu, ihm Suris Kommunikator anzuvertrauen? Sind Sie verrückt?", zischte das Gepardenfrettchen.

Momoko schüttelte den Kopf. „Völlig crazy, ja. Es ist Suris privater Highcontroller. Er bringt ihn Suri, wenn er sie in der Klinik besucht. Sie wollte ihn gerne haben."

„Hat er das gesagt?" Hans Vidal lächelte künstlich, dann wurde er wieder ernst. „Und was soll sie damit im Koma?"

„Was? Suri liegt im Koma? Wieso, was ist passiert?" Momoko wirkte erschreckt, wandte sich nun Vidal zu.

„Ich hoffe, dass sie bald wieder aus dem Koma erwacht. Es gibt jedenfalls keinen Grund, ihr das Kommunikationsgerät nicht zu bringen", sagte Malik. Die Aufforderung, sich Suri gegenüber trotz ihres Zustandes korrekt zu verhalten und gleichsam Zuversicht auszustrahlen, verfehlte ihre Wirkung nicht.

„Eigentlich sollte ich dich mit Klagen wegen Beleidigung überziehen", sagte das Gepardenfrettchen. Offensichtlich hatte sich Hans Vidal heute mehr im Griff als noch am Wochenende. Zumindest machte er keine Anstalten, tätlich zu werden. Vielleicht scheute er auch das Publikum. „Sie werden ihm den Highcontroller nicht geben. Unser Kleinkrimineller will nur in ihren Privatsachen wühlen."

„Warum um Himmels willen sollte ich das tun?" Malik hoffte, dass es ehrlich klang.

„Weil du ein einsamer Soziopath bist."

Malik verstand, dass er diese Runde nicht gewinnen konnte. Selbst wenn er ein Soziopath war, stand er nämlich einem noch viel größeren gegenüber. „Und Sie? Was sind Sie? Der Retter, der Suri beschützt?" Er atmete schwer aus. „Dann beschützen Sie sie, bringen Sie ihr das Gerät. Aber ich werde sie weiterhin besuchen. Das können Sie mir nicht verbieten."

Hans Vidal ignorierte ihn nun demonstrativ, drehte sich zu Momoko und streckte die Hand aus.

Ihre Augen verengten sich, sie steckte den Highcontroller in ihre Handtasche. „In welchem Krankenhaus liegt Suri?"

„Frau Sandgruber, seien Sie nicht albern." Er hielt die Hand immer noch ausgestreckt.

„Sie ist in der Arox-Klinik", sagte Malik. „Ich hab nichts gesagt, weil die Ärztin mich gebeten hat, als Nichtfamilienmitglied nichts nach außen zu tragen. Ich war zufällig dabei, als sie ins Koma gefallen ist."

Das Gepardenfrettchen schnaubte laut.

„Danke, können Sie mir noch meinen Salat geben?", sagte Momoko zu Malik. Hans Vidal ging an der Buffetzeile nach oben und orderte bei Hedi.

Malik drehte sich um, öffnete den unteren Kühlschrank unter den Herdfeldern und reichte Suris Kollegin den Teller. Er versuchte, aus Momokos Blick herauszulesen, ob sie ihm nun misstraute. Er war sich nicht sicher. Aber im Grunde genommen konnte ihm das egal sein. Er musste einen anderen Weg finden, um an Information zu kommen.

8

Malik vergeudete keine Zeit, ging nach Arbeitsende sofort nach Hause und setzte sich an seinen Computer. Nachdem er alle Verbindungen zum Netz abgeschaltet hatte, schloss er sein Analysetool aus dem Firmenhighcontroller an und vertiefte sich in die Aufzeichnungen.

Der allermeiste Datenverkehr in unmittelbarer Umgebung war derjenige zwischen den Highcontrollern, der Speiseverwaltungssoftware und den Programmen, die Empfehlungen für den persönlichen Verzehr gaben. Diese Schnittstelle bedeutete sein Einstiegsfenster, über das er an die einzelnen Accounts und somit Firmeninformationen herankam, vorausgesetzt seine Zielpersonen verwendeten Geräte des Unternehmens. Aber ein bisschen Glück war immer dabei.

Malik schrieb die ganze Nacht an seinem Programm. Es sah für den Highcontroller wie die Andockstelle der Speisebehälter aus, die Auskunft über Kalorien, gesunde und nicht so gesunde Fette, Ballaststoffe und Zucker gaben. War der Kontakt hergestellt, baute es eine Verbindung auf, über die er mit seinem Tool Passwörter sowie Arbeits- und Lebensgewohnheiten Einzelner auslesen konnte. Kurz danach gab es wieder die Verbindung zur echten Software frei. Entscheidend war, dass er in räumlicher Nähe zu seiner Zielperson stand. Gelang es ihm, an diese Schlüsseldaten heranzukommen, konnte er beispielsweise frühmorgens oder abends auf die Konten zugreifen, wenn die Mitarbeiter nicht mehr oder noch nicht aktiv waren und nicht mitbekamen, dass er sich statt ihrer dort herumtrieb.

Malik benötigte zwei Tage, bis er alles durchgetestet hatte, um an den Start gehen zu können. Gleichzeitig wurde ihm klar, dass sein Projekt auch eine Herausforderung für ihn als Soziopath war. Es bedeutete, dass er möglichst nah an Essensbox und Führungskraft herankommen musste. Dies schrie förmlich nach jeder Menge dämlichem Small Talk, was bei ihm für nachhaltig schlechte Laune sorgte. Meistens wollte er einfach nur schweigen, des Öfteren weglaufen.

Der Vormittag in der Kantine war wie an ihm vorbeigeflogen. Als die ersten zum Mittagessen eintrafen, sah er, dass auch Momoko auf seine Buffetzeile zusteuerte.

„Hey, Frau Sandgruber", sagte Malik, aktivierte seinen Firmenkommunikator, in dem Tool und Programm saßen, und versank ins Grübeln. Er wollte sie nicht fragen, ob sie schon bei Suri gewesen war, ebenso wenig, wie es ihr ging oder auf welchen Vitaminschnickschnack sie Lust hatte. Adäquater wäre vielmehr: Wissen Sie, was Suri herausgefunden hat? Wie viele Nichtleistungsträger haben Sie schon reingeritten?

Als sie ihn anblickte, hatte er das seltsame Gefühl, sie hätte seinen inneren Monolog vernommen. Konnte er eigentlich davon ausgehen, dass sich hier niemand für ihn interessierte? Was, wenn Momoko sich über ihn schlaugemacht hatte? Er musste vorsichtig sein.

„Ich hätte gern vom Krabbencocktail", sagte sie beiläufig. Malik nickte, nahm einen Teller, trug ihr auf und reichte ihr die Portion schweigend.

Hinter Momoko Sandgruber tauchten Gerald Kronberg und Hans Vidal auf. Das Gepardenfrettchen deutete eine Winkbewegung an und ging gleich weiter zu Hedi. Malik freute sich, dass seinem besonderen Freund so zumindest all die Speisen verwehrt blieben, die sich in seinem Hoheitsgebiet befanden. Allerdings würde es schwer werden, an sein Profil heranzukommen.

Er nickte Kronberg höflich zu, registrierte, dass der konzentriert auf seinen Highcontroller schaute. Malik schluckte und zwang sich, in die Hosentasche zu fassen. Seine Hand zitterte, seine Schläfen pochten. Er tastete mit seinen Fingern nach dem linken oberen Displaybereich, dann aktivierte er sein Programm.

„Geben Sie mir doch von dem Couscous-Gemüse und dem Stockfisch in Meerrettich", wand der Konzernchef sich nun an ihn.

„Gerne." Malik hatte Mühe, den Teller ruhig zu halten. Fast fallen gelassen hätte er ihn, als Kronberg aufgebracht meinte: „Nicht den in Sahnemeerrettich, um Himmels willen, den puren."

„Sie achten auf Ihre Linie", sagte Malik, um von seiner Nervosität abzulenken, und bereute es sofort wieder. Kronbergs Augenbrauen schoben sich leicht zusammen.

„Das sollte eigentlich jedem verantwortungsbewussten Menschen in Fleisch und Blut übergegangen sein", sagte der Konzernchef. „So verursacht man keine zusätzlichen Kosten. Die Sahnesauce-Variante dürfte da gar nicht stehen."

Malik blinzelte. Am liebsten hätte er gesagt: Doch, sie ist nur dazu da, um Sie zu testen. Ob Sie sich auch wirklich daran erinnern, sich für die Menschheit zu opfern, Sie Armer. „Nicht immer ist so offensichtlich, was langfristig die größeren Kosten verursacht", warf er Kronberg stattdessen hin.

Der ging auf die Finte ein, nickte und erwiderte: „Wohl wahr. Aber für uns arbeiten die besten Thinktanks, Wissenschaftler und Experten und wir haben die am weitesten entwickelte Technik. Also machen Sie sich keine Sorgen."

„Verstehe", sagte Malik und lächelte ganz ungezwungen, weil er mächtig stolz auf sich war. Wenn er so weitermachte, konnte er sich beim nächsten großen Small-Talk-Contest bewerben.

Als der erste Ansturm vorbei war, bat er Hedi, kurz zu übernehmen, verdrückte sich auf die Toilette und trat hinter die Tür in den toten Winkel der Kameras, den er gleich an seinem ersten Tag entdeckt hatte. Er strahlte. User, Passwort und eine erhebliche Anzahl an Log-in-Protokollen tauchten im kleinen Fenster seines Geräts auf. Malik triumphierte innerlich. Die Ernüchterung folgte auf dem Fuß. Er konnte kaum glauben, was ihm die An- und Abmeldelisten da erzählten. Der Konzernchef war praktisch immer online, im letzten Monat fand Malik keinen Tag, an dem er früher gegangen oder später gekommen war. Er schien den Highcontroller nur zwischen 2 und 4 Uhr nachts auszuschalten, ab und zu auch beim Mittagessen.

Was war der Typ? Ein Nachkomme von Napoleon? Eine Maschine? Ihm fiel keine Ausrede ein, seine Schicht im Unternehmen einfach mal zwischen 2 und 4 Uhr anzutreten. Von außerhalb zuzugreifen, stellte für ihn keine Option dar. Die Sicherheitsvorkehrungen waren viel zu hoch, selbst für ihn, und Eindringlinge ließen sich leichter zurückverfolgen. Hier mitten im Bienenstock fühlte er sich sicherer.

Malik sah auf die Uhr. Es blieb im Grunde genommen nur eine Möglichkeit, und wenn er sie nutzen wollte, fing er am besten sofort damit an. Gerald Kronberg aß nicht jeden Tag hier. Er verfügte über den Zugang, also los. Nach den Protokollen hatte er ein Zeitfenster von vielleicht einer Viertelstunde. Länger als sieben oder acht Minuten sollte er sowieso nicht auf der Toilette bleiben.

Er wechselte die Ebene und rief das Kronberg-Netzwerk auf. Dann tippte er den User ein, bei der letzten Ziffer des Passwortes sah er zur Decke und sprach zu sich: Lass ihn das Gerät ausgeschaltet haben. Es ist gut für die Gesundheit, in Ruhe zu essen. Malik schickte den Sesam-öffne-dich-Befehl ab und riss die Augen auf. Das elektronische Büro von Gerald Kronberg ploppte vor ihm auf. Er sah wieder auf die Uhr. Fünf Minuten, nicht länger, sagte er sich.

Er tippte auf den Ordner *Projekte*, fand aber nur irgendwelche Marketingschwurbeleien und Teamprotokolle. Dann fiel ihm ein zweiter – *Zukunftssicherung* – ins Auge. Die Namen der Unterordner muteten seltsam an und signalisierten ihm, dass er auf der richtigen Spur war. *Follower, Nicht-Follower, Zwillingsprofilkunden, Interaktionskontrolle Follower, Interaktionskontrolle Nicht-Follower, Problemlösung, Bilanzierung* und *Deals*. Er sah sich in *Nicht-Follower* um, konnte mit den verlinkten Datenbanken aber wenig anfangen.

Dann tippte er *Suri Temme* in die Suchmaske ein. Treffer. Es öffnete sich eine Karte mit unendlich vielen Verweisen. Das würde er auf keinen Fall sofort entschlüsseln können. Es schien so, als ob der Konzern so viele elektronisch nachvollziehbare Schritte seiner Mitarbeiterin wie nur möglich dokumentierte. Malik wechselte in den Ordner *Interaktionskontrolle Nicht-Follower*. Suri hatte auch dort ihren Datenbankplatz. Die Verweise waren so komplex aufgebaut, dass er kaum abschätzen konnte, in was hier die Kontrolle bestehen sollte.

Malik hatte eine spontane Eingebung und tippte *Hedwig Schwaderer* in die Maske. Wenn es darum ging, Einzelne in ihren alltäglichen Interaktionen zu überwachen und zu steuern, würden sie sich bei Hedi schwerer tun. Sprach- und Hörkanal fielen weg. Es blieben die Spuren der Netzsuche, physische Wege, Konsumverhalten und Menschen, die mit ihr zu tun hatten und durch ihre Ansprache Auskunft über sie gaben. Der quantitative Unterschied war offensichtlich, trotzdem blieb es fraglich, ob das nicht genauso ausreichte.

Malik checkte die Zeit. Noch zwei Minuten. Vielleicht fand er im Ordner *Problemlösung* Anhaltspunkte dafür, wie dieses krude Projekt konzipiert war. Aber auch dort dominierten Listen das Bild. Eine sah so aus, als handelte es sich um kleinere Firmen, die noch selbstständig waren.

Ein Unternehmen kannte er, eine Flotte mit autonomen Leihautos, das aufgrund seines Service einen guten Ruf genoss. Was hieß es, wenn das hier auf der Liste stand? Die Antwort fand sich in Klammer hinter dem Namen des Chefs Alex Fabri: *Übernahme präzisiert die Analyse und Vorhersagesicherheit um 1,5 Prozent, Einflussfaktor der Wagennutzung gering, Imagegewinn durch Modernisierung überschaubar.*

Das bedeutete, dass Kronberg sämtliche große und kleine Konkurrenten auf ihr Datenpotenzial hin überprüfte. Keine neue Idee, aber mit Blick auf die beiden Kategorien *Follower* und *Nicht-Follower* gewann die Sache durchaus an Schärfe.

Was hatte Suri noch mal gesagt? Sinngemäß sprach, nein, schrieb sie von Menschen, die in Kasten eingeteilt und wie auf einem Schachbrett hin und her geschoben wurden. Wenn der Anbieter von autonomen Autos wenig Einfluss hatte, weil sich die meisten solch eine altmodische Fortbewegungsart wegen ihres CO_2-Kontostands sowieso nicht mehr leisten konnten, sah es bei Kommunikationsgeräten, Software, Profilverwaltung, Ranking von Sozial-, Gesundheits- und Ratgeberportalen schon anders aus.

Genau genommen lebten sie schon jetzt so gut wie in einem fast umschlossenen, vernetzten Raum, in dem jeder Schritt abgebildet werden konnte. Folglich ließ sich auch der nächste vorhersagen und im Idealfall in eine bestimmte Richtung lenken. Das frühe Stadium, dass herumstreunende, digital nicht erfasste Hunde die gefährlichsten Unfälle beim autonomen Fahren verursachten, war längst überwunden. Wenn Menschen auch noch keine Chips im Körper trugen, so konnte bei entsprechender Koordination von Highcontroller, Bestelllisten, Freizeitangeboten und Aktivitäten mit Freunden und Familie sicher ein digitaler Fluss geschaffen werden, der einen einfach mitriss. Dazu gehörte vermutlich auch, Kontakte im Extremfall zu unterbinden, Ängste um das eigene Wohl oder die Versorgung zu schüren und ganz konkreten Druck auszuüben.

Im nächsten Moment schwang die Tür auf und Malik hatte große Probleme, zu reagieren.

Bartholomäus Krüger sah ihn verärgert an und schimpfte: „Ich hab mir schon Sorgen gemacht, dass was is. Und was macht der feine Herr? Eine kleine Entspannungspause mit dem Highcontroller. Mann, du solltest dich was schämen, Hedi so hängen zu lassen."

Malik loggte sich panisch aus, dann hob er die Rechte und schob mit der linken den Kommunikator in die Hosentasche. „Bitte Bart, ich war ganz normal auf der Toilette und hab gerade nur kurz was nachgeschaut, als du zur Tür hereingekommen bist", sagte Malik. „Bisher, glaube ich, gab es keinen Grund zur Beschwerde. Ich bin praktisch schon am Buffet." Er hoffte, den richtigen Ton getroffen zu haben, zu unterwürfig wollte er sich nun auch wieder nicht geben.

„Davon gehe ich aus, aber vorher darfst du mir dein Gerät überreichen, damit du ein bisschen weniger Ablenkung hast." Der Küchenchef sah ihn ernst an.

Malik schloss die Augen. Er konnte den Highcontroller unmöglich aus der Hand geben, nicht bevor er sein Tool herausgenommen hatte. Wenn auch nur ansatzweise herauskam, was er hier trieb, fand er sich nicht nur im Knast wieder, er würde ziemlich sicher mit Firmenklagen zugeschüttet werden. Er fragte sich fieberhaft, ob eine lockere Reaktion oder Angriff besser war.

„Du bekommst ihn nach Dienstschluss wieder. Wenn er klingelt, bin ich ja immer in der Nähe." Bart klang wie ein verständnisvoller, gutmütiger Pädagoge, was ihn nicht nur nervös, sondern auch wütend machte.

„Noch mal. Ich habe meine Blase erleichtert, wie das vermutlich auch dir zusteht. Nur weil ich noch etwas nachgeschaut habe, heißt das nicht, dass ich plötzlich zum Faulenzer mutiert bin und du mich wie ein kleines Kind behandeln musst", sagte Malik.

„Dann kannst du mir das Gerät ja geben", meinte Bart und streckte die Hand aus.

Maliks Gedanken rasten. In dem Moment klopfte es an der Tür, zweimal, dreimal, dann ging sie langsam auf und Hedi steckte ihren Kopf hinein. Sie schüttelte ihn fragend, doch ihr Blick verriet, dass sie die aufgeladene Situation mit ihren feinen Antennen schon erfasst hatte.

Bart ging einen Schritt auf ihn zu, fasste ihm in die Tasche, packte den Highcontroller und zog ihn heraus. Malik war nur noch fähig zu einem „Hey, hey, hey", das sich in der Lautstärke steigerte. Mit seiner Rechten bekam er den Unterarm von Bart zu fassen, mit der Linken seine Schulter, um ihn etwas auf Abstand zu halten.

Hedi war jetzt bei ihnen, klopfte aufgeregt mit der flachen Hand auf Barts Rücken und versuchte, sich zwischen sie zu drängen. Ihre kehligen Laute klangen, als hätte sie jemand verwundet. Barts Blick fiel auf das Kronberg-Logo seines Highcontrollers.

„Du hast ein Firmengerät? Und damit sitzt du ewig auf der Toilette? Was hast du mit dem Ding angestellt?"

Malik wurde schlecht. Es war jetzt sowieso alles egal. Er spürte, wie Hedi auch ihm auf den Rücken klatschte.

„Na, was wohl? Ich spioniere die Firma aus, so wie sich das für einen Hacker gehört. Gerade habe ich geschaut, was Gerald Kronberg so treibt und welche Zukunftsvisionen er für uns bereithält. Grauslich, sag ich dir."

Bart schnaubte. „Typisch, mit Sarkasmus von den eigenen Fehlern ablenken. Ich erwarte auch von dir Solidarität gegenüber dem Team, vor allem gegenüber Hedwig."

„Die hatte ich. Nach deinem Auftritt allerdings ist nicht mehr viel davon übrig. Misstrauen und autoritäres Gehabe ersticken sie nämlich im Keim", brüllte Malik. Er musste einfach Dampf ablassen.

Ein zweiter Highcontroller wanderte in ihr Blickfeld.

Hört auf, sofort!

Malik erstarrte, als er sah, dass Hedi Tränen über die Wangen liefen. Er ließ Bart los, strich sich über den Kopf und nahm Abstand.

„Hedi, es tut mir leid", sagte er.

Auch Bart wirkte verdattert. „Mein Gott, ich will doch nur, dass es gerecht zugeht."

Hedi wischte sich über die Augen, tippte und hielt ihm den Bildschirm hin.

Malik ist ein guter Kollege, ein sehr guter Kollege.

„Na großartig, hätten wir das auch geklärt", knurrte Bart und ging durch die Schwingtür nach draußen.

Hedi stampfte auf, folgte Bart, steckte ihr Gerät weg, wischte sich noch mal über die Augen und begann, die Salate wegzuräumen.

Malik fühlte, wie seine Wangen glühten, wahrscheinlich hatte er einen hochroten Kopf. Weil ihm nichts Besseres einfiel, ging auch er zu seinem Buffetbereich und begann, Behälter aus dem Schrank für das übrig gebliebene Fleisch aus den Fächern zu holen. Bart kam auf ihn zu. Himmel, warum ließ er ihn jetzt nicht einfach nur in Frieden.

„Schau, dass du deinen Punktestand bei Hedi hältst", sagte er und drückte ihm seinen Highcontroller demonstrativ in die Hand. Hedi schaute herüber und nickte. Malik verstand. Es ging um Barts Punktestand.

Es fiel ihm ein Stein vom Herzen. Seine taubstumme Kollegin hatte ihm den Arsch gerettet. Er neigte den Kopf und blinzelte in ihre Richtung. Eigentlich hätte er auf die Knie fallen müssen.

9

Malik war viel zu aufgewühlt, um jetzt nach Hause zu gehen. Als er die Konzernschranke passierte und sich in Richtung Unterdruckbahn aufmachte, tastete er noch mal in der Hosentasche nach seinem Tool, ob er es auch wirklich mit nach draußen genommen hatte. Ja, er spürte den kleinen runden Knopf zwischen Fingern und Oberschenkel.

Ob er kurz im Freizeitpark vorbeisehen sollte? Der Gedanke, Dario sein Herz auszuschütten, war unglaublich verlockend. Es tat einfach verdammt gut, mit seinem Bruder zu reden. Er hatte eine natürliche Begabung, Menschen, die ihm nahestanden, zu unterstützen. Sicher spielte dabei eine erhebliche Rolle, dass sie nach dem Tod von Vater füreinander da gewesen waren. Aber genau das war auch der Grund, warum sich Malik dagegen entschied. Dario würde zuhören, sich einfühlen und sich schreckliche Sorgen machen, ohne es ihm zu zeigen. Außerdem konnte er nicht ausschließen, dass sein Bruder, weil er Angst um ihn hatte, auch mal etwas gegenüber seinem Onkel oder sogar gegenüber seiner Mutter fallen ließ. Möglicherweise bemerkten die beiden auch etwas und sie begannen, bei Dario zu bohren. Das wollte er um jeden Preis verhindern.

Dann sah er auf die Anzeige. Die nächste Bahn fuhr über die Arox-Klinik. Ja, das war eine verdammt gute Idee. Er würde Suri besuchen. So konnte er noch ein wenig Energie loswerden und etwas Sinnvolles tun. Malik wusste nicht, ob er zu ihr auf die Station durfte, aber es konnte nicht schaden, es einfach zu versuchen.

Der Zug kam in zehn Minuten. Malik schlenderte über den Bahnsteig. Am gegenüberliegenden Ausgang war gerade jemand dabei, den Automaten mit Getränken und Snacks zu füllen. Die auswechselbaren Kästen standen auf einem Elektropritschenwagen. Als Malik dem Bestücker zuschaute, fiel sein Blick auf die Fächer der hinteren Module, die sich noch auf der Ladefläche befanden. In den oberen Miniabteilen mit Glassichtfensterchen lagen Notizblöcke in drei verschiedenen Größen mit bunten Kulis. Farbenfroh lachten sie ihn an. Was für ein nettes Geschenk für Hedi, dachte er.

Malik wandte sich an den Mann, der die Tür des Automaten zuklappte und seine Arbeit abgeschlossen zu haben schien. „Kann ich bei Ihnen diese Blöcke kaufen?", erkundigte er sich.

„Vom Schulmodul?", fragte der.

Malik zeigte auf das Fach.

„Ja, klar, zwei Mittelwesteuro."

Er kramte in seiner Hosentasche, fand einen Fünfer und bekam das Wechselgeld zurück. Dann hielt der Mann einen Chip ans Fenster, angelte die Blöcke mit den Kulis heraus und gab sie ihm. Malik war sehr zufrieden und steckte die Ausbeute in seine Tasche. Er hoffte, dass Hedi Blöcke und Stifte gefielen.

Als er in der Arox-Klinik ankam, war schon in der Eingangshalle einiges los. Besuchergrüppchen bevölkerten die Sitzecken und Bänke, das Café im Erdgeschoss wirkte belagert. Mann, wäre das klasse, Suri jetzt zu einem verspäteten Kaffee und Kuchen einzuladen und sich ein bisschen was voneinander zu erzählen. Was würde sie von seiner Kamikazeaktion halten? Was war wahrscheinlicher, Lob oder Tadel? Wenn er ehrlich war, wünschte er sich keines von beiden, sondern einfach nur, dass sie Zuhörer füreinander sein konnten.

Er ging nach oben und meldete sich an der Stationspforte. Dort saß die Ärztin, die ihn vorgestern zur Verschwiegenheit verpflichtet hatte.

„Entschuldigen Sie, ich würde Suri Temme gern besuchen. Ist das möglich?", erkundigte er sich.

„Sie waren neulich schon mal da, als wir ...", sie zögerte, „... intervenieren mussten?"

Malik nickte, dann kam ihm ein schrecklicher Gedanke. Keine Sekunde hatte er in Betracht gezogen, dass sich Suris Zustand weiter verschlechtert haben könnte. Er versuchte, aus den Augen der Medizinerin etwas abzulesen.

„Hören Sie, ich darf nur Angehörigen Auskunft geben, aber wenn Sie mir Ihren Namen und Ihre Adresse geben, können Sie zu ihr."

„Ich heiße Malik Cerny und wohne im Nordend, Neue Fahrt 3209."

„Nicht die allerbeste Gegend", sagte die Ärztin und tippte seine Angaben in den Stationscomputer. „Sie liegt hier vorne, zweites Zimmer rechts."

„Kann ich irgendwas falsch machen?"

„Nein, reden Sie einfach mit ihr, auch wenn sie im Moment keine Reaktion zeigen kann."

Malik hielt sich an den Vorschlag der Medizinerin. Er klopfte, so wie er es auch getan hätte, wenn Suri bei Bewusstsein gewesen wäre, wartete ein bisschen, trat ein, begrüßte sie und nahm sich einen Stuhl.

„Hab wieder keine Blumen und auch die Zeitschriften nicht dabei, weil ich direkt von der Arbeit komme", sagte er. „Du kannst dir gar nicht vorstellen, wie stressig das heute war." Malik verschränkte die Hände hinter dem Nacken. Er würde ihr nicht erzählen können, was er genau damit meinte. Gerade im Krankenhaus gehörte die akustische Überwachung zum Standard. Malik stöhnte. Er verspürte das Bedürfnis, ein paar Dinge loszuwerden. Plötzlich hatte er eine Idee, griff in seine Tasche und holte einen der Blöcke und Kulis heraus. Die anderen beiden blieben für Hedi.

Malik rückte ein Stück zum Fenster. Dort musste er keine Angst haben, dass eine Kamera installiert war. Auch wenn überall Daten gesammelt wurden, so konzentrierte man sich hier auf die Patienten, und eine Klinik war längst nicht so gut ausgerüstet wie ein reiches IT-Unternehmen. Malik begann, zu schreiben.

Liebe Suri,
ich habe heute versucht, etwas zu deinen Andeutungen herauszubekommen. Wir hatten noch keine Gelegenheit, darüber zu sprechen, aber ich

habe auch Informatik studiert. Meine ersten Recherchen haben ergeben, dass Kronberg euch alle in treue und weniger treue Gefolgsleute eingeteilt hat. Es ist auch zu vermuten, dass der nächste Schritt der Überwachung eingeleitet ist, so wie du es formuliert hast, die Menschen wie auf einem dreidimensionalen Schachbrett hin und her geschoben werden. Die Frage ist, welche Kriterien sie anwenden und wie die Variablen aussehen. Was passiert, wenn ich beim Fitnesstraining zu viel Sauerstoff verbrauche, und meine Gesundheit gefährde, weil ich in den Außenbezirken joggen gehe? Kann ich das noch mit einer gesellschaftlich wichtigen Tätigkeit als Hightechexperte ausgleichen? Wie viel zählt die Tatsache, dass ich als Servicekraft aber für die emotionale Ausgeglichenheit hochbegabter Mitarbeiter sorge?

Malik musste an Hedi denken. Er setzte den Kuli gerade wieder an und wollte zu seiner Recherche und seinem Fastauffliegen kommen, da klopfte es an der Tür. Als sie sich öffnete, konnte Malik es kaum fassen und verspürte den Impuls, sofort abzuhauen. Er hatte das Gefühl, dass es Hans Vidal nicht viel anders ging. Im nächsten Moment klingelte dessen Kommunikator. Suris Ex-Schwager schien aber noch nicht mal daran zu denken, sein Gespräch draußen zu führen, und murmelte irgendwas von Besprechung und Terminen in den Apparat.

Was für ein Arschloch du doch bist, Vidal, dachte Malik in diesem Moment, und gleichzeitig: Du würdest vermutlich gar nicht merken, wenn ich dein Gerät leerräume, so beschäftigt wie du bist. Ganz genau! Das war eine Riesenchance. Malik stand auf, ging an Hans Vidal vorbei und sagte laut: „Ich bin in zehn Minuten wieder da."

Sein Widersacher legte seine Rechte kurz auf das Mikro, blaffte ihn mit einem lauten „Buhh!" an, lachte und führte das Gespräch fort.

Malik beeilte sich, nach unten zu kommen. Im Erdgeschoss ließ er den Blick über die Cafétische wandern. Weiter hinten auf einer kleinen Mauer saß ein Jugendlicher, den er auf vielleicht 16 oder 17 Jahre schätzte und der gelangweilt in die Halle schaute. Als er bei ihm war, nickte er ihm zu und setzte sich neben ihn.

„Hey, ich befinde mich in einer Art Notsituation. Mir ist mein Highcontroller geklaut worden, ich muss aber ganz dringend ein paar Dinge regeln", sagte er. „Du siehst so aus, als würdest du noch nicht arbeiten. Vielleicht kannst du mir helfen. Ich kaufe dir dein Gerät ab und du besorgst dir heute oder morgen ein neues von dem Geld."

Der Junge sah ihn überrascht an, dann fragte er: „Was bieten Sie mir denn?"

Super, ich tippe, du fängst morgen bei Kronberg an, dachte Malik. Er würde erst mal extra wenig ansetzen, damit der Junge das Gefühl hatte, ihn hochhandeln zu können. „Ich hatte an zehn Mittelwesteuro gedacht."

„Was? Dafür bekomm ich doch kein neues Teil. Wann haben Sie denn zum letzten Mal einen Highcontroller gekauft?"

„Für 20 Mittelwesteuro bekommst du einen sehr guten", sagte Malik.

„Kein Interesse", meinte sein Gegenüber. Malik hielt es für keine gute Idee, sich hier festzubeißen. Er wanderte mit seinem Blick durch die Bankreihen an der Glasfront. Er hatte einen weiteren Kandidaten entdeckt. Seine Zeit war begrenzt.

„In Ordnung", sagte er und stand auf. Das schien den Jugendlichen in seinem Selbstbewusstsein zu erschüttern. Er sah seine Felle davonschwimmen.

„25 Mittelwesteuro." Obwohl Malik jetzt eigentlich hätte einlenken können, gönnte er dem jungen Kerl die Summe nicht. Vielleicht spielte auch eine Rolle, dass Hans Vidal ihm die Laune verdorben hatte.

„Ich kann dir 20 geben, habe aber keine Zeit für Feilschereien", meinte er kühl.

„Gut, schon gut", sagte der Junge, nestelte in seinem Rucksack herum und zog das Gerät heraus. Malik gab ihm die zwei Scheine, die in seiner rechten hinteren Hosentasche steckten. Auf dem

Weg zurück setzte er sein Tool ein, schaltete den Highcontroller an, lud eine Basisprogrammiersoftware herunter, mit der er ein paar Einstellungen an seiner Andockstelle umschreiben konnte. Schlimmstenfalls würde Vidals Vitamin-Kalorien-Verwaltungsprogramm aufploppen und sich wieder schließen. Sollte er in diesem Moment nicht telefonieren und zufällig auf den Apparat schauen, ging Malik trotzdem nicht davon aus, dass er automatisch auf ihn kam. Gleichsam hoffte er, dass er sowieso zu beschäftigt mit irgendwelchen Telefonaten war.

Er lag richtig. Als Malik Suris Zimmer betrat, kommunizierte sein Widersacher, als hinge sein Leben davon ab. Malik ging zum Bett, aktiverte sein eigenes Gerät, das er in der Hosentasche trug.

Er schaute nach Suri. Ihre Augen waren geschlossen. Innerlich entschuldigte er sich für sein Vorgehen, würde ihr schreiben, warum er sich so verhalten hatte, nahm er sich vor. Aber die Gelegenheit konnte er sich nicht durch die Lappen gehen lassen.

Nach vielleicht zwei Minuten sagte er: „Wieso besuchen Sie Suri eigentlich, wenn Sie doch nur mit jemand anders sprechen?"

Das Gepardenfrettchen nickte, lachte und drehte sich weg, um Malik zu zeigen, dass er Luft für ihn war. Das berührte ihn wenig, aber der Typ ignorierte komplett, dass dort neben ihm eine kranke Frau im Koma lag. Malik spürte eine Mischung aus Scham für so viel Ignoranz und Gefühllosigkeit sowie Wut, die allmählich größer wurde.

Er ging nach draußen, suchte das Zimmer der Ärztin, klopfte und schilderte sein Anliegen.

Die fackelte nicht lange, ging in Suris Zimmer, ohne zu klopfen, und richtete sich an Hans Vidal: „Ich möchte, dass Sie Ihr Gerät sofort ausschalten, und zwar ganz."

Das Gepardenfrettchen lächelte Malik wissend an. „Aber selbstverständlich", sagte er, tippte auf seinem Kommunikator herum und schob ihn dann in sein Jackett. „Können Sie mich jetzt bitte kurz auf den Stand bringen. Ich warte ja auf Sie."

Die Medizinerin schüttelte den Kopf. „Wissen Sie eigentlich, wie Sie sich verhalten?"

„War blöd, ich weiß, wie das gewirkt hat. Es tut mir auch leid, aber ich bin geschäftlich wahnsinnig unter Druck", sagte er. „Wie war noch mal Ihr Name?"

„Donatu, Ellen Donatu."

„Frau Donatu, ich bin hier, weil Suris Eltern heute nicht kommen können. Ich habe ihnen aber versprochen, kurz Rücksprache mit Ihnen zu halten, um sie auf den neusten Stand zu bringen. Würden Sie mir den Gefallen tun?" Vidals Stimme war jetzt weicher. Er verstand es, die Leute einzuwickeln, dachte Malik.

„Die Eltern können mich jederzeit anrufen."

Malik verkniff sich ein Grinsen, war gespannt auf Vidals Reaktion.

„Ihre Mutter wird heute selbst an der Galle operiert, Kai ist dabei", sagte das Gepardenfrettchen. Seine Stimme klang empathisch und nicht übertrieben. Er machte seine Sache gut, das musste Malik ihm lassen, auch wenn er felsenfest davon überzeugt war, dass Hans Vidal keinen Funken von Gefühl verspürte.

„Okay, kommen Sie mit rüber", sagte Ellen Donatu und ging voran. Als Hans Vidal an ihm vorbeistrich, flüsterte er Malik ins Ohr: „Komm du mir mal morgen ins Unternehmen, mein Guter. Ich werde alle Hebel in Bewegung setzen, um dieses Stalking zu beenden, mein Freund."

Malik spürte, wie sein Körper antwortete. Adrenalin jagte Blut in seine Schläfen. Er hörte es auch in den Ohren rauschen, konzentrierte sich jetzt aber auf die Tür, die hinter seinem neuen Intimfeind zuklappte.

Der nächste Augenblick gehörte ihm ganz allein und machte einen guten Teil wieder wett. Er setzte sich auf einen der Plastikstühle neben Donatus Zimmer, checkte User und Passwort und meldete sich über den Server als Hans Vidal an. Malik schaute sich kurz um und kopierte Ordner und Verzeichnisse, die ähnliche Stichworte aufwiesen, wie er sie schon bei Gerald Kronberg gesehen hatte. Nach drei Minuten loggte er sich aus und verließ das Krankenhaus.

Zurück an der Station nahm er sein Tool heraus, ging an einem der Abfalleimer vorbei und ließ den Apparat in die Öffnung fallen.

10

Hans Vidal sah Ellen Donatu ungläubig an. „Aber Sie haben doch vorgestern gesagt, dass etliche Untersuchungen auf dem Programm stehen. Sie müssen doch irgendeinen Hinweis, irgendeine Spur haben, was ihr fehlt."

„Glauben Sie mir, ich hätte gerne andere Nachrichten für Sie", sagte die Ärztin, „wir tun weiterhin unser Möglichstes."

Klar, was so viel heißt wie lass mich in Ruhe, dachte Hans. Als er sich von der Medizinerin verabschiedete, war er beruhigt und beunruhigt zugleich. Dieser Schwebezustand dauerte schon verdammt lange. Er wusste nicht, was besser war. Eine Suri, die sich weigerte, aus dem Koma aufzuwachen, oder eine Suri, die sich an alles erinnerte. Aber was war das schon? Dieser beschämend hilflose Versuch, sie zum Sprechen zu bringen, und dabei festzustellen, dass sie längst über sein Problem Bescheid wusste. Kein Wunder, dass Maschinen mittlerweile die Kontrollherrschaft übernommen hatten. Typen wie er waren einfach nur schlecht darin, Dinge in ihrem Sinne und zu ihrem Vorteil lenken zu wollen. Himmelschreiend schlecht.

Hans Vidal trat mit dem Fuß gegen einen blechernen Abfallbehälter am Eingang. Und dann noch dieser verdammt nervige, kleine Pisser, der ständig bei Suri herumlungerte. Wenn er den Typen sah, fühlte er sich unwohl, was ihn mehr als irritierte. Normalerweise ließ er sich nicht so einfach aus der Reserve locken, zudem von einem Kleinkriminellen, der seine Sozialstunden abbuckeln musste. Er wusste überhaupt nicht, was mit ihm los war. Aber irgendetwas hatte er an sich, was ihn verunsicherte.

Warum schaffte er sich den Typen nicht einfach vom Hals? Er stieg in die Unterdruckbahn, zog seinen Highcontroller heraus, klickte sich ins Firmennetzwerk und rief die Datenbank der Fremd- und Hilfsarbeiter auf. Dann gab er die Suchbegriffe *S 100* und *Küchenhilfe* ein und wurde sofort fündig. *Malik Cerny*, das war er. „Okay, dann wollen wir mal sehen, was wir über dich herausfinden und wo ich dich kalt erwischen kann", murmelte Hans vor sich hin.

Er beschloss, gleich in die Vollen zu gehen und die Projektdatenbank zu nutzen. War das Ding endlich mal für etwas nutze. Er bat um Lebenslauf, Persönlichkeits- und Schwachstellenanalyse sowie Lenkungsvorschläge. Letztere würde er als Anregung verwenden. Über eine genussvolle, effektive Intervention konnte er selbst entscheiden. Er würde Cerny kräftig eins auswischen, ohne dass der etwas davon mitbekam.

Hans starrte auf den Bildschirm, las, schluckte, las weiter. So harmlos wie Cerny vielleicht nach außen wirkte, war er absolut nicht. Sein Bauchgefühl hatte ihm etwas mitgeteilt, was er nun mit den entsprechenden Daten konkretisiert bekam. Sie hatten sich einen scheißschlauen Anarchisten ins Haus geholt und scheinbar wusste niemand darüber Bescheid oder ahnte auch nur etwas.

Malik Cerny war schon mit zwölf Jahren fröhlich in Behördendatenbanken herumspaziert, um die familiäre Gesundheitsversorgung etwas auf Vordermann zu bringen. Was ihn besonders beeindruckte, war, dass er laut den Polizeiangaben dabei auf ein unglaublich einfaches Equipment zurückgegriffen hatte. Hans fragte sich, was jemand wie Cerny dann auf einer Universität suchte. Die konnten ihm doch eigentlich nicht mehr viel beibringen. Die Fächerkombination gab Aufschluss. Das Früchtchen wollte vermutlich zur Avantgarde, zu den Intellektuellen gehören. Trotzdem war er seiner Rummel- und Freizeitparksippe immer treu geblieben. Auch heute arbeitete er noch bei seiner Familie. Seltsam widersprüchlich – oder vielleicht auch nicht. Möglicherweise war Cerny sogar ein bisschen wie er, fand in keiner Schublade Platz.

Ein Richter hatte ihn vor rund einer Woche zu drei Monaten Arbeitsdienst bei Kronberg verdonnert. Hans fragte sich, ob der seine Biografie nicht richtig gelesen hatte. Jemand genau bei der Firma malochen zu lassen, die mit für die nicht gerade überbordende Gesundheitsversorgung verantwortlich zeichnete und zur

Verzweiflung der Familie beigetragen hatte, war nicht wirklich clever. Er vermutete aber, dass eben diese Behörden nicht über ihre Analysetools verfügten.

Der Grund seiner Verurteilung war nicht weniger beunruhigend. Der Soziologe und Informatiker mit Auszeichnung hatte kurz mal zwei medizinische Drohnen zu einem Kamikazeflug gebeten, die Leitungsblockade durchbrochen und die Versorgung eines Junkies erwirkt. Sein Mund wurde trocken. Er durfte Cerny keinesfalls unterschätzen. Das hier war plötzlich zu einer richtig großen, ernsten Baustelle geworden.

Was, wenn sich Suri mit ihm über die Firma unterhalten hatte? Hans Vidal merkte, wie er den Kopf schüttelte. Was, wenn sie Cerny gegenüber etwas erwähnt hatte und der den Braten roch? Es beschlich ihn ein ungutes Gefühl.

Die Konsequenzen der Firmenstrategie waren enorm. Zumindest für alle, die sich nicht darauf vorbereitet hatten. Kein Bit würde mehr auf dem anderen bleiben, keiner sich mehr entziehen können.

Hans wurde heiß, er lockerte seine Krawatte. Vor seinem inneren Auge spulte sich die Szene ab, wie Malik Cerny und seine Schwägerin miteinander umgegangen waren, kurz bevor sie ins Koma fiel. Der Mann war eine Gefahr für ihn. So wie auch Suri. Aber bei ihr griffen immer noch familiäre Bande, die sie hoffentlich hemmten. Davon konnte er bei Cerny nicht ausgehen.

Allerdings erschien es ihm in diesem Fall zu gefährlich, alleine zu handeln. Hans beschloss spontan, den Konzernchef mit ins Boot zu holen, und wählte Gerald Kronbergs Geschäftsnummer. Während es klingelte, bereitete er seine Nachricht mit dem Datenbanklink zu Malik Cerny vor.

„Hans. Ich hab nur ein paar Minuten bis zur nächsten Videokonferenz", sagte der Konzernchef knapp.

„Ich möchte, dass Sie sich das mal ansehen", sagte er und schickte seinem Boss die Nachricht. „Für mich riecht das nach einem Problem. Ich bin der Meinung, dass wir uns möglichst schnell von Malik Cerny trennen sollten." Hans ließ Kronberg ein bisschen Zeit, die Informationen anzulesen.

„Wie sind Sie jetzt auf ihn gekommen?", wollte sein Chef wissen.

„Er ist im Krankenhaus aufgetaucht, hat Kontakt mit meiner Schwägerin. Ich habe ein schlechtes Gefühl."

„Sie meinen, er will den Konzern ausspionieren? Um was zu tun?"

„Das weiß ich nicht, aber ..."

„Gut, dann sind es jetzt eben zwei Arbeitsfelder, die Sie zu betreuen haben", sagte Gerald Kronberg. Er sah ihn förmlich, wie er dabei auf die Zeitanzeige schaute, sich durch die Haare fuhr und die Spitzen des Hemdkragens leicht zurechtstrich. Dieser eitle Typ, der funktionierte wie ein Uhrwerk.

„Sie wollen ihn in der Firma belassen? Einen so gut wie vorbestraften Hacker?" Hans konnte seine Irritation nicht verbergen. Aus seinem Tonfall war deutlich herauszuhören, was er davon hielt. Eigentlich war es ratsam, bei Kronberg immer etwas in Deckung zu bleiben.

„Natürlich. In der Firma können wir ihn beobachten. Außerhalb nützt er uns wenig", sagte sein Boss. „Finden Sie heraus, ob er sich bei uns umgetan hat. Wenn er mit Suri Temme Kontakt hatte, kommt er ja vielleicht dahinter, was sie vom Projekt weiß."

Hans schloss die Augen. Der hedonistische Betriebswirtschaftler überwacht den unberechenbaren Hacker, der es auf eine ebenso begabte Informatikerin des Konzerns abgesehen hat. Wie realistisch war es, diesen Arbeitsauftrag gut zu erfüllen? Wie viel gab er sich? Ein oder zwei Prozent Wahrscheinlichkeit?

„Und was, wenn die Sache aus dem Ruder läuft?", hörte er sich fragen. Es klang trotzig und war auch so gemeint. Hans spürte seine Enttäuschung. Er wusste, dass in der Geschäftswelt kein Funken Solidarität herrschte. Trotzdem sehnte er sich nach einem Hauch von Mitmenschlichkeit. Absolut irrational und doch nicht totzukriegen. Selbst mit den herrlichsten Drogen.

So als hätte Gerald Kronberg seine Gedanken gehört, sagte er: „Tja, Hans, da müssen Sie sich wohl auf Konkurrenz einstellen. Wenn Cerny besser ist und schneller herausfindet, was unsere Suri weiß, muss ich entscheiden, wer den Job behält." Nach einer gut gewählten Pause sagte er in jovialem Ton: „Scherz."

War es nicht und das wussten sie beide. Hans war froh, dass er in diesem Moment Kronberg nicht gegenübersaß. Er hätte zu viel von sich preisgegeben. Gleichzeitig sollte er sich nichts vormachen. Sein Arbeitgeber verfügte über ein großes Wissen. Das aktuelle Forschungs- und Pilotprojekt zeugte davon. Er konnte nur darauf setzen, dass der Ehrgeiz Gerald Kronberg die Zeit nahm, alles genau zu überprüfen. Jetzt hieß es einfach, an Cerny dranzubleiben. Vielleicht konnte er sich seine Fähigkeiten wirklich zunutze machen. Dabei würde es nicht schaden, sich auffällig ahnungslos zu geben. Cerny gegenüber, Kronberg gegenüber. Und wenn Suri aufwachte? Eins nach dem anderen.

„Arbeitsauftrag angenommen", sagte er. Er fand, es klang fest genug, sogar eine gewisse glaubhafte Motivation schwang mit.

„Gut, Hans. Ich muss", sagte Gerald Kronberg und legte auf.

Dann würde er sich mal an das Material der Kamera- und Audioprogramme machen und schauen, was Cerny bisher so angestellt hatte. War doch ganz interessant und besser, als darauf zu warten, bis Suri wieder zu ihnen zurückkehrte.

11

Malik suchte zu Hause ein paar Sachen zusammen. Ersatzhighcontroller, steckbaren Laptop, Server-Surfkonsole, eine Thermoskanne mit Tee und zwei Dosen Erdnüsse. Dann machte er sich auf den Weg zu seinem Boot. Zurzeit lag es an der Stadtgrenze in der Nähe von Hattersheim an einem Abschnitt einer stillgelegten Autobahn. Der Fußweg von der Unterdruckbahn war vergleichsweise kurz. Kaum einer verirrte sich in diese Gegend, in der sich nur noch Industriebrachen und abgeschaltete Infrastruktur befanden. Malik mochte das Gebiet, fühlte sich fast so wohl wie im Freizeitpark, konnte dort ganz abtauchen und für sich sein. Perfekt für eine konzentrierte Recherche. Auch wenn es natürlich nicht um eine physikalische Abgeschiedenheit, sondern darum ging, beim Analysieren der Daten keinen Staub aufzuwirbeln, der Aufmerksamkeit erregen könnte.

Er sprang von der Betoneinfassung des Kanals auf die Planken, öffnete das Türschloss, das mit Stahlbalken und Kette gesichert war, und ging nach unten in die Koje.

Nach etlichen Stunden schob er den Laptop stöhnend von sich weg und schaute durch das alte, verrostete Bullauge nach draußen. Obwohl er mit den zusätzlichen Daten von Hans Vidal über eine noch viel bessere Ausgangslage verfügte, kam er nicht so weit, wie er insgeheim gehofft hatte.

Mittlerweile ging er davon aus, dass ein System von KI-Soldaten die geplante Steuerungsarbeit von Ist- und Sollzustand eines jeden Einzelnen vornahm, den nächsten Alltagsschritt auf eine Annäherungsmöglichkeit ans Ideal überprüfte und dann auf den naheliegenden Einflussebenen aktiv wurde. Diese Struktur glaubte er, in der Vernetzung von Hans Vidals Daten zu erkennen. Er schien zumindest so etwas wie ein Privatleben zu haben und auch mal außerhalb der Firma unterwegs zu sein.

Der springende Punkt war aber, an die Kriterien heranzukommen, nach denen das Schachbrett, wie Suri es ausgedrückt hatte, funktionierte, sprich an die Spielregeln. Malik hatte zwar ein paar Ideen dazu, was Gerald Kronberg und seine Mannen sich da ausgedacht hatten. Letztlich waren die aber sehr vage und ohne die konkrete Benennung der Ziele blieb die Sache für ihn eine Blackbox, die immun gegen jegliche Kritik war. Gerald Kronberg konnte jederzeit das Gegenteil behaupten und er war machtlos dagegen. Auf dieser Grundlage ließ sich keine öffentliche Diskussion anstoßen.

Und wenn er sich jemand an die Seite holte, der technisch noch fitter war? Er hatte immer auch Energie in gesellschaftliche Betrachtungen gesteckt, die ihm dann für ein Studium der vielen neuen Modelle und Experimentalfolgen in der Informatik fehlte. Und er wusste ziemlich genau, wen das Thema brennend interessierte.

Malik zog seinen Highcontroller aus der Tasche, aktivierte das Friendsnet und rief die Kontaktanfrage zu Charlie auf. Er zögerte, auf *Start* zu drücken. Wie egoistisch war es, seine Freundin in die Sache mit reinzuziehen? Auch Charlie war kein unbeschriebenes Blatt. Wenn sie erwischt wurden, hätte er gleich eine Wunsch-Zellengenossin. Dann kam ihm eine Idee. Charlie hatte gute Kontakte in die Szene und sie würde ihm sicher jemand empfehlen können. Er tippte auf den Button.

„Hey, Malik, wie geht's dir?", fragte Charlie. Außer seinem Bruder interessierte das normalerweise niemand. Irgendwie war er schon jetzt ein wenig deprimiert, dass er nicht sie selbst um Hilfe würde bitten können.

„Durchwachsen, wenn ich ehrlich bin. Ich rufe dich an, weil ich fachlich Unterstützung gebrauchen könnte."

„Dann musst du aber an was Kniffligem dran sein, wenn du selbst nicht mehr weiterkommst. Erzähl."

„Es gibt einen Haken", sagte Malik. „Es ist gefährlich und hat mit der Firma Kronberg zu tun. Vielleicht könntest du mir jemand empfehlen, der noch nicht auf einer Abschussliste steht."

„Hä?", meinte Charlie. „Mich kann ich empfehlen." Malik

musste grinsen, sein Bauch sagte ihm: Du hast es versucht, jetzt darfst du dich einfach freuen, wenn sie kommt. Sein Kopf rebellierte im selben Maße, wie die Vorfreude wuchs. „Ich will dir nichts vormachen. Kronberg ist überall und weggeschlossen oder im Homescanner nutzt du der Community wenig."

Es entstand eine kurze Pause. „Die Botschaft ist angekommen. Also wo finde ich dich und wo können wir arbeiten?"

Malik bewunderte Charlie. Dass er den Homescanner ins Spiel gebracht hatte, war die maximale Warnung. Sie war bereits ein halbes Jahr mit dieser dreidimensionalen Körperfessel konfrontiert worden. Zwar hatte sie versucht, sich in eine Art Studienperspektive hineinzumanövrieren, ihm gegenüber aber auch zugegeben, dass es eine harte Zeit war. Jede Pore überwacht, beim Anziehen, Kämmen, Essen, Pinkeln, selbst beim Schlafen.

„Das Schwierige war nicht, überwacht zu werden, das ist im Alltag ja nicht viel anders", hatte Charlie gesagt. „Trotzdem verstärkt sich deine Selbstkontrolle dadurch enorm, ob du es willst oder nicht. Du beobachtest dich, wie sie dich beobachten, und versuchst, irgendwie damit klarzukommen. Sie nehmen dir die Leichtigkeit."

„Im Hausboot. Es gibt Erdnüsse", sagte er.

Charlie kam nach einer Stunde bei ihm an. Sie war ganz Maliks Meinung, dass hinter der Steuerung von Alltagsschritten der Mitarbeiter, die dem Konzern als Versuchskaninchen dienten, ein ganzes Heer an KI-Komplexen stehen musste. Allerdings erschien es auch ihr zu riskant, sich unter Vidals Daten anzumelden, um ein Livebild zu haben. Aber allein die Vernetzungsstruktur der kopierten Verbindungen, Rückmeldungen und Log-in-Protokolle beeindruckte sie.

„Das ist wie autonomes Fahren für Psyche und Geist, was die da aufgebaut haben, absolut gruselig, Malik", sagte sie. „Da bist du nicht nur an was Kniffligem, sondern an was Großem dran."

„Hast du eine Idee, wie wir an die Hauptvariablen und Steuerungskriterien rankommen?", fragte er.

„Rein technisch gesehen ist das schon ohne Firewall so gut wie unmöglich. Du müsstest in die Programmierung der zentralen KI-Steuerung reinschauen. Bei laufendem Programm ist das alles andere als banal. Jedenfalls von außen und für uns. Eigentlich bräuchten wir einfach nur den Arsch, der's konzipiert und entschieden hat."

Malik trommelte mit zwei Fingern auf die Tischkante. „Ja, richtig."

„Du hast ihn ja kennengelernt. Hat er irgendwelche Schwachstellen, dunklen Hobbys oder skurrilen Gewohnheiten, an denen wir ansetzen könnten?", überlegte Charlie laut.

„Schwierig. Nach meinem Gefühl ist seine einzig offensichtliche Schwäche, dass er funktioniert wie eine Maschine. Mein Ansatz wäre ein anderer. Wir versuchen, herauszufinden, ob es Besprechungen über das Projekt gibt, bei denen Vidal auch dabei war."

„Verstehe. Du denkst, sie haben sich auch auf politischer Ebene abgesichert und wir finden Leute außerhalb des Unternehmens." Charlie verwuschelte ihm die Haare, nahm sich ein paar Erdnüsse und ließ ein Programm über Hans Vidals Daten laufen.

„Bingo", sagte sie und schob den Bildschirm nach rechts, sodass Malik besser sehen konnte. „Wir können uns aufteilen, ich nehm die ersten 50 und du die zweiten."

„In Ordnung."

Nach zwei Stunden waren sie ansatzweise durch und trugen das Bild zusammen. Es gab regelmäßige Treffen, an denen Hans Vidal teilnahm und die vor zwei Jahren in der Taktung zugenommen hatten. Anhand der Korrespondenz kreisten sie die Teilnehmer ein, legten einen Pool von immer wiederkehrenden Personen an. Zum Schluss blieben drei Termine, bevor die Treffen wieder etwas größere Intervalle annahmen.

„Ich denke, die entscheidende Sitzung lief im Februar oder März 2039", sagte Charlie. „Jetzt müssen wir uns die Teilnehmer vornehmen."

Malik nickte und unterdrückte ein Gähnen. Ihre Liste las sich wie das Who's who der IT-Welt. Gerald Kronberg scharte wichtige Leute um sich, alles CEOs digitaler, globaler Player. Aber es war so, wie sie vermutet hatten, auch Politiker waren dabei. Einige kannte er vom Namen her, andere sagten ihm gar nichts.

„Alles erste Riege", meinte Charlie. „Das wird richtig schwer. Die werden sich nicht mit einem kostenlosen Virenschutz zufriedengeben."

„Vermutlich nicht. Den einzigen Vorteil, den wir haben, ist, dass sie noch mehr in der Öffentlichkeit stehen", meinte Malik und klickte sich durch die Bilder der Frauen und Männer.

„Wenn ich mir überlege, dass die einen demokratischen Auftrag von uns haben, könnte ich nur noch kotzen. Es ist, also ob du einen Missbrauchsbeauftragten einstellst, der nach Aushändigung seines Büroschlüssels ganz selbstverständlich dazu übergeht, nach und nach seine Mitarbeiter zu vergewaltigen." Charlie trank einen Schluck Tee und sah ihn traurig an.

Malik nickte. „Das Problem ist, dass wir alle diese Atmosphäre mit der Muttermilch aufsaugen. Jeder versucht, sich irgendwie aus der Gefahrenzone zu manövrieren. Wann hast du das letzte Mal etwas von gewerkschaftlichen oder solidarischen Forderungen im Wirtschaftsteil der Zeitungen gelesen oder in den Nachrichten gehört?"

„Ja, verdammt. Deshalb macht mir das Szenario ja so Angst. Was, wenn es allen einfach egal ist, dass sie zu Klickzahnrädern gemacht werden?", sagte Charlie resigniert. „Und die oberste Wirtschafts- und Politikebene lacht sich ins Fäustchen."

„Nicht ganz. Wir sitzen eigentlich nur hier, weil eine wichtige Mitarbeiterin von Kronberg gegen die Planung rebelliert hat."

„Ach ja, und warum ist deine Tippgeberin nicht hier und hilft uns?", fragte Charlie schnippisch.

Malik spürte, wie sich eine Welle der Traurigkeit ankündigte, versuchte aber, sie wegzuschieben. Es war besser, etwas zu tun, als sich in Gefühlen zu verlieren. Er war davon überzeugt, dass sie drei ein gutes Team abgeben würden, obwohl er Suri kaum kannte.

„Wir müssen vorerst ohne sie klarkommen. Suri Temme liegt in der Arox-Klinik im Koma."

„Hoppla." Charlie stellte die Teetasse auf die Platte und sah Malik an. „Hat der Konzern etwas damit zu tun?"

„Das weiß ich nicht, aber ..." Malik kämpfte gegen das Gefühl an, sowieso keine Chance zu haben. Im Grunde zeugte es von großer Hilflosigkeit, sich zu sagen, dass es besser war, einfach weiterzulaufen und fleißig an irgendwelchen Burgmauern zu kratzen. Wer waren sie denn? Zwei Außenseiter, zwei Hacker, die sich gegen den Weltenlauf auflehnen wollten. Sehr realistisch, wenn Kronberg schon eine eigene Mitarbeiterin aus gutem Hause einfach abschoss.

„Du willst es herausfinden", stellte Charlie fest.

„Wir sind doch größenwahnsinnig." Malik fuhr sich mit den Händen übers Gesicht.

„Vielleicht, aber das muss man bei so einem übermächtigen Gegner auch sein. Bitte lass dich jetzt nicht unterkriegen", meinte Charlie und fügte leise hinzu: „Du magst sie, oder?"

Malik stöhnte. Charlie lächelte ihn an. Es tat ihm gut, dass sie bei ihm war.

„Ja, nur dass ihr das wenig nützt", sagte er.

„Das ist doch Quatsch", entgegnete seine Freundin.

Er hatte damals mit seinem Hack der Krankenkassendatenbank zwar eine finanzielle Erleichterung für die Familie erreicht. Aber schon kurz danach verflüchtigte sich der Triumph und es blieb das schale Gefühl zurück, nicht an der richtigen Stelle angesetzt zu haben. Hatten sie Papa nicht genug unterstützt, nicht genug mit ihm geredet? Waren sie ihm nicht mehr genug gewesen? Hatten sie es aus Bequemlichkeit und Überforderung zugelassen, dass er sich immer weiter von ihnen entfernte? Vermutlich hatten sie damals auch ihren Anteil Schuld auf sich geladen. Blieb das Detail, dass Kronberg nie auch nur ansatzweise über seinen

Anteil nachdenken würde. Im Gegenteil, der IT-Konzern wollte scheinbar künftig entscheiden, was sie dachten und fühlten. Was waren das für Menschen, die das vorantrieben?

„Hallo, noch jemand zu Hause", sagte Charlie und klopfte ihm ganz leicht gegen die Stirn.

„Tschuldige. Ich frage mich, warum die Leute, die das entwerfen, nicht einfach auf den Gedanken kommen, dass diese Dinge auch gegen sie selbst eingesetzt werden können. Was macht sie so verdammt selbstsicher? So unbedacht? So unsolidarisch?", dachte er weiter laut nach.

„Gute Frage. Meine Vermutung ist Gewohnheit."

„So banal?"

„Das ist es nicht. Du hast es vorher selbst sehr treffend formuliert. Wir saugen diese Stimmung der Antisolidarität mit der Muttermilch auf. Meiner Meinung nach speist sich diese aus der Ungleichheit, die durch die Arbeitswelt gefördert und zementiert wird. Auch die meisten Politiker haben aufgegeben oder wollen ihr Wurstscheibchen ins Trockene bringen, weil sie spüren oder glauben, dass sie nichts ausrichten können."

„Du meinst, wir sollten froh sein, dass wir keinen Job bekommen haben?", fragte Malik.

„In gewissem Sinne schon."

„Erfrischende Sicht. Hätte ich mal meinem Richter als Argument unterbreiten sollen. Der hat immer von Verantwortung gefaselt", sagte Malik und klickte sich weiter durch die Bilder der Politiker ihrer Liste. Schließlich landete er bei einem Mann, den er als Junge ähnlich wie Kai Temme in den Nachrichten wahrgenommen hatte, nur um einiges früher. Vielleicht mit fünf oder sechs Jahren. Er rechnete.

„Hier, das ist Carsten Westernhofen. Der bringt schon 89 Jahre Erfahrung in unserer Hackordnung mit", sagte er und überflog die Biografie. Studium, Referent im Wirtschaftsministerium, dann im Außenministerium, Wechsel in die Wirtschaft, dann wurde er wieder politischer Berater im Umweltministerium.

„Nach deiner Theorie dürfte da Hopfen und Malz verloren sein", sagte Malik.

Sein Blick fiel auf das Gesicht des Politikers und dann auf den schmalen Streifen neben der Ohrmuschel. Der Typ wirkte drahtig und fit, aber scheinbar ging das Alter auch an ihm nicht ganz spurlos vorbei. „Man könnte das Entzugstraining für den Politikmanager damit starten, dass man ihm das Hörgerät wegnimmt."

Charlie grinste und stand auf. „Was hast du gesagt? Wem sollen wir das Gehalt streichen?", verlieh sie Westernhofen eine Stimme und führte den Gedanken weiter. „Einen kurzen Moment dachte ich, du hättest gemeint, mein eigenes, Kronberg, du alter Witzbold."

Malik musste lachen, dann schlüpfte er in die Rolle des Konzernchefs. „Tut mir wahnsinnig leid, aber du glaubst gar nicht, wie kostenintensiv die ganze Server- und KI-Infrastruktur ist. Das Geld reicht einfach nicht, um noch so viele hungrige Nutznießer wie dich satt zu kriegen."

„Was soll das heißen?", fragte Charlie und hielt ihr Ohr in Maliks Richtung. „Du kannst mich doch nicht einfach so abservieren, schließlich weiß ich um deine ganzen Sauereien. War bei den ganzen dämlichen Treffen dabei."

„Bist du sicher, dass dein Hörgerät damals denn richtig funktioniert hat? Du kennst doch bestimmt das Sprichwort: Man hört, was man hören wi..." Malik brach plötzlich ab, blinzelte, schaute von Charlie zum Bildschirm. Er zog den Laptop zu sich hin, tippte auf die Plustaste, um das Bild von Westernhofen zu vergrößern. Sein Gesicht rückte immer weiter über den Rand hinaus, bis nur noch Ohr und Hörgerät sichtbar waren, wenn auch ziemlich verpixelt. Am Rand des Apparats prangte ein schmaler Schriftzug. *Audioimpulse.* Hektisch tippte Malik den Namen der Firma ein.

„Was ist denn los, Malik?", fragte Charlie.

„Vielleicht hilft uns die Tatsache alter Gewohnheiten zur Abwechslung mal", sagte er, klickte sich durch die Homepage, las und nickte.

„Ich würde es begrüßen, wenn du mich an deinen Gedankengängen teilhaben lassen würdest", meinte Charlie.

„Bingo, Audioimpulse gehört nicht zum Imperium von Kronberg", sagte Malik. „Ich hab mal für einen ähnlichen Dienstleister gearbeitet. Viele zeichnen die Gespräche auf und spulen sie dann für den Kunden einfach wieder ab. Das funktioniert für die meisten einfach besser als die alte Verstärkungstechnik."

Charlie machte große Augen. „Scheiße, und wenn wir jetzt wissen, wo die Gespräche abgelegt, nicht ordentlich gelöscht worden und rekonstruierbar sind, können wir sie uns holen. Du bist genial, genial, genial, Malik", rief Charlie und nahm ihn in den Arm. Er genoss es.

„Es ist zumindest einen Versuch wert."

„Dann lass uns mal ein paar nette Hörgeräte bestellen", sagte Charlie. „Ich zahl die Aufschlagsgebühr für eine Drohnenlieferung."

Als das Surren ihres Dienstleisters draußen zu hören war, sprang Charlie aus dem Schlafsack. Malik sah auf die Uhr, stöhnte und fiel zurück in seine Koje. Wenige Minuten später stand seine Freundin jubelnd vor ihm. „Darf ich zur Anprobe, User- und Zugangsvergabe bitten", sagte sie.

12

Malik schälte sich aus dem Schlafsack. „Ich mach uns mal schnell noch einen Kaffee", sagte er. Obwohl er hundemüde war, fühlte er sich gut. Er hatte ganz vergessen, wie schön es war, mit Charlie zu arbeiten und zu wohnen wie zu Studienzeiten, unkompliziert, aufgehoben, frei.

Während die alte Schraub-Espressomaschine auf dem Gaskocher röchelte, warf Charlie den Laptop und die Server-Surfkonsole an und vertiefte sich in die Anleitung des Hörgeräts. Beim ersten Schluck begann sie mit der Anmeldung auf der Firmenhomepage. „Ich nehm mal eines meiner Dummy-Profile, kannst du dir die Angaben einprägen? Wir schreiben lieber nichts auf", sagte sie. Malik nickte.

Neben dem Hörgerät saß eine reiskorngroße Batterie in der Kartonoberfläche. „Am besten, du packst es nachher weg, damit wir nicht zu viel Info nach außen geben", sagte er und holte eine kleine Tupperschüssel aus dem Schrank.

„Sehr gut, Sherlock, so wird's gemacht", bestätigte Charlie, trank einen Schluck und lauschte. „Der Kanal ist ruhig, man hört nicht, dass wir auf dem Wasser sind."

„Wir sollten die Einspeisung aber auf jeden Fall über die üblichen Hunderttausend Umwege schicken", meinte Malik.

„Versteht sich von selbst", sagte Charlie und strich ihm über den Oberarm. „Hey, wir sind so vorsichtig wie nur irgend möglich. Aber das hier ist wichtig, Sherlock."

Malik nickte. Er wusste, dass Charlie nicht leichtsinnig war. Trotzdem hatte er Angst.

„Also was hast du an Nullachtfuffzig-Mucke da, die wir für einen Test verwenden können?"

Malik blies die Backen auf.

Charlie lachte. „Okay, blöde Frage", sagte sie und tippte den Namen einer Band ein, die er nicht kannte, ließ ein Video laufen und aktivierte ein Aufnahmeprogramm. Malik verzog das Gesicht, Charlie grinste und legte den Finger auf die Lippen. Als sie die Aufnahme stoppte, nahm er sich die Schachtel, setzte die Batterie ein und verband das Hörgerät mit der Konsole. Über die konnten sie später Software, Dienste und Ablageorte analysieren.

Als sie die Allerweltsdudelei anschalteten und sie mit einer Verzögerung von vielleicht einer halben Sekunde im Gerät widerhallte, blinkte die Basis fleißig und signalisierte ihren Arbeitseifer. Es ploppten eine Reihe von Arbeitsprofilen auf dem Laptop auf. Charlie schien in den Bildschirm zu kriechen, beobachtete, nickte. Nach zwei Minuten stoppte sie und gab Malik ein Zeichen, dass er die Hörhilfe wieder abkoppeln konnte. Er nahm auch die Batterie heraus und packte die Technik in die Tupperware.

„Ich denke, sie nehmen eine Kombi aus Seriennummer, Sprache, Land und Datum für die Speicherstruktur", sagte Charlie.

„Oje, ob man das auf dem Foto sieht", murmelte Malik, klickte sich in ihre Bilderauswahl von gestern und holte den Ausschnitt wieder heran.

„Wenn nicht, durchsuchen wir das Netz nach aktuellen Aufnahmen. Die Kerle sind in der Regel eitel genug, um Kameras förmlich anzusaugen", sagte Charlie.

Maliks Blick fiel auf die Zeitangabe. „Mist, schon halb sechs."

Seine Freundin sah ihn mitleidig an. „Du musst in deine Strafkolonie?"

„Exakt", meinte Malik, griff in den Schrank über ihnen und streifte sich ein sauberes T-Shirt über.

„Okay, du hältst die Augen offen in der Höhle des Löwen und ich mach hier weiter." Charlie lächelte ihn an. „Ich pass auf, wirklich."

„Ich würde dich wohl kaum um Hilfe bitten, wenn ich kein Vertrauen hätte", sagte er. Es war ihm wichtig, dass Charlie nicht das Gefühl hatte, er zweifelte an ihr als Person oder an ihrer Kompetenz. „Ich bin aber neun Stunden weg, was ist mit Essen?"

„Die Erdnüsse müssten reichen. Was hältst du davon, heute Abend eine Familienpizza mitzubringen?"

„Wird erledigt", sagte Malik, schnappte sich seine Tasche, verabschiedete sich, ging nach draußen, zog sich an der Betonmauer nach oben und rannte in Richtung Unterdruckbahnstation los. Er musste zweimal umsteigen.

An der Pforte merkte er, dass er sein Tool für den Highcontroller zu Hause vergessen hatte. Egal. Hauptsache, er war einigermaßen pünktlich. Er wollte Bart nicht einen weiteren Grund für irgendeine Krittelei geben.

Der Arbeitstag begann hektisch. Sie hatten mehrere Besuchergruppen, die bereits um 11 Uhr nach ihrer Führung durch den Konzern ins Restaurant einfielen und sich quer durch die perverse Speisekarte futterten. Malik ließ seinen Blick über die Schlange wandern. Das, was Vorstandsteam und Führungstross hier täglich serviert bekamen, war für die Gäste ohne Zweifel etwas Besonderes. Essen als Statussymbol.

Bart orderte dreimal neue Lieferungen, jagte die Garstationen auf maximale Leistung, aber sie kamen mit dem Bestücken des Buffets und Bedienen kaum noch hinterher. Entsprechend ungehalten waren die Mitarbeiter, was Malik aber ganz gut ignorieren konnte. Erst nach sieben Stunden ununterbrochenen Herumgerennes hatten sie es geschafft und den letzten nörgeligen Firmenangehörigen mit seinem Spätnachmittagskaffee und Cremetörtchen versorgt. Hedi ließ sich erschöpft auf die Bank neben dem Fließband sinken. Dann fielen Malik die Blöcke und Kulis ein. Er holte sie aus seiner Tasche, die auf einem der Plastikstühle lag, ging in die Hocke vor Hedi und reichte ihr sein kleines Geschenk.

„Hier, für schöne Unterhaltungen mit Leuten, die du magst", sagte er.

Hedi schaute ihn ungläubig an, starrte auf die zwei bunten Cover, dann blickte sie wieder zu ihm.

„Sind sie dir zu kitschig?", fragte er.

Hedi schüttelte wild den Kopf, drückte die Gaben an ihre Brust, löste eine Hand und strich mit ihr über Maliks Arm. Dann strahlte sie. Sie nahm ihr Geschenk und verstaute es in ihrer Tasche.

Bart kam durch die Schwingtür und sagte: „Ich bin total erschossen. Ihr könnt schon gehen, wir haben ja keine Minute Pause gemacht."

„Danke Bart, ich schlage sofort ein", sagte Malik.

Hedi zeigte auf die Wagen, die noch unaufgeräumt herumstanden. Malik schob den ersten und zweiten auf die Transportspurrillen, von denen sie erfasst wurden. Bart nahm seine Mitarbeiterin sanft bei den Schultern und manövrierte sie in einer ähnlichen Bewegung in Richtung Hintertür, dann winkte er Malik. „Los, bevor ich euch rausschmeiße."

Malik stöhnte, als er sah, dass sich vor dem Ausgang eine Schlange gebildet hatte. Scheinbar waren sie nicht die Einzigen, die das Unternehmen heute fluchtartig verlassen wollten.

„Hedi, du kannst schon los, ich muss noch meinen Highcontroller abgeben", sagte er.

Sie nickte, strich ihm über den Rücken und ging an den Leuten vorbei. Er sah ihr nach.

„Na, Meister des Känguruschenkels und der flambierten Nordgansbrust, wie war Ihr Tag?", vernahm er eine Stimme hinter sich und drehte sich um. Momoko Sandgruber lächelte ihn an.

„Anstrengend", sagte Malik.

„Die Besuchergruppen, ich weiß. Sie sind uns auch die ganze Zeit aufgeregt vor der Nase herumgelaufen", meinte sie. Nach einer kurzen Pause fragte sie unvermittelt: „Wissen Sie, wie es Suri geht?"

„Na ja, so genau nicht. Als ich …", Malik musste kurz überlegen, „… sie gestern besucht habe, war sie noch ohne Bewusstsein."

„Scheiße", sagte Momoko leise, und fügte hinzu: „Ich hab's einfach noch nicht geschafft."

„Also die sind mit den Besuchszeiten ganz kulant, ich war gestern auch erst spät da, hab mich einfach an ihr Bett gesetzt …"

Momokos Miene verdunkelte sich. „Jetzt tun Sie mal nicht, als wären Sie ein CEO, ich denke, ich habe ein bisschen mehr Druck und Verantwortung als Sie."

Malik kniff die Augen zusammen. „Sie werden es nicht glauben, aber es liegt mir nichts ferner, als mich in die Position einer Führungskraft zu wünschen. Die Rolle eines Außenseiters scheint mir ganz gut zu stehen. Gerade gut genug für Nachfragen, wie die Krankenbesuche waren. Passt ins Schema. Kümmern, kochen, reproduktive Restposten."

Momoko sah ihn überrascht an. Aber im Gegensatz zu vorher wirkte sie nicht mehr verärgert, sondern neugierig.

„Schon gut, das war blöd, tut mir leid. Sie können wirklich nichts für mein schlechtes Gewissen", sagte sie und musterte ihn. „Aber wie Sie sich ausdrücken. Das passt nicht ins Schema. Reproduktive Restposten. Das sollte ich einfach mal trocken in einer Vorstandssitzung fallen lassen." Sie lachte, und Momokos Lachen war im Gegensatz zu ihrer manchmal etwas distanzierten Art warm und einnehmend. „Und dieser Widerspruchsgeist ist mir von Anfang an aufgefallen. Mit mir streitet sonst nie jemand, also nicht auf Augenhöhe."

Malik lächelte.

„Was machen Sie, wenn Sie Ihre reproduktiven Restposten für die CEOs hier erledigt haben?", fragte sie.

„Streitcoach wäre vielleicht eine Option, über die ich nachdenken sollte."

Mittlerweile waren sie an Position zwei aufgerückt. Als der Mann vor ihm losging, legte Malik seinen Highcontroller auf den Tresen und nickte dem Servicemitarbeiter zu. „Geht zurück, ist ein Firmengerät."

„Was haben Sie studiert?", fragte Momoko.

„Soziologie", sagte Malik.

„Und Informatik, also passen Sie auf, was Sie so über sich preisgeben, Momoko", hörte er eine wohlbekannte Stimme hinter sich. „Der Highcontroller geht an mich. Ich möchte Sie bitten, Malik Cerny zu durchsuchen. Alle Gegenstände, die auch nur im Ansatz wie elektronische Geräte aussehen, bekomme ich ausgehändigt." Hans Vidal hatte ihm im Krankenhaus gedroht, trotzdem erwischte Malik die Attacke kalt. Er selbst gefährdete ihre Recherche, nicht Charlie.

Wenn er nicht zufällig sein Tool zu Hause vergessen hätte, wäre er in der nächsten halben Stunde auf dem Weg zum Haftrichter gewesen. Aber noch war er nicht aus dem Schneider. Was, wenn Vidal plante, ihm etwas unterzuschieben? Zutrauen würde er ihm das ohne Weiteres.

Malik versuchte, sich nichts anmerken zu lassen, als der Mitarbeiter ihn aufforderte, an die Seite im Raum zu treten, damit der Betrieb weitergehen konnte. Er legte seine Umhängetasche auf den Tisch und leerte seine Hosentaschen. Seine Hände zitterten leicht und er hoffte, dass keiner es bemerkte. Während er mit gespreizten Beinen an der Wand stand und ihn der Mann abklopfte, fiel ihm ein, dass das Notizbuch mit dem angefangenen Brief an Suri in seiner Tasche war. Das durfte Hans Vidal auf keinen Fall in die Hände fallen.

Seine Gedanken rasten. Was war die beste Reaktion? Er musste einfach improvisieren. Malik drehte sich wieder um und sah, dass Momoko Sandgruber noch dastand und die Szenerie beobachtete.

Der Mitarbeiter war jetzt wieder am Tisch und leerte Maliks Tasche aus. Neben seinem Schlüsselbund und zwei Hustenbonbons kamen Notizbuch, Kuli, Geldbeutel, Kopfschmerztabletten und eine alte Lesebrille zu liegen, die er nur selten benutzte. Vidal schob die Sachen auf dem Tisch auseinander. Malik glaubte, eine gewisse Enttäuschung in seinen Zügen zu erkennen. Dann nahm sein Widersacher den Geldbeutel in die Hand und öffnete ihn demonstrativ.

„Ist das hier wirklich nötig?", fragte Momoko Sandgruber ihn.

„Absolut. Wenn Sie wüssten, was sich unser kleiner S 100 schon alles erlaubt hat, würden Sie es verstehen", meinte Hans Vidal. „Es geht darum, den Konzern zu schützen."

„Seien Sie mir nicht böse, Hans, aber Sie könnten das trotzdem anders machen. Wir sind nicht mehr im Mittelalter, wo Menschen auf dem Marktplatz vorgeführt und gedemütigt werden", sagte Momoko und zeigte mit einer Handbewegung in die Runde. Die Blicke waren auf sie gerichtet.

„Ist es Ihnen im abgeschirmten Hinterzimmer lieber?", fragte Vidal.

„Verkaufen Sie uns nicht für dämlich. Jeder Winkel ist hier audio- und videoüberwacht. Wenn ich mir etwas hätte zuschulden kommen lassen, wüssten Sie es schon", sagte Malik, weil es ihn provozierte, dass Vidal sich jetzt auch noch den Anstrich eines fairen Firmenpolizisten verlieh.

Momoko legte den Kopf schräg und machte mit den Händen eine Geste, die so viel bedeutete wie – das Argument ist nicht von der Hand zu weisen.

Vidal ignorierte sie und begann, Maliks Geldbeutel auseinanderzunehmen. Er pfefferte Chipkarten und Geldscheine auf den Tisch, dann leerte er die Münzen auf die Platte, mit denen ein kleiner Schraubenzieher herauskullerte. Als seine Hand zum Block wanderte, legte Malik seine Rechte auf ihn.

„Das sind persönliche Notizen. Sie haben kein Recht, meine privaten Dinge einzusehen", sagte er.

„Wenn Sie nichts zu verbergen haben, dürfte das absolut kein Problem sein." Vidal lächelte ihn an.

„Wie kommen Sie darauf, dass der Konzern ein Interesse daran haben sollte, meine Intimitäten zu scannen? Selbst wenn ich hier 300-mal geschrieben hätte ‚Kronberg ist scheiße' oder ‚Ich liebe Hans Vidal', geht Sie das einen feuchten Kehricht an", sagte Malik und versuchte, so souverän wie möglich rüberzukommen.

Momoko grinste, vermutlich über die eingeflochtene Liebeserklärung, was ihm ein wenig Sicherheit verlieh.

Aus den Begegnungen mit Vidal wusste er, dass ein tätlicher Angriff jetzt möglich war, stellte sich stabil hin und spannte seine Muskeln an. Dann griff er unter das Heft, zog es weg und nahm es an sich.

„Hey!", schrie sein Widersacher. „Sie händigen uns jetzt sofort das Buch aus."

„Mit welcher Begründung? Holen Sie den Betriebsrat, der soll mir sagen, dass das hier rechtens ist."

„Betriebsrat? Tun Sie nicht so, als wären Sie ein Mitarbeiter. Sie sind hier, um Sozialstunden abzuleisten", sagte Vidal.

„Von mir aus darf es auch ein Jurist sein, der befugt ist, Auskunft zu geben, oder der Konzernchef", sagte Malik. Er wusste, dass er damit verdammt hoch pokerte, sah aber an der Reaktion seines Gegenübers, dass ihn das Wort Konzernchef zusammenzucken ließ.

Vidal schüttelte den Kopf und nahm den Highcontroller, den Malik abgegeben hatte, vom Tresen. „Pass bloß auf, dass du dich an deiner Großspurigkeit nicht verschluckst. Wir haben gesehen, dass du in der Toilette einen toten Kamerawinkel ausgenutzt hast. Bartholomäus Krüger und Hedwig Schwaderer konnten uns zwar nichts dazu sagen, aber sei dir nicht zu sicher. Wenn wir nur einen Fitzel entdecken, bist du dran", sagte Vidal und rempelte ihn im Vorbeigehen mit der Schulter an.

Malik schloss kurz die Augen, dann ging er zum Tisch und begann, seine Sachen einzusammeln. Es kündigten sich Kopfschmerzen an. Er musste sich ausruhen und sollte den Ball recherchetechnisch enorm flach halten. Während er sich zur Unterdruckbahnstation aufmachte und darüber nachdachte, wie er Charlie bremsen konnte, schloss Momoko Sandgruber zu ihm auf.

„Sie denken jetzt vielleicht, ich bin ein Feigling, weil ich nicht mehr Partei für Sie ergriffen habe", sagte sie. Malik sah Momoko überrascht an.

„Nein? Sie sind es nicht gewohnt, dass man Partei für Sie ergreift?", meinte sie mit einem Lächeln. „Eigentlich seltsam, Sie haben echt Schneid. Was ich noch sagen wollte: Wenn sich Vidal in diesem Zustand befindet, ist es ratsam, ihn nicht weiter zu provozieren."

„Wahrscheinlich haben Sie recht", sagte Malik.

„Was haben Sie bei ihm angetippt, dass er sich so von Ihnen bedroht fühlt? Rein emotional verhält er sich Ihnen gegenüber wie bei jemand, der ihm seinen Posten streitig machen will. Und glauben Sie mir, ich weiß, wovon ich rede."

„Neulich war er auch im Krankenhaus bei Suri. Er hat nur rumtelefoniert, was mich echt aufgeregt hat, so als läge sie nicht im Koma, sondern wäre schon tot", erzählte Malik, und realisierte, was er da gesagt hatte, konnte es aber nicht mehr zurücknehmen. „Ich hab's dann bei der Ärztin gepetzt. War vielleicht nicht die feine Art, das geb ich zu."

Momoko lächelte. „Ich sag ja, Sie haben Schneid. Das sind unsere Leute einfach nicht gewöhnt. Lassen Sie sich trotzdem nicht einschüchtern."

„Danke", sagte Malik.

„Das ist meine, bis morgen", sagte Momoko, beschleunigte den Schritt und stieg in den Wagen der Unterdruckbahn.

Malik nahm die Linie in die entgegengesetzte Richtung. Er stieg eine Station vor der eigentlichen aus, um im angrenzenden Wohngebiet noch eine Familienpizza zu besorgen. Eine extragroße mit Artischocken, Paprika, Oliven, frischen Tomaten und Mozzarella.

Charlie strahlte, als er mit der Schachtel nach unten in die Koje kam. „Na endlich, ich kann auch was Edles servieren", sagte sie.

Er packte das Essen auf den Tisch und holte ein Messer aus dem Besteckkasten. „Charlie, ich glaube, es wäre sehr vernünftig, die Recherche auszusetzen. Ich bin heute fast aufgeflogen."

Charlie zog die Augenbrauen hoch, dann schüttelte sie den Kopf. „Das hört sich jetzt vielleicht pathetisch an, Malik. Aber nachdem was ich heute gehört habe, ist das keine Option mehr. Zur Not mach ich alleine weiter."

13

Malik blinzelte. Es überraschte ihn, wie entschlossen Charlie war. Da er wusste, dass sie nicht zu Übertreibungen neigte, nickte er und begann, die Pizza zu schneiden. „Okay, wir essen und du erzählst mir in Ruhe, was du rausgefunden hast. In Ordnung?", sagte er.

„Malik, was die vorhaben, macht mir echt Angst. Das sprengt selbst meine düstersten Vorstellungen. Wenn das kommt, dann, dann ..."

„Eins nach dem anderen. Komm her, lecker Familienpizza", sagte er und zeigte auf die kleine Eckbank neben sich. Es beschlich ihn ein mulmiges Gefühl. Charlie war richtig aufgeregt. Alles andere als typisch.

Seine Freundin schaffte zwei Bissen, dann legte sie ihr Stück wieder ab und fing an, zu berichten. Charlie hatte Ort und Speichersystematik herausgefunden, mit einer harmlosen Kundenanfrage Anker geworfen und einen Trojaner platziert. Es war nicht sonderlich schwer gewesen, die Aufnahmen wiederherzustellen und abzurufen.

„Gerald Kronberg gibt sich als pragmatischer Retter der Menschheit aus. Er setzt den Wirtschaftskollegen und Politikern bei dem Treffen auseinander, dass sie um eine emotionale und geistige Steuerung der Leute nicht herumkommen", sagte Charlie.

Malik schnaubte. „Wie lautet seine Begründung?"

„Folgen des Klimawandels wie kleiner werdende Anbaugebiete und Ressourcenknappheit, begrenzte Arbeitsplatzzahl, Innovationsfähigkeit, Vermeidung von kriegerischen Auseinandersetzungen, Extremismus." Charlie schob den Teller weg.

„Ziemliches Sammelsurium", sagte Malik.

„Es wirkt so, als hätten sie alle Probleme der Welt auf der Liste und seien an Lösungen interessiert. Oberflächlich betrachtet klingt das rational. Im Laufe des Gesprächs wird aber auch klar, dass es Kronberg um Umverteilung geht. Sein Projekt läuft auf

Optimierung, Sortierung und Ausgrenzung mithilfe von Hausgeräte-, Werbe- und Medientechnik sowie Steuerung der sozialen Netzwerke hinaus", erläuterte Charlie.

„Haben sie das konkret aufgeschlüsselt?", wollte Malik wissen.

„In den Gesprächen waren die Gruppen Follower und Nicht-Follower Thema. Es wird prognostiziert, wie stark du fähig und bereit bist, dich anzupassen, um einen definierten Beitrag zu leisten. Das Leben hier kostet. Ressourcen – soziale, finanzielle, natürliche. Dein Nutzen wird hochgerechnet und in Position gebracht", sagte Charlie.

„Was passiert mit den Nicht-Followern?" Malik wurde klar, dass er darüber noch gar nicht nachgedacht hatte.

„Sie werden ausgelagert, wie sie sagen. Beflügelt das deine Fantasie?" Charlie blickte ihn resigniert an.

Tat es. Malik sah ihren alten Wohnwagen und die Palette mit Windelpaketen im Regen. Sie explodierten.

„Was ist mit den Ressourcen für all die KI-Analysen von Heeren an Servern und Speicherkapazitäten, die Haustechnik, die fucking Überwachung, die Psychokrüppel produzierende Selbstkontrolle? Warum denkt keiner an diese Kosten?" Malik war wütend.

Charlie grinste, legte ihre Hand auf seinen Unterarm. Dann wurde sie wieder ernst. „Kronberg hat den Dreh raus. Er macht seinen Konkurrenten und den Politikern klar, dass sie auf den Zug aufspringen müssen." Sie stand auf, holte den Laptop, stellte ihn neben ihren Teller, öffnete den Abspieler und startete eine Sequenz. Kurz war noch ein Gesprächsfetzen von Carsten Westernhofen zu hören, dann schwieg er, weil ein Beitrag über die Lautsprecheranlage durch den Raum hallte.

„Ich muss Ihnen sagen, dass das Projekt innerhalb unserer Firma so gut angelaufen ist, dass selbst wir über die Erfolge überrascht sind", hörte man Gerald Kronberg sagen. In seiner Stimme schwang Stolz und Euphorie mit. Etwas, was Malik bisher nicht von ihm kannte. „Deshalb ist es für uns keine Frage, dass wir es in all unseren Niederlassungen langfristig einsetzen. Natürlich mit einer sensiblen Einführung. Es steht fest, dass die Technik uns hilft, die Zukunft wieder zu gestalten. Der Mensch ist dabei das größte Problem", sagte der Konzernchef getragen. „Sie wissen, was das bedeutet. Wir werden die Konkurrenzfähigsten sein. Wenn Sie mit uns kooperieren, sind Sie Teil der Zukunft." Charlie stoppte.

„Das ist nichts anderes als eine Drohung", schimpfte Malik. „Er hätte auch sagen können: Wir bestimmen die Richtung, ihr könnt entscheiden, ob ihr unsere Dienstleister sein wollt oder ob wir andere Firmen finden. Aber was ist mit den Politikern? Haben die nicht Angst davor, dass die Leute rebellieren oder dass sie sich mit dieser Geisteroptimierungsbahn selbst abservieren?"

Charlie nickte. „Ganz genau. Das ist der Knackpunkt, mit dem ich auch nicht zurechtkomme. Wenn ihr System so komplex ist, wie sie behaupten, müssten sowohl Konzernangehörige als auch Politiker Schiss haben, selbst auf der falschen Seite des Zauns zu landen. Einmal angenommen, Faktoren wie Genetik oder Familienunterstützung sind als Kriterien mit drin. Das lässt sich nicht 100-prozentig kontrollieren."

Malik starrte auf den Tisch. „Eine Gewichtung? Ausnahmeregeln für Privilegierte?"

„Kronberg deutet da nur etwas an", murmelte Charlie, suchte eine andere Stelle seines Vortrags, dem Westernhofen Gott sei Dank bis zum Schluss gelauscht hatte, und ließ sie laufen.

„Es gibt eine Sicherheitsstruktur, um wichtige Systemträger zu schützen. Wir werden das in Einzelgesprächen mit den jeweiligen Partnern erläutern", sagte der Konzernchef.

„Fuck, das hört sich so an, als könnte man sich freikaufen." Malik schlug mit der Faust auf den Tisch. Der abgenagte Rand seiner Pizza hüpfte leicht. „Ihnen das nachzuweisen, ist vermutlich wirklich größenwahnsinnig."

Charlie sah ihn fragend an.

Er lachte kurz und atmete tief aus. „Dazu brauchen wir zuverlässige, verdammt entschlossene Unterstützung von jemand aus der Firma. Die Einzige, die mir da einfällt, kämpft um ihr Leben in der Klinik. Ich bin mir mittlerweile fast sicher, dass sie an der Sache dran war, aber ..."

„Ja?"

„Ich hab eine Idee, wen ich zumindest fragen könnte. Vorher solltest du hier rundum Klarschiff machen, falls sie uns irgendwie auf die Spur kommen. Ich bin heute gefilzt worden."

„Dann sollten wir uns verdammt beeilen. Verdächtigen sie dich?", fragte Charlie.

„Ich weiß es nicht, aber ich hab mir so was wie einen Intimfeind angelacht. Hans Vidal."

„Da hast du dir ja den Richtigen rausgesucht."

Jetzt sah Malik sie fragend an.

„Für mich eine der schillerndsten Figuren der Runde, auch ein bisschen verrückt. Er unterhält sich an einer Stelle kurz mit unserem Hörgerätinformanten." Charlie stand auf und begann, die Daten auf einen selbst betriebenen Server auszulagern und dann vom Laptop zu löschen.

„Am besten, du formatierst die Platte. Ich geh dann noch mal los", sagte Malik, während er die Adresse von Momoko Sandgruber checkte.

„Nix da", entgegnete Charlie. „Ich hol dir einen neuen, dein alter Laptop geht in die Mikrowelle drüben in der alten verlassenen Fabrik. Die Küchen- und Mitarbeiterräume sind noch komplett ausgerüstet. Und ich möchte, dass du dich regelmäßig meldest. Sagen wir alle fünf bis sechs Stunden, und bei der Arbeit wie es eben geht."

Malik nickte, nach einer kurzen Umarmung war er auf dem Weg zur Unterdruckbahn. Obwohl die Fahrt eine Stunde dauerte, hatte er das Gefühl, kaum Zeit gehabt zu haben, darüber nachzudenken, wie er das Gespräch mit Suris Kollegin anfangen sollte. Ganz ehrlich und direkt mit der Tür ins Haus fallen? Oder sich vorsichtig vortasten, was sie vielleicht vom Projekt mitbekommen hatte, um dann nachzuhaken? Er war kein rhetorisches Genie, benutzte meist viel zu viele Fachbegriffe und vor allem hatte er sich immer dagegen gewehrt, Leute zu irgendetwas zu überreden. Momoko war sein einziger Hoffnungsschimmer. Von ihr hing ab, ob sie es schafften, weitere Details herauszufinden. Wenn er es falsch anpackte, zeigte sie ihn möglicherweise sogar an.

Momoko wohnte in einem ruhigen Viertel, es gehörte weder zu den Schickimicki-Bezirken noch zu den Randgebieten. Vogelhäuser mit kleinen Reetdächern, Blühwiesen in ordentlicher Unordentlichkeit, um ein Pflichtzeichen für den Umweltschutz zu setzen, nur dass hier nichts mehr zwitscherte oder summte. Malik fragte sich, wie spießig Momoko aufgewachsen war, ob sie immer hier gelebt hatte und gerne in einer besseren Gegend wohnen würde. Wenn sie Vidals Ehrgeiz kannte, wie war es um ihren eigenen bestellt? Würde er sie gewinnen können? Er stand mindestens zwei Minuten vor der Tür, bevor er sich endlich durchringen konnte, das Display zu berühren. Er war nervös.

Als die Tür aufging, war Gospelmusik von drinnen zu hören und eine ältere Frau mit langen, leicht ergrauten Dreadlocks und dunklem Teint stand vor ihm.

Malik lächelte. „Hallo, bitte entschuldigen Sie die späte Störung, mein Name ist Cerny. Ich wollte fragen, ob Momoko Sandgruber da ist."

„Schwesterherz, hier ist ein Chérie mit N für dich", sagte sie, lachte laut, drehte ihm den Rücken zu und verschwand in einem Zimmer, das rechts vom Gang lag.

Nach einem kurzen Gemurmel von drinnen kam Momoko angerauscht. Sie trug eine Jogginghose sowie ein Shirt mit viel zu langen Ärmeln und dem Konterfei von Martin Luther King. „Nur weil ich Ihnen ein paar nette Worte gesagt habe, ist das kein Grund, mich zu stalken", sagte sie streng. „Sie nehmen jetzt sofort Ihre Beine in die Hand, sonst ruf ich die Bullen."

Die Überlegung zu einem vorsichtigen Vorgehen hatte sich somit erledigt. „Mein Besuch hat keinerlei sexuelle Hintergedanken. Es geht um die Firma, um Suri und das, was ihr zugestoßen ist. Ich hab was rausgefunden und würde gern mit Ihnen sprechen", sagte Malik und betete, dass Momokos audiovisuelle Alltagshelferchen mit den üblichen Onlinediensten weit genug weg standen. „Im Unternehmen geht es logischerweise nicht."

Momoko schob sich die Ärmel hoch und schüttelte leicht den Kopf. „Also ist Vidals Misstrauen berechtigt, und Sie haben mich verarscht."

„Hab ich nicht. Geben Sie mir zehn Minuten? Eine Runde um den Block?"

Momoko stöhnte, nahm ihren Highcontroller vom Board. „Zehn Minuten, keine Sekunde länger. Mein Feierabend ist mir heilig."

„Warten Sie. Wäre es möglich, dass Sie den hierlassen? Wir gehen für Ihre Nachbarn sichtbar an der Straße entlang. Ich möchte Ihnen etwas erzählen, aber ohne Protokollführung."

Sie stöhnte wieder, legte das Gerät zurück und zog die Tür hinter sich zu.

Malik schaute nach unten auf den Gehweg, damit er sich besser konzentrieren konnte. „Ich gehe davon aus, dass Suri Wind von einem Projekt der Firma bekommen hat, das über die bisherigen Überwachungspraktiken hinausgeht und die Mitarbeiter in ihrem Sinne lenkt. Es geht um eine Steuerung und Optimierung derer, die Nutzen bringen, und ein Aussortieren derer, die aus diversen Gründen Kosten verursachen."

Momoko legte den Kopf schräg und sah ihn kritisch an. „Was um Himmels willen sind das für Verschwörungstheorien?"

„Ich kann mir vorstellen, wie sich das anhört. Aber Suri hat etwas angedeutet. Sie war kreuzunglücklich mit einem Projekt und wollte aussteigen. Dann wurde sie krank, jetzt liegt sie im Koma."

„Ihnen ist schon klar, auf was Sie da anspielen, Cerny."

„Mittlerweile weiß ich, dass Kronberg alle wichtigen Technikhersteller und auch Politiker um sich geschart hat, um den Versuch, der im Konzern scheinbar erfolgreich läuft, auszuweiten", sagte Malik und zeigte auf die Häuser, an denen sie vorbeigingen. „Das muss doch auch unter Ihren Kollegen ein Thema sein. Haben Sie nicht mit Suri darüber gesprochen?"

Momoko schüttelte leicht den Kopf. „Sie erwarten doch nicht im Ernst von mir, dass ich irgendwelche geschäftlichen Dinge mit Ihnen austausche?"

„Warum haben Sie Suri noch nicht besucht? Ist Zeitmangel der einzige Grund oder wollen Sie nicht mit dem Thema konfrontiert werden?"

„Das wird mir jetzt zu blöd", sagte Suris Kollegin, drehte sich um und ging zurück in Richtung ihres Hauses.

Malik beschleunigte, sodass er zwei Schritte vor ihr war, und ging rückwärts, um ihr ins Gesicht sehen zu können. „Was wissen Sie über die Einteilung in Follower und Nicht-Follower?"

„Mein Gott, eine harmlose Geschichte, um Kunden zu unterscheiden, die sich für unsere Produkte interessieren oder eben auch nicht."

„Sicher?"

Momoko blieb stehen. Sie sah ihn wieder mit diesem kühlen, unnahbaren Blick an. „Was wollen Sie eigentlich von mir?"

Malik hätte gern noch etwas Zeit gehabt, mehr zu erklären. Aber sie waren bereits am Haus angekommen. Momoko setzte ihren Fuß auf die erste Treppenstufe.

„Es ist Ihr gutes Recht, dass Sie mir nicht glauben. Aber was ist mit Suri? Was, wenn wir etwas herausfinden, was ihr helfen kann?", sagte er.

Momoko wandte ihm den Rücken zu.

„Sie haben doch noch ihren privaten Highcontroller. Sie könnten nachschauen, was sie in den letzten Tagen vor ihrem Zusammenbruch getan, mit wem sie gesprochen, wen sie getroffen hat. Vielleicht auch in ihrem Firmenaccount."

„Sie sind ja irre. Ich soll in den privaten Sachen meiner Kollegin wühlen? Gerade haben Sie noch einen Aufstand wegen Ihres Notizhefts gemacht."

„Weil da Suris Vermutungen drinstehen. Was meinen Sie, warum wollte sich Hans Vidal das Gerät unter den Nagel reißen? Sie weiß etwas, was ihr gefährlich geworden ist. Ich wette, Vidal hat Sie schon des Öfteren auf den Highcontroller angesprochen."

Momoko blinzelte. Vermutlich lag er richtig. Er spornte sich selbst an. „Wir müssen herausfinden, was sie wusste."

„Um was zu tun? Die Weltrevolution der Antidigitalisierung anzuzetteln? Was würde Suri das bringen? Sie liegt im Koma und wir müssen hier weiter mit unserem Leben klarkommen."

Malik spürte, wie ihm die Felle davonschwammen. Es war wie immer. Zwei Welten, keine Chance, zum anderen durchzudringen. Wieso hatte er eigentlich Hoffnung gehabt, dass es bei Momoko anders sein sollte? Mit leichtem Ärger gefärbte Resignation gewann die Oberhand.

„Gut, kommen Sie mit Ihrem Leben klar. Wer weiß, wie lange Ihnen noch Zeit bleibt. Vermutlich gehören Sie auch in die Kategorie der Nicht-Follower. Irgendwas, was Sie nicht beeinflussen können. Einen verrückten Freund, einen krebskranken Onkel oder einen dementen Vater, den Sie zu oft besuchen und die Arbeit deshalb vernachlässigen müssen", schimpfte Malik jetzt vor sich hin.

„Hauen Sie ab", sagte Momoko.

„Sie wissen was! Da bin ich mir 100-prozentig sicher. Sonst hätten Sie viel mehr nachgefragt. Woher ich von den Treffen weiß. Wie die Firma so eine komplexe Geschichte wie Verhaltenssteuerung überhaupt leisten will", sagte Malik. „Sie haben sich für die Vogel-Strauß-Variante entschieden. Insofern sollten Sie sich auch eine passendere Garderobe zulegen."

Er sah sie wütend an, drehte sich um und ging in Richtung Unterdruckbahn. Er hatte es versaut.

14

Charlie verstand, ohne ein Wort mit ihm zu wechseln, dass sein Treffen gehörig schiefgegangen war. Malik ließ sich mit einem tiefen Seufzen auf die Esstischbank fallen.

„Scheiße, verdammte Scheiße. Ich hätte viel diplomatischer sein müssen", sagte er. „Aber sie ist doch eine Kollegin von Suri. Das kann ihr doch nicht alles am Arsch vorbeigehen, Himmel noch mal! Warum sind die Leute so? Als ob ein Totstellreflex über ihrem ganzen Leben schwebt."

Charlie schob sich auf die Bank gegenüber, griff mit den Händen seine Unterarme und drückte sie. „Hey, du hast es versucht. Jetzt mach dich nicht verrückt, bitte", sagte sie. „Lass uns überlegen, wie es weitergehen kann." Seine Freundin stand auf, zog eine Flasche Rotwein aus ihrem Tramper-Rucksack und nahm zwei Tassen aus dem Schrank über ihnen. „Wir trinken ein Glas und tragen alle Möglichkeiten zusammen, auch die verrückten, die abwegigen, einfach alles, was uns einfällt. Dann stellen wir den Wein weg und entscheiden ganz kühl, was wir für das Beste halten."

Malik sah Charlie an. Ohne sie hätte er an diesem Punkt vermutlich aufgegeben. „Okay, Suris privater Highcontroller ist aus dem Rennen. Theoretisch könnte ich versuchen, über eine der Bestellstationen in der Küche ins System und an ihr Profil heranzukommen", überlegte Malik laut.

„Ein bisschen gefährlich, wenn dieser Vidal dir auf den Fersen ist, oder?", stellte Charlie fest.

„Irgendwie fährt er auf mich ab. Es ist schwer, zu beschreiben. Wenn wir uns begegnen, ist das ein Gefühl, wie wenn jeder von uns sich gezwungen fühlt, in die Steckdose des anderen zu fassen."

Charlie trank einen Schluck und grinste. „Ich weiß, was du meinst, glaube aber, das liegt an ihm, zumindest größtenteils."

Sie erzählte von der Sequenz eines Gesprächs zwischen Westernhofen, Vidal und Kronberg, das sie in den Aufnahmen abgehört hatte. „Da deutet Vidal seinem Chef an, dass er persönliche Kontakte zu Firmen hat, man sie fürs Projekt mit ins Boot holen könnte, er das gerne übernehme, aber ihnen auch etwas anbieten müsste. Kronberg geht nicht darauf ein, vielleicht weil der altgediente Politiker dabeisteht. Zu Carsten Westernhofen, mit dem Vidal befreundet zu sein scheint, meint er später: Wenn Kronberg mal nicht auf einer Bananenschale ausrutscht, dieser Kontrollfreak hat doch nie gelebt. Dann lacht er unglaublich irre."

„Er will sich profilieren, passt aber nicht ins Schema", kommentierte Malik.

„Eine komische Mischung aus erfolgsgeil und anarchistisch, wenn du mich fragst."

Malik versank in Gedanken. War er das auf seine ganz eigene Weise nicht auch? Kronberg hatte ihm indirekt ein Angebot gemacht. Was, wenn sich Hans Vidal auch deshalb von ihm bedroht fühlte? Aber das war hochgradig absurd.

Hinzu kam seine Beziehung zu Suri, die ihn zu verärgern schien. Das konnte er schon eher verstehen, schließlich hatte Vidal einmal zur Familie gehört und Malik kam aus einer völlig anderen Welt.

„Ich würde gern meine Kontakte zu den Widerstandsleuten aktivieren und mir dort Rat holen", sagte Charlie. „Es ist gut möglich, dass wir so jemand Vernünftiges innerhalb der Firma finden, mit dem wir zusammenarbeiten können."

Malik zog die Luft scharf ein. „Was, wenn du an jemand gerätst, der die Sache eskaliert, es gewalttätige Demonstrationen, Verhaftungen oder sogar Anschläge geben sollte. Du weißt, dass viele nur auf einen Anlass warten."

„Ja, daran hab ich auch schon gedacht, aber ich bin nicht erst seit gestern in der Szene unterwegs. Ich treff mich nur mit Leuten, denen ich absolut vertraue. Du hast da mit Momoko meiner Meinung nach viel mehr riskiert", sagte sie.

Malik blinzelte und trank. „Es kann immer was durchsickern, dagegen ist keiner gefeit. Vielleicht bin ich bereits als Nicht-Follower in der Datenbank angelegt und das System kickt mich schon immer dahin, wo es mich haben will."

„Wo wäre das?"

„Immer an die Position, in der ich nichts ausrichten kann. Ich bin zu Momoko gelotst worden, hätte aber mehr Erfolg, wenn ich Hans Vidal provozieren würde."

Charlies Stirn bildete eine Falte, sie schüttelte den Kopf. „Ich weiß nicht. Das hört sich eher nach einem resignierten Malik an. Mach keinen Scheiß, Süßer."

„Schon gut, du hast ja recht."

„Ich würde gern zu einer Freundin in die Niederlande fahren. Ich vertraue ihr zu 100 Prozent", sagte Charlie. „Aus meiner Sicht ist das der vielversprechendste Ansatz. Mir wäre auch schon deshalb wohler, weil du dich dann erst mal nicht gefährden musst."

Malik zwang sich zu einem Lächeln. Charlie sollte nicht merken, dass er traurig war, weil sie schon wieder fahren wollte. Gleichzeitig freute er sich, dass sie sich Sorgen um ihn machte und so selbstverständlich in diesen Schlamassel mit einstieg.

„In Ordnung", sagte Malik.

Charlie ging zu ihrem Rucksack, stopfte ihren Pulli hinein und zog ihn auf. „Guck nicht so!"

„Tu ich doch gar nicht", sagte Malik, lächelte und ging zu ihr. Sie umarmten sich und verabredeten, so oft wie möglich einander Signal zu geben.

Malik trank den Rest der Flasche aus, schlief wie ein Stein und wachte gegen 4 Uhr auf. Er beschloss, vor der Arbeit kurz seine Außendusche zu benutzen. Um diese Zeit musste er mit keinem verloren gegangenen Junkie oder Obdachlosen hier in der Gegend rechnen. Das Wasser war verdammt kalt, aber er genoss es, sich zu waschen, seinen Körper und die Ruhe dieses verlassenen Ortes zu spüren. Als sich die Dämmerung ankündigte, saß er in frischen Klamotten und mit einer Tasse Kaffee auf dem Deck und wartete auf den Sonnenaufgang. Er würde sich jetzt auf Charlie verlassen und sehen, wen sie als Verbündete ausmachen konnte.

Im Grunde konnte er sich glücklich schätzen. Sein Spezialgebiet war das wahrlich nicht.

Er nahm seinen Block und schrieb an Suri, erklärte ihr, zu wissen, dass die Mitarbeiter als Versuchskaninchen dienten, sie aber noch Genaueres herausfinden mussten.

Liebe Suri,
ich wünsch mir so, dass du einfach aufwachst und uns erzählen kannst, was du weißt. Wie bist du nur ganz allein an all die brisanten Informationen gekommen? Wir tüfteln hier schon eine Weile zu zweit und sind noch nicht sehr weit. Ach so: Es gibt eine Freundin, Charlie, die mir hilft. Ich denke, ihr würdet euch gut verstehen. Wie kann ich dir dabei helfen, dass du dich selbst zu einer Rückkehr überredest?

Malik ließ sich vom morgendlichen Pulk aus der Unterdruckbahn schieben. Er bemerkte Momoko erst in dem Moment, als er auf dem Weg zur großen Rolltreppe schon fast an ihr vorbei war. Sie saß auf einer der Bänke, die in einer Art tief gelegtem Kragen um die großen Bahnhofssäulen gebaut waren, und rief nach ihm. Momoko war inzwischen aufgestanden und ging in seine Richtung. Malik hatte einige Mühe, durch den Strom zu ihr zurückzukommen.

„Meinen Sie wirklich mich?", fragte er irritiert.

„Nein, ich hab es auf die krummbeinige Frau abgesehen, die an der Tür neben Ihnen stand", sagte Momoko und rollte die Augen. „Können wir auf dem Weg reden?"

Malik nickte und fragte sich, ob Momoko ihm jetzt mit einer Liste an Rechtfertigungen kommen wollte. Im Kontrast zu dem überreizten Bild um sie herum wirkte sie seltsam fokussiert. Sie ließen den größten Pulk an sich vorbeiziehen und bildeten die Nachhut auf dem Weg in Richtung Konzernpforte.

„Sie haben recht mit dem, was Sie gestern gesagt haben", meinte Momoko. „Ich will aber nicht allein in Suris privatem Gerät kramen. Wenn, machen wir es zu zweit, das ist meine Bedingung.

Sie kontrollieren mich, ich Sie. Heute Abend bei mir, etwa um dieselbe Zeit wie gestern." Suris Freundin sprach deutlich, aber sehr leise. Malik musste sich konzentrieren, um sie zu verstehen. „Danach entscheiden wir, ob ich in ihrem Arbeitsaccount weiterrecherchiere. Ich könnte mir was mit dem Administrator einfallen lassen, falls ich dann nicht mehr auftauche, müssen Sie alleine klarkommen."

Malik hob die Hände. „Stopp, halt, schalten Sie mal einen Gang runter." Momoko blieb stehen, als habe er einen kategorischen Befehl ausgesprochen. Malik tat es ihr gleich. „Das geht mir jetzt zu schnell. Gestern sagen Sie mir sinngemäß, Sie wollen sich nicht einmischen, heute planen Sie schon damit, dass Sie wegen ihrer Recherche abserviert werden."

Momoko sah ihn trotzig an. „Was soll das heißen? Haben Sie jetzt keine Lust mehr?"

„Woher weiß ich, dass ich Ihnen trauen kann? Es ist ja möglich, dass Sie mich nur verpfeifen wollen."

Momoko stöhnte. „Ja, ich hab nicht gleich eingewilligt, ja, ich hab Schiss. Und ja, natürlich weiß ich vom Projekt." Sie sah Malik direkt in die Augen, es fühlte sich an, als wolle sie etwas in ihm ergründen. „Das mit dem Hinweis auf mein Idol hat gesessen. Ich, ich ... Sie haben etwas in mir zum Klingen gebracht, was schon eine gefühlte Ewigkeit verschüttet war. Vermutlich will ich etwas wiedergutmachen. Und da ist die Angst, dass ich es nicht lange halten kann. Deshalb das durchgedrückte Gaspedal. Ich trau mir selbst nicht über den Weg. Das ist so, wenn man zu lange in dieser Arbeitswelt unterwegs ist."

Malik war platt. Momoko war alles andere als der Typ für psychologisch gefärbte Beichten. Dass sie so ehrlich mit ihm sprach, forderte ihm tiefen Respekt ab und fegte die anfänglichen Zweifel hinweg. Er glaubte ihr.

„In Ordnung. Ich muss schauen, wie ich hier rauskomme, aber gegen 19 Uhr müsste normalerweise funktionieren", sagte er und schob ein „Danke" hinterher.

Momoko lächelte. „Besser, wenn wir getrennt durchs Tor gehen."

Malik nickte, dann ließ er sich zurückfallen und sah, wie Momoko sich in die linke Flanke in Richtung Hauptgebäude einordnete.

Es fiel ihm schwer, sich bei der Arbeit zu konzentrieren. Das hatte zur Folge, dass ihn eine ältere Führungskraft anraunzte, weil er ihren Lachs mit Salatssauce übergoss. „Das ist der neue Trend, glauben Sie mir. Der Balsamico gibt dem Fisch einen Tick Süße und schließt die Omega-3-Fettsäuren auf", sagte er. Eigentlich wäre besser gewesen: Wenn Sie das hier aufgegessen haben, werden Sie in ein Fell der bedrohten Tierart gesteckt, die Sie gestern verspeist haben. Vielleicht dürfen Sie sich an die Ostsee zurückziehen. Landen Sie aber in Afrika, wage ich keine Prognose, da ist viel überschwemmt, eine Naturkatastrophe jagt die andere.

Als Malik beim Aufräumen Hedi sah, wie sie ihr bescheidenes Salat-Käse-Brötchen aß, fragte er sich, wie die große Maschine, das Zukunftsprojekt, die Dinge gegeneinander aufrechnen wollte. Wog die Unfähigkeit, mündlich zu kommunizieren genauso viel wie ein dekadent großer ökologischer Fußabdruck? Wie wollten sie Hedis Fähigkeiten überhaupt analysieren, wenn sie die üblichen Nachrichten und Interaktionsspuren gar nicht auswerten konnten?

Sein Kopf ratterte in der Unterdruckbahn auf dem Weg zu Momoko weiter. Deshalb konnte er auch nicht gleich reagieren, als ihre Schwester ihn zwar hereinbat, dann aber ziemlich hart anging. „Du scheinst alles andere als ein Chérie zu sein. Ein Teufel, der die Leute aus der Bahn wirft. Was hast du mit meiner Schwester gemacht?", fragte sie.

Malik blinzelte.

„Sie ist völlig aus dem Häuschen. Das geht so nicht", sagte die Dreadlocklady, hinter der jetzt Momoko auftauchte.

„Tanieka, bitte", sagte sie, nickte Malik zu und winkte, dass er mit ihr nach hinten kommen sollte. Noch bevor er etwas entgegnen konnte, waren sie in einem Arbeitszimmer verschwunden. Malik war ein bisschen erleichtert, sich nicht rechtfertigen zu müssen. Er wollte nicht immer der Buhmann sein, schließlich hatte sich Momoko auch selbst zu diesem Schritt entschlossen.

Seine unverhoffte Verbündete bot ihm einen Platz auf dem Sofa an, holte Suris Highcontroller, setzte sich neben ihn und schaltete ihn an. Malik musste daran denken, dass er schon einige Tage nicht mehr in der Klinik gewesen war. Als Momoko dann eine Kombination eintippte, sah Malik sie völlig überrascht an. Sie packte das Gerät unter ein Kissen und flüsterte ihm zu: „Suri hat mir das Passwort gegeben, mit dem Kommentar ‚wenn mal was sein sollte'."

„Sie hat also eine Vorahnung gehabt und Sie haben die ganze Zeit stillgehalten?" Malik schüttelte den Kopf.

„Ich bin heute Morgen schon zu Kreuze gekrochen. Lassen Sie uns lieber überlegen, wo wir jetzt nach was suchen sollen."

Malik grinste. Es war diese Mischung aus kühner Frechheit, Trotz und Pragmatismus, die er wirklich schätzte. „Suri ist am 12. März mit dem Drohnentaxi nach Hause geflogen worden. Am besten wir schauen, was sie an den zwei oder drei Tagen davor gemacht hat. Video-, Audio- und Textnachrichten, Kalender, Planungsnotizen."

Sie fanden nicht gerade viel. Suri war eine sehr bewusste Datenverwalterin, bemühte sich, nicht allzu viele digitale Krümel auszustreuen. Das Einzige, auf was sie stießen, war ein Anruf am Abend vor ihrem körperlichen Einbruch sowie eine Suchanfrage zu einer Adresse, die Malik sogar kannte, weil sie nicht sehr weit von seinem Wohngebiet entfernt lag. Eine Ecke, in der sich einige Kneipen und Lokale befanden und die früher einmal zu den angesagten Adressen gehörte. Das war allerdings schon eine Weile her. Sie konnten also davon ausgehen, dass sich Suri dort mit jemand getroffen hatte. Aller Wahrscheinlichkeit nach war es auch ihr Anrufer oder ihre Anruferin gewesen. Zu der Nummer spuckten aber weder das Netz noch Maliks halb legale Suchmaschinen etwas aus. Wenn sie direkt von Suris Apparat aus anriefen, warnten sie den Unbekannten. Also fragte er einen Calldienst an, der ein Gespräch über Santiago de Chile in Auftrag gab und den Rückweg ausblendete. Momoko und er zuckten regelrecht zusammen, als sie Hans Vidals Stimme vernahmen. Malik legte auf und schaltete den Kommunikator aus, um nicht das Gefühl zu haben, das Gepardenfrettchen könnte nach ihnen schnappen.

„Unvorstellbare Scheiße, und ich hab ihm fast das Gerät gegeben", murmelte Momoko.

„Wir wissen noch nicht, was passiert ist", meinte Malik.

„Aber wir finden es raus", sagte Momoko und packte Schlüssel, Börse und Highcontroller in ihre Handtasche.

„Was haben Sie vor?"

Momoko sah ihn ungläubig an. „Na, Vidal braten!"

„Dazu haben wir absolut nichts in der Hand. Er ist ihr Ex-Schwager, er könnte sie auch nachts um 24 Uhr anrufen, ohne dass das verdächtig wäre, beziehungsweise kann das mit irgendeiner familiären Geschichte begründen."

„Und sein ganzes Verhalten?"

Malik schüttelte den Kopf. Momoko ließ sich resigniert neben ihm aufs Sofa fallen. „Da hab ich mir ja einen Superhelden an die Seite geholt."

„Ich hab nie behauptet, einer zu sein. Aber Sie haben nicht umsonst Angst gehabt, hier mit mir Nachforschungen anzustellen. Wenn wir es ernst meinen, müssen wir strategisch vorgehen. Kronberg ist mächtig. Lassen Sie uns zu der Adresse gehen und herausfinden, wen Suri da getroffen hat. Ich könnte mir vorstellen, da ist was Wichtiges gelaufen."

Momoko lehnte sich zurück und sah ihn forschend an. „Ich glaub, Sie sind auch ganz schön oft gegen die Wand gelaufen. Nach der Universität war ich irgendwann so müde. Eigentlich dachte ich, nie Arbeit zu finden. Aber aus Feigheit bin ich jetzt bei diesen Riesenarschlöchern und hab das mit Suri noch nicht mal kommen sehen."

„Ich glaube nicht, dass es viel bringt, sich Vorwürfe zu machen", sagte Malik.

„Bin einfach nicht so vernünftig wie Sie."

„Sehr witzig."

Momoko zog die Augenbrauen hoch. „Das war eigentlich ehrlich gemeint." Sie sah ihn an und lächelte. „Sollen wir nicht du sagen? Ich bin Momoko."

„Malik."

„Okay, liebster Malik, wo müssen wir hin? Hat sich so angehört, als wüsstest du, wo dieser Treffpunkt liegt."

Malik hätte nie gedacht, dass er sich an diesem Abend gut und sogar ein wenig erwartungsvoll fühlen würde. Er half Momoko vom Sofa auf.

15

Es waren noch ein paar Leute auf den Straßen unterwegs, als Momoko und Malik die Treppen der Unterdruckbahnstation Heiligenberg nach oben kamen. Vorher hatten sie noch kurz bei ihm Station gemacht, um einen Abfischer zum Aufspüren von Überwachungselektronik und einen nicht registrierten Highcontroller mitzunehmen sowie ein Foto von Suri auszudrucken, das sie den Betreibern unter Umständen zeigen konnten.

Hinter dem Treffpunkt „Nordstern" verbarg sich eine kleinere, gemütliche Kneipe. Einfache Holzbänke und -tische, eine lang gezogene Bar mit ledergepolsterten Hockern und ein Billardtisch vor dem Ausgang zu den Toiletten. Am Fenster saß ein alter Mann, nicht weit entfernt stand sein Rollator. Ansonsten lag die Bar verwaist da.

Sie nahmen an einem Tisch gegenüber dem Tresen Platz und Malik bat seinen Abfischer, die Kameras im Radius von 50 Metern anzuzeigen. Sie saßen in jeder Ecke, an der Decke, über dem Billardtisch und im vorderen Bereich der Toiletten. Malik hielt Momoko das Gerät hin. „Ich check mal, ob ich die Festplatte anwählen kann."

„Und dann kannst du ihr sagen, ich hätte gern einen Jim Beam auf Eis. Es scheint keine Bedienung zu geben", meinte sie. „Kein Wunder, dass hier keiner drinhockt."

Malik grinste, dann sah er irritiert aufs Display. An der linken Seite neben der Kamerakarte blinkte ein leeres Feld.

„Was ist los?", fragte Momoko.

„Weiß ich noch nicht", murmelte er, stand auf und ging am Billardtisch vorbei, durch die Tür, über der das Toilettenschild prangte.

Der Gang, an dessen Seite auch die WC-Eingänge lagen, lief auf eine große Stahltür zu, auf der Schlachterei in abblätternden Lettern stand. Er drückte die Klinke vorsichtig herunter. Ein dumpfer Ton signalisierte die Verriegelung.

Wäre ja auch zu schön gewesen. Malik ging zurück und setzte sich wieder zu Momoko.

„Was?" Sie sah ihn auffordernd an.

„Die Platte oder das Speichergerät sitzt in einem Bunker. Da dürfen nur tote Tiere rein."

Malik erklärte Momoko, dass die Kabel durch die Wand in den verschlossenen Kühlraum einer ehemaligen Schlachterei führten.

„Warum haben diese blöden Kneipenbetreiber nicht wie jeder normale Mensch ein paar WLAN-Verbindungen?", maulte Momoko. „Sieht sowieso so aus, als ob sie eigentlich gar nicht existieren würden. Vielleicht wollte Vidal deshalb hier mit Suri hin."

„Ich versuch, die Tür mit einem Dietrich aufzumachen", flüsterte Malik, „wenn jemand kommt, lenkst du die Leute hier irgendwie ab."

„Tust du nicht!", fauchte Momoko und packte ihn am Arm. In dem Moment kam eine Frau von etwa 60 Jahren mit Korkenzieherlocken auf sie zu.

„Was möchten Sie trinken?", erkundigte sie sich.

„Einen Jim Beam auf Eis und ...", Momoko sah ihn an.

„Ein Bitter Lemon."

„Könnten wir Sie nachher kurz was fragen? Es geht um eine persönliche Sache", sagte Momoko freundlich.

„Fragen Sie", meinte die Frau knapp, die offensichtlich auch die Chefin war. Malik hatte kein gutes Gefühl, er sah Momoko an, schüttelte unmerklich den Kopf und hoffte, dass sie verstand. Die Frau wirkte verhärmt, sie war keine Ansprechpartnerin für ein Anliegen wie ihres. Das sagte sein Bauchgefühl überdeutlich.

Momoko zog das Bild heraus. „Das ist Suri Temme, eine gute Freundin und Kollegin von uns beiden. Suri ist schwer krank. Sie ist ins Koma gefallen und wir versuchen, herauszufinden, was passiert ist."

Die Frau sah relativ lange auf den Ausdruck, was Malik durchaus registrierte. Hatte sie Suri wiedererkannt? Wusste sie etwas?

„Wir denken, dass sie vor zehn Tagen hier war, und suchen Zeugen, die vielleicht etwas mitbekommen haben."

„Da kann ich Ihnen nicht helfen, tut mir leid", sagte die Chefin.

„Haben Sie Suri Temme schon einmal gesehen? War sie hier in der Bar?", hakte Malik nach.

„Nein." Die Frau sah ihn ungerührt an. Er glaubte, dass sie log.

„Sie haben hier ein Dutzend Kameras hängen. Würden Sie uns einen kurzen Blick in die Aufnahmen gewähren? Wir wissen den Tag und können die Uhrzeit relativ genau eingrenzen", sagte Malik.

Die Korkenzieherlocken wippten, als sich die Kneipenchefin umdrehte. „Vergessen Sie's. Spielen Sie woanders Detektiv."

Momoko stand auf, folgte ihr und sprach sie noch mal an. Malik wollte nicht, dass sie bettelte.

„Warten Sie. Ich kann mir vorstellen, wie sich das für eine Außenstehende anhört. Aber dieser Treffpunkt ist im Moment unsere einzige Möglichkeit, herauszufinden, was geschehen ist. Wir hoffen, auf etwas zu stoßen, was Suri medizinisch helfen könnte", erklärte Momoko.

„Ich weiß genau, was Sie vorhaben. Uns irgendwas anhängen und uns verklagen und dann kann ich hier dichtmachen."

Das brachte Malik auf etwas, woran er noch gar nicht gedacht hatte. „Arbeiten Sie hier alleine oder gibt es noch Angestellte? Wir könnten auch ihnen das Foto zeigen." Er hatte eigentlich keine große Hoffnung, dass sie darauf eingehen würde, aber irgendwas in ihm forderte ihn gerade dazu auf, weiterzubohren.

Die Frau lachte verächtlich. „Angestellte? Sie meinen die Schar an Mitarbeiterinnen, die die Massen an Gästen versorgt." Sie wandte sich zum Gehen.

Das war es vermutlich, warum sie ihnen nicht helfen wollte. Jetzt wusste er, warum er gerne einen Bogen um die Frau gemacht hätte. Die Wut schob sich wie eine schwere Masse auf ihn zu. Am liebsten hätte er seinen Stuhl durch die Gegend gekickt. „Ganz großartig, Ihr Glaubenssatz. Wenn die anderen mir nichts Gutes tun, scheiß ich auf sie. Das ewige Tauschgeschäft im Kopf. Das soziale Miteinander eine Haben-Soll-Rechnung, die Lebensbilanz ein Kontoauszug. Ich verstehe Leute wie Sie einfach nicht, ich werde es nie tun", sagte er. Malik stand auf, stellte seinen Stuhl zurück an den Tisch, ging zwei Schritte hin und her. „Wir bräuchten einfach nur Ihre Hilfe, wir wollen nichts von Ihnen, höchstens Sie haben Suri etwas getan. Haben Sie?"

„Nein!"

„Ich könnte ja nachvollziehen, wenn Sie sagen: Ich kann doch nicht einfach gegen den Datenschutz verstoßen. Diese Regel, auf die große IT-Firmen scheißen und an die sich jeder Privatmensch halten muss. Aber das interessiert Sie nicht, die Leute um Sie rum interessieren Sie nicht. Deshalb haben Sie auch keine Gäste."

„Macht die Fliege, aber dalli."

Momoko sah ihn an, als wolle sie sagen: Merkst du was? Du wirst schon wieder rausgeschmissen.

Er fluchte innerlich, er qualmte. „Haben Sie Suri und ihre Begleitung auch des Lokals verwiesen?" Malik versuchte, bewusst korrekt zu sprechen, um sich nichts vorwerfen lassen zu müssen.

Die Wirtin blinzelte und kniff die Augen zusammen. „Raus oder ich hole die Polizei!"

„Die Idee ist gar nicht so schlecht. Wir könnten die Beamten fragen, ob sie uns unterstützen", sagte Malik. „Vielleicht finden sie auch, Sie sollten uns helfen."

Die Chefin machte zwei Schritte zum Tresen, griff in ein Fach, hielt einen Elektroschocker vor sich und ging auf Malik zu.

„Scheiße", hauchte Momoko und schaute hektisch zwischen ihrem Standort und der Tür hin und her. Dann packte sie Malik am Arm und zog ihn langsam in Richtung Ausgang.

In dem Moment kam hinter dem runden Filzvorhang, der als Windfang diente, ein jüngerer Typ hervor und blieb irritiert stehen.

„Was ist hier los?", fragte er, ging auf die Kneipenchefin zu und nahm ihr ganz selbstverständlich den Elektroschocker ab, so als wäre es ein Teller, der noch in die Spülmaschine geräumt werden müsste. Er steckte die Waffe in seine rechte Hosentasche und drehte sich zu ihnen um. „Also alle von uns wissen, dass die Polizei ziemlich viel zu tun hat und nur im Extremfall vor Ort kommt. Vielleicht können wir die Sache ...", sagte er und stockte. „Malik?"

Erst jetzt sah auch Malik genauer hin und verstand überhaupt nicht, weshalb er nicht sofort reagiert hatte. Dragusch schien zwar etwas zugelegt zu haben, hatte sich aber nicht wirklich stark verändert. Sein Gegenüber lächelte und ging auf ihn zu. Er drückte ihm die Hand und deutete eine Umarmung an. Sein Verhalten wirkte erwachsener, irgendwie souverän.

„Ich will deine Clique hier nicht sehen, Dragusch, das weißt du ganz genau", zischte seine Mutter.

„Mama, Malik hat rein gar nichts mit meinen Ex-Leuten zu tun, im Gegenteil. Er hat meinen Entzug überhaupt erst ermöglicht", sagt er.

„Das ist der Typ mit den Drohnen? Na, das passt." Seine Mutter schnaubte. „Macht doch was ihr wollt. Ist doch sowieso alles egal", sagte sie, ging am Billardtisch vorbei und verschwand über eine seitliche Tür, die auf einen der Hinterhöfe hinausführte.

„Wieso habt ihr gestritten?", erkundigte sich Dragusch.

„Es hat also mit dem Entzug geklappt. Ich hab manchmal an dich gedacht", sagte Malik und sah die Eintragungen in der Krankenakte vor sich.

Sensibles Kind, unstabile Familienverhältnisse, viel sich selbst überlassen, Mutter passiv-aggressiv, bietet zu wenig Ansatzpunkte für Helfer.

Als Jugendlicher hatte er all seine Akten gelesen, nachdem er sich in die Krankenkassendatenbanken gehackt hatte.

„Ja, die Auszeit war gut, auch wenn sich meine Probleme nicht alle in Luft aufgelöst haben", meinte Dragusch.

„Das geht uns ganz ähnlich", sagte Momoko und knuffte Malik leicht in die Seite.

Dragusch war sofort bereit, ihnen zu helfen, wollte aber beim Sichten der Aufnahmen dabei sein, um mögliche Konsequenzen fürs Lokal mit im Blick haben zu können. Die Tür zur Schlachterei quietschte laut, als er die Verriegelung mit seinem Highcontroller geöffnet hatte und aufschob. Viele der gekachelten Buchten waren mit Kisten vollgestellt, die ganze Palette von Alkohol bis hin zu aufputschenden koffeinhaltigen Getränken war dort gelagert.

Im hinteren Bereich vor einer Oberlichtreihe stand ein Schreibtisch, in einem Regal daneben saßen auf Augenhöhe ein paar kompakte Würfel, zu denen die Kabel führten. Es war eine alte, robuste Anlage. Dragusch nahm die Fernbedienung. Der mittlere Würfel projizierte ein Bild auf die Kacheln gegenüber, das ein Auswahlmenü zeigte.

„Welcher Tag war es noch mal?", fragte er.

„Wir denken der 11. März, abends 20 Uhr", meinte Momoko.

„In Ordnung, ich lasse die Aufnahmen ab da einfach laufen", meinte Dragusch. „Wir haben keine Stühle, aber wir können uns auf den Tisch setzen."

Momoko schob sich zwischen die beiden, ohne das Bild aus den Augen zu lassen. Es zeigte die Kneipe aus vier unterschiedlichen Perspektiven. Es war etwas mehr los als im Moment. Im Hauptraum saßen drei Pärchen und eine Gruppe, zwei Frauen spielten eine Runde Billard. Suri oder Vidal waren nicht unter ihnen. Malik hatte schon Angst, dass sie sich umsonst angestrengt hatten, doch dann tauchte Suri auf und nahm an der Bar Platz, hinter der Draguschs Mutter gerade Gläser wusch.

Momoko blickte Malik an, vielleicht in schrecklicher Erwartung, vielleicht weil es auch für sie seltsam war, sie so lebendig zu sehen. Suri orderte bei Draguschs Mutter ein Bitter Lemon und legte sich die Handtasche in den Schoß.

„Trinkt sie keinen Alkohol?", fragte Malik.

„Doch, eigentlich schon, aber möglicherweise wollte sie fit sein wegen des Treffens."

„Stimmt, schließlich trifft sie aller Wahrscheinlichkeit nach das Gepardenfrettchen", murmelte Malik vor sich hin.

„Gepardenfrettchen sagst du zu ihm?" Momoko grinste breit, schüttelte den Kopf und atmete tief ein. Es dauerte noch eine halbe Minute, bis Vidal auftauchte und sich neben Suri setzte, die jetzt an ihrem Getränk nippte.

„Die Frau kenn ich aus dem Fernsehen, die ist doch die Tochter von dem Politiker, oder?", sagte Dragusch.

Malik nickte. „Wie ist es bei dem Mann? War er schon mal bei euch?"

„Ich glaube nicht, aber ich bin natürlich nicht immer in der Kneipe."

Suri und Vidal beäugten sich kritisch. Malik glaubte, zu sehen, dass da eine gewisse Selbstverständlichkeit im Umgang durch die ehemaligen familiären Bande aufkam, gleichzeitig war für ihn zu spüren, wie sehr die beiden um ihre Gegnerschaft wussten. Eine seltsame Mischung.

„Also was willst du besprechen? Ich möchte so bald wie möglich zurück zu Hause sein", sagte Suri und rieb sich die Stirn.

Hans Vidal sah sie mitleidig an. „Ein bisschen weniger Anstrengung und Strebertum würden auch dir guttun, meine liebste Ex-Schwägerin. Lass sie ein wenig laufen, die Welt."

Suri stöhnte, fuhr sich mit den Händen übers Gesicht und massierte ihre Schläfen, dann hustete sie. „Ich bin gleich wieder da", sagte sie mit keuchender Stimme und ging auf die Toilette. In dem Moment zog Vidal ein schmales Tütchen heraus. Die Form entsprach dem früheren Design von Zuckerpäckchen. Vidal riss es auf, blickte sich unauffällig um und schüttete den Inhalt in Suris Bitter Lemon.

„Verdammter Scheißkerl", schimpfte Momoko.

„Kannst du mal anhalten, Dragusch", bat Malik. „Geht das größer?" Nachdem der rangezoomt hatte, erkundigte sich Malik bei seinem Bekannten, ob er die Tütchen vielleicht von anderen kannte.

„Die Aufputschmittel oder Tranquilizer, die du hier in der Gegend bekommst, sind es jedenfalls nicht. Das in Papier zu verpacken, ist unüblich." Dragusch nahm sich die Fernbedienung und navigierte zum Rand des Päckchens, dort wurde ein Wasserzeichen sichtbar, das einen Widder zeigte. „Hoppla. Das ist ein Handel, der sich auf K.-o.- und Wahrheitsdrogen spezialisiert hat. Das hat nichts mehr mit harmloser Auszeit zu tun."

„Damit kriegen wir ihn", sagte Momoko, „wir kriegen ihn, den Wichser."

Malik wurde unruhig. Er bat Dragusch, die Aufnahme weiterlaufen zu lassen.

Nach einiger Zeit kam Suri von der Toilette. Sie hustete immer noch und nahm einen Schluck von dem Bitter Lemon.

„Hör zu, Suri, ich möchte dich warnen. Mit deinen Recherchen zum aktuellen Projekt bewegst du dich auf extrem dünnen Eis. Wenn du nicht die Finger davon lässt, wird es richtig gefährlich."

„Sei mir nicht böse, aber die Rolle des Securitychefs von Gerald Kronberg steht dir einfach nicht. Dazu hast du selbst zu viel Dreck am Stecken." Suri blinzelte. Sie sah müde aus.

Vidal funkelte sie wütend an. „Du warst immer schon so scheiß arrogant und hast mich abgelehnt. Vermutlich wären Aziza und ich noch zusammen, wenn du nicht ständig Gift gespritzt hättest."

„Ja klar, nur keine Verantwortung für die eigenen Handlungen übernehmen. Und was sagst du denjenigen, die mit eurem großartigen Projekt langsam aussortiert und in atom- und giftmüllverseuchte Areale oder Wüsten- und Kriegsgebiete abgeschoben werden? ‚Eigentlich wären wir noch zusammen, wenn Gerald Kronberg nicht diesen Egotrip durchziehen würde. Ich hab praktisch nichts damit zu tun'." Suris Sprechtempo war hoch, sie wirkte jetzt fiebrig, aber gleichzeitig hoch konzentriert. Malik fragte sich, ob das Pulver, das Vidal ihr verabreicht hatte, bereits wirkte. „Hast du jemals daran gedacht, dich gegen diesen Wahnsinn zu stellen?"

Vidal löste sich aus seiner Erstarrung. „Ich hab keine reichen Eltern, die mir mit ein paar Häuserreihen aushelfen und mir einen Bildungsurlaub zuschanzen, wenn ich in meiner Leistung einbreche."

„Glaub mir, auch wenn du dir bestimmte Wünsche erfüllst und ein Zwillingsprofil anlegst, um die Sache zu vertuschen, kommst du nicht um diese Frage herum. Irgendwann musst du beantworten, warum du mitgemacht hast."

Hans sah Suri völlig fassungslos an. „Das kannst du gar nicht wissen." Er hatte die Führung des Gesprächs verloren.

„Du verstehst immer noch nicht. Es geht nicht um deine persönlichen Trickserein, sondern um das, was die Firma insgesamt plant."

„Du bluffst, du gibst nur vor, etwas zu wissen", sagte er und das erste Mal sah Malik echte Angst in Vidals Augen. „Die Auswertung der Variablen lässt sich nicht einfach so abfragen, das würde Wochen dauern. Es sei denn, du hättest dich über eine Brainschnittstelle mit dem zentralen Server verbunden. Aber so verrückt bist selbst du nicht." Hans sah Suri erst an wie ein enttäuschter Pädagoge, der seine Schülerin beim Abschreiben erwischt hatte. Weil sein Gegenüber aber ungerührt blieb, wurde auch er wieder ernst. Er realisierte, was diese Reaktion für ihn bedeutete. „Du bist komplett durchgeknallt. Dagegen bin ich ein Waisenknabe", murmelte er und sah vom Glas zu Suri, von Suri zum Glas. „Wann, wann warst du im System?"

Malik atmete schwer, Momoko stand auf, fuhr sich mit den Händen übers Gesicht. Ihre Blicke trafen sich und Malik spürte ihre Angst, Bewunderung und Vorahnung.

Vermutlich hatte Suris Körper der Belastung, sich einer Brainschnittstelle auszusetzen, nicht standgehalten. Hinzu kam das seltsame Wahrheitsserum, das ihr Ex-Schwager ihr verabreicht hatte.

„Ich weiß um eure Variablen, mit denen ihr über die Zukunft der Leute entscheidet, habe mir angeschaut, wie ich, meine Schwestern und ein paar andere Menschen verwaltet, performt und enttäuscht fallen gelassen werden. Das folgt einer grausamen, aber zugegeben erahnbaren Logik, wäre da nicht eure unglaubliche Sauerei mit den Zwillingsprofilen."

„Wir alle wissen, dass der Kampf um Arbeit, Bildung, Ressourcen und unverseuchtes Land auch bei uns längst begonnen hat", sagte Vidal. Seine Stimme klang resigniert. „Ich will einfach überleben."

„Mit dem kleinen Unterschied, dass du mittags im Fünf-Sterne-Restaurant essen gehst, während in deinem Kühlschrank fünf von Indern gewebte, gebügelte Hemden liegen, die du bei einem 45-Grad-Sommertag alle zwei Stunden wechselst. Wie kann man sich so in die Tasche lügen?"

„Und was ist mit dir? Auch du arbeitest seit zwei Jahren für Kronberg."

„Glaub mir, diese Zeit gehört bald der Vergangenheit an. Du entschuldigst mich", sagte sie, „mir ist schlecht. Das Gespräch dreht sich im Kreis."

„Wenn du mich hinhängst, Suri, dann hat das auch für deine Familie Konsequenzen." Vidal schaute trotzig und zugleich ängstlich auf sein Glas.

„Du hast es immer noch nicht kapiert. Es geht hier nicht allein um dich. Lass mich wissen, falls du dich anders entscheidest und nicht mehr der Kontrollarmee dienen willst."

Suri hielt ihren Highcontroller auf das Bezahlfenster, das in die Bar eingelassen war, wartete auf das Bestätigungsfiepen, nahm ihre Jacke und verschwand durch den Vorhang. Nach einer gespenstischen halben Minute griff sich Vidal plötzlich das Glas und schmiss es unvermittelt gegen die Wand. Er verließ das Lokal, ohne zu zahlen. Danach fror das Bild ein.

„Wir müssen der Klinik sagen, was wir wissen", meinte Momoko, „vielleicht gibt ihnen das Hinweise für die Behandlung."

„Ja, am besten, wir fahren gleich noch hin", sagte Malik, dann wandte er sich an Dragusch. „Hast du eine Möglichkeit, uns einen Kontakt in die Szene zu vermitteln, ohne dich selbst zu gefährden?"

„Kommt drauf an", sagte Dragusch. „Was schwebt dir denn vor?"

„Jemand, der eine Brainschnittstelle besorgen kann."

„Das ist jenseits von Gut und Böse, das müsste funktionieren. Wie erreiche ich dich?" Dragusch zückte seinen Highcontroller und Malik nannte ihm eine Nummer vom Freizeitpark und eine Kontaktmöglichkeit übers Friendsnet.

„Was soll das heißen, Malik, dass du dich jetzt zu Suri ins Krankenhaus legen willst? Du bist doch irre." Momoko kniff die Lippen zusammen.

„Vielleicht. Ich hoffe trotzdem, dass du mir hilfst. Ich will so schnell wie möglich an die Variablen. Und wir müssen herausfinden, was es mit diesen Zwillingsprofilen auf sich hat." Malik versuchte, sich nicht anmerken zu lassen, dass auch er sich vor diesem Schritt fürchtete. Gerade deshalb drückte er auf die Tube. Wenn er länger darüber nachdachte, verließ ihn möglicherweise der Mut.

16

„Meinst du, du kannst uns zu allem Überfluss noch eine Kopie von dem Ausschnitt machen?", fragte Malik. „Ich würde beide Sachen dann bei euch abholen oder du schaust bei mir vorbei."

„Kein Thema", sagte Dragusch. Als er auf die aktuellen Aufnahmebilder umschaltete, tauchten seine Mutter und zwei maskierte Männer auf dem Schirm auf. Es war ein seltsames Déjà-vu, weil sie den beiden, wie zuvor ihnen, einen Elektroschocker entgegenhielt. Scheinbar hatte sie einen gewissen Vorrat hinter dem Tresen gebunkert.

Momoko und Malik sahen sich an.

„Fuck, das ging schnell", sagte Malik.

„Die sind wegen euch da?", schob Dragusch hinterher.

„Jetzt solltest du wirklich die Polizei rufen. Ich denke, sie wollen die Aufzeichnungen", sagte er. Das Auftauchen der beiden Gestalten machte ihm Angst, und wenn er den Blick von Momoko richtig interpretierte, auch ihr. Es bedeutete, dass Vidal oder sogar die komplette Konzernleitung sie auch außerhalb beobachtete. Nach ihren aktuellen Erkenntnissen war das aber auch kein Wunder.

„Kommen wir hier irgendwie auch hinten raus?", fragte er.

Es blieben nur ein paar Sekunden für den Abschied. Momoko und Malik nahmen den Weg zur Unterdruckbahn. „Kannst du mir kurz deinen unregistrierten Highcontroller geben?", bat ihn seine Mitstreiterin. „Ich würde gern meine Schwester anrufen. Sie soll bei einer Freundin übernachten."

„Gute Idee", sagte Malik und dachte an seine Familie und den Freizeitpark. Seine Leute konnten nicht so leicht umziehen. Waren sie zu unvorsichtig gewesen? Was hätten sie besser machen können? So erfolgreich sie in ihrer Recherche waren, der Konzern war ihnen dicht auf den Fersen. Er betete, dass der nicht darauf kam, lustige Mafiamethoden auszugraben. Was würde dem abgehackten Finger heute entsprechen? Das Ersetzen der Universitätsausbildung durch eine abgebrochene Lehre oder das Unterschieben eines Hasskommentars mit Foto im Generalverteiler sämtlicher sozialer Medien. Sobald die Leute auf der Straße komisch reagierten, mussten sie definitiv abtauchen. Malik ging davon aus, dass das Gepardenfrettchen ihre Spur aufgenommen hatte. Nach ihrem jetzigen Stand hatte der sich alles andere als korrekt verhalten. Ihre Chance war also, dass Vidal die Sache noch nicht weitergetragen hatte, weil er damit auch sich selbst ans Messer lieferte. Momoko gab ihm das Gerät zurück.

„Und du?", erkundigte er sich.

„Ich kriech doch nicht in irgendein Erdloch, wenn ich morgen wieder bei der Arbeit antrete", sagte sie. „In welche Richtung müssen wir zur Klinik?"

Malik lächelte. „Wir brauchen die Linie 23", sagte er und schaute auf die Zeitanzeige über ihren Köpfen. Es war 21 Uhr.

„Meinst du, die lassen uns überhaupt noch rein?" Momoko sah ihn zweifelnd an.

„Wir haben eine wichtige Nachricht und müssen mit einer Ärztin oder einem Arzt sprechen."

Als sie auf dem Stockwerk ankamen, auf dem Suri lag, fühlte sich Malik an die Situation erinnert, als sie vor ihren Augen kollabiert war. Die Tür stand offen, ein Pfleger wartete zwischen Gang und Zimmer, dann kam das Bett herausgefahren, ein Mediziner lief neben Suri her. Sie verschwanden weiter oben im Gang, Alva und Kai Temme bildeten die Nachhut. Dann kam die Ärztin, mit der Malik schon Kontakt gehabt hatte, aus ihrem Zimmer. „Entschuldigen Sie, wir würden gern mit jemand sprechen, der Suri Temme behandelt", sagte Malik.

„Tut mir leid, im Moment ist es ungünstig. Sie können warten oder morgen wiederkommen", sagte Ellen Donatu nicht unfreundlich, aber es war klar, dass sie sofort loswollte.

„Was ist mit Suri? Geht es ihr schlecht?", fragte Momoko.

„Wir dürfen Außenstehenden keine Auskunft geben", sagte sie. „Aber das wirkt jetzt vermutlich dramatischer, als es sollte. Es geht um eine Untersuchung."

„Gott sei Dank", sagte Momoko und lächelte. „Aber vielleicht sollten Sie dann trotzdem wissen, dass wir ..." Sie stockte und sah fragend zu Malik.

Er nickte.

„... ganz zufällig herausgefunden haben, dass meine Kollegin aller Wahrscheinlichkeit nach eine Brainschnittstelle verwendet und ihr jemand ohne ihr Wissen Drogen verabreicht hat. Wir dachten, das ist vielleicht wichtig wegen der Behandlung."

Die Bewegungen der Medizinerin froren für zwei Atemzüge ein. „Warten Sie kurz." Nachdem sie mit ihrem Kollegen gesprochen hatte, nahm sie Momoko und Malik mit in den zweiten Stock und führte sie in einen Nebenraum, der sich an eine große Untersuchungseinheit anschloss. Die Tür schwang auf und auch der Mediziner, der Suri begleitet hatte, kam hinzu.

„Waren Sie dabei, als Suri Temme eine Brainschnittstelle verwendet hat?", fragte die Ärztin.

„Nein", sagte Malik und überlegte. Wenn hier Namen fielen, waren die Ärzte trotzdem an ihre Schweigepflicht gebunden. Aber wer überwachte die Datenaufnahmen der Klinik? Er hatte Hemmungen, alles preiszugeben. Seiner Einschätzung nach war Vidal auch keine Gefahr für Suri, sonst hätte er viel früher aktiv werden können. „Wir haben die Information durch die Aufzeichnung eines Gespräches erhalten."

„Sind Sie sicher? Die Frau ist Wirtschaftsinformatikerin. Sie müsste wissen, wie gefährlich es ist, mit unausgereifter Elektronik im eigenen Gehirn zu experimentieren. Die Teile, die bisher aus irgendwelchen Schmieden aufgetaucht sind, lassen mir die Haare zu Berge stehen", sagte Ellen Donatu. „Die Gefahren reichen von ungetesteten Konstruktionen mit Verletzungspotenzial bis hin zu einer Überlastung des Neokortex, weil es noch keine Schutzmechanismen gibt, um die Interaktionen begrenzen zu können. Das ist, wie wenn Sie zu einem Ultramarathon antreten, aber Ihr Gehirn keine Rückmeldung gibt, dass Sie eine Pause brauchen, und irgendwann in Flammen steht, auf physischer und psychischer Ebene."

„In dem Gespräch, das sie mit jemand geführt hat, wirkte sie erschöpft und angeschlagen, hat aber erzählt, dass der Einsatz schon vorbei sei." Malik hielt dem kritischen Blick der Ärztin stand.

„Sie sind verpflichtet, uns alles zu sagen, was Sie wissen."

„Ich nehme an, dass sie eine Konstruktion verwendet hat, die über die Nase verläuft. Das ist bei Elektrodopern gang und gäbe. Aber ich weiß es nicht."

Ellen Donatu nickte.

„Was wir gesehen haben, ist, dass ihr jemand eine Wahrheits- oder K.-o.-Droge in ihr Glas geschüttet hat, von dem sie auch getrunken hat", ergänzte Momoko. Scheinbar hatte auch sie Hemmungen, Vidals Namen zu nennen.

„Wir wissen nur, dass das Tütchen mit einem Widderkopf gekennzeichnet war. Mehr hat man auf der Aufnahme nicht gesehen. Wir können Ihnen also nicht sagen, was für eine Substanz es war", sagte Malik.

Ellen Donatu sah ihren Kollegen an, dann wandte sie sich wieder an sie beide. „Das hilft uns trotzdem, weil wir vor etwa einer Viertelstunde eine anonyme Nachricht bekommen haben, die ziemlich gut zu Ihren Angaben passt. Beim Wirkstoff der Droge wissen wir Bescheid, der Hinweis zur Einführstelle über die Nase ist wichtig, weil wir jetzt gezielter nach Verletzungen suchen können."

Malik zog die Augenbrauen hoch. Hans Vidal trat die Flucht nach vorne an. Man konnte ihm nicht vorwerfen, dass er langsam agierte. Wie auch immer hatte er registriert, dass sie auf dem Weg zur Kneipe waren, dann seine Nachricht an die Klinik abgesetzt und ein Abräumduo zur Bar geschickt. Sie konnten davon ausgehen, dass die Aufzeichnungen bereits der Vergangenheit angehörten. Er hoffte nur, dass Dragusch und seiner Mutter nichts passiert war.

„Ich verlange nicht, dass Sie Ihre Kollegin belasten, sie ist genug gestraft, aber wegen der Drogen sollten Sie Anzeige bei der Polizei erstatten", sagte der Kollege von Ellen Donatu. „Und es wäre nicht schlecht, eine Nummer von Ihnen zu haben, wenn wir etwas klären oder nachfragen müssen."

Malik nickte. Momoko kramte bereits in ihrer Handtasche. Sie zog eine Visitenkarte und einen Stift heraus und ließ sich Maliks Nummer diktieren. Es war wieder die vom Freizeitpark. Er konnte froh sein, dass er sich früh abgewöhnt hatte, direkt erreichbar zu sein. Allerdings war er alles andere als unsichtbar.

Die Zeit war verdammt knapp, wenn sie noch einmal ins System wollten. Er musste unbedingt mit Charlie Kontakt aufnehmen, sich beraten und mit ihr einen Plan aushecken. Wenn sie sich heute Abend nicht sowieso meldete, würde er einen SOS-Ruf in den einschlägigen Foren absetzen. Malik schöpfte wieder etwas Hoffnung, als er an Charlie dachte. Sie war losgezogen, um ihm zu helfen, gemeinsam mit ihm die Schweinereien aufzudecken.

Als er und Momoko an der Unterdruckbahnstation standen, wirkte sie in sich gekehrt. Vermutlich hatte sie Angst, vielleicht zweifelte sie auch daran, dass es richtig war, weiterzumachen.

„Hilfst du mir, wenn ich es schaffe, eine Schnittstelle zu besorgen?", fragte er und schaute ihr in die Augen.

„Ich wusste, dass es hart wird, aber so hart ..." Sie erwiderte seinen Blick. „Was, wenn du auch wegkippst, und ich dann ganz alleine dastehe?"

„Ich gehe davon aus, dass Vidal im Moment noch alleine agiert. Sonst hätten sie uns längst einkassiert oder kaltgestellt. Wenn wir morgen noch regulär durchs Konzerntor spazieren können, haben wir eine echte Chance. Die will ich nutzen."

„Das ist doch Wahnsinn. Schau dir an, was mit Suri passiert ist."

„Ich glaube, dass sie die Wechselwirkung mit dem Stoff umgehauen hat."

„Was, wenn du dir das nur einredest?", murmelte Momoko vor sich hin.

„Mag sein, aber die Andeutungen von Suri zur Abschiebung und dem Zwillingsprofil machen mich genauso verrückt. Ich kann doch nicht dasitzen und sagen: Blöd, eigentlich wissen wir, dass sie unsere Technokratie in eine Technikdiktatur umbauen wollen, aber ich kann's ihnen nicht nachweisen, weil ich Schiss vor dem letzten Schritt habe."

„Hast du denn gar keine Angst?", fragte Momoko.

„Doch, aber das würde ich dir nie sagen. Ich will ja, dass du mir hilfst, an einen Arbeitsplatz zu kommen, wo ich mich einloggen kann."

Sie schüttelte den Kopf und lächelte. Die Bahn fuhr ein, was von einem mächtigen Rauschen begleitet wurde. Außer ihnen wartete keiner mehr im Bahnhof.

„In Ordnung", sagte Momoko und wuschelte seine Haare durcheinander. „Wo sehen wir uns?"

„Beim Frühstück oder Mittagessen, wie es in deinen Arbeitskram passt."

„Gut", meinte seine Mitstreiterin, winkte und stieg ein.

Malik freute sich. Er hatte Momoko nun auch jenseits ihrer Coolness kennengelernt. Aber auch die war ja umwerfend. Er konnte sich auf sie verlassen, da war er sich jetzt absolut sicher. Seine Bahn kam. Er stieg ein und merkte, wie müde er war. Er brauchte eine gute Mütze Schlaf.

Im Haus in der Siedlung verfügte er über die bessere technische Ausrüstung, deshalb würde er dort übernachten, um dann zu entscheiden, was er vielleicht nach der Beratung mit Charlie benötigte. Für die würde er auf den alten Tennisplatz oder noch weiter an den Siedlungsrand gehen.

Er schlafwandelte die Straße entlang. Erst sehr spät registrierte er, dass zwei Männer auf den Stufen zu seinem Eingang saßen. Nur die Silhouetten ihrer Oberkörper waren zu sehen. Malik stoppte und versuchte, seinen Vorsprung abzuschätzen. Aber in dem Moment, als er lossprinten wollte, stand der schmalere von beiden auf und Malik sah den Umriss seines Ohrrings, eine kunstvoll gearbeitete Creole. Es war sein Bruder: „Malik, na endlich!" Er atmete durch und ging weiter in Richtung Haus. Jetzt stand auch der zweite Mann auf, Sohan. Diese Tatsache nahm ihm allerdings die kurzfristige Erleichterung wieder. Wenn sein Onkel sich extra mit Dario aufmachte und im Dunkeln auf ihn wartete, war das ein verdammt schlechtes Omen.

„Was ist los?", fragte er und zückte den Schlüssel. „Kommt erst mal rein."

„Malik, ich möchte, dass du mit uns in den Park kommst", stellte sein Onkel fest. Seine Stimme klang ernst und entschlossen.

Malik nickte und sie stiegen schweigend in den alten E-Laster. Er fragte sich, wie Sohan es immer noch schaffte, die Lizenz zu halten.

Das Schweigen der beiden entwickelte seine ganze Wucht. Maliks Fantasie schlug Pirouetten. Es rauschten Bilder von in Ketten gelegten Eingangstoren des Freizeitparks und zerschlagenen Glasscheiben vor den Fahrgeschäften durch seinen Kopf. Nach ein paar Minuten hielt Malik es nicht mehr aus. „Jetzt redet schon. Was ist passiert? Seid ihr bedroht worden?", fragte er und sah Dario an, weil er hoffte, dass er ihn nicht weiter auf die Folter spannen würde.

„Ja, nein, aber ..." Dario blickte seinen Onkel an.

„Du weißt also, dass du in echten Schwierigkeiten steckst? Hast du jemals daran gedacht, mit uns zu sprechen? Dich mit deiner Familie zu verständigen? Natürlich nicht. Es ist wie immer." Sein Onkel sah ihn wütend an. Das fahle Licht der Armaturen ließ sein Gesicht wie ein Ausrufezeichen seines Ärgers erscheinen.

Malik verkniff sich, zurückzuschießen, er verstand, dass die Lage ernst war. „Ihr könntet mir trotzdem sagen, was passiert ist."

„Darauf kannst du Gift nehmen", schimpfte Sohan, bremste ab und bog in den Freizeitpark ein, der ruhig dalag. „Wir besprechen alles im kleinen Familienrat, jetzt."

Malik musste sich zusammenreißen, um auf Sohans autoritäres Gehabe nicht zu reagieren. Der Familienrat war normalerweise Treffen vorbehalten, bei denen es um Kauf- oder Investitionsentscheidungen sowie Personalveränderungen im Park ging. Nach dem Tod seines Vaters hatten sie oft zusammengesessen, um das Unbegreifliche zu begreifen und sich zu vergewissern, dass die anderen noch da waren. Für Malik war dieses enge Aneinanderkleben unerträglich gewesen, zumal nicht direkt darüber gesprochen wurde, was Leon Cerny zu seinem Selbstmord veranlasst haben könnte. Als dann seine Hackeraktionen aufflogen, schien es fast so, als seien alle irgendwie dankbar gewesen, sich auf ein anderes Thema stürzen zu können. Malik empfand es damals als ungerecht, dass er damit auf seltsame Weise Blitzableiter und Medium so vieler widersprüchlicher Gefühle wurde. Gleichsam brach es die Situation irgendwie auf, sodass jeder wieder seiner Wege gehen konnte. Lange Zeit schwebte das kollektive Bild über ihm, dass der Clan sich um ihn die meisten Sorgen machen musste. Vermutlich war das sein Teil des väterlichen Erbes.

Diese alte Stimmung gemischt mit neuer Angst schlug ihm heftig entgegen, als er in den Wohnwagen seiner Mutter trat. Malik ging auf sie zu, gab Silja einen Kuss auf die linke Wange. Sie hielt ihn fest und drückte ihn an sich, ohne etwas zu sagen. Neben ihr saß Sohans Frau Oksana. Dario rutschte auf der u-förmigen Bank an den Kopf, neben ihm nahm sein Onkel Platz. Malik schnappte sich einen Klappstuhl, der an der Wand neben der Tür lehnte.

„Also ich habe keine Ahnung, was los ist. Bitte klärt mich auf", sagte er und schaute in die Runde.

„Vor zwei Stunden war ein Verantwortlicher von Kronberg bei uns. Ich hatte gehofft, nie wieder mit diesen Leuten zu tun zu haben. Wegen dir musste ich dem werten Chief Executive Officer sogar ein Glas Wasser anbieten", sagte Sohan.

Vor zwei Stunden saß er noch bei Momoko, schoss es Malik durch den Kopf. Vermutlich war Vidal bereits da aktiv geworden. Oder noch früher. Er hatte es schon länger auf ihn und den Highcontroller von Suri abgesehen.

„Du hättest es mit ein paar Abführtropfen würzen können", sagte Malik, als er an Hans Vidal dachte. „Und ihm dann noch eine alte Windel anbieten können."

Sein Onkel konnte ein Grinsen nicht ganz unterdrücken. „Hör zu, Malik, der Mann hat uns klargemacht, dass du angefangen hast, in der Firma zu spionieren. Er hat uns auch darüber informiert, dass du mit großer Not einer Gefängnisstrafe entgangen bist, und er nur mit den Fingern schnippen muss, um dich in den Knast zu bringen." Aus Sohans Stimme klang jetzt große Enttäuschung.

Malik vermied es, in Richtung seiner Mutter zu sehen.

„Ich meine, was hast du dir dabei gedacht, dich zu Kronberg schicken zu lassen?", wollte sein Onkel wissen. Weil Malik schwieg, schob er hinterher: „Du hättest um eine andere Stelle bitten müssen."

„Die Sache hat überhaupt nichts mit früher zu tun, vermutlich hat euch Hans Vidal diesen Floh ins Ohr gesetzt", sagte Malik.

„Das stimmt nicht und das weißt du, Malik", sagte Sohan. „Du willst ihnen immer noch etwas nachweisen und hast immer noch nicht begriffen, dass du die Sache damit nur noch schlimmer machst."

„Ich habe es damals schlimmer gemacht? Ich habe die Firma, die uns berechtigte Pflegeleistungen durch Schikane abgewöhnen wollte, dazu gebracht, dass sie zumindest kurze Zeit ihrer Pflicht nachgekommen ist! Und damit habe ich es schlimmer gemacht?" Malik stand auf und der Klappstuhl kippte nach hinten weg. „So verdreht kann deine Weltsicht gar nicht sein, dass du das so stehen lässt."

„Malik, Sohan, bitte", sagte seine Mutter, was ihn kränkte, weil sie nicht für ihn Position bezog.

„Dann sag uns doch, warum du ausgerechnet bei Kronberg deine Sozialstrafe abarbeiten willst", hakte sein Onkel nach.

„Das war nicht meine Entscheidung, sondern die des zuständigen Richters." Malik hielt inne. Wenn er seine Familie überzeugen und auf seine Seite holen wollte, war vermutlich seine einzige Chance, ehrlich zu sein. „Natürlich war da kurz der Gedanke, den Konzern mal von innen zu sehen und vielleicht irgendeine

Fiesheit aufspüren zu können. Aber zunächst war es wirklich mal ein Job. Ich arbeite dort in der Kantine. Durch Zufall habe ich jemand kennengelernt und herausgefunden, dass Kronberg ein Projekt plant, das uns zu einem Teil einer großen Maschine machen will. Wer sich nicht einreiht, wird weggeschmissen. Das ist richtig schlimm, wenn wir da nichts unternehmen …"

„Pech nur, dass ganz genau das meine ultimative Bedingung ist", fiel ihm sein Onkel ins Wort. „Du bittest sofort morgen um eine neue Stelle, wo du deine Stunden ableisten kannst."

„Du verstehst nicht. Wenn ich jetzt abbreche, können wir ihnen nichts nachweisen."

Sohan schüttelte den Kopf. „Ich verlange das von dir. Du musst dich jetzt wirklich solidarisch gegenüber deiner Familie verhalten."

„Das, was die planen, betrifft auch unsere Familie. Ihr könnt euch gar nicht vorstellen, wie eng das Netz schon gestrickt ist. Sie werden unser zumindest in Teilen noch selbstständiges Leben abschaffen."

„Malik, der Mann hat durch die Blume gedroht, dass du richtig lange einfährst und mit der Erfahrung nicht mehr auf die Beine kommen wirst", mischte Dario sich ein. „Du weißt, dass ich nicht ängstlich bin, aber er klang verdammt entschlossen."

„Klar, weil er selbst Schiss hat."

Malik dachte fieberhaft darüber nach, wie er zumindest seinen Bruder überzeugen konnte. Er hatte immer zu ihm gehalten, es irritierte ihn, dass er sich nicht auf seine Seite schlug.

„Wir haben Angst um dich", sagte Dario und sah ihn bittend an.

Hans Vidal hatte ganze Arbeit geleistet, hatte zwischen ihn und seine Familie einen Keil getrieben. „Wollt ihr, dass wir uns wieder einschüchtern und von der Bildfläche wischen lassen?"

„Malik, du musst nichts wiedergutmachen. Lass es bitte ruhen, die Leute sind zu mächtig für uns. Damals, und wie es aussieht auch heute", sagte seine Mutter.

Malik starrte auf den Boden. Er wollte weder etwas gutmachen, noch sich unterkriegen lassen. Die Schwierigkeit bestand auch darin, seiner Familie die Ausmaße zu erklären, die er selbst noch nicht im Detail überblickte.

„Kronberg plant eine große Umverteilung, er wird dabei technisch ausgeklügelt, hoch effizient und nicht zimperlich vorgehen. Ich möchte versuchen, das zu verhindern."

„Nein, Malik, das wirst du nicht, jedenfalls nicht mit unserer Unterstützung. Die Leute haben genug Macht, dich und uns zu zerquetschen, und dabei will ich nicht zusehen", sagte Sohan.

Maliks Kopf verstand seinen Onkel, schließlich hatte auch er Angst, trotzdem war er unglaublich enttäuscht. „Was soll das heißen, nicht mit eurer Unterstützung?", fragte er, obwohl er im Grunde schon wusste, worauf Sohan hinauswollte.

„Du brauchst dann nicht mehr zur Arbeit zu kommen."

„Verstehe", sagte Malik.

„Sohan, bitte, können wir nicht noch mal reden …", bat Dario jetzt.

Sein Onkel schüttelte den Kopf. „Du kannst gern mit deinem Bruder sprechen. Wenn er es sich anders überlegt, ist er jederzeit willkommen."

Malik stand auf, klappte den Stuhl zusammen, stellte ihn zurück, ging aus der Tür und schloss sie hinter sich. Er spürte die Tränen kommen und versuchte, sie wegzublinzeln. Dieser Schlag von Vidal war verdammt gut platziert.

Die Wohnwagentür hinter ihm ging auf. „Malik, warte!", rief sein Bruder. Er hob die Hand, drehte sich aber nicht um. „Lass gut sein, ich melde mich", meinte Malik, wischte sich übers Gesicht und beschleunigte seinen Schritt.

17

Malik ging an der Unterdruckbahnstation vorbei und machte sich zu Fuß auf den Weg. Er hatte gehofft, dass die Tour ihm guttat, aber er war immer noch aufgewühlt, als er zu Hause in der Siedlung ankam. An schlafen war nicht zu denken. Also schaltete er seinen verbliebenen Highcontroller an und checkte seine Nachrichten über ein sicheres Netzwerk. „Du meine Güte", murmelte er. Charlie hatte zehnmal versucht, ihn zu erreichen, zum Schluss mit der deutlichen Bitte, sich zurückzumelden, egal um welche Uhrzeit. Malik war absolut dankbar für die Aussicht, mit jemand reden zu können, zog die Tür hinter sich zu und ging zum alten Tennisplatz. Die Anlage war so verfallen, dass sie noch nicht mal mehr von Jugendlichen als Treffpunkt genutzt wurde. In den 1980er-Jahren aufgebaut, schlief sie nun den Schlaf der vergessenen Orte eines vergessenen Sports – mit welligen, gerissenen Gummibelagsböden und moosbewachsenen Netzen, umrahmt von verbuschten Wiesen am Rande der Siedlung. Niemand trieb mehr hier draußen Sport, seitdem sich Sommer und Hitze immer mehr ausdehnten. Insofern investierte auch niemand mehr in die übliche audiovisuelle Überwachung des Platzes. Malik setzte sich auf die Betonmauer, wählte die Verbindung an und wartete.

„Malik, endlich!", raunte Charlie. „Alles in Ordnung bei dir?"

„Außer, dass uns Hans Vidal im Nacken sitzt und mich meine Familie gerade aus dem Park geschmissen hat, ja", sagte Malik. Eigentlich hasste er es, so klagend und negativ zu sein, aber es war einfach nicht mehr genug Energie für seine gewohnte Selbstdisziplin vorhanden.

„Okay, eins nach dem anderen, bring mich auf den Stand, komm, erzähl, ich hab Zeit", meinte Charlie. Es tat nicht nur unglaublich gut, alles mit ihr zu teilen. Sie machte ihm auch Mut, dass im Streit mit seiner Familie noch nicht das letzte Wort gefallen war.

„Ich will nicht, dass du mit einer Brainschnittstelle ins System gehst, weil du wegen der Reaktion deiner Leute deprimiert bist.

Aber mit Momoko als Verbündete und meinen neuen Kontakten zu Leuten aus Widerstandskreisen haben wir eine Chance, die so schnell nicht wiederkommen dürfte. Sie sind in der Firma, ich stehe jetzt direkt mit ihnen in Verbindung und sie sind bereit, dich zu unterstützen", sagte Charlie.

„Inwiefern?", wollte Malik wissen.

„Ich gehe davon aus, dass sie die Schnittstelle ins Gebäude bringen und helfen können, dich irgendwo einzuloggen."

„Wow, Sicherheitsriege?"

„Nein, Küchenriege, du kennst sie und sie kennen dich. Deshalb lief es ja so unglaublich gut. Es ist aber ganz wichtig, dass du dir im Alltag absolut nichts anmerken lässt."

„Natürlich", sagte Malik und langsam sickerte der Gedanke durch, dass ganz in der Nähe helfende Hände auftauchten. Wenn er diejenigen kannte, kamen eigentlich nur zwei Leute infrage. Er schüttelte ungläubig den Kopf.

„Hedwig und Bartholomäus sind einverstanden, dass ich dir Signal gebe. Sie wissen auch vom Projekt und haben großes Interesse, die Details in Erfahrung zu bringen. Wie schnell willst du die Sache in Angriff nehmen?", erkundigte sich Charlie.

„Sofort. Wir müssen damit rechnen, dass Hans Vidal versucht, uns irgendetwas unterzuschieben oder in anderer Form abzuschießen. Dank ihm habe ich jetzt keine Einkünfte mehr."

„Wenn du Geld brauchst, sag bitte Bescheid", meinte Charlie.

„Danke."

„Ich schlage vor, ich kümmere mich darum, dass die Technik da ist, und erkundige mich, ob die beiden das morgen schaukeln können. Wenn du etwas speichern kannst, solltest du die Ergebnisse aber zur Sicherheit im Unternehmen lassen. Das könnte Momoko übernehmen", sagte Charlie. „Ist besser, unser Glück nicht zu sehr zu strapazieren."

„In Ordnung, ich nehm Kontakt zu ihr auf. Ich hatte Dragusch schon gebeten, mir eine Schnittstelle zu besorgen." Malik gab seiner Freundin die Adresse der Kneipe und sie verabredeten sich zu einem Gespräch um dieselbe Zeit am nächsten Abend. Er wollte schon auflegen, als Charlie ihn noch mal ansprach.

„Malik?"

„Ja?"

„Ich hätte gern dein Wort, dass du bei Problemen mit der Technik sofort abbrichst. Also wenn du starke Kopfschmerzen bekommst, dir schwindelig oder übel wird, genauso im Fall von Doppelbildern oder Halluzinationen", sagte Charlie.

„Ist die Frage, ob ich die Hallus von den Visionen des Unternehmens unterscheiden kann", sagte Malik. Er fühlte sich schon sehr viel besser als vor einer Stunde. Charlie hatte es geschafft, ihn aus dem Tief zu holen.

„Du hast mich schon verstanden."

„Ich geb dir mein Wort, Charlie", sagte er, verabschiedete sich und kappte die Verbindung.

Nachdem auch Momoko gebrieft war, schaute Malik auf die Uhr. Wenn er einigermaßen einschlafen konnte, waren ihm noch vier Stunden Auszeit vergönnt.

Er wachte vor dem Klingeln des Weckers auf und dachte an seine Leute. Was würden sie sagen, wenn sie wüssten, was er jetzt vorhatte? Ihn aus Wut ohrfeigen, ihn anschreien, ihn abschreiben, aus ihren Gedanken verbannen?

Die Cernys hatten es als Schau- und Fahrgeschäftsfamilie nie allzu einfach gehabt. Warum waren sie nicht bereit, Widerstand zu leisten? Die Perspektive vom Rand aus war prädestiniert für einen anderen Blick auf die Dinge. Ihm hatte das immer geholfen. Es machte ihn unabhängig und er würde nicht mehr auf diese Freiheit verzichten. Aber vielleicht bildete er sich das auch nur ein und ihnen war klar, dass diese Idee längst der Vergangenheit angehörte. Möglicherweise brachte er sich in Gefahr, weil auch er das wusste und den Weg seines Vaters einschlug.

Ja und nein. Wenn er tief in sich hineinhorchte, glaubte Malik nicht daran, etwas Grundlegendes zu bewirken, die Leute vom Kurs abzubringen. Aber er wollte wenigstens wissen, auf welcher

Sklavengaleere er landen sollte, und sich zur Wehr setzen. So wie er es immer getan hatte. Es war seine Art, zu sagen, ihr könnt mich alle mal, ich mache nicht mit bei eurem Scheiß, mich habt ihr nicht eingelullt. Und offensichtlich war er mittlerweile auch nicht mehr ganz allein mit dieser Einstellung. Das machte ihm Mut.

Nach einem schnellen Kaffee brach er auf. Die Fahrt und der Weg zum Unternehmen schienen ihm schon seltsam vertraut. Als er in der Kantine einlief, waren die Saugroboter im großen Saal noch in Aktion und Malik rief in Richtung Schwingtür: „Ich sammel mal schnell die Teppichbienen ein, in Ordnung, Bart?"

„Perfekt, wir kümmern uns noch um die Lieferungen. Komm danach einfach nach hinten."

Malik schob den mit Saugern vollgepackten Rollwagen in Richtung Putzraum. Auf halbem Weg kam ihm Bart mit der ersten morgendlichen Ladung an Müsli, Lachshäppchen, Eierkörbchen und Obstschalen fürs Frühstücksbuffet entgegen. Er blieb stehen und lächelte. „So wir haben alles bekommen. Ich schlage vor, dass wir heute mal nach der Hauptstoßzeit eine Pause einlegen, damit wir nicht so zerschlagen sind wie neulich", sagte er. „Hedi und ich wechseln uns dann ab, damit unsere Kunden weiter versorgt sind."

„Das ist eine sehr gute Idee", meinte Malik und musste daran denken, wie Bart ihm vor noch nicht allzu langer Zeit den Highcontroller mit seinem Analysetool entrissen hatte. Jetzt ahnte er, warum. Sie mussten selbst darauf achtgeben, nicht aufzufliegen.

Obwohl er sich vorgenommen hatte, sich so normal wie möglich zu benehmen, ging er zu Hedi, die am Eingangswaren-Fließband saß, strich ihr über den Rücken und bot ihr an, zu übernehmen. Sie zückte ihr Büchlein und schrieb, dass sie ja die Pause zusammen verbringen konnten, sie würde ihm gerne helfen. Malik lächelte und nickte.

Dann tauchte auch Momoko auf. Sie bat ihn, sie mit einem Croissant und einem doppelten Espresso zu versorgen. Als er nah genug bei ihr stand, vereinbarten sie, dass sie spät zum Essen eintreffen und sich zwischen 13.30 und 14.30 Uhr ein Nachzüglergericht kommen lassen würde, um in unmittelbarer Nähe zu sein, ohne Verdacht zu erregen.

Die Nervosität und Angst nahmen mit der vorrückenden Zeit langsam zu. Es fühlte sich ein bisschen so an, als müsste er sich von seinem jetzigen Leben verabschieden. Er wusste nicht, ob er zurückkehren und wie ihn sein Wissen verändern würde.

Als gegen 11.30 Uhr der Run aufs Buffet begann, versuchte er, alles aufzusaugen. Unter den Mitarbeitern, die er bediente, waren zwar auch die üblichen Quengler und Königinnen-auf-der-Erbse. Aber sie schienen zu spüren, dass ihn ihre fordernd-elitäre Haltung noch weniger als sonst tangierte. Ihre negative Energie verpuffte, noch bevor sie in die Nähe seines Körpers kam. Es war wie eine Vorahnung, dass er heute hinter die Fassade blicken würde. Das Känguru- und Kamelfleischragout oder das Kiwi-Ananas-Gans-Carpaccio machte die Gefangenschaft nicht wett, fand er. Die Mitarbeiter waren Teilnehmer eines Überwachungskleinstaatenversuchs und die meisten dürften es wissen.

Ein anderer Teil von ihm war sich gänzlich unsicher, ob er das Richtige tat. Er kannte die Funktionen und Möglichkeiten von Brainschnittstellen aus der Theorie und wie man durch Gedankenoperationen Daten auswählen, extrahieren, komprimieren und außerhalb speichern konnte. Aber er musste darauf gefasst sein, dass all das nicht funktionierte, weil er über keine praktische Erfahrung damit verfügte. Er hatte Routine, sich per Tastatur in ein System zu hacken. Doch es war etwas völlig anderes, sich in einer Datenbank, einem Programm oder auf einem Server allein durch seine Gedanken zu bewegen. Gern hätte er Suri um ein paar Tipps gebeten. Diese Frau war verdammt tough.

Hedi und er waren dabei, die Reste der Speisen zu sortieren und die rollenden Essensregale für den ersten Espresso-Gang mit Kuchen fertigzumachen. Bart schob drei der leeren, mit Leintüchern bezogenen Wagen in einer Art Halbkreis vor der Bank zusammen, auf der sich Hedi manchmal ausruhte. Direkt daneben befand sich das Terminal, über das sie den Wareneingang kontrollierten, Bestellungen orderten und ihren Tagesabschluss machten. Bart checkte den Winkel, dann nickte er ihnen zu. Mit einer Geste bat er Hedi kurz um ihr Blöckchen und notierte:

Ich pendle zwischen hier und dem Eingang. Ich kümmere mich, falls Anfragen kommen, fange Leute ab und schlage Alarm, wenn was ist, indem ich an den Wagen rüttle. Ihr habt 20 Minuten, länger ist eh zu gefährlich. Hedi steckt den Chip ein und bringt ihn Momoko.

Hedi nickte. Sie schlüpften hinter den improvisierten Paravent und setzten sich nebeneinander. Dann zog Hedi ein Etui aus der Tasche und reichte es ihm. Malik öffnete es und nahm die Schnittstelle heraus. Sie sah fast wie ein abgerissener Kopfhörer mit langem Doppelkabel aus, wäre da am Ende nicht der nierenförmige Miniaturchip gewesen, überzogen mit einer gallertartigen Masse. An der Seite lag das Speichergerät, das mit dem Kabel verbunden war, und daneben die Platine. Auf dem Deckel eingeklinkt fanden sich ein elastisches Stäbchen und eine kurze Beschreibung. Malik las, setzte den Chip ein, zwinkerte Hedi zu und begann langsam, das Teil mit dem Stäbchen über die Nase einzuführen. Es war seltsam, dass ihm Hedi bei dieser Junkieprozedur zusah. Er fühlte sich irgendwie nackt. Gleichsam war er unsagbar dankbar, sie bei sich zu haben. Malik brauchte eine gefühlte Ewigkeit, die richtige Position zu finden, aber schließlich sprang die ins Kabel integrierte Anzeige von Rot auf Grün.

Er nahm den Stecker am Ende des Kabels, atmete tief durch, sah Hedi an und schob ihn seitlich in die Station des Terminals. Malik lehnte sich mit dem Rücken an die Wand und schloss die Augen.

Zunächst war das Bild durch einen stetigen Wechsel von Farben geprägt, dann fand sich Malik auf dem Tennisplatz der Siedlung wieder. Ihm war intuitiv klar, dass er noch in seinem Gedankendickicht herumirrte. Wie fand er den Eingang zur Datenbank Kronbergs und seiner fucking Zukunftsszenerie? Er konzentrierte sich. Dann spürte er einen stechenden Schmerz hinter den Augen und ließ wieder los.

Das Licht war irritierend gelblich, so als sei ein Gewitter im Anmarsch. Vor ihm tauchte in großer Entfernung eine Wand aus Menschen auf, die über das Ödland jenseits der Sportanlage langsam näherkam. Sie schritten in selbstbewusst-kämpferischer Haltung auf ihn zu.

Allmählich wurden einzelne Personen sichtbar. Kronberg, Vidal und der Richter waren unter ihnen. Er erkannte auch viele der Mitarbeiter wieder, denen er jenseits der Schwingtür Gänseleber und Sushi serviert hatte. Sie alle trugen militärische Uniformen. Hans Vidal hatte die Jacke leger aufgeknöpft, sein weißes Hemd wirkte verschwitzt und dreckig. Kronbergs Outfit war tadellos, er hielt sein Barett in Maliks Richtung und schritt kraftvoll durch das unwegsame Gelände.

Malik sah sich nach irgendetwas um, das er zu seiner Verteidigung verwenden konnte. Das Einzige, was sich fand, war ein alter Schiedsrichterstuhl aus Plastik, der neben dem Netz stand. Er nahm ihn und fragte sich, ob er dem Schwert des Konzernchefs standhalten oder die Klinge einfach durch den Kunststoff und dann durch ihn hindurchgleiten würde.

Die Wand rückte näher. Jetzt waren auch die zweite und dritte Reihe erkennbar. Prominente aus der internationalen Wirtschafts- und Politikszene, die häufig zwischen beiden Bereichen wechselten und deren Namen Malik entfallen waren. Eine Frau, die hinter Gerald Kronberg Schritt hielt, hatte ein Messer zwischen den Zähnen und sah ihn direkt an. Die Männer neben ihnen hatten eine Verletzte auf einer Trage bei sich. Er glaubte, Suris Silhouette zu erkennen.

Der Abstand verringerte sich immer weiter, der Rhythmus der gleichförmig gesetzten Schritte war bereits in kleinen Vibrationen zu spüren. Malik roch den Staub, der aufgewühlt und durch den Wind zu ihm getragen wurde. Er griff den Stuhl mit beiden Händen, hielt ihn vor sich und drehte sich noch mal zum Netz um, das nun ebenfalls leicht vibrierte. Sein Herz pochte. Als Kronberg, Vidal und weitere Männer bis auf vielleicht zwei Meter bei ihm waren, kniff er die Augen zusammen und holte aus. Beim nächsten Schritt schwang er den Stuhl mit aller Kraft direkt in die Reihe vor ihm.

Das Plastikteil glitt durch den Arm und Oberbauch von Gerald Kronberg hindurch und touchierte noch Hans Vidals Hals. Der zog sein Barett, nahm die Waffe in einer theatralisch-martialischen Geste über den Kopf und zog durch. Malik ließ den Stuhl fallen, hielt schützend seine Arme über sich, hörte sich schreien und wartete auf den Schmerz. Doch die Klinge war körperlos, wurde wie ein Lichtstrahl gebrochen und formierte sich neben ihm wieder neu. Außer seinem rasenden Puls spürte Malik nichts.

Dann machte sich ein fester Druck von Haut zu Haut bemerkbar, zwei Hände hielten die seinen. Malik sah jetzt die vielen Rücken der Geisterarmee auf dem Weg in die Siedlung. Sie waren einfach durch ihn hindurchmarschiert. Er schrie, um sie zurückzuholen, aber keiner nahm mehr Notiz von ihm. Dann zersprang das Bild und er befand sich in einer nüchternen, kalten, seltsam raumlosen Umgebung.

Er spürte, wie ein Finger Buchstaben auf seinen Unterarm schrieb. *Vaialen*, nein, *Variablen* und *Zwillingspofil*, also *Zwillingsprofil*. Mit der anderen Hand hielt sie seine Rechte. Es war Hedi, sie war bei ihm und wies ihm den Weg. Malik konzentrierte sich, suchte nach Anhaltspunkten.

Dann kamen große, massive Balken aus der Tiefe auf ihn zugeflogen. Sie hatten die Form einer altmodischen Menüführung. *Nicht-Follower* segelte rechts vorbei, gefolgt von kleineren Bohlen, auf denen die Stichworte *Ablenkung/Drogenkonsum, kriminelle Tendenzen, Protest/Aufbegehren* und *Religion/Glaube* standen. Der Balken *Follower* auf der linken Seite war umschwirrt von *Verteidigung/Sicherung von Ressourcen* und *Macht, Anpassung/Flexibilität, Selbstkontrolle/Disziplin* und *Potenzial zur Überwachungskapitalismus-Führerschaft*. Die Menübalken wurden immer zahlreicher und kleiner.

Malik hatte Mühe, die Schrift noch zu erkennen, schnappte ein paar Stichworte auf – *Stützung anderer Funktionsträger, Ressourcenverbrauch, genetisches Potenzial* und *Gesundheitsfaktoren.*

Die Berührung von Hedi gab Malik Sicherheit. Er hatte aufgehört, sich wegen der Flugobjekte zu ducken, ging mit lockerem Schritt durch den Sturm an großen, mittleren und kleinen Balken. Diese Unmenge an Variablen bekomm ich nie eingesammelt, schoss es ihm durch den Kopf. Hedi vertraut mir und ich werde versagen.

Ihr Bild tauchte vor ihm auf. Dann verstand er, dass er sich in der Projektdatenbank befand. Malik vermutete: Je konkreter seine Gedanken waren, desto eher führten sie ihn an die Stellen im System, für die es ein entsprechendes Gegenstück gab. Hedwig Schwaderer sah den Betrachter neugierig an. Neben ihrem Passfoto nahm Malik jetzt eine vielschichtige Benutzeroberfläche wahr, als Hintergrundbild war ein Teil der Großküche des Konzerns zu sehen. Er fragte sich, wie Kronberg seine Mitarbeiterin einschätzte, und schon ploppte ein Balkendiagramm auf. Auch Fragen schienen zu funktionieren. Vielleicht waren sie mit einer Art Suchbefehl vergleichbar. Die Säulen für soziale Ressourcen, außerordentliche Fähigkeiten, Qualifikationssteigerung und Unterstützung von Personen mit Führungsverantwortung ragten bei Hedi weit nach unten in den Minusbereich. Was für ein Schwachsinn, dachte Malik, diese Frau hat ganz unglaubliche Antennen und Fähigkeiten, ihr seid nur alle blind und arrogant. Am linken Rand standen die Kategorien Follower und Nicht-Follower, keine von beiden war unterlegt. Gott sei Dank, sie wissen doch nicht alles.

Daneben befand sich ein Button mit einer Weltzeituhr. Zu spät registrierte er, dass das Verweilen des Blicks ihn aktivierte. Jetzt kam Bewegung in die Darstellung. Hedis Gesicht wurde schmaler, die Grübchen und Lachfalten um die Augen vertieften und ein paar erste grauen Strähnen zeigten sich. Die Küchenumgebung flackerte, plötzlich war sie verschwunden und der Hintergrund verwandelte sich in eine Hinterhofkulisse, in der Menschen in langen Schlangen für Lebensmittel anstanden.

Dann stoppte das Programm und meldete mit einem ungeduldig blinkenden Ausrufezeichen: Nicht genug Daten für eine sichere Vorhersage und Planung. Der Vorschlag zur langfristigen Verbesserung für Hedwig Schwaderer schockierte Malik. Neurologische Operation, um zumindest die auditive Kommunikation zu erleichtern und die Weiterqualifikation zu steigern. Der Eingriff wurde forciert, da Hedi so leichter in noch einigermaßen produktive Bahnen gelenkt werden konnte. Im Hintergrund standen schon eine Reihe von Optionen bereit – Gesundheitsberatung des Arbeitgebers, Drohung mit Beitragserhöhung der Kasse sowie Einflussnahme auf Angehörige in diesem Sinne. War Hedi trotz alledem nicht bereit zur OP, blieb ihr die Übernahme von reproduktiven Aufgaben in der Familie beziehungsweise Partnerschaft. Malik fluchte. Was drohte den anderen? War Momoko sicherer?

Jetzt ploppte ihr Profil auf. Er schob es neben das von Hedi. Seine Mitstreiterin hatte exzellente berufliche Fähigkeiten, aber ein unstabiles soziales Umfeld. Malik sparte die Weltzeituhr längere Zeit aus, dann entschloss er sich doch, sie anzuwählen. Momoko brachen innerhalb von wenigen Jahren die Aufstiegschancen weg, ihre Familie und Verwandten hatten den gewünschten Einfluss hartnäckig ignoriert. Jetzt flackerte nicht nur das Hintergrundbild, sondern ihr Konterfei verschwand und fiel von Level 10 auf 2. Ihr Schwager schlug ihre Schwester, Momoko stellte sich ihm entgegen. Weil sie immer für ihre Schwester da war und geschäftlichen Verpflichtungen nicht in dem Maße nachkam, wie man es von ihr erwartete, wurde sie als Nicht-Followerin eingestuft. Die Joboptionen schrumpften auf eine Position in einem Drohnenverleih für VIP-Verkehr und eine Koordinationsstelle von Selbsthilfegruppen. Doch nach zehn Jahren flackerte auch dieses Bild und Momoko verschwand. Malik musste nur gedanklich den nächsten Namen formen.

Barts Stärken lagen im zwischenmenschlichen Bereich, allerdings konnte er über die Jahre seine Ablehnung des Systems nicht mehr verbergen. Obwohl Kronberg ihn als Nicht-Follower einstufte, hielt er ihn, da er für die Kantine und die Mitarbeiter ein Gewinn war. Seiner Partnerin verbaute der Konzern einen Neuanfang in der Entwicklungshilfe, woraufhin die beiden doch in Deutschland blieben.

Malik konnte sich schon recht gut im System bewegen. Jetzt fühlte er sich sicher genug, auch Hans Vidals Profil aufzurufen. Seine Sozialkompetenzen lagen im aggressiv-offensiven Bereich. Ihm traute man zu, unter schwierigsten Voraussetzungen gute Abschlüsse zu erzielen. Sein absoluter Trumpf war sein Netzwerk. Es gab im Unternehmen so gut wie niemand, den Vidal nicht schon geschäftlich genauso wie privat kennengelernt hatte. Das galt auch für politische Kreise. Das System sah ihn mittelfristig als Vize, was Malik irritierte.

Da er die Weltzeituhr jetzt gut steuern konnte und auch in der Lage war, zurückzunavigieren, tauchte er in den Abend ab, an dem er sich mit Suri getroffen hatte. Malik wollte sich die Sozialbewertung und Konsequenzen ansehen. Er bat das System um Satellitenbilder, Aufnahmen von Straße und Unterdruckbahnstation und Vidals Aktivitäten im Anschluss, fand aber nichts. Hans war noch nicht mal in der Nähe gewesen. Dann sprang er weiter zurück an den Tag, als das Gepardenfrettchen ihn im Krankenhaus vor den Eltern Suris attackiert hatte. Nichts. Vidal war nicht in der Klinik zu finden. Was sollte das?

Malik kam die Idee, auf sein eigenes Profil zu wechseln, dann fiel ihm ein, dass er wohl kaum als Mitarbeiter in der Datenbank geführt wurde. Er konzentrierte sich auf seinen Namen und vor ihm tauchte eine leicht grau hinterlegte Karteikarte von ihm auf. Als er an dem Tag in der Klinik gelandet war, sah er, wie die Eltern eintraten und er auch mit jemand zu sprechen schien. Es folgte eine Art Schattenkampf. Das hieß, dass sich Vidal an den entscheidenden Stellen herausretuschiert hatte.

Malik sah sich jetzt in seinem Leben um, ließ eine Schulszene ablaufen, bei der er den Rektor und Elternbeirat vorgeführt hatte. Auch die Weltzeituhr funktionierte, der Blick in die Zukunft fiel aber ähnlich wie bei Hedi aus. Das System meldete: *Zu wenig Datenmaterial für eine zuverlässige Vorhersage, ab dem Scharfschalten muss dies behoben sein.*

Malik hielt inne. Scharfschalten? Wann, rief er gedanklich in den Raum hinein, wann wollt ihr uns scharfschalten?

Die Bilder flackerten, dann tauchte am unteren Rand ein Datum auf. Malik konnte es nicht fassen. Zum Ende nächster Woche sollte der Projektstatus zunächst auf die arbeitstätige, dann in einer nächsten Stufe ab kommendem Monat auf den Rest der Bevölkerung ausgeweitet werden.

Panisch rannte er gedanklich durch die Karteikarten. Charlie war genauso underdefiniert wie er, Suri trotz Krankenstatus durch ihre Eltern einigermaßen gesichert, aber bei Dario und Sohan blieb ihm das Herz stehen. Der Vorspulmodus zeigte beide in einem Abschiebelager an der europäischen Außengrenze. Der Freizeitpark gehörte der Vergangenheit an und damit auch ihre Verwendung. Seine Mutter wurde entmündigt, ohne dass er sehen konnte, womit dies zusammenhing. Ob sie sich rechtlich gegen die Abschiebung gewandt hatte? Und wenn es für sie nur noch nicht so weit war?

Malik spürte, wie Hedi ihm wieder eine Botschaft zukommen ließ. Langsam schrieb sie die Worte auf seine Haut. Du musst zurückkommen, die Zeit ist um.

Malik schluckte. Er bat darum, seinen zurückgelegten Weg, die explorierten Profile, Ausschnitte und Daten zu speichern, und bekam eine Bestätigung. Er spürte, wie Hedi die Platine nahm, in etwas verpackte und den Stecker aus dem Terminal zog.

Er war unendlich erschöpft. Mit zitternden Händen entfernte er die Schnittstelle, was eine Ewigkeit zu dauern schien. Hedi half ihm, sich auf die Bank zu legen. Ruh dich aus, Malik, hatte sie ihm auf den Arm geschrieben.

Als er aus einem körperlosen Schlaf erwachte, tauchte das Datum vor ihm in gleißendem Licht wieder auf. Scharfschaltung zum Ende nächster Woche.

Dann hörte er die Stimmen von Momoko, Bart und Vidal. Malik rappelte sich hoch. Das Etui lag neben ihm, er schob es ein und trat hinter dem Wagen hervor. Hans Vidal hielt direkt auf ihn zu.

18

Malik war schwindlig und in seinem Augenhintergrund blitzten immer noch Farbstreifen auf. Nachwehen der Session. Vidal war in zwei Wimpernschlägen bei ihm und er hatte das Gefühl, noch nicht mal das Gleichgewicht halten zu können. Er konzentrierte sich auf die digitale Zeitanzeige über der Schwingtür, um einen festen Orientierungspunkt zu haben. Nach dem Ausstieg aus dem System war kaum Zeit vergangen. Er hatte allerhöchstens zehn Minuten geschlafen. Hinter dem Gepardenfrettchen tauchten Momoko, Hedi und Bart auf.

„Was kommt als Nächstes? Dass du Geld von meinem Konto abhebst? Du warst in meinem Profil, jemand anders kommt nicht infrage. Ich hab gerade eine Meldung von meinem Türsteherprogramm bekommen, dass jemand zwei Abfragen gemacht hat. Was suchst du? Verrat's mir", herrschte Vidal ihn an und baute sich vor ihm auf. In seinen Augen las Malik allerdings auch Unsicherheit. Das ist meine einzige Chance, dachte er und spürte das Etui mit der Schnittstelle in seiner Hosentasche. Vidal durfte nicht wieder auf die Idee kommen, ihn zu durchsuchen.

„Ach ja, niemand? Wie viel IT-Fachleute hat das Unternehmen noch mal? 100 oder waren es 120? Seien Sie nicht albern", sagte Malik. „Ich arbeite hier in der Kantine."

„Ich weiß längst, dass ihr beide mir was anhängen wollt", zischte Vidal und zeigte auf Momoko und ihn. „Im Gegensatz zu meiner werten Kollegin saßt du aber nicht beim Mittagessen am Nachbartisch."

Malik spürte dumpfe Kopfschmerzen aufziehen, sie krochen in seine Schläfen. Als er blinzelte, nahm er punktuelle Lichtblitze wahr. Eine Welle massiven Schwindels rollte heran. Er ging zwei Schritte nach links, um sich an dem großen Steingutwaschbecken abzustützen. Er war alles andere als in Form und wollte sich einfach nur hinlegen. Eigentlich sofort, hier auf den gefliesten Küchenboden.

Hedi trat jetzt neben Vidal und formte ihre beiden Hände zu einem T.

Hans Vidal ignorierte die junge Frau, rückte wieder an ihn heran und fragte: „Was hast du in der letzten Viertelstunde getrieben?"

„Herr Vidal, bitte, Malik Cerny ging es nicht so gut. Er hat sich in der Mittagspause kurz ausgeruht und die Räume der Kantine nicht verlassen", mischte sich Bart jetzt ein.

„Sie sind der Vorgesetzte von Cerny. Sagen Sie das jetzt nur, weil Sie Angst haben, sich rechtfertigen zu müssen, wenn es nicht so ist, oder weil Sie mit ihm unter einer Decke stecken?" Vidal klang immer angriffslustiger. „Ich hab mir all eure Profile gerade noch mal zu Gemüte geführt. Da tun sich ziemliche Unzulänglichkeiten auf."

Barts Mundwinkel zuckten, was sich als unterdrücktes Lächeln genauso wie Verunsicherung interpretieren ließ.

„Vidal, merken Sie eigentlich, wie lächerlich Sie sich machen? Sie stehen in den Arbeitsbereichen der Küche. Was soll Cerny gemacht haben? Den Hummer nach Ihrem Passwort gefragt oder sich in der Garküche mit den Servern verbunden haben?", warf Momoko jetzt ein. Vermutlich wollte sie Bart aus der Schusslinie nehmen, was aller Ehren wert war.

„Kein Kommentar ist auch eine Aussage, Herr Krüger", sagte das Gepardenfrettchen, dann ging es zum großen Bildschirm neben der Schwingtür zum Saal. „Hans Vidal, Vorstandsmitglied, ich erbitte die Sequenzen aller Überwachungskameras im hinteren Küchenbereich der vergangenen halben Stunde."

Ein rotes Licht an der Konsole prüfte seine Iris. Dann schaltete das Bild, das die Mitarbeiter beim frühen Mittagskaffee zeigte, ab und wechselte in die Darstellung von vier Fenstern mit Zeitangabe.

Bart sah Malik nervös an, Momoko fuhr sich mit der Hand über den Mund und zuckte mit den Schultern. Hedi berührte unmerklich Barts Arm. Sie standen wie die analogen Häschen vor der digitalen Überwachungsschlange. Kein Entkommen. Im nächsten Moment waren Malik und Hedi zu sehen, wie sie hinter den Wagenparavent schlüpften. Es passierte lange nichts. Vidal spulte vor, bis Hedi nach vorne ging und Malik schließlich hinter den Leinen auftauchte und er mit ihm und den anderen wieder zusammentraf.

„Mir war nicht gut, dahinten ist eine Bank. Ich hab mich dort kurz hin …" Malik kam nicht dazu, seinen Satz zu beenden. Vidal stürmte jetzt auf ihn zu, packte ihn, zerrte ihn hinter die Wagen und zischte: „Was hast du hier gemacht, hä?" Er sah sich um. „Ein kleines Bubu auf dem bequemen Klappergestell? Sei dir sicher, du gewinnst keinen Preis in kunstvollem Flunkern. Los rede, wenn ich nicht sofort die Security holen soll", sagte Vidal und schubste ihn in Richtung Bank.

Malik spürte noch, wie sich seine Füße irgendwie verhedderten, der Schwindel wie eine Windböe durch seinen Kopf fegte und er wegkippte. Er krachte seitlich auf die Bank, der Schmerz in seinem rechten Unterarm ließ den Schwindel wieder in den Hintergrund treten. Malik lag jetzt vor dem Sitzmöbel auf dem Boden und versuchte, sich mit dem linken Arm abzustützen. Er sah, dass die zwei vorderen Dielen durchgebrochen waren und seine Haut langgezogene Schürfwunden aufwies. Die aufgerissenen Stellen füllten sich langsam mit Blut. Hedi rannte zum Erste-Hilfe-Kasten.

Momoko kniete vor ihm und hielt seinen Arm. „Bleib besser sitzen", sagte sie. „Vidal, wenn du jetzt nicht augenblicklich verschwindest, hol ich die Security. Du bist doch krank in deiner hochgezüchteten Aggressivität, völlig deplatziert in einem Unternehmen."

„Das schiebt ihr mir nicht in die Schuhe, keiner fällt von einem leichten Schubs einfach um. Höchstens er ist betrunken oder zugekokst", murmelte das Gepardenfrettchen.

Malik betete, dass Vidal jetzt von ihnen ablassen würde. Hedi war bei ihm, platzierte eine Wundauflage auf der blutenden Stelle und wickelte eine Binde um seinen verletzten Unterarm. Sie strich ganz vorsichtig über das Tape, mit dem sie das Ende fixierte. Vidal, immer noch verdattert, schien unschlüssig, dann drehte er sich zum Gang, um den Rückzug anzutreten.

Als Bart ihm aufhalf, machte es laut Klock und im selben Moment wusste Malik, dass er ihnen den Ausweg damit definitiv verbaut hatte.

Vidal fuhr herum und sah das Etui, das aus seiner Hosentasche auf die Fliesen gefallen war. „Na, was ist das denn Schönes?", fragte das Gepardenfrettchen, auf dessen Gesicht sich ein Lächeln abzeichnete.

Alle anderen waren wie erstarrt. Maliks Gedanken überschlugen sich, er rief sich Vidals Profil und seine Abweichungen noch einmal ins Gedächtnis. Ein paar Ideen hatte er, trotzdem würde er ziemlich improvisieren müssen. Egal, es half nichts.

Sie hatten eine offene Flanke und es gab keine Deckung, kein Versteckspiel mehr, sondern nur noch eine Option – maximaler Angriff.

Vidal griff sich das Etui, öffnete es, starrte auf die Beschreibung im Deckel und die Schnittstelle, dann schloss er es mit einem Kopfschütteln. „Das glaub ich jetzt nicht", murmelte er und blickte Malik an, als sehe er ihn zum ersten Mal. „Das ist kompletter Irrsinn." Seine Stimme klang längst nicht mehr so selbstsicher wie zuvor. Fast so, als dämmerte ihm, dass seine Einschüchterungstaktik möglicherweise an ihre Grenzen gelangt sein könnte. Je nachdem, was sie über ihn wussten.

„Okay Vidal, du hast es herausgefordert. Dann reden wir, über dich und uns. Aber nur wir, ganz allein", flüsterte Malik, zeigte auf seine Augen und Ohren und zog mit der Hand einen Kreis in die Luft. Die etwa zwei Meter hohen Servicewagen verdeckten sie, aber ihm war klar, dass es auch Audiogeräte und andere Sensoren in der Umgebung gab. Er sah Bart fragend an. Der nickte, griff sich den einen Wagen und bedeutete Momoko, den neben ihm zu nehmen. So schoben sie ihren absurden Kameraschutz ein Stück den Gang entlang, bis auf der linken Seite der große Bereich der Kühl- und Gefrierräume begann. Sehr passend, dachte Malik.

Bart öffnet die Tür Nummer vier und schaltete das Licht an. Erstaunlicherweise machte Vidal die Sache mit, er hoffte, dass es an seinem klaren Auftreten lag. Der Raum hatte die Größe eines Hotelzimmers, an den Seiten waren unzählige, stählerne Schubfächer integriert. Als Bart die Tür schließen wollte, zischte das Gepardenfrettchen: „Wie komm ich hier raus, wenn ich nicht mehr mit euch plaudern will? Wie lautet der Code?"

Bart sah ihn ungläubig an, als er die Tür zuzog. „Einfach nur die Klinke drücken, mehr nicht."

„Ihr seid ja ein tolles Grüppchen, ein S 100 als Anführer, eine Digitalcontrollerin mit dem Hang zur Katastrophe und zwei ungleiche Küchenhelden", giftete Vidal, vermutlich, um seine Angst zurückzudrängen.

„Sind wir. Unser interdisziplinäres Team hat sich angeschaut, was der Konzern so für seine Mitarbeiter und die Zukunft bereithält. Dabei sind wir darüber gestolpert, dass dir verdammt viel daran gelegen sein dürfte, uns keine Steine in den Weg zu legen", sagte Malik.

„Du hast sie doch nicht mehr alle. Machst hier auf Neurokamikaze. Willst du die anderen beeindrucken?" Vidal war definitiv nervös, hielt sich aber noch bedeckt.

„Das, was ich erkundet habe, ist ziemlich erschreckend. George Orwell würde aus dem Staunen nicht mehr herauskommen. Ein gnadenloses Optimieren und wenn das nicht funktioniert ein Aussortieren", sagte Malik. „Die Leute da draußen können sich noch nicht mal dagegen wehren, weil sie überhaupt nichts davon wissen."

„Geht's noch ein bisschen theatralischer?", blaffte das Gepardenfrettchen.

„Ja, geht es. Der Gipfel der Ungeheuerlichkeiten ist, dass ihr für Insider eine Art doppeltes Netz eingebaut habt. Suri nannte es das Zwillingsprofil und ich verstehe langsam, was es damit auf sich hat."

„Ach ja, ich glaube, da fabuliert sich ein Möchtegernrevoluzzer gehörig was zusammen", meinte Vidal und machte einen Schritt in Richtung Tür.

„Wovor hast du Angst, Vidal? Dass ich den anderen erzählen könnte, dass du dieses nette Feature schon eine ganze Weile in Gebrauch hast? Oder vor der Konzernleitung, die davon nichts weiß?"

Vidal drehte sich zu Malik um und kniff die Augen zusammen. „Ich wusste, dass du einer von der fiesen Anarchosorte bist. Das nennt man Verleumdung, was du hier gerade betreibst. Ich hätte große Lust, dir meinen Anwalt auf den Hals zu hetzen."

„Das mit dem Anarcho solltest du auf deine Kappe nehmen. Das Zwillingsprofil gibt dir Narrenfreiheit. Ein Fehltritt hier, ein kleiner Einbruch in der Leistung dort, kein Problem", sagte Malik.

Jetzt kam Bewegung in die Runde. Bart und Hedi sahen sich vielsagend an. Momoko riss die Augen auf. „Großartig. Da kommt bei Vidal sicher einiges zusammen. Ich gehe davon aus, dass er immer noch seine Kokspartys feiert und dabei keine Location auslässt, ob Dschungelhütte, römischer Sakralbau oder Mount-Everest-Basislager. Je abgefahrener, dekadenter und ressourcenintensiver, desto besser", sagte sie scharf.

In dem Moment machte es bei Malik klick. Fast kam es ihm so vor, als müssten es die anderen gehört haben.

„Damit sichert ihr die künftigen Einkünfte des Unternehmens. Ihr verkauft Lizenzen zu einem zweiten, sauberen Leben, das sich der Überwachung entzieht. Deshalb der Name Zwillingsprofil. Damit habt ihr eine verdammt lukrative Quelle aufgetan. Wirtschaftsbosse, Politikgrößen und die richtig Reichen, von denen keiner weiß, wo sie gerade ihren nächsten kleinen Urlaub verbringen." Malik war jetzt fast dankbar, dass ihm die Schnittstelle aus der Tasche gerutscht war.

„Da hat sich gar nicht so viel verändert, nur, dass die Umverteilung einen enormen technischen Aufwand benötigt", sagte Bart resigniert.

Hans Vidal sah sie wütend an. „Fabulier weiter, Cerny, würde ich vermutlich auch, wenn ich in der Kantine gelandet und gezwungen wäre, nach einem Ausweg zu suchen."

„Das passt, es passt alles", hauchte Momoko jetzt. „Kronberg kämpft seit zwei Jahren mächtig mit seinen Bilanzen. Die Umsätze gehen zurück, was aber kaschiert und unter dem Deckel gehalten wird."

„Die allwissende Chefcontrollerin", schnaubte Vidal verächtlich.

Momoko ignorierte ihn. „Dann kam das Forschungsprojekt. Ich habe mich immer gefragt, was sie mit einem Aussortieren und Optimieren noch erreichen wollen, weil sie ihre Kunden damit ja weiter abschaffen. Die restlichen Hansel wie wir sind so effektiv und beschäftigt, dass Konsum weder in der Breite noch in der Intensität wie früher funktioniert. Das ist ein scheiß Befreiungsschlag, weil sie mit so einer digitalen Leistung an die wirklich Reichen kommen, die sich ein Leben jenseits der Regeln kaufen können."

„Was soll das werden? Karl Marx 2.0 gemixt mit ein bisschen George Orwell und Michel Foucault? Gründet doch einen Zirkel für Verschwörungstheoretiker, mir wird das zu bunt hier", sagte Vidal, ging zur Stahltür und legte die Hand auf die Klinke.

Sie waren verdammt weit gekommen, aber Hans Vidal war immer noch eine Gefahr für sie. Malik sah Barts ängstlichen Blick und er hatte recht. Sie brauchten Zeit, um zu überlegen, wie sie weiter vorgehen wollten. Schon allein das war eine Herausforderung. Sie konnten schließlich kein Zeltlager im Kühlraum aufschlagen. Also mussten sie einigermaßen sicher sein, dass Hans Vidal sie nicht hinterrücks verpfiff. Malik hasste es, anderen zu drohen. Naja, vielleicht war es beim Gepardenfrettchen dann doch nicht so schlimm.

„Ich denke, wir liegen ziemlich richtig", meinte Malik. „Wenn du jetzt hier rausspazierst, will ich sichergehen, dass du unser nettes Gespräch für dich behältst, und unser Gerät hätte ich auch gern wieder."

„Bewirb dich bald mal für ein CEO-Nachwuchsprogramm, aber lass mich in Frieden", sagte Vidal.

„Wir haben die Aufnahmen von dem Abend gesehen, an dem du Suri in der Bar in Nordend getroffen hast, bevor du sie einkassiert und vermutlich vernichtet hast", stellte Malik kühl fest.

Hans Vidal fuhr herum, sein Mund zuckte und seine Lippen zogen sich zu einem Strich zusammen, aber er sagte nichts.

Malik streckte die Hand aus.

„Du Scheißkerl", schimpfte Momoko und unterstrich damit Maliks Drohung.

„Weißt du, was ich nicht verstehe? Auf der einen Seite forcierst du die Allmacht der Überwachung. Auf der anderen Seite scheinst du dem entfliehen zu wollen und hast es mit deinem Zwillingsprofil getan. Warum brichst du nicht aus diesem idiotischen Kreislauf aus?", fragte Malik.

Das Gepardenfrettchen lachte jetzt irre. „Ist das ein Angebot, bei euch einzusteigen?"

„Es ist ein Angebot, mal eine neue Perspektive einzunehmen", sagte Malik und verkniff sich ein Arschloch.

„Ich bin dir unendlich dankbar, mein Guter", sagte Vidal, schleuderte ihm das Etui entgegen, riss die Tür auf und verließ den Kühlraum.

19

„Das ist dünnes Eis", sagte Momoko.

Malik nickte. „Wir können sowieso nicht mehr lange damit warten, die Planungen öffentlich zu machen."

Er berichtete von weiteren Details, den Abschiebungen, deutete auch an, dass ihre eigenen Profile keinen Grund zum Optimismus gaben. Schließlich stellte er fest, dass Ende nächster Woche der Projektstatus aufgehoben und sich das System in Deutschland warmlaufen würde.

„Oh mein Gott, was sollen wir denn in dieser Zeit ausrichten?", murmelte Momoko und sah Malik verzweifelt an. „Du könntest noch mal ins System, uns allen ein Zwillingsprofil einrichten!"

Sie lachten, was unsagbar guttat, ohne dass es den übergroßen Druck zu nehmen vermochte.

„Ich denke, wir sollten mit allem, was wir wissen, an die komplette Belegschaft gehen. Die Mitarbeiter müssen dann entscheiden, ob sie uns unterstützen und das Scharfschalten verhindern wollen", meinte Malik.

Momoko stöhnte. „Malik, die haben Angst, brauchen den Job fürs Ego oder denken es zumindest. Das, was du dir von denen erhoffst, haben sie in ihrem Arbeitsleben noch nie riskiert. Eigene Entscheidungen treffen, aufbegehren, mitbestimmen. Unser Alltag hat nichts mit Demokratie zu tun, in Unternehmen wie diesen wird das Gegenteil gelebt."

„Was ist mit dir? Du hast auch die Seite gewechselt", widersprach er. „Du könntest deine Geschichte erzählen."

So als wollte sie den Vorschlag unterstreichen, machte Hedi zwei Schritte auf Momoko zu, nahm ihre Hand, legte die Platine, auf der Maliks Reise gespeichert war, hinein und schloss sie.

„Sind da auch die Einzelprofile zu sehen?", fragte Momoko.

Malik nickte.

„Dir schwebt vor, dass ich meine wundervoll-düstere Zukunft als Highpower-Präsentation erläutere?"

„So in der Art. Ich kann von meiner Familie berichten. Mein Bruder und mein Onkel sind nach der Schließung unseres Vergnügungsparks und ein paar aussichtslosen Zwischenstationen für eine Massenunterkunft an der europäischen Außengrenze vorgesehen. Vermutlich Tunesien", erzählte Malik.

„Ich bin auch dabei", meinte Bart, legte den Arm um Hedis Schultern und drückte sie kurz. Sie zog ihren kleinen Block heraus, notierte etwas und zeigte es Bart. „Würde jemand meinen Text vom Block lesen?", sagte er laut in die Runde.

Malik zögerte. Er war nicht sonderlich von dem Gedanken begeistert, dass Hedi damit konfrontiert wurde, was die Firma mit ihrem Neokortex vorhatte. Hedi sah ihn an, lächelte, schrieb und hielt den Block hoch. „Ich will auch meinen Teil beitragen."

Malik bekam schlagartig ein schlechtes Gewissen. Himmel, er wollte alles, aber nicht, dass Hedi sich ausgeschlossen oder bevormundet fühlte. Sonst hatte er seinen Job verdammt schlecht gemacht. Hedwig Schwaderer musste nicht beschützt werden, sie hatte ihm durchs digitale Dickicht geholfen. Sie würde gut für sich Verantwortung tragen und die richtige Entscheidung treffen können, so wie jeder von ihnen. Auch die anderen Mitarbeiter? Sie würden es sehen.

Sie gingen mit dem Versprechen auseinander, sich morgen früh im Kühlraum zu treffen. Dort wollten sie die Präsentation und eine Nachricht vorbereiten, die sie an alle Arbeitsplätze verschicken und mit der sie zur Versammlung im Kantinenhauptsaal sowie auf dem Hof vor dem Eingang aufrufen würden.

Den restlichen Arbeitstag stand Malik immer noch unter Strom, sodass er das Gefühl hatte, nur ein paarmal geblinzelt zu haben, als Bart Hedi und ihn nach Hause schickte. „Ruht euch aus, wir brauchen euch morgen fit und mich auch", sagte er.

Auf dem Weg zur Unterdruckbahn fiel ein wenig die Anspannung von ihm ab, die in der unmittelbaren Umgebung des Konzerns noch sehr präsent gewesen war. Bleierne Müdigkeit kündigte sich an. Er würde sich bei Charlie melden und anschließend schlafen, was das Zeug hielt. Kronbergs Armee Armee sein lassen, wenigstens für ein paar Stunden. Als er in den Wagen eingestiegen war und nach rechts schaute, zuckte er zusammen. Hans Vidal stand plötzlich neben ihm. Er hatte ihn nicht kommen sehen.

„Nachwehen?", fragte das Gepardenfrettchen.

„Keine Angst, ich falle schon nicht ins Koma", stellte er schlaftrunken fest und wollte in den Gang abbiegen, um sich einen Sitzplatz zu suchen. Vidal hielt ihn an seinem unverletzten Arm fest. Malik starrte auf seine Hand.

„Können wir uns irgendwo ungestört unterhalten?" Das klang für Vidals Verhältnisse geradezu höflich.

„Am besten an einem einsamen Ort. Rendezvouscharakter?" Malik versuchte, sich frei zu machen.

Aber Vidal hielt ihn wie ein Schraubstock fest.

„Lass mich sofort los oder ich schreie die ganze Bahn zusammen", sagte Malik leise und schaute auffordernd auf seine Hand. Vidal nahm sie weg. „Ich mein's ernst, ich will mit dir reden. Suri ist aufgewacht."

Diese Nachricht wirkte wie eine hoch dosierte, intravenöse Koffeingabe auf Malik. Er nickte langsam.

Zum alten Tennisplatz wollte er nicht mit ihm. Er entschied sich für das verfallene Parkhochhaus, drei Stationen vor Nordend, das allein von der Substanz her sicher nicht mehr groß mit Sensortechnik bestückt war. Sie konnten höchstens das Pech haben, dass irgendwelche Drohnenkontrollflüge unterwegs waren, aber auch das hielt er dort für unwahrscheinlich.

Vidal kam bereitwillig mit, was so viel hieß, dass ihm der Arsch auf Grundeis ging. Malik konnte es kaum abwarten, ins Erdgeschoss des Betongerippes einzulaufen.

„Seit wann ist sie wach? Weißt du, wie es ihr geht? Hat sie irgendwelche Beeinträchtigungen? Was sagen ..." Malik stoppte, als Vidal die Hand hob.

„Ich war nicht im Krankenhaus. Ihre Eltern haben mich angerufen. Ich weiß nichts."

Malik sah ihn enttäuscht an. „Wär wahrscheinlich auch nicht angeraten, dass ich der Erste bin, der sie nach ihrer Wiederkehr begrüßt", sagte Vidal. Das klang für jemand, der gewohnt war, in alle Richtungen Kung-Fu-Kämpfe zu vollführen, äußerst demütig. Hatte auch Hans Vidal ein Gewissen? Malik wollte sich da nicht zu früh festlegen. Gut möglich, dass er die Sache pragmatisch handhaben würde.

„Ich werde mich dafür verantworten müssen, Suri was ins Glas getan zu haben. Aber dass sie vorher mit einer Brainschnittstelle experimentiert hat, konnte ich nicht wissen", sagte Vidal. „Ich könnte mir vorstellen, euren kleinen Kreis nicht ans Messer zu liefern und sogar zu unterstützen."

Malik zog die Augenbrauen hoch. „Wenn?"

„Na ja, ich hab schon verstanden, dass Suri dich sympathisch findet. Ihr habt ähnliche Ansichten, was das Projekt angeht. Du könntest ein gutes Wort für mich einlegen, fallen lassen, dass ich ein bisschen behilflich bin."

„Was willst du uns denn Gutes tun?", fragte Malik weiter.

„Wann wollt ihr damit rausrücken, was ihr wisst?", erkundigte sich Hans.

Malik lachte.

„Na ja, wie auch immer, ich könnte noch ein bisschen was an den technischen Details beisteuern. Was wie von welchen Geräten und Programmen umgesetzt wird. Wäre ja auch eine Möglichkeit, sich als Außenstehender zu schützen."

„Das heißt, du stellst dich im Kopf schon auf irgendwelche Wissensvorteile ein, die du für Gegenleistungen an den Mann bringst. In dem Fall spekulierst du darauf, dass Suri nicht gegen dich vorgeht."

Vidal stöhnte. „Ich hab nicht gesagt, dass ich ein anderer Mensch werde."

„Selbst wenn ich tun würde, was du vorschlägst, Suri entscheidet selbst, wie sie sich dir gegenüber verhalten will. Du hast keinerlei Garantie", sagte Malik und fragte sich, wie man so schnell die Seiten wechseln konnte. Aber vermutlich war genau das Vidals Prinzip. Er gab, er bekam. Das Leben ein Tauschgeschäft und Einkaufsladen. Die Überzeugung eine Währung, die sich ständig ändern konnte, je nach Kontext, in dem man sich gerade bewegte und der die Gesetze machte. Sollte er weiter verhandeln? Was sollte er noch rausschlagen? In diesem Fall machte er die Regeln.

„Du könntest mir sagen, was du glaubst, wie Gerald Kronberg reagiert. Was wird er unternehmen? Was hat er an Überraschungen im Köcher?", stellte Malik einfach mal in den Raum.

Vidals Augenbrauen hoben sich. „Er wird sein Programm durchziehen wollen, klar. Medienbeeinflussung, Social-Media-Kampagnen. Da kommt es drauf an, wie schnell und glaubwürdig ihr seid."

„Würdest du dich offiziell gegen das Projekt wenden?"

„Nein, das könnt ihr nicht verlangen."

Das klang für ihn sogar halbwegs ehrlich und zog Malik gleichzeitig runter. Denn genau das war ihr Problem. Sie hatten nicht gerade die Promiriege in ihren Reihen. Alles Vertreter, die in irgendeiner Art und Weise für Minderheiten standen. Bei Soaps wunderbar, im echten Leben eine Eintrittskarte für die Abstellkammer.

„Okay, ich rede mit den anderen", sagte Malik.

„Das dauert viel zu lange, du musst jetzt zu Suri in die Klinik. Sie ist ein cleveres Mädchen, wird eins und eins zusammenzählen. Wenn, musst du ihr die Sache gleich antragen", sagte Vidal.

„Na, da ist er wieder, der Vizechef in spe. Eine Bitte, die eigentlich ein Befehl, sprich Arbeitsauftrag, ist. Dumm nur, dass du im Moment ein kleines Machtproblem hast. Wieso sollte ich dir glauben, Vidal? Du wirst uns alle einfach verarschen. Da musst du uns schon ein bisschen mehr bieten." Malik sah ihn genervt an.

Hans Vidals Blick schien sein Gefühl zu 100 Prozent zu spiegeln. „Was schwebt dir vor? Dass ich den Glauben ans Gute im Menschen wiedergefunden habe? Wir den Konzern zusammen umbauen?"

Das Gepardenfrettchen ging zu einem Stapel, auf dem Sperrholz lag, nahm eine Latte und schlug in Golfmanier einen Stein in die Landschaft. „Weißt du eigentlich, wie arrogant du bist? Tust so, als hätte ich alle Möglichkeiten der Welt. Ja, ich bin in einer reichen Familie aufgewachsen. Das heißt aber auch, von klein auf als Leitbulle trainiert zu werden." Vidal suchte sich wieder einen Stein und drosch ihn in die Gegend. „Du hast doch die scheißkomfortable Situation. Von außen alles klug betrachten, analysieren und sich überlegen, wo man ein bisschen Sand ins Getriebe streuen kann, um sich gut zu fühlen."

„Das ist dein Angebot? Auf weinerlich zu machen? Ich habe vor, so viele Tonnen Sand und Beton ins Getriebe zu gießen wie nur irgend möglich. Hab nämlich gesehen, was mit meiner Familie in fünf Jahren so geplant ist. Sie wird auf den Müll geworfen. Ich verstehe, wenn die Leute sich abwenden, aggressiv werden und alles in die Luft jagen wollen."

„Klar, weil du nicht drinsteckst."

„Nein! Ich hab auch versucht, anzudocken, mich zu integrieren, einen Job zu finden. Aber meinst du, es war auch nur eine Firma dabei, die sich nicht mit Blödsinn beschäftigt hat? 100 Werbeplatzierungsprojekte kamen auf ein Kurzzeitwerkvertragsvorhaben, das Sinn gemacht hat, eine Softwareentwicklung für Blinde."

Vidal nickte und lächelte. „Ja, sicher. Deshalb ist die Gefahr so groß, dass sich das Kronberg-Uhrwerk auch mit deinem Sand eine neue Werkstatt sucht."

Malik war überrascht, was hier ablief. Er lernte eine ganz andere Seite von Vidal kennen. Vielleicht sollte ich mehr Lattengolf in Bauruinen spielen, dachte er. Und andere Leute kennenlernen, raus aus dem Sumpf.

„Ich könnte Suri von unserem Gespräch erzählen, ohne Wertung. Trotzdem, denke ich, solltest auch du noch mal mit ihr reden."

„Klar."

Sie verabredeten Waffenstillstand und eine zarte gegenseitige Unterstützung, ohne sich zu verbiegen.

„Was hast du jetzt vor?", fragte Malik.

„Ein Che Guevara der Brainschnittstelle werde ich jedenfalls nicht", sagte er. „Mal sehen, vielleicht tut sich was Neues auf."

Zurück an der Unterdruckstation stiegen sie in unterschiedliche Linien. Malik nahm die zur Arox-Klinik. Er spürte die Aufregung in seinem Kehlkopf pochen. Was sollte er Suri als Erstes erzählen? Sie wusste ja das allermeiste vermutlich schon. Mit ihr konnte er sich jetzt in Bezug auf ihr Vorgehen absprechen, was sie davon hielt, was für Ideen sie hatte.

Als Malik das realisierte, war er unglaublich erleichtert. Suri würde die passende Strategie finden, wissen, was richtig war. Wenn sie konnte, würde sie möglicherweise auch das Reden übernehmen. Das wäre großartig. Sie stand in der vordersten Reihe, ihr würden die Leute vertrauen. Vielleicht halfen ihr sogar ihre Eltern.

Als er auf die Station kam, sah er niemand vom Pflegeteam. Also klopfte er an dem Zimmer, aus dem sie Suri bei seinem letzten Besuch zur Untersuchung geschoben hatten.

Er hörte nichts, klopfte ein zweites, ein drittes Mal. Nur ein Rattern irgendwo im Gebäude. Malik drückte die Klinke und trat ein. Das Bett war leer. Er lief ins Zimmer, schaute sich um. Nein, es war sicher nichts passiert, sonst wäre ja das Bett nicht hier. Malik schloss die Tür von außen, klopfte jetzt bei Ellen Donatu, doch das Sprechzimmer war verschlossen. Er setzte sich auf einen Stuhl im Gang.

Das Warten kam ihm verdammt lange vor. Doch nach vielleicht einer Viertelstunde machte er die Ärztin im Gang aus, stand auf und ging auf sie zu. Seine Schritte wurden immer schneller. Sie verstand und lächelte.

„Ich wollte Suri Temme besuchen. Man hat mir gesagt, sie sei aufgewacht", meinte er.

„Ja, jein." Maliks Blick ließ sie erneut lächeln. „Es ist alles in Ordnung, sie ist sozusagen auf dem Weg zurück. Aber es braucht noch ein bisschen. Im Moment liegt sie im Aufwachraum, wo wir sie genau im Blick haben, sollte es irgendwelche Unregelmäßigkeiten geben. Dieser Prozess dauert zwei bis drei Tage."

„Drei Tage?" Malik war völlig frustriert. „Aber ich ..."

„Hinterlassen Sie ihr doch eine Nachricht. Sie freut sich sicher", sagte die Ärztin.

„Äh, ja, ich ..." Die Müdigkeit meldete sich wieder. Die Worte stellten sich nicht automatisch ein. Er musste sich unglaublich anstrengen. „Ich habe zurzeit keinen Highcontroller, könnte nur etwas aufschreiben."

„Ich gebe ihr Ihre Notiz gerne, klopfen Sie einfach bei mir, ich muss jetzt Bürokram erledigen."

„Danke", sagte Malik, „dann setz ich mich kurz."

„Natürlich."

Malik tastete seine Tasche ab. Der Block war noch da. Er hatte ihn absurderweise die ganze Zeit bei sich gehabt und überhaupt nicht mehr daran gedacht, dass er hätte durchsucht werden können.

Malik nahm auf einem Plastikstuhl Platz und begann, zu schreiben. Von sich, der drastischen Lage wegen des Projekts und Scharfschaltens, von Mitstreitern, die sich gefunden hatten, um den Aufstand zu proben, von ihrem Ex-Schwager. Der Freude, dass es ihr besser ging, der Enttäuschung, sich nicht sehen und miteinander beraten zu können. Malik erklärte, dass sie morgen zur Tat schreiten mussten. Er gab zu, dass er zweifelte. So wie es aussah, fiel ihm die Rolle zu, Mitarbeiter davon zu überzeugen, sich gegen das Vorhaben zu stemmen. Natürlich waren da noch die anderen, aber selbst dann fühlte er eine große Last auf sich. Wie sollte er zu den Mitarbeitern durchdringen? Er lebte wirklich in einer komplett anderen Welt. Das zu überbrücken, war nicht ganz ohne. Die Adressaten waren nicht auf den Kopf gefallen. Sie würden spüren, wie weit seine Entfernung maß. Und er war alles andere als ein Charismatiker, sondern ein Einzelgänger. Schon immer gewesen. Malik stöhnte und schrieb weiter. Er würde es trotzdem versuchen. Es wäre aber nicht schlecht, wenn sie mit der

Kavallerie hinterherkommen könnte. Das wünsche er sich sehr, auch, sie wiederzusehen, gesund und munter.

Das war sowieso das Wichtigste. Wie konnte man die Freiheit genießen, wenn man eingeschränkt, behindert und auf andere angewiesen war? Letzteres war er auch, aber natürlich nicht in dem Maße. Aufgewachsen im Wohnwagen, hatte er die Unabhängigkeit zunächst noch in vollen Zügen genießen können, bis sie nach und nach eingeschränkt wurde und die Form der heutigen Überwachung angenommen hatte. Kein Schlupfloch mehr. Er stand jetzt vor den letzten Mauselöchern. Genauso klein und lächerlich kam er sich bei seinem Vorhaben auch vor. Mit Kuli und Heft gegen einen Hightechkonzern. Als Einzelgänger, der ein paar Codes knacken und programmieren konnte, andere für einen Umsturz gewinnen. Das Wort Umkehr gefiel ihm besser.

Er beendete den letzten Absatz, schlug das Heft zu, schrieb „Für Suri von Malik" auf die Vorderseite, dann klopfte er bei Ellen Donatu.

„Es wäre mir recht, wenn Sie es ihr persönlich geben könnten."

„Das mach ich, Herr ...", sie schaute auf das Deckblatt und grinste. „Malik?"

„Cerny, Malik Cerny. Vielen Dank."

20

Hans Vidal sah durchs Fenster der Unterdruckbahn auf die vorbeiziehenden Leute und nahm absolut nichts wahr. Sein Kopf arbeitete, spielte die verschiedenen Optionen durch. Nein, es führte kein Weg daran vorbei, sein Zwillingsprofil zu löschen und wieder zu einem Normalüberwachten zu werden. Es war ein seltsam schreckliches Gefühl. Natürlich hatte er gewusst, dass dieser Zeitpunkt irgendwann einmal eintreten würde, und doch konnte er sich dieses Leben in grauer Sause und ohne Pepp überhaupt nicht mehr vorstellen. Trotzdem war es wichtig, nicht mehr erpressbar zu sein. Abgesehen von der Geschichte mit Suri machte er sich im Unternehmen unglaublich verletzlich und er brauchte wahrlich keine zweite Front.

Auf dem Weg zu seinem Haus fasste er einen Entschluss. Er brauchte eine Zäsur und würde das vorläufige Ende seiner Freiheit wenigstens noch feiern. Eine Nacht mit allen Genüssen dieser, seiner Welt im Überfluss. Ein Abschiedsfest in der City.

Nach einer Dusche zog er sein blaues Seidenhemd und eine sportlich gehaltene Kombination an, der man den sündhaften Preis nicht ansah. Er würde ins „Sunrise" gehen und die Nacht durchtanzen. Mit dem Highcontroller öffnete er die Garage, stieg ein und sah nicht mehr zurück, ob sich das Tor auch schloss. Er wollte seine einsame Hütte schnell hinter sich lassen und ins bunte Treiben eintauchen. Bei 220 Stundenkilometern auf der Stadtautobahn ließ er „Rage Against The Machine" in voller Lautstärke laufen. In der Innenstadt angekommen, musste er langsamer werden, um keinen Zusammenstoß zu provozieren. Trotz der ins Unermessliche gestiegenen Steuern waren abends immer noch viele mit dem eigenen Wagen unterwegs. Passanten blickten sich nach seinem Schlitten um. Vermutlich passt die Musik ihrer Meinung nach nicht zur edlen Erscheinung eines Bugatti, dachte Vidal. Tat sie auch nicht, aber genau das mochte er ja so sehr. Nicht in jedes scheiß Schema zu passen. Edel unterwegs zu sein und in einem Gay-Club tanzen zu gehen. Die Leute dort waren viel lockerer als die üblichen Verdächtigen seines Freundes- und Bekanntenkreises. Alles schreckliche Langweiler.

Nach fünf Minuten Fußweg von der Tiefgarage passierte er den schwarz-verhangenen Eingang des „Sunrise". Er legte dem Mann hinter der Glasscheibe einen Zwanziger hin und ging direkt zur Tanzfläche.

Er musste breit grinsen, weil jetzt das Lied eingespielt wurde, das in seiner Anlage im Auto als Nächstes gekommen wäre – „Killing In The Name". Er startete mit Headbanging, ging dann zu einem lockeren Stampfschritt über und nahm die Arme dazu, mit denen er herumwirbelte und -boxte. Auf jedes „Fuck" ein Doppelschlag.

Nach dem Abebben des Songs war Hans Vidal etwas außer Atem und sah nach vorne. Der Mann am Musikscreen tippte mit einer exaltierten Geste die nächste Sequenz an. Er liebte diesen Club.

Ein Typ von vielleicht 30 Jahren war jetzt nah bei ihm, lächelte ihn an und fuhr ihm über den Unterarm. Als seine Augen mitwanderten, sah er das Briefchen. Eine kleine Portion würde nicht schaden. Er nickte, griff sich in die Hosentasche und zog einen Fünfziger heraus. Briefchen und Geld wechselten den Besitzer.

Hans ging von der Tanzfläche, nahm die Stufen der Wendeltreppe zur Toilette nach unten und schloss die Kabinentür hinter sich. Er setzte sich auf den zugeklappten Klodeckel, holte ein Holzetui mit Spiegel heraus, trug das Koks in zwei Lines auf und zog es mit einem Edelstahlröhrchen in zwei schnellen Zügen nach oben.

„Das ist eine Brainschnittstelle, sag ich dir, Cerny. Eine mit sich selbst", murmelte er, schloss die Augen und lehnte sich zurück. „Besser als jeder Orgasmus."

„Brauchst du Gesellschaft da drinnen?", tönte es von draußen.
„Du könntest mir was abgeben."

Hans Vidal schwang sich hoch, öffnete die Tür. Ein Mann in seinem Alter grinste ihn an. Vidal zog eine Schnute. „Sorry, nichts mehr da."

„Nicht so tragisch, lass uns tanzen", sagte er.

Sie gingen nach draußen. Vidal spürte eine kräftige Hand an seinem Arsch und genoss es. Er fühlte sich gut, selbstbewusst, ohne in jede Richtung beißen zu müssen. Sie tanzten. Die Bässe verteilten seine Energie gleichmäßig in jeden Muskel, in jede Faser seines Körpers. Vielleicht war es auch das Koks. Egal. Die Nacht schien zu schweben.

Hans ließ den Mann neben sich gewähren. Er tanzte mit ihm, dann erkundeten sie ihre Oberkörper, waren eng beieinander, sodass er auch dessen Glied spürte und leicht erregt wurde. Sein Tanzpartner brach wieder aus, umspielte ihn, schubste ihn weg, zog ihn heran und wirbelte mit ihm über die Tanzfläche. Es war unglaublich. So himmlisch, dass er sich fragte, ob das Koks einen Unterschied machte. Das Werben und Spielen dauerte gefühlte zwei Stunden. Schließlich fanden sie sich auf der Toilette wieder. Der Quickie war nicht annähernd so gut wie der Tanz zuvor. Trotzdem genoss Hans es, wie die Explosion in den Lenden durch seinen Körper zog.

Danach machte sich eine gewisse Erschöpfung bemerkbar. Er bestellte sich einen Elektrolyte-Drink an der Bar, seine Bekanntschaft nahm einen doppelten Wodka. Ein Blick auf die Uhr machte ihn ein bisschen wacher, als er es gerne gehabt hätte. Es war bereits 5 Uhr.

„Ich muss los", sagte er und trank aus.

„Nicht dein Ernst. Jetzt schon?", meinte der hübsche Kerl.

Verdammt hübsch, registrierte Vidal erst jetzt. „Wir sehen uns", sagte Hans, zerzauste ihm die Haare, hob die Hand zum Gruß und ging zum Ausgang. Er sah noch, wie der Schöne den Kopf schüttelte und sich wieder in Richtung Tanzfläche aufmachte. Vermutlich war er doch einen Tick jünger als er. Ausdauernder auf jeden Fall.

Hans lief in die Tiefgarage, öffnete die Tür per Fingerautorisierung und fuhr mit quietschenden Reifen durch die korkenzieherförmigen Schleifen nach oben. Er bat seinen Bordcomputer, etwas Ruhigeres zu spielen, entschied sich für die brasilianische Band „Chico Science". Auch schon historisch, dachte er und drückte das Gaspedal durch. In zehn Minuten würde er zu Hause sein, sich noch kurz hinlegen und dann ein paar Koffeinpillen einwerfen. Beim Aufbranden der Trommeln musste er an sein Auslandssemester in Brasilien denken. Ein wunderbares, aber schrecklich zerstörtes Land. Brennende Lunge der Erde hatte man damals gesagt, weil die Amazonas-Regenwälder in Flammen standen. So gerne würde er mal wieder hinfliegen. Aber es war reine Sentimentalität. In den Städten herrschten Mord und Totschlag, Hunger, Armut und Hoffnungslosigkeit.

Plötzlich flog Hans nach vorne gegen das Lenkrad. Sein Bugatti musste alle vier Bremsen aktiviert haben. Vielleicht zwei Kilometer vor ihm zogen zwei dunkle Planken von rechts und links in Richtung Straßenmitte. Jetzt drückte auch er das Bremspedal durch. Ihm wurde plötzlich brennend heiß im Nacken. Solch eine Kontrolle war gar nicht möglich. Das hier existierte nicht, jedenfalls nicht für ihn. Seit einem Jahr gab es keine fucking Verkehrskontrollen, keine Blutabnahmen, keine Gesundheitstrackings. Er hatte ein Zwillingsprofil, war als Unberührbarer registriert, sprich seine Überschreitungen wurden automatisch in den erlaubten Bereich manövriert, angepasst oder sein Verhalten wurde eben neu generiert. Sein Nacken war jetzt feucht vom Schweiß und seine Augen brannten. „Verdammte Scheiße", fluchte er. Sein Körper teilte ihm bereits mit, was das bedeutete. Sein Zwillingsprofil war ausgesetzt.

Im nächsten Moment leuchtete ein grelles Display auf.

Sie haben das Limit um über 100 Stundenkilometer überschritten. Bitte halten Sie und legen Sie Ihren Führerschein in die untere Klappe, damit wir Ihre Daten überprüfen und die weiteren Schritte einleiten können.

Hans war sich nicht sicher, ob er seine Fahrerlaubnis überhaupt dabei hatte, fand sie dann aber doch und gab sie der gefräßigen Maschine. Einen Wimpernschlag später hieß es:
Stellen Sie sich nah an das Display und öffnen Sie Ihre Augen weit.
Er unterdrückte einen Wutschrei und versuchte, sich zusammenzureißen, dann stieg er aus. Der Impuls, auf das Ding einzudreschen, wechselte mit massiven Angstschüben. Hans starrte auf die schwarze Linse hinter dem Glas. Sein Mund zitterte. Der digitale Kontrolleur spuckte die nächste Nachricht aus:
Ihre Pupillenweite entspricht nicht dem Normalmaß, verglichen mit früheren Aufnahmen. Sie sind verpflichtet, in den nächsten zwölf Stunden eine Blut- und Urinprobe in einer Arztpraxis Ihrer Wahl abzugeben. Der Wagen wird einbehalten, ebenso der Führerschein. Sie müssen mit einer Geldstrafe von bis zu 1000 Mittelwesteuro rechnen.
Zwei Gabeln fuhren unter seinen Bugatti, hoben ihn langsam an, manövrierten ihn auf den Seitenstreifen, wo sie ihn wieder absetzten. Die Vorderräder waren jetzt mit Sperren verriegelt. Hans fuhr sich mit den Händen übers Gesicht und blickte sich um. Er befand sich noch in der Stadt, in irgendeinem Randbezirk und konnte froh sein, wenn er nicht überfallen wurde. Im nächsten Moment klingelte sein Highcontroller. Er wäre fast in die Knie gegangen. Es war Gerald Kronberg. Im Grunde lag das nahe, trotzdem begann Hans, zu frieren. Vermutlich konnte sein Bigboss ihn sogar sehen. Die Kamera, die seinen Pupillendurchmesser kontrolliert hatte, würde ja wohl so flexibel sein. Gerald Kronberg war sicher schon seit einiger Zeit im Büro, schließlich fing er meist vor 5 Uhr an, zu arbeiten. Es bestand kein Zweifel daran, dass er aufgeflogen war. Nur wer hatte ihn ans Messer geliefert? Aber war das jetzt noch wichtig?

Er schloss die Augen. „Gerald?"

„Hans, ich möchte, dass du herkommst. Wir müssen ein paar Dinge besprechen."

„Ich muss mich erst noch umziehen."

„Nein. Du wirst lange genug zur Zentrale brauchen. Schau, dass du dir ein Drohnentaxi besorgst."

Hans Vidal lächelte. Er würde abgekämpft und verschwitzt vor ihm stehen. Traumhaft. Er strengte sich an, diese erste Demütigung abzublocken. Was sollte es? Dann war er eben über sein Deodorant hinaus olfaktorisch wahrnehmbar. Hauptsache, er fiel nicht auf die Knie vor ihm und musste um irgendetwas betteln. Das wäre schlimm. Richtig schlimm. Ja, war es das wirklich? Hans hatte das Gefühl, die Orientierung zu verlieren. Er wusste, dass er an einem Scheideweg stand. Gerald Kronbergs Stimme holte ihn wieder zurück.

„Schaffst du das oder muss ich das organisieren?" Der Ton wurde rauer. Das war zu erwarten. Hans musste an seinen Tanzpartner denken.

„Nein."

„Was nein? Vidal?"

„Ich komme." Hans beendete das Gespräch und bat sein Gerät, die Drohnendienste nach dem billigsten Angebot durchzusehen. Er würde noch mal 1000 Mittelwesteuro hinlegen, aber das war ihm in diesem Moment völlig schnuppe. Es überkam ihn eine seltsame Gleichgültigkeit. Vermutlich nur ein gesunder Mechanismus, um die Angst unter dem Deckel zu halten.

Als er auf dem Dach des Firmenhauptgebäudes aus der Elektrohummel stieg, fragte er sich, was Gerald Kronberg eigentlich von ihm wollte, wenn er sowieso schon Bescheid wusste. Er hatte ihn abgeschaltet und in den Normalmodus zurückgeschubst. Hans versuchte, logisch zu denken. Rache war nicht Kronbergs Ding, dazu war er zu unemotional, zumindest wie er ihn bisher kennengelernt hatte. Seine Schwäche lag eher darin, alles kontrollieren zu wollen. Ergo hatte er vermutlich seine Schritte in den letzten Tagen und Wochen gecheckt.

Scheiße, das war es. Also wusste er auch von dem Aufeinandertreffen mit Cerny. Er würde kunstvoll improvisieren müssen, um seinen Kopf aus der Schlinge zu ziehen. Dumm nur, dass er in zwei Fallen feststeckte. Er konnte weder in die eine noch in die andere Richtung groß ausschlagen.

Bevor er über eine grobe Strategie nachdenken konnte, kamen ihm schon zwei Sicherheitsleute entgegen. Sie nickten dezent und nahmen ihn in die Mitte. Vidal musterte beide unverhohlen, als sie in den Aufzug stiegen. Der eine wirkte sportlich, unscheinbar, der andere hatte etwas leicht Verrücktes im Blick. Er gefiel ihm besser. Was, wenn er als Sicherheitscop seine künftigen Brötchen verdienen musste? Wozu gab es die eigentlich überhaupt noch? Waren sie nicht sowieso alle überflüssig?

Die gläsernen Stockwerke begannen, der Aufzug stoppte und öffnete sich vor der Chefetage. Gerald Kronberg stand im Konferenzraum am Fenster. Hans ging hinein.

„Danke, bitte warten Sie am Aufzug", sagte der Konzernchef, drehte sich um und bedeutete ihm, sich zu setzen. Sein Begleitschutz machte kehrt. Mit einer Wischbewegung Kronbergs auf der Platte schlossen sich die Glastüren und über die Oberflächen perlte Wasser nach unten. Ein etwas aus der Mode gekommener Hör- und Sichtschutz, der seine Schuldigkeit tat. Er nervte Hans trotzdem.

„Sequenz Kantine, 14 Uhr", sagte Gerald Kronberg. Der Bildschirm sprang an und zeigte, wie Malik Cerny wackelig hinter den Wagen auftauchte, sie sich ein paar Wortfetzen an den Kopf warfen, dann wieder in der Ecke verschwanden und schließlich zu viert in die Kühlkammer wanderten.

„Dass du gerne über die Stränge schlägst, ist mittlerweile aktenkundig, wie du mitbekommen hast. Jetzt wüsste ich gerne, was es mit dieser kleinen Gesprächsrunde in der Kantinenküche auf sich hat." Gerald Kronberg sah ihn an, als ob dies ein ganz normales Treffen sei, aber Hans würde sich nicht täuschen lassen.

„Du selbst hast mich auf Cerny angesetzt. Vor Suris Zusammenbruch hatte er noch Kontakt zu ihr", sagte er langsam.

„Wieso bist du auf ihn los?", fragte Kronberg. „Es wirkt fast so, als seist du der Gejagte. Was weiß er über dich und was führt er im Schilde?"

Man sollte nie mehrere Fragen auf einmal stellen. Kann sich das Gegenüber niemals merken und wird sie deshalb auch nicht beantworten, schoss es Vidal durch den Kopf. „Ich hab noch nicht alles rausbekommen. Deshalb war ich auch noch nicht bei dir. Cerny ist als Informatiker ziemlich auf Zack, aber ich ..."

„Nehmen wir den Worst Case an und Suri Temme weiß in groben Zügen über die Kontrollstruktur und die Zwillingsprofile Bescheid, obwohl sie nicht im Vorstand ist. Hat sie etwas an ihn weitergegeben?" Kronberg wirkte ungeduldig.

„Keine Ahnung. Sie ist ins Koma gefallen, bevor ich mit ihr reden konnte. Ich halte es aber für unwahrscheinlich. Sie kannten sich erst ein paar Tage."

„Das hat sich neulich irgendwie anders angehört", meinte Kronberg. „Ich rate dir äußerst dringend, jetzt die Karten auf den Tisch zu legen."

Hans sah Kronberg an. „Ich denke, er plant was mit ein paar anderen Leuten. Vielleicht wollen sie irgendwas im Unternehmen streuen, Gerüchte."

„Gerüchte? Himmel, Vidal. Ein Informatiker, der sich als Zwölfjähriger in die Datenbanken von Krankenkassen gehackt hat. Er muss dich mächtig an den Eiern haben, dass du hier so herumlavierst."

Hans sah Gerald Kronberg überrascht an. Irgendwie passte die Wortwahl nicht zu ihm. Wollte er ihn beeindrucken? Auf sein Level hinabsteigen oder das, was er dafür hielt? Der ordinäre Hans Vidal, der Geschlechtsverkehr in Toiletten hatte. Er musste davon ausgehen, dass er ihn schon den ganzen Abend begleitet hatte.

„Wer hat mich verpfiffen?", fragte er.

„Niemand. Vor dem Start für die Normalbevölkerung haben wir ein Sicherheitsprogramm über die Datensätze laufen lassen, das noch mal alles auf Unregelmäßigkeiten kontrolliert hat."

Hans Vidal blickte ihn ungläubig an. Eine dämliche Routine hatte ihm das Genick gebrochen? Das durfte nicht wahr sein. Ironischer ging's eigentlich gar nicht mehr. Er hätte bei seinem Tanzpartner bleiben sollen.

„Du wirst mir jetzt auf der Stelle alles sagen, was du weißt. Dass du ein Jahr mit einem Zwillingsprofil unterwegs warst, interessiert mich absolut nicht."

Hans Vidals Mund verzog sich. Hatte das Suri nicht auch gesagt? Scheinbar überschätzte er sich maßlos. Allen war völlig schnuppe, was er tat. Er musste fast lachen.

„Ich habe nicht ewig Zeit, Vidal", schrie Kronberg jetzt.

Hans fuhr sich mit den Händen übers Gesicht. Die Nacht steckte ihm in den Knochen. Und obwohl er selbst oft genug schrie, waren ihm brüllende Typen zuwider. Vermutlich deshalb.

„Letzte Chance. Oder ich streue ein Gerücht, dass du die Liste der möglichen privaten Interessenten für Zwillingsprofile jemand weitergegeben hast, der sie an die Presse lancieren will."

Hans stand auf, starrte den Konzernchef an. „Was? Ich weiß überhaupt nichts über eine Liste von Interessenten."

„Natürlich nicht."

Allmählich entfaltete die Drohung Farben in seinem Kopf. Internationale Konzernchefs, mächtiger als Mr. Kontrollfreak hier, beim ausgelassenen Feiern, beim Sex mit ihrer Praktikantin im Drohnendeltaxi, beim Abstoßen verseuchter landwirtschaftlicher Länderanteile auf dem Umweltbörsenparkett. Sie würden ihn zerquetschen. Einfach nur jemand auf ihn ansetzen. Er gab sich einen halben Tag, vielleicht auch nur ein paar Stunden. Server, Software und Steuerungen waren alle in Besitz von wenigen Konzernen, keine Chance auf Schutz. Verloren. Aus die Maus. Er hatte verdammt Lust, noch ein bisschen weiterzuleben. Selbst als Normalüberwachter.

Er würde seine Ansprüche herunterschrauben. Drastisch. Auch in Bezug auf die bisherige gesellschaftlich moralische Anerkennung.

Hans ließ sich zurück auf den Stuhl fallen, kniff sich mit zwei Fingern an die Nasenwurzeln, schaute nach unten und konzentrierte sich. „Cerny hat eine grobe Ahnung von der Einteilung der Kategorien und den Lenkungssystemen."

„Vom Zwillingsprofil?"
„Ich denke ja."
„Warum weiß ich davon nichts?", schrie Gerald Kronberg jetzt wieder.
„Ich weiß es doch auch erst seit ein paar Stunden." Hans rieb sich die Stirn. Er musste ihm nicht auf die Nase binden, dass er zudem Malik Cerny im Grunde geholfen hatte, auf die Spur zu kommen.
„Ein paar Stunden? Dir ist schon klar, was die im Ernstfall bedeuten. Ein paar Stunden, tsss. Ihr seid alle so unglaublich dämlich", sagte Kronberg. Er schüttelte den Kopf. „Ich kann also davon ausgehen, dass Momoko Sandgruber, Bartholomäus Krüger, Hedwig Schwaderer und der werte Malik Cerny von der jüngsten Unternehmensausrichtung wissen und den Umsturz planen. Was ist mit Suri Temme?"
„Ich vermute, sie hat den Stein ins Rollen gebracht."
„Ich will wissen, wie sie an die Informationen gekommen sind."
„Mit einer Brainschnittstelle."
Der Konzernchef pfiff durch die Zähne, dann nickte er. „Alle?"
„Nein, Suri vor ihrem Zusammenbruch, Cerny gestern. Die anderen scheinen sie zu unterstützen."
„Die Detailtiefe? Wie lange waren sie im System?"
„Gerald, das weiß ich nicht. Ich war nicht dabei."
Kronberg begann, vor der Glasfront hin- und herzulaufen, schaute auf die Uhr, dann sprach er in Richtung Bildschirm, ohne ihn anzusehen. „Ich will sämtliche aktuelle Forschungsergebnisse zu Brainschnittstellen ausgedruckt auf meinem Tisch. Unsere beiden wissenschaftlichen Berater sollen sich in einer halben Stunde bei mir einfinden und der Securitychef muss sich bereithalten."
Hans blinzelte. Es war anzunehmen, dass er seine Schuldigkeit getan und nun bald duschen konnte. Zumindest hoffte er das.
„Wo ist das Gerät, das Cerny benutzt hat?"
„Das weiß ich nicht."
„Was weißt du überhaupt?"

Hans lächelte. Kronberg funkelte ihn an. „Ich glaub, dir ist deine Lage nicht bewusst. Du bist dafür verantwortlich, dass das größte Projekt der Firma, das uns nicht nur retten, sondern eine goldene Zukunft bescheren kann, hier gewaltig auf der Kippe steht. Bist du Teil des Widerstandskomplotts?"

„Um Himmels willen, nein! Das ist auch kein Komplott, nur ein loser Haufen von Unzufriedenen."

„Sitzt hier und hat die unglaubliche Frechheit, mich scheibchenweise auf den Stand zu bringen. Ich will wissen, was der Grund für diese Illoyalität ist!" An Kronbergs Hals zeichneten sich jetzt rote Flecken ab.

„Ich bin nicht illoyal, ich verbringe 14 Stunden täglich bei Kronberg, ich ... ich stehe hinter dem Projekt, ich ..."

„Klar. Als erster, treuer Zwillingsprofilkunde."

Hans wusste, dass Gerald Kronberg auf die entscheidende Beichte wartete. Er lieferte sich ihm damit aus. Trotzdem schien ihm dies die bessere Option. Zeigte er keine Geste der Reue oder zumindest eine Art Kniefall, würde er ihn mit ein paar Klicks zur Jagd freigeben.

„Cerny hat mich erpresst, weil er wusste, dass ich Suri eine Wahrheitsdroge in den Drink gemischt habe. Nach ihrer Brainschnittstellensession. Vermutlich hat ihr das den Rest gegeben. Ich hab mich schuldig gefühlt."

Kronberg sah ihn belustigt an. „Sicher, schuldig."

„Du sprichst mir meine Gefühle nicht ab", entgegnete Hans jetzt zu seiner eigenen Verwunderung. Er musste sich unter Kontrolle bekommen.

Gerald Kronberg lachte. „Einfach nur Schiss hast du, weil dir dann die Temmes im Nacken sitzen. Dem lieben Ex-Schwiegersohn."

Der Konzernchef sah auf die Uhr. „Du kannst gehen. Wenn du noch was aus deinem Büro mitnehmen willst, mach es jetzt. Deine Zugänge sind ab sofort gesperrt", sagte er und ging an ihm vorbei. Das Wasser der Glasfront ebbte ab, die Tür zog auf und

Gerald Kronberg verschwand gegenüber in einem seiner Büros auf dem Stock.

Hans Vidal realisierte, dass er gerade hochkant aus der Firma geflogen war. Arbeitslos. Die Erschöpfung, die sein Körper nun wieder zuließ, gab ihm ein paar Atemzüge, in sich hineinzuhorchen. Was fühlte er? Nie hätte er geglaubt, dass ihn diese Nachricht derartig gleichgültig zurücklassen würde. Wenn er ganz ehrlich war, schwang sogar eine gewisse Erleichterung mit. Hans lächelte. Er stand auf, ging zum Aufzug, stieg ein und bat, zum Erdgeschoss gebracht zu werden. Er würde nichts mehr aus seinem Büro holen.

21

Als Malik an der Tennisanlage ankam, hatte er ein seltsames Gefühl. Immer wieder schaute er auf die verbuschte Brachfläche, auf der noch vor einigen Stunden das feindliche Kronberg-Heer und seine assoziierten Verbündeten auf ihn zumarschiert waren. Er zuckte zusammen, als eine Windböe eine Colaflasche mit einem hohlen Ton vor ihm in Richtung Spielfeldrand weiterrollen ließ. Himmel, beruhig dich, dachte er und strich sich über den verbundenen Unterarm. Kronberg wird sich kaum hierherbemühen und Vidal wird hoffentlich stillhalten. Er setzte sich auf die Mauer, nahm den Highcontroller, den er einem Fahrgast abgekauft hatte, wählte sich ins Friendsnet ein und bat um eine Verbindung mit Charlie. „Oh, Mann, ist das gut, dich endlich auf dem Schirm zu haben. Warst du drin? Wie geht's dir?", fragte Charlie. Ihr Lächeln tat ihm gut.

„Ja, ich war drin. Ich hatte schon das Gefühl, dass meine Neuronen ziemlich gestresst waren, aber das war's wert. Charlie, die sind verdammt weit, das Horrorszenario schlechthin scharfzuschalten. Das übertrifft selbst deine kühnsten Erwartungen." Malik erzählte von den Überwachungs- und Kontrollstrukturen, die das Leben zu einer Anpassung an den Vorhersage- und Optimierungsmodus reduzierten, und dem Ausscheren derjenigen, die für ein Zwillingsprofil genug Asche, eine andere Art der Gegenleistung oder vielleicht auch Einfluss aufbringen konnten.

„Kronberg muss bestimmte Deals mit anderen Partnern haben, alleine geht das nicht", sagte sie.

„Klar, vermutlich sind die auch an einem Modell interessiert, das ihnen die Zukunft sichert. Unsere einzige Chance besteht darin, dass sie durch eine öffentliche Diskussion Angst vor einem massiven Imageschaden bekommen und die Leute sich wehren."

„Und was ist dein Plan?", wollte Charlie wissen.

„Wir müssen morgen früh die komplette Belegschaft zusammentrommeln, die Dinge im Unternehmen auf den Tisch packen.

Die Leute sollen selbst entscheiden, ob sie an dieser Technik-Horrorgesellschaft weiter mitwirken oder sich gegen sie stellen wollen. Momoko, Bart und Hedi sind dabei."

Charlies Blick wirkte unruhig. „Lass uns bitte erst noch mal nachdenken, ob das die einzige Option ist. Könnten die andern drei das nicht allein übernehmen? Ich meine, sie sind Mitarbeiter des Konzerns und du bist viel verletzlicher als sie."

Malik schüttelte den Kopf. „Kronberg wird sowieso seine Schlüsse ziehen, später nachforschen. Und überleg dir mal die Botschaft, die das transportiert. Großartiger Solidaritätsbeweis."

„Werden die drei auch ins Gefängnis mit dir gehen? Bei dir sein, wenn sie dich wegsperren? Mit deinem Onkel reden, dass er dich besucht?", fragte Charlie zurück.

Maliks Augenbrauen schoben sich nach vorne. „Du verstehst nicht, Charlie. Wenn die den Schalter umlegen, wir eine Kronberg-Welt bekommen, braucht es keinen Knast mehr. Er sitzt dann in unserem Kopf. Wir werden jeden Wimpernschlag versuchen, vorauszuberechnen, was der Maschinenpark für uns vorsieht, immer mit dem Ergebnis, schon auf unseren nächsten Schritt zu starren. Menschen, die sich anpassen wollen, genauso wie Leute unserer Kategorie, weil wir wie in einer Salatschleuder festhängen."

„Ich glaube nicht, dass sie morgen den Vollzug abschaffen."

„Ein bisschen mehr Motivation hätte ich mir jetzt schon erhofft." Malik war enttäuscht. Ein Rückzug kam für ihn nicht mehr infrage. Gleichzeitig hatte er wirklich Angst vor dem, was Charlie da ansprach, würde ihr das aber jetzt erst recht nicht auf die Nase binden. Bart, Momoko und Hedi liefen genauso Gefahr, vor Gericht zu landen. Zudem war es für ihn dermaßen ungewohnt, Charlie als Mahnerin zu erleben. Die Widerstandsfrau schlechthin hatte Schiss, was ihm die Tragweite ihres Vorhabens noch mal bewusst machte.

„Hey, tut mir leid", sagte sie, lächelte und winkte in die Kamera. „Bitte mach dir mal klar, wie unglaublich weit wir schon gekommen sind. Darauf kannst du mächtig stolz sein, Malik. Ich verstehe natürlich, worum es dir geht, habe aber auch einen weiteren Vorschlag." Seine Freundin wollte ihre Aktion von außen verfolgen, um bei Gefahr so schnell wie möglich die Öffentlichkeit zu informieren. „Der Verbindungsaufbau über einen unserer eigenen Server müsste über den Highcontroller von Bart oder Hedi laufen. Die Kommunikation mit Krüger ist einfacher, ich würde ihn fragen."

„Dann könntest du uns unterstützen, das wäre genial", sagte Malik. „Aber es muss technisch wasserdicht sein, ohne Rückverfolgung."

„Du meinst, weil ich dich dann nicht im Knast besuchen kann."

„Sehr witzig."

Sie blickten sich einfach nur an und schwiegen eine Weile.

„Okay, ich schau, dass ich jetzt Bart noch Bescheid gebe!", meinte Charlie schließlich.

„Bis morgen", sagte Malik, lächelte und fragte beiläufig: „Wo ist eigentlich der nächste Vollzug?"

„Drei Straßen von deiner Hütte, du Idiot. Bis morgen."

Malik packte ein paar T-Shirts, eine frische Jeans, eine Tafel Schokolade und eine Thermoskanne mit Kräutertee ein und fuhr zu seinem Hausboot. Er wusste, dass er sowieso kaum würde schlafen können. Beim fast unmerklichen Schaukeln in der Industriebucht gab es jedoch eine Chance auf zwei oder drei Stunden Entspannung. Er saß einfach im Dunkeln auf der alten Holzbank neben dem Steuerboard, wärmte seine Hände an der Tasse und beobachtete, wie die Dämmerung das Lichtermeer der Frankfurter City langsam einsog und die Oberhand gewann.

Beim Gehen verschloss er, wie immer, die Kajüte, diesmal aber mit einem melancholischen Gefühl. Er wusste nicht, ob er wiederkam, noch einmal dem Tag beim Aufwachen hier auf seiner Nussschale würde zusehen können.

Auf dem Weg ging er in Gedanken seine Argumente durch, gleichzeitig hoffte er, dass die Zukunftsbiografien von Bart und

Momoko die Mitarbeiter aufrütteln würden. Momoko war zwar alles andere als Mainstream, trotzdem stand sie weit oben in der Hierarchie. Bart war jemand, den die Belegschaft kannte, der nette Typ, der zupacken konnte und sich um seine Kunden kümmerte. Beide sympathisch, beide glaubwürdig und, wie er wusste, echte Kämpfer. Malik stellte sich vor, wie die zwei abwechselnd die Statements von Hedi vorlasen. Er war sich sicher, dass sie den Entwurf ihres künftigen Lebensszenarios plastisch schildern würde. Es stand in einer unglaublichen Symbolik für das, was Kronberg plante: Wir entscheiden, was in deinem Kopf passiert, mehr noch, wir entscheiden, was dein Kopf kann, und wir entscheiden, was du glaubst, zu entscheiden. Sie würden etwas bewegen. Sie mussten etwas bewegen. Ein Nachdenken, die Umkehr von einigen, eine Diskussion. Er hoffte es so sehr.

Malik war eine Stunde früher aufgebrochen, deshalb bekam er in der Unterdruckbahn sogar noch einen Sitzplatz. Er wollte heute aber auch nicht den Krümel irgendeiner Beanstandung riskieren. Er ließ seinen Blick über die Sitzreihen schweifen. Einige Dreireiher, viele Kostüme, gediegene Anzüge. Er schluckte. Das hier war ihr Publikum. Der härtere Brocken vermutlich. Die Eifrigen, die jeden Tag früher ins Büro fuhren, um den Konkurrenten im Team einen Schritt voraus zu sein, um den Entscheidern den Programmcode zu halten oder die Serverfarm zu pflegen.

Als Malik seinen üblichen Highcontroller in die Hand gedrückt bekommen hatte, war ihm seltsam zumute. Ein spontaner Impuls ließ ihn auf die Toilette im Eingangsbereich abbiegen, wo er das Gerät im Abfallbehälter für Papierhandtücher versenkte, drei Blatt zog und darüberlegte.

In der Kantine war es angenehm ruhig. Zeit, sich zu sammeln. Beim Gang in den Saal vermisste er das Geräusch der Saug- und Wischroboter. Klar, er war ungewöhnlich früh dran. Um seine Nervosität nicht groß an die Oberfläche treten zu lassen, nahm er sich den Behälter, schob ihn aus dem Kabuff nach ganz vorne und verteilte die fleißigen Chromlieschen nach und nach.

Wieder schaute er auf die Uhr. Wann kam Bart endlich? Malik konnte sich nicht vorstellen, dass er heute unbedingt unpünktlich sein wollte. Normalerweise war er immer schon da, wenn er einlief. Wieso war er gestern nicht auf die Idee gekommen, vorzuschlagen, dass sie alle ein wenig früher auf der Matte stehen sollten? Vielleicht aber auch auffällig.

Sein Blick wanderte den Saugbewegungen hinterher. Er riss sich los, sah wieder hin. Kommunizierten die Geräte miteinander? Sie wirkten seltsam schwärmerisch auf ihn, klumpten geradezu im Haufen, statt auch die entlegeneren Winkel des Saals zu reinigen. Beobachteten sie ihn? Rein technisch war das ein Leichtes. Im nächsten Moment hielten sie inne. Der Lieschenpark in Wartestellung. Scheiße, er wurde paranoid. Es wurde verdammt Zeit, dass das hier über die Bühne ging.

Malik setzte sich in Bewegung und fing an, die Geräte wieder einzusammeln. Das Erste, nach dem er griff, beschwerte sich mit einem Piepton in Wiederholungsschleife. Das hieß wohl so viel wie: Lass mich, ich, wir sind überhaupt noch nicht fertig!

Er wurde wütend, suchte die Klappe für den Akku, riss sie auf und nahm ihn heraus.

„Ist was mit den Putzrobotern?"

Malik zuckte zusammen und ließ das Gerät fast fallen. Bart nahm die Hände mit einer entschuldigenden Geste nach oben und lächelte.

„Bei dir spuren die Dinger ganz anders. Gut, dass du da bist", sagte Malik und spürte sein breites Lächeln.

„Na, dann lass sie mal noch ein bisschen springen", meinte Bart, nickte in Richtung Küche und strich Malik kurz über den Rücken. „Ich hab eine echte Odyssee hinter mir. Unfall mit dem Zubringerbus, 20 Minuten Fußweg, total aggressive Leute im Bezirk und dann überfüllte Unterdruckbahnstrecke. Seltsame Stimmung, sag ich dir."

Malik blinzelte und sie gingen in den hinteren Arbeitsbereich. Bevor er den Gedanken weiterführen konnte, röchelte die Kaffeekonsole auf. Bart zog sich seinen morgendlichen Espresso. „Willst du auch einen?", fragte er. Im nächsten Moment rappelte der Rollladen zur Lieferbühne nach oben und das seitliche Display eines großen autonomen Lasters blinkte ihnen mit der Aufforderung entgegen: *Bitte Lieferung in der Fahrerbühne bestätigen!*

„Lass, ich mach schon", meinte Malik, ging nach vorne um den Wagen herum und kletterte in die Fahrerkabine.

Als er das Touchscreen-Menü aufgerufen und seine Häkchen gesetzt hatte, hörte er Bart plötzlich ziemlich laut sagen: „Nein, Malik Cerny ist noch nicht da."

Er spürte, wie ein Adrenalinschub ihn elektrisierte, ließ sich vom Sitz nach unten rutschen und kauerte im Fußraum. Malik betete, dass der Laster jetzt nicht auf die Idee kam, ihn per Audiobotschaft zu bitten, sich doch nach Erledigung der Formalitäten vom Acker zu machen. Ganz vorsichtig lugte er über die Fahrerseite des Fensters. Im Rückspiegel tauchte Bart auf, schüttelte den Kopf. Ein Securitymann stand bei ihm. Malik öffnete die von den beiden abgewandte Tür so leise wie möglich und lauschte.

„Hören Sie, ich kann doch nicht einfach weg. Wie stellen Sie sich das vor? Wer soll sich um die Organisation kümmern? Hier läuft die Logistik für die komplette Verpflegung der Führungsmannschaft zusammen", sagte Bart ernst.

„Das obliegt weder Ihrer noch meiner Verantwortung. Meine Order ist unmissverständlich. Sie kommen jetzt mit mir in die Zentrale. Wenn irgendwas mit der Lebensmittelhygiene nicht stimmt, müssen wir hier sowieso dichtmachen."

„Was soll denn damit sein?", fragte Bart aufgebracht.

„Ein Mitarbeiter hat über Übelkeit geklagt."

„Und was geht das uns an? Das hat nicht gezwungenermaßen mit einer Mahlzeit zu tun. Und selbst wenn. Das kann er sich wer weiß wo geholt haben."

„Seine Angaben sind eindeutig", sagte der Sicherheitsmitarbeiter.

„Und wieso wird das nicht konkret vor Ort untersucht?" Bart tat alles, um hierbleiben zu können, ohne dass es verräterisch klang.

„Die Aufnahmen und Werte zur Kontrolle stehen alle schon bereit. Sie müssen mich nur noch begleiten."

Malik starrte auf die Fußmatte. Die Lage ließ keinen anderen Schluss zu, sie waren aufgeflogen. Momoko würde gar nicht erst in der Firma einlaufen, Bart kassierten sie jetzt ein, weil der erste Versuch gescheitert war. Die Probleme mit Bus und Unterdruckbahn sprachen Bände. Malik hatte seltsame Fluchtassoziationen. Sich einrollen und warten, bis der autonome Laster wieder startete, oder einfach mit ihm übers Gelände brettern. Hauptsache weg hier. Eine Frage holte ihn zurück. Wieso Bart und nicht ich? Der Highcontroller? Vermutlich hatte ihn bis jetzt gerettet, dass er den Kommunikator zu den Handtüchern gepackt hatte. Wahrscheinlich war nur noch nicht genug Zeit gewesen, die Kamerabilder auszuwerten. Wann würden sie das nachholen? Vielleicht waren sie schon dabei.

„Herr Krüger weigert sich, mitzukommen, ich bitte um Verstärkung", sagte der Mann.

Bart rieb sich den Nacken, schaute sich unauffällig um. „Das ist doch absurd mit dieser angeblichen Lebensmittelvergiftung. Sämtliche Apparate und Geräte hier sind so eingestellt, dass das praktisch nicht passieren kann. Sie haben schon mal davon gehört, dass wir in einer Hightechfirma arbeiten?"

„Wenn Sie so klug sind, wissen Sie sicher auch, dass ich einfach nur Anweisungen befolge."

„H, H, Hey." Bart stöhnte, ging ein paar Schritte, hielt inne.

„Wer sind Sie?", fragte der Sicherheitsmitarbeiter.

Malik sah, dass Hedi eingetroffen war. Sie trug ein seltsam aus der Zeit gefallenes Kopftuch.

„Hören Sie, ich finde es mehr als bedenklich, was hier abgezogen wird, aber ich erkläre mich bereit, mitzukommen", sagte Bart. Scheiße, ihr Chef war ein echter Held, wollte nun zudem von Hedi ablenken, auch wenn es ihnen vermutlich nichts nutzen würde.

„Jetzt plötzlich, wo ich schon Verstärkung angefordert habe? Na großartig."

Malik sah, wie Bart mit der linken Hand hinter dem Rücken seinen Highcontroller unauffällig neben der Kaffeekonsole ablegte, dann entschlossen vorausging und der Securitymann Mühe hatte, aufzuschließen. Sie ließen Hedi einfach stehen. Er öffnete die Lkw-Tür vorsichtig noch ein Stück, schlich an der Plane entlang und winkte Hedi. Sie sah ihn nervös an, er bat sie um Block und Stift.
Wir sind aufgeflogen.
Hedi schrieb hektisch darunter.
Ich weiß. Wenn wir aber noch eine Stunde überstehen, könnten wir zumindest alle erreichen, die zum Frühstück kommen.
Malik lächelte ungläubig.
Du willst weitermachen?
Hedi nickte wild.
Wir müssen!
„Hast du etwas von ..." Malik hielt inne, Hedi nickte, dann schrieb er:
Momoko gehört?
Sie schüttelte den Kopf. Hedi bat wieder um Block und Stift.
Du musst in ein Versteck. Ich hol dich in einer Stunde wieder ab.
Malik zeigte auf sie. Hedi schrieb in Stenotempo.
Ich hab heute offiziell frei und eine Freundin bei der Security gebeten, mich reinzulassen, um meinem Chef kurz etwas zu sagen. Irgendwie hab ich so eine komische Ahnung gehabt. Kopfschmerzen die ganze Nacht. Albträume. Sie meinte, Bart wäre noch gar nicht da. Dann wusste ich, dass etwas schiefgegangen sein muss.
Jetzt fiel Malik auf, dass Hedis Maße überhaupt nicht passten. Ein irritierend ausladender Bauch wölbte sich unter ihrer Brust nach vorne. Ihm wurde langsam klar, wie vorausschauend sie sich auf den Morgen und ihren Einsatz vorbereitet hatte. Sie konnten sich alle eine Scheibe von ihr abschneiden. Er hoffte, dass die Überwachungsprogramme dabei blieben, nach ihren Körpermaßen zu suchen. Dann fiel ihm ein, dass sie eigentlich die Leitung nach außen über Barts Highcontroller aufbauen wollten. Er deu-

tete auf die Konsole, Hedi nahm das Gerät, schaltete es aus und steckte es ein.

Dann gab sie ihm zu verstehen, zu warten. Sie kehrte mit einem Alubehälter auf Rollen zurück, schob ihn hinter den Truck, auf Knopfdruck öffnete sich der Deckel. Sie sah ihn erwartungsvoll an und verstand sofort, dass er zweifelte. Sie faltete die Hände. Maliks Gedanken rasten. Er griff in Hedis Tasche, schnappte sich den Highcontroller und sprach tonlos, aber mit überdeutlichen Lippenbewegungen. „Kannst du mir bitte noch die Brainschnittstelle aus dem Kühlschrank-Versteck holen?" Hedi sah ihn skeptisch an, jetzt faltete er die Hände. Ein Lächeln huschte über ihr Gesicht, dann zog sie los.

Als er das Etui mit der Schnittstelle in seine andere Hosentasche schob, in den Alubehälter stieg und sich wie zuvor im Laster zusammenkauerte, war er dankbar für die kurze Pause.

Mit einem schleifenden Geräusch über ihm wurde es dunkel. Er spürte, wie der Wagen angeschoben wurde und über Fließen, Linoleum und schließlich Betonboden rollte. Nach vielleicht fünf Minuten Fahrt öffnete sich sein Gefährt wieder, trotzdem blieb es fast so dunkel wie im Innern. Ein schmaler Türspalt war die einzige Lichtquelle. Umso umwerfender war der Gestank, der ihn empfing, als er aus seiner Box herauskletterte. Hedi bedeutete ihm, geduckt zu bleiben und sich am Rand an die Wand zu setzen. Der Raum hatte eine abgeschrägte Decke. Mit dem Finger zog sie einen Kreis. In einer Stunde wollte sie zurück sein.

Die Alukiste schepperte im Dunkeln, dann tauchte Hedi in dem größer werdenden Spalt auf, manövrierte den Rollkasten nach draußen und nickte ihm zu. Malik konnte kurz die übergroßen, überquellenden Müllbehälter in vielleicht zwei Metern Entfernung erkennen. Dann schloss Hedi die Tür hinter sich.

22

Malik saß im Dunkeln und versuchte, sich zu konzentrieren und die Übelkeit wegzuschieben, die entschlossen auf ihn zurollte. Den Gestank von schimmelndem Gemüse und tierischen Verwesungssäften, der ihm aus den Müllbehältern entgegenwaberte, konnte er kaum abstellen. Aber den größeren Anteil hatte sowieso seine Angst, die langsam in ihm aufstieg. So tapfer Hedi war, sie würde ihn nicht vor der späteren Verhaftung bewahren können. Malik musste sich eingestehen, dass er demnächst aus dem Spiel war. Game over.

Trotzdem sollte er die kurze Zeit, die ihm bis zum Einfahren blieb, nutzen, um diesem scheiß Konzern ans Bein zu pinkeln und ein paar Leute wachzurütteln. Es war allerdings auch klar, dass er selbst dazu eine riskante Strategie brauchte. Malik konnte in diesem Stadium nur etwas bewirken, wenn er auf demselben Level wie Gerald Kronberg spielte, dieselben Voraussetzungen hatte.

Das erste Mal verspürte er so etwas wie eine fatalistische Lust zu einem Kampf mit dem Konzernchef. Sich wie ein hungriger Straßenhund in seiner Hose verbeißen, sich nicht abschütteln lassen, selbst wenn er sich vermutlich einige Tritte und Stockschläge einhandeln würde.

Malik atmete langsam aus, zog den Highcontroller heraus, schaltete ihn an, suchte Charlies Programm, das eine sichere Verbindung nach außen aufbaute und die Ortungssignale nach innen unterdrückte, und aktivierte es. Dann legte er das Gerät auf den Boden und öffnete im Schimmer des Displays das Etui der Brainschnittstelle. Sein Blick fiel auf das untere Regal vor ihm. Er machte eine Rolle mit Pflastertape aus, daneben lag eine Schere, wahrscheinlich um die Müllsäcke so später zu verschließen. Ideal. Er nahm beides, packte es neben sich auf den Boden. Malik schloss die Augen und konzentrierte sich. Das Einführen über die Nase kam ihm einfacher vor als beim ersten Mal. Ich bekomme noch richtig Routine, dachte er. Auch glaubte er, die Kühle des Chips weit oben, unterhalb der Augen zu spüren. Vermutlich Einbildung. Dann nahm er das Tape, zog kräftig und schnitt ein langes Stück ab. Er legte den Kopf zur Seite, setzte an der Wange an und klebte das Kabel mit dem Pflasterband bis zum Nacken fest. So würde er beim Gehen keine Angst haben müssen, dass es an der Schnittstelle zerrte und sie sich verschob.

„Malik, Malik, wo bist du? Wieso ist alles dunkel bei dir?", tönte es aus Barts Kommunikationsgerät.

„Charlie, bleib ruhig! Ich bin noch in einem Versteck. Aber ich brauche deine Hilfe", sagte er, nahm das Display und drückte das Tape nebenher vorsichtig fest.

„Was hast du da?" Charlies Stimme klang alles andere als amüsiert. „Das ist nicht das, was ich denke, oder?"

„Doch, ist es. Hör zu. Wir sind aufgeflogen und du musst dich, sobald das hier vorbei ist, absetzen. Vorher möchte ich, dass wir im System ein paar Lesezeichen, eine Schnellsuche und ein Zwillingsprofil für mich anlegen."

„Was? Bist du jetzt völlig übergeschnappt? Mach sofort das Ding weg und komm da raus!"

Malik testete, ob er den Kopf gut drehen konnte. Das Band ziepte leicht, aber er war zufrieden.

„Es gibt zwei Optionen. Einfach einkassiert und abtransportiert werden oder richtig Stunk machen, den Leuten zeigen, was der Konzern plant, und dann einfahren. Ich bevorzuge die zweite Variante", sagte er und fühlte sich seltsam ruhig. „Bitte unterstütz mich noch ein letztes Mal. Danach hast du erst mal eine Weile Ruhe vor mir."

Charlie sah ihn mit einer Mischung aus Wut und Traurigkeit an, dann nickte sie. Malik hielt die Klinke der Brainschnittstelle nach oben. „Ich verbinde mich jetzt mit Barts Gerät und versuche, über seine Zugänge in die zentralen KI-Steuerungen und Datenbanken zu kommen. Du musst mir dann Rückmeldung geben, was du auf deinem Bildschirm sehen kannst und ob ich die Sachen richtig anlege. Ich hoffe, dass keine Berechtigungsabfrage kommt, weil ich von innen heraus agiere."

„Du sagst das so, als würde ich den ganzen Tag nichts anderes tun." Sie sah ihn ungläubig und immer noch ein bisschen verärgert an.

„Stell dir einfach vor, wir wären auf einem Netzwerktreffen, einem Workshop oder einer Weiterbildung mit Freunden beim Chaoscomputerclub. Versuch, locker zu bleiben, dann bist du gut", sagte Malik und lächelte sie an. Er fragte sich, ob sie sein Gesicht bei dem fahlen Licht überhaupt einigermaßen erkennen konnte.

Charlie öffnete den Mund, wollte etwas sagen, schloss ihn wieder. Ihr Blick ging zur Seite, aus den verwackelten Bildern schloss Malik, dass sie den Platz wechselte. Auf dem Bildschirm tauchten mehrere in die Höhe gehaltene Stecker auf.

„Genau so machen wir es", sagte sie. „Ich läute jetzt die gemeinsame Weiterbildung ein, verbinde mich mit drei meiner engsten Kollegen, Mia, Konrad und Nuri. Sie wissen ganz grob Bescheid, hab ein klein bisschen was angedeutet."

„Angedeutet." Malik zog die Augenbrauen hoch. Also würde er jetzt auf dem Operationstisch vor vier Untergrundleuten die Hosen runterlassen. Aber im Grunde konnte ihm kaum etwas Besseres passieren.

„Ich geh jetzt rein, wir müssen damit rechnen, dass wir länger brauchen, weil wir ein wenig Luftlinie überbrücken müssen. Ich sitz hier im Müllcontainer", sagte Malik.

Charlie grinste. „Okay, Cowboy, gib Sporen."

Dann schob er den Klinkenstecker in den Highcontroller, schloss die Augen und flog los. Nebenher betete er, dass er die Menüsteuerung mit seinen Gedanken noch gezielter als beim ersten Mal würde bedienen können.

Es tauchte kein heimelig-verfallener Tennisplatz auf, sondern dunkle, flirrende Tunnel, vermutlich rutschte er gerade die Wand oder den Boden über die Glasfasertrasse entlang. Dann öffnete sich der Fokus und die Menübalken segelten ihm um die Ohren. Malik konzentrierte sich, bekam einen zu fassen. Er musste fast lachen, als er Follower las. So deutlich wie nur irgend möglich bildete er den Begriff Lesezeichen, dann erkannte er vor sich die Oberfläche der Datenbank. An der linken Seite blinkte *Lesezeichen anlegen*.

Malik zögerte. Es gibt keine Verpflichtung dazu, sie nachher zu benutzen, sagte er sich, aber es ist gut, sie zu haben. Es ploppten *Bartolomäus Krüger*, *Momoko Sandgruber* und *Hedwig Schwaderer* auf und legten sich an die Seite. Er war überrascht, wie rasch das System mit ihm interagierte. Kaum hatte er die Aufforderung Namenssuche anlegen gedanklich geformt, schob sich bereits ein weiterer Balken unter die Liste.

„Malik, ich kann alles sehen, die Links wirken stabil", hörte er Charlie sagen.

„Wunderbar", meinte er. Seine Stimme klang seltsam blechern. Malik konnte nicht unterscheiden, ob er sich nicht gut hörte oder ob die gesprochenen Wörter seinen Gedanken hinterherhinkten und deshalb ein Echo in seinem Kopf bildeten.

Jetzt nahm er das Suchfeld in den Blick. Nach und nach reihten sich die Buchstaben aneinander. Als er seinen Namen abschickte, geschah eine ganze Weile nichts. Dann tauchte die graue Karte seines Profils auf, die er bei seiner ersten Reise schon gesehen hatte. Jetzt rief er gedanklich in den Raum: *Bitte für diese Person ein Zwillingsprofil anlegen!*

Über sein Bild schob sich ein Balken mit der Aufschrift *Datenlage zu unvollständig*.

„Fuck, das hatte ich völlig vergessen", fluchte Malik vor sich hin. „Charlie, kann man das irgendwie lösen, kannst du ihm ein paar Datensätze als Futter hinwerfen? Nimm was von unseren Treffen, du hast doch bestimmt noch was von mir gespeichert."

„Bist du verrückt?", meinte Charlie entsetzt. Malik hörte Murmeln und Tuscheln im Hintergrund. Nach einer längeren Pause meinte sie: „Wir haben eine Idee."

Ein paar Minuten später sagte Charlie: „Wir haben ein Datenpaket an Barts Adresse geschickt. Du musst es abrufen und einspeisen."

„In Ordnung." Malik bat das System, sich das Futter abzuholen und es zu integrieren. Er bestätigte eine Reihe von Abfragen.

Seine Karte flackerte, dann nahm sie langsam erst Pastelltöne, kurz darauf kräftige Farben an. Malik sah auf sein Konterfei. Hatte er sich verändert? Waren das seine Züge? Wieso wirkte er so unbedarft?

„Wir haben ein paar Daten von ähnlichen Lebensläufen in deiner Nähe hochgerechnet und angepasst", erklärte Charlie, als habe sie seine Gedanken gehört.

„Danke." Malik lächelte, dann forderte er das System erneut auf, ihm ein Zwillingsprofil anzulegen. Er war gespannt, was jetzt für eine Abfrage kam, aber stattdessen ploppten einfach nur die beiden Auswahlmodi *Testperson* und *gesicherte Kundenliste* auf.

Die Kundendatenbank hätte ihn brennend interessiert, aber aus dem Hintergrund hörte er seine Untergrundcrew schon plärren. „Denk nicht mal dran, sonst hetzen sie dir sämtliche Virenprogramme auf den Hals."

Malik klickte auf den anderen Button und stürzte ins Bodenlose. Bildbearbeitungselemente blitzten auf, Pinsel, Radiergummi, Farbeimer rauschten an ihm vorbei, gesenkte Daumen aus Social-Media-Profilen wurden vom fröhlich nach oben gereckten Bruder attackiert. Die Geschwindigkeit nahm weiter zu, gleichzeitig hatte Malik das Gefühl, innerlich zerrissen zu werden. Vielleicht wehrte sich sein Kopf gegen die Tatsache, plötzlich neben dem vertrauten Malik noch einen weichgespülten an die Seite gestellt zu bekommen. Möglicherweise waren es auch die Fremddaten, die die Sache nicht ganz stimmig machten und ihn digital durchrüttelten.

Er musste an Suri denken. Das Bild im Krankenhaus, als sie sich übergab und dann kollabiert war, passte verdammt gut zu seiner Übelkeit, die sich wieder einstellte.

Die Geschwindigkeitsschlieren nahmen jetzt Lilatöne an und er glaubte, Charlie im Hintergrund sowie Hundegebell zu hören. Das Bild wurde schwarz. Dann war nichts mehr.

23

Irgendwann spürte er, dass ihm jemand über seinen Nacken, Rücken und die Oberarme strich und immer wieder sanft massierte. Die Person saß direkt hinter ihm, wie früher, wenn sie als Kinder eng aneinandergelehnt Zug gespielt hatten, unterwegs auf dem Teppich oder unter dem Tisch. Die Berührung tat unglaublich gut und brachte ihn zurück.

Er tastete nach seinem Pflaster. Alles noch da. Dann drehte er sich nach Hedi um, blinzelte, nahm sie kurz in den Arm und fragte mit heiserer Stimme: „War ich lange weg?"

„Malik, Himmel. Eine scheiß Ewigkeit. Anderthalb oder zwei Minuten", dröhnte es aus dem Highcontroller. Auf Barts Gerät war zu sehen, dass Charlie und Hedi sich per Chat Nachrichten geschickt hatten.

Er zögerte, die Augen wieder zu schließen und die Bilder des Systems aufzurufen, wollte sich noch eine kurze Pause gönnen. Dann fiel sein Blick auf die Zeitanzeige. 9.30 Uhr. Er rappelte sich hoch und hielt Hedi die Hand hin.

„Höchste Eisenbahn, wir gehen raus", sagte Malik.

„Stopp. Ihr müsst die Links und das Profil noch testen, wir haben keine Ahnung, ob das funktioniert", entgegnete Charlie.

Ohne auf seine Freundin einzugehen, schob Malik den Kommunikator ein und stieg in die Alukiste. Der Deckel schloss sich. Jetzt blieben ihm ein paar Augenblicke, um sich zu sammeln und die Angst vor seinem größenwahnsinnigen Auftritt wegzuschieben. Viel Zeit war nicht, die Kameras in der Kantine würden die Kunde vom kläffenden Hund schnell ins Büro von Gerald Kronberg tragen. Und er wusste überhaupt nicht, ob er die Schnittstelle würde einsetzen können. Vielleicht kippte er dabei auch einfach nur in den Morgenkaviar und die Superfood-Müslischälchen. Aber was sollte es? Alles war besser, als einfach so klein beizugeben. Hatte er als Zwölfjähriger nicht getan, würde er jetzt ebenso wenig tun.

Der Deckel surrte auf und Hedis Hand streckte sich ihm entgegen. Der Hauptsaal der Kantine war gut gefüllt. Aus den Gesten und Wortfetzen der Besucher ließ sich Ungeduld und Verärgerung darüber ablesen, dass die Versorgung ins Stocken geraten war. Klar, weder Bart noch sie hatten den morgendlichen Betrieb am Laufen gehalten.

Am vorderen Buffet stand Sindy Owen, die Frau, die ihn an seinem ersten Tag im Konzern gerne als Mitarbeiter einkassiert hätte. Scheinbar war sie nun für den Kantinenchef eingesprungen. Malik dachte an Bart. Bitte, bitte, lass ihn stark sein, wünschte er sich. Und was war mit Momoko? Sollte er sich nicht vielmehr darum kümmern? Ihr helfen, herausfinden, wo sie das System hingesteckt hatte? Scheiße, eigentlich bräuchte er ein Drillings- oder besser noch ein Vierlingsprofil.

Malik strich Hedi über den Arm, zog den Highcontroller aus der Tasche und sprach leise ins Mikro. „Bitte verbindet euch mal mit den beiden großen Bildschirmen und dem Audiosystem in der Kantine. Und wenn ihr es dann noch schafft, das 3-D-Netz für visuelle Gruppenpräsentationen zu aktivieren, von dem ich allerdings nur gehört habe, mache ich den Kniefall vor euch."

Er hörte Charlie stöhnen. Dann kam ein rotgesichtiger, vielleicht 50 Jahre alter Mann im edlen Jackett, unter dem er ein legeres Sporthemd trug, auf sie zu. „Sagen Sie mal, finden Sie es angebracht, bei der offensichtlich knappen Personalsituation hier fröhlich zu telefonieren? Packen Sie mal ein bisschen mit an", sagte er. „Hier funktioniert ja nichts mehr."

Malik hatte die Lautstärke seines Mikros hochgedreht und mit dem Anspringen der Bildschirme wallte jetzt auch der Vorwurf des Managers durch den Saal. „Ich weiß, das ist ein Punkt, der für viele am wichtigsten zu sein scheint. Alles am Laufen zu halten. Ist Ihnen bewusst, was das in den nächsten Tagen bedeutet? Sie errichten einen Kontroll- und Überwachungsstaat", sagte er.

Die Köpfe drehten sich zu ihnen um. „Es sind genug Daten gesammelt. Das System wird Ende kommender Woche aktiviert, das nicht nur die Mitarbeiter, sondern sämtliche Bewohner des Landes in gut und schlecht einteilt, lenkt und bei Nicht-Optimierbarkeit und -Verwendung in die Peripherie abschiebt. Wie stolz sind Sie auf Ihr neues Produkt, wenn ich fragen darf?", erkundigte sich Malik.

„Was erzählen Sie denn da für einen Mist? Niemand wird hier abgedrängt", entgegnete eine Frau, die vielleicht drei Meter vor ihm stand. „Mein Chef hat sich sogar dafür eingesetzt, dass ich nach der Babypause wieder einsteigen konnte."

„Dann nehme ich an, dass Sie gut im Rennen sind und zu den Followern gehören", sagte Malik.

„Ach, das ist auch so ein blödes Gerücht. Sie dürfen nicht alles glauben, was so erzählt wird. Was haben Sie da eigentlich für ein Kabel im Gesicht?", meinte die Frau.

„Es ist leider kein Gerücht. Wir alle werden in unserer Bereitschaft, uns einzureihen und dem Technikfluss zu dienen, beurteilt. Wer Nicht-Follower ist, ist gefährdet, aus dem Spiel genommen zu werden", sagte Malik.

Ein Mann vor ihm im T-Shirt und mit tätowierten Armen blickte ihn an, dann nickte er. „Er hat recht. Ich bin in einem Programmiererteam. Ich will hier niemand ans Messer liefern, aber in unserer Gruppe ist von den beiden Begriffen schon explizit gesprochen worden."

„Gesprochen", tönte die Frau mit einem gekünstelten ironischen Unterton. „Mein Gott, was sollen diese Verschwörungstheorien? Wollen Sie dem Konzern schaden? Haben Sie Burn-out? Suchen Sie sich doch einfach einen anderen Job, bevor Sie hier Gerüchte in die Welt setzen, die keinem etwas bringen."

„Frau Brest hat völlig recht, das, was Sie hier betreiben, ist Rufmord", pflichtete ihr ein älterer Herr bei, vermutlich ihr Chef.

Malik schloss die Augen, formulierte den Befehl: Bitte alle hier Anwesenden in ihrer Zugehörigkeit als Follower und Nicht-Follower kennzeichnen und im 3-D-Netz anzeigen. Dann schickte er ihn ab.

„Ich bin mit dem Datenbankkomplex des Unternehmens verbunden und habe gebeten, Ihre Kategorisierung anzuzeigen. Es ist mir ein großes Anliegen, dass Sie das nicht zum Anlass nehmen, den Kollegen in irgendeiner Weise Vorwürfe zu machen. Ich möchte Ihnen aber zeigen, dass wir alle unsere Schublade haben, auch ich."

Die Luft über den Köpfen fing an zu flirren, dann nahm sie Farben an und verdichtete sich zu den Schriftzügen. Gruppen von Followern und Nicht-Followern standen sich gegenüber. Der Programmierer vor ihm zeigte ein schräges Grinsen, als sein Blick von Maliks Nicht-Follower zu seinem ebenso lautenden Buchstabenkrönchen hin- und herging.

Die kritische Frau starrte völlig entgeistert ihren Chef an, der genauso als Abtrünniger eingestuft wurde und peinlich berührt wegsah.

Eine Reihe von Leuten begann, wild zu telefonieren, andere holten Kollegen nach drinnen, wodurch sich der Saal weiter füllte.

„An den Verzweigungen können Sie erkennen, dass die Kategorisierung verfeinert wird. Im Endeffekt geht es darum, unsere Handlungen vorherzusagen und uns entsprechend zu lenken und einzusetzen", sagte Malik. „Die einen machen eifrig mit, die anderen werden gelockt oder gezwungen. Vermutlich gibt es auch noch genug, die sich irgendwo dazwischen bewegen."

„Das ist doch nun mal so, dass wir als Elite es schaffen müssen, den Wohlstand zu erhalten. Wir sorgen für die Leute und wer keine Leistung bringt, kann nicht erwarten, von hinten bis vorne bedient zu werden", sagte ein schmallippiger Mann, der neben dem sympathischen Programmierer stand.

Der lachte jetzt verächtlich. „Du würdest noch nicht mal deiner Mutter ein Stück von deinem Nachmittagstörtchen abgeben, obwohl dir schon schlecht ist von der Völlerei."

Malik musste grinsen. Die Schriftzüge über den beiden Männern leuchteten nun noch kraftvoller auf. Die Leute um sie herum starrten auf dieses seltsame Schauspiel.

„Hören Sie, das, was Ihnen hier vorgeführt wird, ist die schöne neue Hochglanzgewalt des Netzes und eben normalerweise nicht sichtbar. Konflikte, Auseinandersetzungen werden technisch hinter verschlossenen Türen abgehandelt. Man bekommt gar nicht mit, wenn jemand widerspricht. Er ist früh genug aus dem System gewandert, auf dem Weg in einen traurigen Außenbezirk, wenn er Pech hat, auch weiter weg", erläuterte Malik.

„Dann müssen sich die Leute eben entscheiden, mit anzupacken. Niemand zwingt sie, bei Kronberg zu arbeiten. Ich kenne genug, die sich die Finger nach unserem Job lecken würden", sagte eine Frau, der man ansah, dass sie schwanger war. „Einfach nur deren persönliche Entscheidung."

Malik schüttelte den Kopf. „Tut mir leid, eine freie Entscheidung ist etwas, das bald der Vergangenheit angehört. Das Unternehmen sortiert die Einzelnen in passend und unpassend, plant dein Leben vom Ultraschallbild bis zur Bahre und wer zu viel herumzappelt im Hamsterrad, fliegt."

„Das ist doch glatt gelogen, niemand fliegt hier, der qualifiziert ist und seine Leistung bringt", sagte der schmallippige Mann aus der Programmierergruppe.

Malik schloss die Augen und bat darum, Momoko Sandgrubers Profil aufzurufen. Er hatte plötzlich die Idee, dass es vielleicht so auch möglich war, an ihren momentanen Standort zu kommen. „Ich bitte die Datenbank jetzt, eine Kollegin von Ihnen ausfindig zu machen. Sie ist Vorstandsmitglied, Leistungsträgerin, aber in Ungnade gefallen, weil sie dem System kritisch gegenübersteht und das heute hier mit Hedwig Schwaderer und mir in der Kantine kundtun wollte", erläuterte Malik. „Bitte die letzte Stunde in Zeitraffer einspielen."

Auf den beiden großen Bildschirmen der Kantine erschien Momokos Karteikarte. Ihr Passbild, über das der Schriftzug *Nicht-Follower* gestempelt war, wurde von einem größeren Ausschnitt weggeschoben, in dem jetzt ein Film ablief. Momoko stand in der Unterdruckbahn, als ein Kontrolleurteam auf sie zukam. Ihre

Fahrkarte wurde für ungültig erklärt, genauso wie ihre Kreditkarte, mit der sie den Strafbetrag begleichen wollte. Sie fand sich schließlich auf einem Polizeirevier wieder, das weitere Fragen zu ihrem Konto hatte.

Malik spürte einen Stich in der Magengrube. Momoko befand sich in einem Verhör wegen Online-Betrugs, neben ihr saß ihre Schwester mit deren gewaltbereitem Mann. Ihr Lebensplan hatte sich um fünf Jahre beschleunigt. Malik hatte Angst vor den nächsten Bildern und verfluchte die Datenbank. Der Beamte stand auf, schrie Momoko an. Sie rechtfertigte sich. Ihr Schwager mischte sich wütend ein und schlug sie dermaßen heftig ins Gesicht, dass sie samt dem Drehstuhl, auf dem sie saß, umkippte. Die Polizisten hielten den Mann in Schach, aber es war klar, dass das Verhör noch nicht ausgestanden war. Malik stoppte die Sequenz, sein Puls raste und er betete, dass Momoko die Sache ohne größere Verletzungen überstand.

„Fake News, hast du irgendwo aus dem Netz gezogen. Dich sollten wir verprügeln", sagte der Programmierer mit dem Strichmund.

„Sag mal, hast du sie nicht mehr alle? Du Riesenarschloch, das war Momoko Sandgruber. Sie hat sicher auch schon deine Projektanträge durchgearbeitet und genehmigt", schimpfte sein Kollege. Drei Mitarbeiter und eine Mitarbeiterin standen bei ihm, sie nickten und fingen an, zu kontern. Auch im Saal hob sich die Geräuschkulisse.

Malik blinzelte die Tränen weg, wenn er jetzt etwas sagte, würde seine Stimme verheult klingen. In dem Moment arbeitete sich jemand von hinten durch die Menge. Er traute seinen Augen nicht. Es war Bart. „Wieso sollte Ihre Kollegin ihre Fahrkarte fälschen, wenn sie ein mehr als auskömmliches Gehalt hat? Die Antwort ist, der Konzern wollte nicht, dass sie heute hier auftaucht, genauso wie ich. Meine Wenigkeit soll Ihnen ein paar unschöne Bakterien in den Mittagsnachtisch gemixt haben. Das passiert euch, wenn ihr nicht mehr mitmachen wollt."

„Bitte, Bart, erzähl nicht so einen Blödsinn", sagte Sindy Owen. „Wahrscheinlich warst du gestresst, hast einen Fehler gemacht, einfach mal nicht aufgepasst."

Nun drängte ein ganzes Heer an Sicherheitsleuten durch die Eingänge und verteilte sich systematisch im Saal.

„Zeig ihnen, was sie mit Hedwig vorhaben", sagte Bart. Hedi nickte. Malik schloss die Augen und rief ihre Datenbankkarte auf. Ihre fehlenden Kommunikationskompetenzen als Taubstumme ließen Hedis Konto ins Minus rutschen. Ihre sozialen Schulden konnte sie mit einer einzigen Entscheidung tilgen – einer neurologischen Operation.

Hedi zeigte demonstrativ auf den Nein-Button. Malik aktivierte ihn und die Folgemaßnahmen ploppten auf: Terminvereinbarung zu einer Gesundheitsberatung des Arbeitgebers, Beitragserhöhung der Kasse sowie Pflichtgespräch bei einem Facharzt gemeinsam mit den Angehörigen. Das System schob immer mehr Forderungen und Termine nach. Es schien schon fast verärgert.

Wie sollte man Hedwig Schwaderer auch gezielt verwalten, wenn sie noch nicht mal in der Lage war, die üblichen digitalen Dienste per Sprachbefehl, Telefongespräche und Videokonferenzen abzuwickeln? Auch der Einfluss ihrer Familie reduzierte sich dadurch dermaßen, dass das System keine Zukunft mehr für sie sah und den Stecker zog. Sie wurde entlassen.

Es legte sich ein Balken mit folgendem Schriftzug über den Bildschirm: *Vorerst keine Verwendung mehr, Datenbankkarte wird in die Peripherie ausgelagert. Nur reaktivieren, wenn relevante gesellschaftliche Personen in irgendeinem Nutzen- oder Bedarfsverhältnis mit Hedwig Schwaderer stehen. Dies ist vor einer endgültigen Auslagerung zu prüfen.*

Das Bild fror ein.

„Was ist mit Leuten, die psychisch krank sind und nichts dafür können?", fragte ein Securitymitarbeiter, der neben Bart stand und völlig fassungslos auf den Bildschirm starrte. „Also das soll jetzt nicht heißen, dass ich meine, Frau Schwaderer könnte irgendetwas für ihre Behinderung."

Malik ging einen Schritt auf den Mitarbeiter zu, der in seinem Alter war. „Wollen Sie, dass ich nachschaue?"

Der junge Mann nickte. „Sonja, Sonja Kamradet, meine Schwester."

Malik schloss die Augen. Die Sequenz zeigte, wie die junge Frau in depressiv-manischen Phasen aufgegriffen wurde. Ihr Bruder bemühte sich vorbildlich um sie, doch mit wachsender Verantwortung bei der Arbeit schaffte er das von ihm selbst gesetzte Pensum nicht mehr. Es war zu sehen, dass auch Sonja darunter litt. Um ihm zu helfen, nahm sie diszipliniert ihre Tabletten, irgendwann immer mehr. Die Situation erinnerte Malik verdammt an seine eigene Familiengeschichte. Aber im Gegensatz zu früher waren hier sämtliche Käufe minutiös aufgeführt und trotzdem schlug keine Apotheke, kein Arzt, keine Beratungsstelle Alarm. Die Blicke Maliks und des jungen Mannes trafen sich. „Das ist Mord auf Raten, sie geben die Daten nicht weiter", sagte der Securitymitarbeiter leise.

Malik wurden immer mehr Namen genannt, er kam kaum noch mit dem Abrufen hinterher. Als plötzlich Unruhe aufkam, blickte er auf und sah Gerald Kronberg im Anmarsch. Links und rechts vom Konzernchef hielten zwei seltsam blass wirkende Assistenten Schritt. Sie wirkten muskulös, aber das war nicht Maliks größte Sorge. Er machte das feine, mit Steristrip festgetackerte Kabel aus, das bei beiden jeweils von der Wange in die Nase führte.

„So mein Freund, du nimmst jetzt die Beine in die Hand und verlässt sofort die Datenbank des Konzerns", sagte Gerald Kronberg. „Malik Cerny ist ein zugestandenermaßen nicht unintelligenter, aber hochkrimineller Hacker. Überlegen Sie sich bitte gut, ob Sie seinen Ausführungen Glauben schenken. Das, was er Ihnen hier vorführt, ist erstunken und erlogen. Wieso sollte der Konzern daran interessiert sein, Ihre Freiheit einzuschränken? Marktwirtschaft basiert auf exakt dieser. Unser Unternehmen auf ihr."

Malik musste fast lachen, so absurd war dieser Kommentar. „Wenn man verdammt großzügig ist, stimmt das sogar. Gerald

Kronberg macht die Freiheit zu einem Gut, das käuflich ist. Sein Geschäftsmodell ist ein Zwillingsprofil, mit dem man sich gegen Geld ein Ausbrechen aus dem technisch kontrollierten Alltag leisten kann. Ich denke aber, dass sich das hier drin nicht jeder wird finanzieren können. Aber fragen Sie ihn selbst."

„Ein Zwillingsprofil? Mit dem kann ich dann das dritte Sahnetörtchen essen, ohne dass sich die Krankenkasse meldet?", fragte der tätowierte Programmierer.

„Exakt!", sagte Malik.

„Wie weit geht das? Bis zur Datenlöschung und -änderung?"

Malik nickte. „Natürlich wird es schwer, wenn Sie einen Mord begehen, aber es ist auch schwer, Ihnen diesen nachzuweisen, wenn die Videoaufzeichnungen das Gegenteil erzählen."

„So weit ist das System noch nicht", sagte die Schwangere, „dazu bräuchten sie Zugriff auf unendlich viele Datenbanken. Unendlich viel Serverkapazität."

„Wir können es ja kurz mal testen", sagte Malik.

„Seien Sie mir nicht böse, aber ich möchte dieses irre Spektakel jetzt beenden", sagte Gerald Kronberg und forderte die Security auf, ihn mitzunehmen.

Malik schaute sich unauffällig um und ging langsam in Richtung der Buffettische. Besser, er brachte noch einen realen Gegenstand zwischen sich und Kronbergs Wachhunde.

Dann nahm er eine große Obstsalatschüssel und schleuderte sie an die Wand. Die Leute in der Nähe erschraken. Kiwistückchen und Ananashäppchen suchten sich ihren Weg nach unten. Jetzt waren die Securityleute bei ihm. Malik krabbelte unter den Tisch und lief weiter hinter den Buffeteinheiten vorbei, nahm den vorderen Tisch, tauchte unter ihm durch und in die Menge ein.

„Bitte die Sequenz vor einer Minute bis jetzt für Malik Cerny abspielen", rief er laut und betete, dass das Anlegen seines Profils funktioniert hatte.

Er wurde von hinten gepackt, zwei Securitykräfte hielten je einen Arm wie in einem Schraubstock, sodass er sich kaum bewegen konnte. Bart und Hedi versuchten, zu ihm durchzukommen, ebenso der junge Programmierer. Dann wechselte der Bildschirm auf Wiedergabe. Die Uhr zeigte exakt eine Minute im Vorlauf an. Malik war zu sehen, kroch unter dem Tisch auf die andere Seite, blieb vor der Wand stehen, nichts geschah, bis er von dort wieder vor den Sicherheitskräften Reißaus nahm. Die Wand hinter ihm war tadellos weiß, keine Spur von Obstsalat. Ein Raunen ging durch die Menge.

„Ich will das nicht. Ich will eine Technik, die hilft, und ich möchte, dass wir selbst entscheiden, wie wir welche Chancen und Ressourcen verteilen!", sagte Malik laut.

„Stimmt das? Wir arbeiten an einem Kontrollsystem mit doppeltem Boden?", fragte ein älterer Mann.

„Das ist doch zynisch. Wir erschaffen ein Zwangskorsett und halten die Hand auf, wenn die Leute ausbrechen wollen. Nur dass das der Scheich aus Dubai kann und wir nicht", meinte ein Mitarbeiter, den Malik schon einmal mit Hans Vidal gesehen hatte.

An Gerald Kronbergs Hals zeichneten sich rote Flecken ab. „Niemand wird hier zu irgendetwas gezwungen, machen Sie sich das klar. Ich kämpfe dafür, mit legalen Mitteln einen Weg für den Erhalt des Unternehmens zu finden. Wer mir Knüppel zwischen die Beine wirft, den werde ich allerdings belangen. Jeden Einzelnen, der von diesen Dingen hier etwas nach außen trägt." Kronberg schluckte, er hatte Mühe, ruhig zu bleiben. Und das heißt einiges, dachte Malik. „Wer gehen will, kann gehen, aber wer außerhalb auch nur eine Andeutung dieser Verleumdungen macht, sollte sich gleich einen verdammt guten Anwalt suchen." Kronberg musste nicht groß betonen, dass er die Mittel dazu hatte, diejenigen zu verfolgen, die etwas durchsickern ließen. Er nickte den Sicherheitskräften zu, die Malik nach vorne in Richtung Ausgang zerrten.

„Was machen Sie mit Herrn Cerny?", schrie Bart.

„Na was wohl? Wir übergeben ihn der Polizei und erstatten Anzeige", bellte Kronberg, ging weiter und rempelte eine Frau vor sich unsanft an. Scheinbar war seine Disziplin fast aufgebraucht.

„Gerald Kronberg, wenn Sie Malik Cerny jetzt in irgendein Hinterzimmer verschleppen, wird sich das auf Ihre Situation nicht positiv auswirken. Besser Sie lassen ihn hier, wo jeder sehen kann, dass ihm nichts geschieht." Da sich die Sicherheitsleute umdrehten, konnte auch Malik kurz nach vorne auf den Bildschirm schauen. Charlie in Großformat. Er lächelte.

Jetzt stand Kronberg wie vom Donner gerührt vor der Leinwand. Er schaute zwischen Charlie und ihm hin und her. Dann kam er auf ihn zu, wies die beiden Männer an, ihn festzuhalten, und fuhr ihm in die rechte, dann in die linke Tasche.

„Danke, Charlie, danke für alles!", rief Malik nach unten ins Gerät.

„Lassen Sie ihn in Ruhe, Gewalt bringt überhaupt nichts, wir haben sowieso alles aufgezeichnet und werden es veröffentlichen", sagte Charlie kalt.

In dem Moment glaubte Malik, zu erkennen, dass sich in Kronbergs Gesicht so etwas wie Angst abzeichnete.

Der Konzernchef packte den Highcontroller. Als sich ihre Augen trafen, hatte Malik das Gefühl, dass seine Wut auf Gerald Kronberg übergegangen war. Er traute ihm in diesem Moment durchaus zu, ihm mit einer kraftvollen Armbewegung Kabel und Schnittstelle direkt aus dem Gehirn zu reißen. Doch dann löste er den Stecker, nahm den Akku aus dem Gerät und brüllte nach seinen Assistenten. Charlies Bild erlosch. Demjenigen Wauwau, der zuerst bei ihm war, drückte er den Kommunikator in die Hand und zischte: „Analysieren".

Kronberg gab Zeichen, Malik wurde wieder gesichert und hinterhergezerrt.

Bart, Hedi, der sympathische Programmierer und eine ganze Reihe anderer Mitarbeiter standen an der Tür, als sie kamen. Der Konzernchef schien die Abtrünnigen regelrecht abzuscannen. Eine junge Frau wurde unsicher. Malik stellte sich gedanklich wieder darauf ein, allein zu sein. Würde wirklich etwas von seinem Aufbäumen zurückbleiben? Was, wenn keiner Charlie glaubte und die Leute sich nach den ersten Schrecksekunden darauf besannen, dass es doch besser war, zurück ins Mausrad zu trippeln? Die Arbeit behalten, das Känguruschnitzel zu Mittag, den Wellnessurlaub im tibetischen Nonnenkloster.

„Sie könnten noch ein wenig bleiben, Herr Kronberg, und uns ein paar Details erklären, mit uns diskutieren", sagte der sympathische Programmierer.

Kronberg wies seine Leute an, sich den Weg durch die kleine Widerstandszelle zu bahnen. Jetzt stellte sich Kronbergs Mitarbeiter mit den bunt tätowierten Armen direkt vor Malik. Sein Blick war warm, dann sagte er: „Respekt, du bist verdammt mutig, riskierst nicht nur deinen Arsch, sondern jonglierst auch mit einer Schnittstelle."

Kronberg ignorierte ihn, ging einen Schritt zur Seite, um weiterzukommen, doch der Mann parierte und wandte sich nun an ihn. „All das macht keinen guten Eindruck auf mich. Auch nicht, dass Sie uns drohen", stellte er fest. „Ich werde die Vorkommnisse hier definitiv mit Kollegen, anderen Experten, möglicherweise auch mit Journalisten diskutieren. Damit Sie keine Mühe haben, gebe ich Ihnen schon jetzt die Kontaktdaten meines rechtlichen Beistands, Thomas Rotgerber, mein Bruder", sagte er und reichte Gerald Kronberg ein Kärtchen.

Hedi tippte schnell etwas auf ihrem Highcontroller und hielt es dem Mann hin. Der las, grinste und nickte. „Ich frage meinen Bruder, ob er sich vorstellen kann, auch Herrn Cerny zu vertreten."

Malik durchströmte ein Gefühl von unglaublicher Freiheit. In diesem Moment wurde ihm klar, dass sie nicht in Widerspruch mit der Gemeinschaft stand, sondern auch mit ihr möglich war. Es war die Art von Solidarität, für die er immer gekämpft hatte. Viel zu lange allein.

Auf dem Weg in die gläserne Hauptzentrale hoffte er, dass er dieses wunderbare Gefühl noch ein wenig festhalten, es ihn noch ein wenig wärmen konnte.

24

Malik verspürte keinen gesteigerten Ehrgeiz, besonders schnell ins Hauptquartier von Kronberg zu kommen, doch der Griff der beiden Securitys war unglaublich fest. Sie schoben ihn mit kontinuierlichem Druck hinter Gerald Kronberg her. Der Aufzug brachte sie nach oben. Als sich die Türen öffneten, musste Malik auf die durchsichtigen Glasböden starren, über die sie ihren Weg fortsetzten. Im Stockwerk unter ihnen liefen einzelne Mitarbeiter über ihre Bürobühne. Jeder Atemzug ein Auftritt, jede Wegstrecke aus jeglicher Position im Orbit abbild- und analysierbar. Mögen sie an ihren Daten ersticken, schoss es Malik durch den Kopf.

Sie bogen links in einen Konferenzraum mit lang gezogenem Tisch und nüchternen Stühlen ab, am Rand stand eine schlichte Ledercouch. Gerald Kronberg und seine zwei Assistenten gingen weiter durch den Raum, um in dem sich anschließenden Büro Barts Highcontroller unter die Lupe zu nehmen. Er nahm an, dass Charlie das Programm und die Verbindung aber längst gelöscht hatte. Jedenfalls hoffte er es inständig. Sie war zwar genauso in einer Ausnahmesituation, aber auch nicht alleine gewesen.

Plötzlich wurden Maliks Arme stärker hinter dem Rücken verschränkt und er spürte, wie einer der Securitys ihm ein schmales Plastikband um die Handgelenke legte. Intuitiv versuchte er, sich loszureißen, und schrie: „Hey, Sie wollten die Polizei holen. Lassen Sie das mit dem Kabelbinder, ich springe schon nicht aus dem Fenster!"

Der Mann packte ihn von hinten am Sweatshirt, Malik wehrte sich weiter, der Stoff riss. Kronberg sah nur kalt in seine Richtung, was Malik mit einem nicht minder verächtlichen Blick quittierte. Dann wurde er von den zwei Männern zum Sofa geschleift, einer kickte ihm die Beine weg und er landete mit dem Gesicht im kühlen Leder. Der Kabelbinder schloss sich und die Männer ließen von ihm ab. Malik hatte Mühe, wieder nach oben zu kommen, ein schmerzhafter Stich zwischen den Augenhöhlen machte ihm bewusst, dass er noch immer die Brainschnittstelle trug. Er würde die Jungs hier allerdings auch nicht bitten, sie ihm abzunehmen. Er schaffte es, sich zu drehen, ohne sich das Pflaster von der Wange zu reißen, und mit den Beinen zu stabilisieren, sodass er einigermaßen gerade auf dem Sofa zu sitzen kam.

Malik vermied den Augenkontakt mit den zwei Securitymännern. Sie sollten nicht merken, dass er allmählich Angst bekam. Es sah nicht danach aus, dass Kronberg auch nur ansatzweise offiziell agieren wollte. Er hätte nie gedacht, dass er sich einmal die Polizei und vielleicht auch den Knast herbeiwünschen würde. War Momoko jetzt besser dran als er? Er schob den Gedanken weg, hatte keine Lust, eine zynische Hitliste aufzustellen. Würden Bart, Hedi und dieser Rotgerber sich nach ihm erkundigen? Welche Späßchen hatte die Datenbank nach Arbeitsschluss mit ihnen vor?

Unauffällig schaute er in Richtung Chefbüro und lauschte. Der ältere der Securitymänner ging jetzt zur Tür, hielt Rücksprache, schloss sie und kehrte zum Tisch zurück. Scheinbar wollte er Malik nicht gönnen, an den Plänen Kronbergs teilzuhaben.

Der Mann hatte buschige, hellblonde Augenbrauen und sah ihn an, als sei er ein Alien. War er ja auch irgendwie mit seinem Kabel, das ihm aus dem Gesicht hing. Dann fiepte der Highcontroller des Mannes.

„Ja", sagte er knapp. „Was? Ihr müsst deeskalieren. Holt das Pfortenteam dazu. Ich komme." Mit schnellem Schritt war er an der Cheftür, drinnen und wieder draußen.

„Patrick, du übernimmst, bei Problemen bin ich über Funk erreichbar", stellte er fest und war schon aus der Tür, als der irritiert hinterherfragte: „Was ist denn los?"

Gingen sich die Leute in der Kantine jetzt an die Gurgel? Scheiße, das wollte er nicht. Malik spürte, dass er schwitzte, seine Handgelenke juckten, er rieb sie gegeneinander. Der Kabelbinder, mit dem sie gefesselt waren, knackte.

„Hey, lass das! Ich habe keine Lust auf Sauerei", sagte der Securitymann.

„Oh ja, das will ich natürlich vermeiden, dass Sie sich ekeln. Bin ja kein Unmensch." Malik sah ihn wütend an, erntete aber nur einen verständnislosen Blick. Es war ihm mittlerweile egal, ob der Mann mitbekam, dass er Angst hatte. „Wissen Sie, wie es hier weitergeht?", fragte er.

Patrick, den er auf Mitte 40 schätzte, zeigte keine Reaktion. Selbstverständlich würde sein Wachhund sich nicht groß auf ihn einlassen. Aus einer seltsam fatalistischen Laune heraus improvisierte Malik einen Dialog. Scheinbar war er es nicht mehr gewohnt, allein zu sein. Hedi fehlte ihm. Er vermisste Bart und Momoko.

„Ach wissen Sie, unsere Anweisung lautet, nicht mit Ihnen zu reden. Außerdem haben wir im Moment auch keine Ahnung, wie der Einsatz aussieht. Eine Software für eine völlig offene Sicherheitslage, kurz VOS, leitet uns an", sagte Malik mit tiefer Stimme.

Jetzt ging er eine Oktave höher. „VOS, ja?"

„Scherz. Natürlich halten wir uns an Gerald Kronberg."

„Meinen Sie, er braucht uns noch?", fiepte Malik und wechselte wieder in den Bass. „Sehr witzig."

„Seien Sie still." Der Mann schluckte, stand auf und ging eine Runde hin und her. Dann setzte er sich wieder auf einen der Konferenztischstühle ihm gegenüber.

Malik atmete tief ein, dann aus.

„Sie drehen mir jetzt nicht durch, oder?" Patrick sah ihn prüfend an.

Malik lächelte, zuckte mit den Schultern. Eine Ahnung von Mitgefühl vielleicht. Besser als nichts, dachte er.

Dann wurde die Tür aufgerissen. Das Assistentenduo des Chefs trug ebenfalls immer noch die Brainschnittstellen, was Malik seltsam vorkam.

Gerald Kronberg blieb etwa zwei Meter vor ihm stehen. „Sie haben jetzt die Möglichkeit, Charlotte Hallberg zurückzupfeifen.

Auch gebe ich Ihnen die Chance, mit Ihrem Grüppchen hier im Unternehmen Kontakt aufzunehmen, um ihm klarzumachen, was mit Ihrem Vorhaben verbunden ist."

„Wieso sollte ich das tun?", fragte Malik und kniff die Augen zusammen.

„Ihre letzte Gelegenheit, Ihre Familie zu schützen", meinte Kronberg knapp, „aber Sie müssen sich schnell entscheiden. Noch ist kein Film im Netz." Er nickte den beiden zu. Malik kam es fast so vor, als habe er es mit siamesischen Zwillingen zu tun. Sie wirkten seltsam aneinandergekettet.

„Meine Familie ..." Himmel, die wusste überhaupt nicht, was er hier trieb, war völlig unvorbereitet.

Einer der Assistenten setzte sich neben ihn, einen Firmenhighcontroller in der Hand, nahm Maliks Schnittstellenkabel, das ihm über den Rücken hing. Malik starrte auf die Klinke und rief panisch: „Scheiße, nicht, was soll das?" Er stemmte sich nach oben, kam auf die Beine und versuchte, in Richtung Tür zu laufen. In dem Moment war auch Nummer zwei bei ihm, sie hakten ihn unter und warfen ihn zurück aufs Möbel, hielten ihn ins Leder gedrückt.

„Hey, Patrick, bitte helfen Sie mir!" Er sah den Sicherheitsmitarbeiter flehend an.

Der wand sich, schaute Kronberg unsicher an. „Was machen Sie mit ihm?", fragte er.

„Nichts Schlimmes, wir wollen nur, dass er sich etwas ansieht. Wenn Sie zartbesaitet sind, können Sie aber auch vor der Tür warten." Kronbergs Stimme klang völlig leer, so als habe er sich schon lange von allem um sich herum verabschiedet.

Malik hörte die Klinke einrasten. Sein Atem wurde schneller, er hielt die Augen direkt auf Kronberg gerichtet. Vielleicht konnte er verhindern, ins System abzurutschen, wenn die Außenreize stark genug waren.

Dann bekam er eine Baseballkappe über Kopf und Augen gezogen. Er versuchte, sich am Bild des Konzernchefs festzuhalten.

Aber es war so ausdruckslos, dass er wie an der Kante eines Gletschers abglitt und ins Schwarze fiel.

Die beiden Assistenten hielten ihn fest und riefen per Schnittstelle Darios Datenbankkarte auf. Wie zuvor bei Momoko positionierte sich ein Bildschirm über dem Foto seines Bruders. Malik mobilisierte all seine gedankliche Kraft, um sich abzuwenden.

„Wenn Sie nicht reagieren und Ihre Leute an die Leine nehmen, werden wir einen Shitstorm lostreten, der sich gegen die Betreiber des Freizeitparks richtet. Genau genommen ist es eine völlig legitime Reaktion, weil Sie dafür kämpfen, Tausende von Arbeitsplätzen zu vernichten", sagte Kronberg.

Malik überfiel heiße Wut. Seine Haut, sein Kopf, alles schien zu brennen und färbte sich rot. Er stieg jetzt wieder ins System ein. Etwas anderes blieb ihm sowieso nicht übrig. Er musste Zeit gewinnen, vielleicht fiel ihm etwas ein, wie er seine Familie warnen oder aus der Schusslinie bringen konnte. Aber wie realistisch war es, sie zu schützen und vor Charlie nicht einknicken zu müssen?

Er rannte los, an dem Bildschirm vorbei und brüllte „Gerald Kronberg" in den Raum. Weit entfernt flackerte seine Datenbankkarte auf, Malik hielt auf sie zu. In dem Moment rauschte von oben ein schwerer massiver Menübalken vor ihm auf den Boden, der sich in die Erde rammte. Malik wich ihm aus, rannte weiter, doch mit jedem Schritt fielen mehr Klickpalisaden um ihn herum. Es war wie ein Regen aus Balkenpfeilen, der in einen Wolkenbruch überging. Das hatten die siamesischen Zwillinge zu verantworten, vermutete er. Sie wollten ihn einsammeln, zurück zum Video zerren.

Er hob die Arme schützend über sich. Umringt von einem blinkenden Balkenkreis formierte sich wieder der Bildschirm, der ansprang und über dem *Dario Cerny* stand.

Zu sehen war der Eingang zum Freizeitpark, eine größere Gruppe an Leuten schleuderte Flaschen, Dosen und anderen Müll gegen die Hallenwände und ins Gelände. Ein paar Halbstarke traten das Tor auf, einer trug einen Baseballschläger, ein anderer eine

Latte. Jetzt tauchte Dario auf, hinter ihm Sohan. Sein Onkel versuchte, seinen Bruder zurückzuzerren, aber es gelang ihm nicht. Dario schrie, der Knüppel zog vor ihm einen Halbkreis, dann rannten die beiden Männer aufeinander zu. Das Video stoppte in dem Moment, als der Schlagstock in voller Wucht durchs Bild gerauscht und nur noch wenige Zentimeter von den Oberschenkeln seines Bruders entfernt war.

„Glaub mir, wir haben die Mittel, deine Wünsche und Träume einfach zu löschen und durch unsere auszutauschen. Aber wenn dir das missfällt, können wir sie auch durch Albträume ersetzen, die ganz individuell auf dich zugeschnitten sind", hörte er Kronberg neben sich sagen. „Ich bin der Administrator, nicht du. Mach dir das ein für alle Mal klar."

Malik brach der Schweiß aus. Er versuchte, sich zu konzentrieren, was unglaublich schwer war. Alles in und an ihm pochte, sein Puls hatte sich zu einem lauten Trommelkonzert entwickelt.

Zurück in der Datenbank umschloss er einen der Palisadenbalken mit beiden Händen und riss ihn aus dem Boden. So wie vorher der Mann, der auf seinen Bruder losgegangen war, holte er aus und drosch auf die Menüwand ein. Splitter, Funken und sirrend-knackende Kabelfetzen spritzten aus den Balken, durch die er sich arbeitete. Aber hinter jeder Schicht, die er freilegte, tauchte eine neue Wand auf. Seine Wut machte ihn zu einer Maschine, mühelos schlug er weiter und weiter, empfand es einfach nur als befreiend. Doch nach einiger Zeit spürte Malik, dass sein Adrenalin Mühe hatte, Energie nachzuliefern.

In dem Maße, wie seine Schläge schwächer wurden, bauten sich an den Balkenflächen wieder Bilder auf. Schnappschüsse, denen er erst ausweichen konnte, die aber mit seiner nachlassenden gedanklichen Kraft an Konturen gewannen. Ein vor Schmerzen gekrümmter Dario, ein um Hilfe rufender Sohan, ein brennendes Kartenhäuschen, Blutspritzer am Geländer des großen Riesenrads, eine Momoko mit blauen Flecken im Gesicht, eine weinende Hedi. Malik war sich nicht mehr sicher, wo seine ureigenen

Ängste und Albträume aufhörten und wo die von der Datenbank gepflanzten anfingen oder an welcher Stelle sich die siamesischen Zwillinge in sein Gehirn hineinhackten. War das Video noch mit der Weltzeituhr verbunden oder hatten sie die Lenkung schon scharfgeschaltet, die im nächsten Wimpernschlag griff? Er musste davon ausgehen.

„Ich bin bereit, mit Charlie Kontakt aufzunehmen", schrie er. Es kam ihm so vor, als würde das jemand anders sagen. Sein Albtraumzwilling? Schöne Ausrede.

Er starrte auf die Splitterwüste aus Balken und sehnte sich nach noch größerer Erschöpfung. Einfach umkippen, aus dem System fallen, alleine sein, sich auflösen.

Dann registrierte er einen eisigen Luftzug, nahm wahr, wie seine Verbindung ausgesteckt und ihm die Kappe abgenommen wurde. Zwei Hände rissen ihm das Tape entlang des Nackens und der Wange weg und zogen die Brainschnittstelle ab. Er spürte, wie ihm Blut aus der Nase lief. Ein Papiertaschentuch fuhr ihm über Kinn, Mund und Nase. Es ist, wie nach der Vergewaltigung die Hose wieder hochgezogen zu bekommen, dachte Malik erschöpft.

„Los, wir müssen uns beeilen. Drehen Sie ihn von der Kamera weg, damit Sie sich jetzt nicht in die Maske von Herrn Cerny vertiefen müssen", bellte Kronberg.

Einer der Männer führte ihn zu dem Stuhl am Konferenztisch, auf dem Patrick zuvor gesessen hatte, und drückte ihn nach unten, sodass er mit dem Rücken zum Großbildschirm dasaß.

Malik kroch in sich hinein. Der Raum rückte von ihm ab. Von Weitem hörte er erst Charlie rufen, dann Dario und Sohan. Er glaubte, wahrzunehmen, dass seine Mutter weinte. Dann traten Bart, Hedi, Momoko und Thomas Rotgerber auf den Plan, flehten ihn an, dass er durchhalten solle.

Malik bekam von einem der Zwillinge Barts Highcontroller vor sich auf den Tisch gelegt. Erschöpft sah er aufs Display, die Videofunktion war auf die große Leinwand hinter ihm umgeschaltet. Er war dankbar, so Charlie nicht direkt ins Gesicht sehen zu müssen. Das Friendsnet bat sie um Kontaktaufnahme. Vermutlich hatten sie die Programme wiederhergestellt, weil Charlie nicht genug Zeit geblieben war, um ordentlich aufzuräumen.

Malik zerriss es innerlich. Das, was er jetzt tat, widersprach allem, wofür er bisher gekämpft hatte, zudem brachte er seine Freundin massiv in Gefahr. Sobald sie die Anfrage annahm, konnten sie ihre Spur weiterverfolgen. Gleichzeitig war es ihm unmöglich, seine Familie im Stich zu lassen. Er versuchte, den Deckel auf den sich ankündigenden Bildern zu halten. Dario mit zerschmetterten Kiefer- und Schädelknochen. Sohan, der ihm Vorwürfe entgegenschleuderte.

„Malik, wo bist du?", frage Charlie. Sie hatte die Anfrage wirklich angenommen.

„Es tut mir unendlich leid", sagte Malik und gab sich Mühe, seine Stimme stabil zu halten. „Ich bitte dich, das Video aus der Kantine nicht ins Netz zu stellen."

„Was ist los?"

„Sie drohen, meiner Familie etwas anzutun, bitte, ich ..."

„Das kann ich nicht, Malik. Die Aufnahmen sind seit drei Minuten online. Keine Chance auf Rücknahme. Selbst wenn ich das Video jetzt rauskicke, es ist längst auf diversen Plattformen und Endgeräten gelandet. Es tut mir leid ..."

Malik nickte. Einer der Assistenten nahm das Gerät, dann packte Kronberg es und zischte: „Ich will den Standort." Malik wusste nicht, ob er damit klarkommen würde, Charlie und seine Familie reingeritten zu haben. Er hörte Charlie nach ihm rufen. „Bring dich in Sicherheit", schrie er.

Malik schloss die Augen. Obwohl er nicht mehr mit den Datenbanken verbunden war, tauchten wieder Bilder auf. Er stand in einem Anzug da, der mit Aufklebern von Hightechfirmen übersät war, und hielt zwei große Zylinder vor sich. Zwei Hände versenkten jeweils eine handliche Rakete in den Hüten. Die Lunten brannten. Malik reichte Kronberg höflich eines der Exemplare und sie zogen beide die Kopfbedeckung auf. Dann zerbarst grelles

Licht die Szenerie. Auch wenn er die Helligkeit kaum aushielt, war er dankbar für die Schmerzen. Es war, als würde er sich selbst bestrafen und gleichzeitig damit am Leben erhalten. Es gab keinen Ausweg. Er schlug auf seine Monster ein, die er gerufen hatte, wechselte die Seite und erwartete die Hiebe. Nehmt mich aus dem Spiel, bat er inständig. Schießt mir durch den Kopf und stellt Gerald Kronberg daneben. Die Kugel soll entscheiden.

Sein Bauchfell fing an zu zittern, kontrahierte erst in längeren Abständen, dann nahm die Geschwindigkeit zu. Die Zuckungen erfassten jetzt seinen ganzen Körper, er krachte seitlich gegen den Tisch und rutschte zwischen Platte und kippendem Stuhl nach unten.

„Scheiße, Bild aus, Bild aaaauuuuussss! Nicht, dass die das auch noch verbreiten", hörte er Kronberg schreien. Hysterisch. Er sieht die Kugel kommen, dachte Malik noch. Zum Lächeln fehlte ihm aber die Kraft.

„Himmel, ich ... hören Sie mich? Können Sie mich hören?" Malik glaubte, dass Patrick bei ihm war. Er war dankbar und wollte es dem Sicherheitsmann mit einem Blinzeln signalisieren, schaffte es aber nicht, die Augen aufzubekommen. Sein Gesicht schmerzte, selbst die Muskeln dort schienen in Aufruhr. Es klackte, seine Fesseln wurden gelöst. Patrick nahm seine Arme nach vorne. Malik zog die Beine an, kauerte sich zusammen und gab sich seiner hausgemachten Nähmaschine sämtlicher Extremitäten hin.

„Hören Sie auf", sagte der Securitymitarbeiter.

„Junge, wenn du nicht für den Job gemacht bist, dann such dir was anderes. Aber jetzt spurst du", sagte Gerald Kronberg. Er war heiser vom Schreien. „Du bist für ihn verantwortlich."

„Er braucht medizinische Hilfe", murmelte Patrick.

Kronberg schnaubte, dann schien ihn etwas abzulenken. Malik hörte, dass er in Richtung Fensterfront schritt. Auch Patricks Kopf drehte sich dorthin. Der Konzernchef zog seinen Highcontroller aus der Tasche, klickte, schaute und wurde ganz still. Im nächsten Moment ging er in sein Büro und schloss die Tür hinter sich. Nach fünf Minuten riss er sie auf, schickte seine siamesischen Zwillinge weg und knallte sie wieder zu.

Malik spürte, dass die Kontraktionen und das Zittern wieder größere Abstände annahmen. Er versuchte, ruhig zu atmen, um die Kopfschmerzen, die sich jetzt anbahnten, nicht noch stärker werden zu lassen. Mit halb zugekniffenen Augen schaute er den Boden entlang durch die Glasfassade. Auf dem Firmengelände war eine riesige Gruppe mit Transparenten unterwegs, sie lief von der Kantine in Richtung Hauptquartier. Waren das schon die ersten Demonstranten, die auf das Video reagierten?

„Du grüne Neune", sagte der Mann an seiner Seite.

„Weißt du, was los ist?", fragte Malik.

„Nein, aber die halten direkt auf uns zu", murmelte Patrick.

Dann bekam er einen Anruf. „Ich bin hier allein, wie stellst du dir das vor?" Sein freundlicher Bewacher lachte verzweifelt. „Dann schick mir ein paar Leute her." Er schüttelte wild den Kopf. „Das sagst du Kronberg selbst."

Malik hatte den Eindruck, dass Patrick nahe daran war, seinen Highcontroller quer durch den Konferenzraum zu werfen, doch er riss sich wieder am Riemen. Dann ging er ein paar Schritte in Richtung Cheftür, zögerte, klopfte. Malik konnte nur Satzfetzen hören, irgendwas mit „Eingänge kontrollieren" und „mit den Kollegen absprechen".

Patrick kam zu ihm zurück. „Kannst du aufstehen?"

Malik sah ihn ungläubig an. „Ich schaff es definitiv nicht, mit dir auf Patrouille zu gehen."

„Bis zum Sofa, komm. Ich muss dir ..."

„Nein, bitte, ich ... kein Kabelbinder."

„Ouaah, was habt ihr auch für einen Scheiß angezettelt", sagte Patrick, „verflucht noch mal."

Im nächsten Moment ging der Aufzug auf und ein Schwall an Menschen strömte durch die Gänge und in den Konferenzraum. Malik glaubte, Mitarbeiter zu erkennen, aber es mussten auch

Leute von außen dazugestoßen sein. Plakate mit der Aufschrift „Wir wollen kein Spielzeug von Datenbanken sein!", „Zwillingsprofile für alle" und „Stoppt den Kontrollwahnsinn" wurden hochgehalten. Einige trugen schicke Kleidung. Andere sahen eher aus, als stammten sie aus Maliks Nachbarschaft, hatten es gerade einmal geschafft, eine Trainingshose und einen labbrigen Pulli überzuziehen.

Malik hoffte so sehr, Bart und Hedi im Pulk zu finden, und scannte die Reihen. Das erste Mal keimte ein Hoffnungsschimmer in ihm auf.

Allmählich wurde ihm bewusst, was innerhalb der letzten anderthalb Stunden alles passiert war, und der Freizeitpark schob sich mit aller Macht wieder in seine Gedanken. Malik versuchte, durch die Leute zu Gerald Kronbergs Tür zu kommen. Die seltsame Mischung aus Mitarbeitern, Demonstranten und neugierigen Zaungästen schien seine Schaltzentrale noch gar nicht entdeckt zu haben. Die ganze Szenerie war hochgradig absurd.

Malik konnte sich kaum auf den Beinen halten. Hinter sich hörte er Patricks Stimme: „Hey, was soll das werden, Cerny?"

„Malik, du kannst Malik zu mir sagen", meinte er. Der Securitymann war jetzt bei ihm und stellte sich ihm in den Weg. Malik ging einen Stritt an ihm vorbei, kurz vor der Tür knickte er um und fiel hin.

„Lass es einfach", fluchte Patrick.

Ein Paar in Plüschjacken passierte sie und machte ein Foto von sich.

„Er bedroht meine Familie", Malik robbte weiter, stand wieder auf, war in der Tür und kam einen Schritt ins Zimmer. Dann umklammerte Patrick ihn von hinten.

„Kronberg, lassen Sie meine Familie in Frieden, halten Sie sich an mich", sagte Malik.

Plötzlich begannen die Leute hinter ihnen, zu kreischen, Malik drehte den Kopf, Patrick ließ ihn los. Eine Reihe schwarz gekleideter Männer zog durch die Reihen der Demonstranten. Zwei hoben ihre Maschinengewehre über ihre Köpfe, um besser durchzukommen. Einige hatten Pistolen.

Die Geschwindigkeit, mit der die Leute jetzt auseinanderstoben, war atemberaubend. Nur ein paar völlig Verpeilte fingen an, zu lachen, kriegten dann aber doch die Kurve.

Patrick zog seinen Elektroschocker. „Keine gute Idee", sagte Malik leise, legte die Hand auf seinen Arm und drückte ihn nach unten.

Gerald Kronberg drehte sich um und sah Malik hasserfüllt an. Der Blick war so schneidend, dass er intuitiv einen Schritt zurückwich. Eine der Rambogestalten stand jetzt mitten im Büro, nahm ihr Maschinengewehr und zog mit einer Salve über ihre Köpfe hinweg horizontal durch die Glasfront. Es regnete Glassplitter. Dann zückte ein Zweiter eine Handfeuerwaffe und schoss dreimal auf Gerald Kronberg, im nächsten Moment wandte sich der Maskierte zu ihnen um.

Patrick packte ihn und schaffte es irgendwie, seinen und Maliks Körper zu beschleunigen. Sie rannten. Am Ende des Konferenztisches kam Malik ins Straucheln und knallte hin. Er drehte sich um und starrte zur offenen Tür. Rambo Nummer eins machte zwei behäbige Schritte nach draußen, zwischen seinen Beinen in Militärhosen sah er Kronberg liegen. Malik verlor sich in den Details. Kronbergs Lackschuhe, die glänzten, der Umriss des Blutflecks, der das weiße Hemd immer weiter durchtränkte. Die Zeit schien stehen geblieben zu sein.

Patrick zog ihn jetzt an seinem Sweatshirt nach oben und brüllte ihn an: „Komm jetzt, du Idiot, los!" Malik hing immer noch an dem Lächeln des Mannes, der jetzt einfach in die Decke ballerte.

Nach ein paar Schritten waren sie im Flur, steuerten auf den Notausgang zum Treppenhaus zu. Sie hörten noch ein paar unmotivierte Schüsse, dann klappte die Metalltür hinter ihnen zu. Es forderte Malik Kraft und Konzentration ab, die Stufen zu bewältigen. Patrick drehte sich immer wieder nach ihm um und rief, er solle Tempo machen.

Auf dem zweiten Absatz kam ihnen der Securitymitarbeiter entgegen, der sich in der Kantine nach seiner psychisch kranken Schwester erkundigt hatte. „Was um Himmels willen ist da los?", fragte er.

„Raus, wir müssen hier raus, die haben Kronberg umgenietet", sagte Patrick nur, drehte seinen Kollegen um und schubste ihn schon fast die Stufen hinunter.

„Was?"

„Scheiße, lauf!"

Malik musste sich am Geländer festhalten, wodurch er immer mehr zurückfiel. Nach einer gefühlten Ewigkeit stand er im Erdgeschoss. Er war dermaßen erschöpft, dass sich die Szenerie vor ihm in kurzen Abständen in eine Art Grautonaquarell verwandelte. Ineinanderfließendes Glas, schwankende Stahlträger.

An der Glastür stellte er fest, dass ihm der Eingang fremd vorkam, und drehte sich um. Klar, er war in die völlig falsche Richtung gegangen, das Hauptportal mit Pforte lag schätzungsweise 150 Meter gegenüber. Er testete die Klinke. Es war offen. Vor ihm lag eine Wiese mit Schotterweg. Er ging ein paar Schritte, fand einen Busch vor der Mauer, die sich ums Firmengelände zog. Von der Straße jenseits der Steinwand waren Parolen zu hören. Wann würden sie erfahren, dass ihr Gegner tot war?

Dort, wo der Busch an eine Hecke grenzte, drückte Malik die Zweige auseinander. Er war zu erschöpft, um weiterzugehen. Er konnte einfach nicht mehr, keinen Millimeter. Immerhin habe ich es nach draußen geschafft, dachte er, legte sich ins Gras, rollte sich zusammen und schloss die Augen.

25

Malik spürte, dass ihm ein heißer Wind entgegenwehte. Allmählich wurden die Geräusche um ihn herum lauter. Männer, die irgendwelche Richtungsangaben in die Gegend schrien, das Rauschen von Wasser, das dunkle Klingeln von Metall auf Beton und Schotter, große Laster, die ständig die Position zu wechseln schienen und mittlerweile nah an ihm vorbeifuhren. Sein Hals kratzte und schmerzte. Malik hörte sich husten.

Er wollte nicht aufwachen, versuchte, sich immer noch dagegen zu wehren, aber mittlerweile bellte er regelrecht. Es blieb ihm nichts anderes übrig, als die Augen aufzuschlagen. Die Szenerie vor ihm war in Nebel gehüllt. Nebel, der nach Metall schmeckte. Malik richtete sich auf, weil er kaum noch Luft bekam. Das Husten nahm kein Ende, neben ihm tauchte eine Frau in Feuerwehruniform auf. „Hey, wo kommen Sie denn her? Sie müssen weg hier, Sie sind viel zu nah am Brandherd", sagte sie.

„Am khhhhkhhhk, kokkkhhhh, kphhohppphhh." Malik hielt sich die Hände vor den Mund. Die Frau half ihm auf, ging mit ihm an der Mauer entlang und führte ihn durch die auf den Boden gefallenen Wolken. Jetzt sah er das Hauptgebäude. Schwarze Rauchsäulen stiegen nach oben, weiter unten züngelten Flammen, die mit den Scheiben zu spielen schienen. Die Spitze des Towers war schon eingefallen. Die gezackte Linie aus Glasfassade und Betonsteinen wirkte wie eine Krone auf Abruf.

Malik starrte hinauf und begann zu zählen. Wo lag Kronbergs Büro? Im 100. Stock? Oder doch höher? Wer hatte die Feuerbestattung gleich mitbestellt?

„Hey, junger Mann, nicht stehen bleiben, Sie müssen aus dem Rauch raus, los!" Die Frau strich sich eine Strähne aus dem Gesicht, dann legte sie einen Arm um ihn und verlieh ihrer Bitte leichten Nachdruck.

An einem der kleineren Laster bat sie einen Kollegen, ihn weiter zur Pforte und zu den Einsatzkräften des Roten Kreuzes zu bringen. Malik folgte dem schlaksigen Typ. Sie gingen eine ganze Weile, allmählich lichtete sich der Rauch etwas. In einer lang gezogenen Reihe von improvisierten Zelten waren Sanitäter unterwegs. Er sah an einem Eingang, dass im Inneren Mitarbeiter von Kronberg auf Liegen an die Deckenplane starrten. Einzelne hatten Sauerstoffmasken übers Gesicht gezogen. Am Ausgang gegenüber wurden die Liegen, an denen eine rote Karte steckte, nach draußen geschoben. Ein Team brachte sie zu einem Krankenwagen, der unauffällig von dort aus startete.

„Wie fühlen Sie sich? Könnten Sie warten, bis jemand vom Ersthelferteam kommt?"

„Ja, natürlich", sagte Malik mechanisch, dann hustete er wieder.

„Moment." Der Mann lief ins vordere Zelt und kam mit einem Klappstuhl zurück, den er Malik hinstellte. „Ich sag den Kollegen Bescheid", sagte der Mann.

„Danke". Malik setzte sich und blickte zum Eingang. Die Pforte lag verwaist da, die Schranken standen offen und die Straße war von weiteren Elektro- und Großlastern der Feuerwehr gesäumt. Vermutlich stehen sie bis zur Station der Unterdruckbahn, dachte Malik. Immer mal wieder startete ein Krankenwagen leise hinter den Zeltreihen und fuhr in Richtung Stadt.

Es kam kein Ersthelfer, stattdessen kehrte der Husten zurück. Nach vielleicht fünf Minuten hievte sich Malik aus dem Stuhl und ging einfach los. Er passierte die Feuerwehrautogasse. Als er schon recht weit war, kam ihm eine Flotte mit zwei Drehleiterkolossen entgegen, durchsetzt von Polizeiautos, manche in Schwarz, manche historisch in Azurblau. Er wich auf den Rasenstreifen aus, ging einfach weiter.

All das fühlte sich seltsam unwirklich an, dabei war es viel realer als seine Datenbankodyssee. Altmodische, tödliche Gewalt mit Bleikugeln und physikalische Vernichtung durch Feuer. Das KI- traf auf dumpfes Rambozeitalter. Er hätte alles gedacht, aber nicht, dass er an diesem Tag einfach so vom Gelände spazieren würde.

Auch wenn sein Tempo äußerst bescheiden ausfiel, lag die Station der Unterdruckbahn bereits in Sichtweite. Malik spürte die Leere, die mit jedem Schritt näherkam. Eigentlich hätte er jubeln müssen. Kronbergs Reste wurden jetzt von irgendwelchen Einsatzkräften zusammengekratzt und er stieg höchst lebendig die Treppen zum Transportmittel seiner Wahl hinab.

Weil er immer noch husten musste und vermutlich nicht besonders gut roch, rückten die Leute auf der Sitzbank etwas von ihm ab. Gut so. Er wollte sich weder irgendeinen Kommentar anhören, noch selbst in die Lage kommen, irgendetwas sagen zu müssen. Raus, weg, allein sein.

Sein Blick fiel auf den Bildschirm im Mittelgang. Die ersten Schlagzeilen tropften in die Unterdruckbahn.

Anschlag auf Kronberg: Medienunternehmer gelyncht!

Dann folgte ein Nachrichtenbeitrag. Eine junge Frau war auf dem Firmengelände unterwegs und interviewte den Einsatzleiter. Es war wie immer. Eigentlich sagte niemand irgendetwas, nur demonstrierte Umtriebigkeit quoll aus den Fernsehbildern.

Das Gerät wechselte auf den nächsten Kanal.

Terror trifft Medienunternehmer Kronberg
Politik entsetzt
Frankfurt in Schockstarre

Eigentlich hätte auf den Bildschirmen jetzt ein Ausschnitt von Charlie kommen müssen, wie sie Gerald Kronberg warnt, das Zwillingsprofil erklärt und sich allmählich etwas unter den Mitarbeitern zusammenbraut. Malik stand auf, ging näher heran. Wieder wurde ein Berichthäppchen eingespielt. Ein Blick auf die Einsatzkräfte, Feuerwehrautos und Löscharbeiten, es folgte der Schwenk auf ein Foto von Gerald Kronberg. Ein Sprecher stellte fest, dass man noch wenig über das Attentat wisse, dann wurde über den Konzern und den Ermordeten gesprochen. Ein Abriss seiner Biografie, Verdienste, Erfolge, Stand und Zukunftsaussichten.

Malik starrte genervt auf die Bilder. Was kam jetzt? Die Spekulationen darüber, wer als Nachfolger gehandelt wurde? Hans

Vidal. Vielleicht stand der in diesem Moment schon im Fernsehstudio und bekam in der Maske den letzten Schliff verpasst.

Malik stieg um, erst wurde die Bahn voller, auf seiner Linie in Richtung Industriegebiet wieder leerer. Auch auf seiner letzten Etappe sah er die Mischung aus Live- und Archivbericht über den Konzern.

Allmählich drang aus seinem Inneren zu ihm durch, was er auf dem Weg vom Kronberg'schen Gelände schon gespürt und geahnt hatte. Der Anschlag dominierte alles. Niemand würde mehr auch nur ansatzweise darüber reden, was kurz davor in diesem Unternehmen geschehen war. Und das, obwohl Charlies Video ja im Netz war. Sie hatte ihm unmissverständlich klargemacht, dass sie es schon eingestellt hatte und nicht mehr zurücknehmen konnte. Bei diesem Gedanken traf Malik die volle Wucht aus Scham und Angst. Trotz des großen Vertrauens, das Charlotte in ihn gesetzt hatte, war er im entscheidenden Moment eingeknickt, um seine Familie zu schützen. Konnte sie ihn verstehen? Würde sie ihm verzeihen? Was war aus ihrer Reaktion abzulesen gewesen? Malik erinnerte sich nicht mehr. Kurz danach hatte der Anfall ihn vom Stuhl geholt.

Aber darüber zu grübeln war immer noch besser, als die Angst um seine Familie an die Oberfläche kommen zu lassen. Was, wenn Gerald Kronberg doch noch auf den Knopf gedrückt hatte?

Malik konnte sich nicht vorstellen, selbst nach Videos zu suchen, die den Überfall auf den Freizeitpark zeigten. Was, wenn Dario, Sohan oder seiner Mutter etwas zugestoßen war? Er wusste, dass der Schritt, sich direkt bei ihnen zu melden, noch viel größer war, und erschien ihm im Moment unmöglich. Er war für ihre Prellungen, die Zerstörungen im Park und ihr Leid verantwortlich. Sohan hatte ihn gewarnt. Malik war davon überzeugt, dass er ihn vom Hof jagen würde, kam er auch nur in die Nähe des Eingangs. Zu Recht.

Die Unterdruckbahn wurde von Station zu Station gesogen. Malik hatte sein Ziel erreicht. Er musste sich zwingen, aufzustehen. Er kam gerade noch aus der Tür, bevor sie sich mit einem ungeduldigen Zischen wieder schloss und der Zug davonrauschte. Sein Gang war mechanisch und mit den ersten Schritten meldete sich auch der Husten wieder. Es wurde Zeit, dass er auf sein Boot kam und sich vergraben konnte.

Am Aufzug lief der Hinweis *Defekt* übers Display, sodass er wohl oder übel die Treppen hochkriechen musste. Erstaunlich, dass die Bahn an dieser Station noch hielt. In den letzten Monaten hatte Malik höchst selten jemand gesehen, der hier überhaupt ein- oder ausstieg. Als er endlich bei seinem Boot war, dämmerte es bereits.

Mit gemischten Gefühlen schloss er die Kajüte auf und sah sich um. Kabel und Werkzeuge lagen auf dem Tisch, die Tasse, aus der Charlie getrunken hatte, stand noch am Bullauge. Er öffnete die kleine Schublade an der Sitzecke, schob mit einer Handbewegung alles hinein und schloss sie wieder. Die Tasse stellte er ungespült zurück in den Schrank, um sie aus dem Blick zu haben. Dann ging er wieder an Deck. Ohne groß nachzudenken, drückte er auf den Knopf *hoist anchor*, dann löste er die Taue vorne, in der Mitte und hinten.

Das Boot trieb sanft in Stromrichtung. Er warf den Motor an und stellte auf Sparmodus. Malik wusste nicht, wann er in einem Hafen wieder unauffällig an einer Ladestation haltmachen konnte. Vielleicht kassierten sie ihn auf dem Weg irgendwann ein, aber das war ihm in diesem Moment völlig egal. Hauptsache, er startete jetzt allein in die Nacht. Sein Notlicht ging an. Bevor er das Schiff etwas näher an die Hauptrinne steuerte, holte er sich einen Pulli, eine Decke und eine Isomatte nach oben.

Mit dem Fahrtwind, den Lichtern in der Ferne und dem leichten Schaukeln konnte er das Gefühl der Leere, hinter der Schlimmeres lauerte, einigermaßen auf Abstand halten. Er setzte sich ans Steuer, stellte es fest und zog seinen Pulli an. Der zunehmende Mond stand tief am Horizont, das fahle Licht zeichnete den Uferverlauf nach, er würde also keine Probleme haben, weiterzufahren. Malik versuchte, die Ruhe zu genießen. An der Mündung bei Mainz wollte er auf den Rhein einschwenken, sich am Morgen ein Plätzchen unter einer Brücke für eine Pause suchen.

Seine Augen begannen irgendwann, sich von Lichtpunkt zu Lichtpunkt zu bewegen. Es war, wie an einer Perlenkette entlangzuwandern, die sich am Ufer in der Entfernung von ein paar Kilometern auf mittlerer Sicht aufreihte.

Das Dahingleiten hatte etwas Meditatives, ließ aber auch seine Gedanken wieder an die Oberfläche kommen. Würde er sich jemals bei Charlie zurückmelden können? Er gestand sich ein, dass selbst wenn sie ihm eine Nachricht schickte, er nicht sagen konnte, ob er den Mut hatte, zu antworten. Würde es ihm bei Momoko, Bart und Hedi leichter fallen? Er wusste es nicht.

Das Bild von Dario tauchte vor ihm auf. Der Abend, als er ihm zugesprochen hatte, Suri im Krankenhaus zu besuchen. Wie er ihm auf den Schenkel klopfte und meinte, er sei immer für seinen Bruder da, insbesondere wenn er einen therapeutischen Rat brauche. So konnten sich die Zeiten ändern. Vermutlich würde er ihm jetzt gerne eine reinhauen. Malik konzentrierte sich wieder auf die Rinne und die Lichter am Uferrand.

Es wurde kalt und er zog die Decke noch ein bisschen enger um den Oberkörper. Am Horizont kündigte sich das frühe Morgenlicht an. Malik fühlte sich zwar erschöpft, hatte aber gleichsam Angst davor, schlafen zu gehen. Was, wenn die Bilder und Gedanken selbst entschieden, wann und wie sie zu ihm krochen? War er dem gewachsen?

Er sah eine Gruppe von Weiden, die dem Boot Schutz bieten konnten, und hielt aufs Ufer zu. Von den Markierungen, die er zuvor wahrgenommen hatte, wusste er, dass er mittlerweile bereits auf der Höhe von Remagen sein musste. Für eine erste Nachtfahrt gar nicht übel, fand er.

Doch wohin wollte er überhaupt? Er hatte keine Ahnung. Im Grunde genommen war sein Trip völlig sinnlos. Aber Malik hatte kein Konzept, wollte sich einfach treiben lassen und für nichts mehr verantwortlich sein, noch nicht mal für sich selbst. Jetzt stand er unter Deck und konnte sich nicht daran erinnern, wie er hergekommen war. Wo war seine Decke? Er hielt sie in der Hand.

Scheiße, er musste schlafen, daran führte kein Weg vorbei. Dann fiel ihm etwas ein. Er ging zur Küchenzeile und öffnete das obere Fach. Ganz hinten in der Ecke stand eine Flasche Wodka, die er schon vom Vorbesitzer übernommen hatte. Ungeöffnet. Wie lange hielt so ein Zeug? Konnte ihm egal sein, im Zweifelsfall gab er es einfach wieder von sich. Er brauchte mehrere Anläufe und viel Kraft, den Drehverschluss zu öffnen, nahm sich ein Glas, schenkte ein, roch und kniff die Augen zusammen.

Weidenbaumzweige hingen vor dem Bullauge. Er prostete ihnen zu, nahm zwei Schlucke und keuchte. Das Zeug brannte, hatte aber keinen großen Eigengeschmack. Malik trank anderthalb Gläser, dann konnte er die Augen nicht mehr offen halten, schaffte es gerade noch zum Bett.

Er erwachte aus einem traumlosen Schlaf. Der Preis waren leichte Kopfschmerzen und das Gefühl, noch weiter von allem abgerückt zu sein. Malik wurde bewusst, dass er seit rund anderthalb Tagen nichts mehr gegessen hatte. Allerdings verspürte er auch keinerlei Hunger. Er nahm den Deckel des Wodkas, schraubte ihn zu, ließ ihn aber auf dem Tisch stehen und ging nach draußen.

Der Mond zeigte sich schon, hatte minimal zugenommen. Es war seltsam, mit diesen natürlichen Alltagsmarkern unterwegs zu sein. Ewig her. Es war in der Zeit gewesen, als die Familie noch keinen festen Standort hatte und immer wieder mit den Wohnwagen weiterzog. Eine Ära, die mit dem Unfall seines Vaters erlosch.

Malik setzte seine Fahrt fort, ab und zu zogen größere Tanker oder Lastenschiffe an ihm vorbei, aber sonst blieb es auf dem Fluss angenehm ruhig. In der Nähe von Köln-Porz ging er an Land und besorgte sich mit seinem letzten Bargeld ein paar Sachen. Brot, ein bisschen Käse, Kaffee und zwei Flaschen Wodka. Obwohl er die Nächte ganz gut überstand, wurde er allmählich dünnhäutiger. Seine selbst gewählte Medikation würde nicht mehr lange ihre Dienste verrichten können, das spürte er sehr genau.

Wohin wollte er? Die Nordsee durchqueren und sich am Nordpol bei den Papageitauchern einnisten, um den Drohnen von dort aus zuzuwinken? Lächerlich. Trotzdem wollte er weg, allein sein, alle Brücken abbrechen, keinem mehr Rechenschaft ablegen. Sollten sich die Menschen doch einfach selbst überwachen, bis ihnen sechs Augen aus dem Kopf wuchsen und sie einen achten Sinn für Übertretungen der Regeln entwickelt hatten. Es war ihm alles egal. Er war nicht stark genug, dem etwas entgegenzusetzen, und hatte bei dem Versuch, genau dies zu tun, andere in den Abgrund gerissen. Keinem, noch nicht mal seinem ärgsten Feind wünschte er dieses Gefühl, das immer wieder anklopfte.

Es war ähnlich wie früher, als man ihm nach dem Hacken der Krankenkassendatenbanken auf die Schliche gekommen war. Das Ergebnis: Seine Familie wurde in die Verantwortung genommen, für ihn bestraft und damit noch mehr belastet. Damit hatte er den Schmerz für die anderen potenziert, so wie jetzt wieder. Außerhalb nahm von dem Vorgang niemand Notiz. Seine Geschichte wiederholte sich scheinbar immer wieder.

Sein Vater hatte damals kaum auf seine Aktion reagiert. Das nahm er ihm nicht übel, nur, dass er sich einfach aus dem Staub machte. Jedenfalls hatte er das als Zwölfjähriger so gesehen. Malik war maßlos enttäuscht, wütend und traurig über den Suizid seines Vaters gewesen. Vor allem hatte er ihn nicht verstanden. Das fühlte sich mittlerweile anders an. Er war jetzt in einer noch nicht mal annähernd ähnlichen Situation, hatte alle Arme, Beine, einen Kopf zur Verfügung und doch wollte er sich einfach nur von der Gemeinschaft abkapseln. Er war nicht mehr wichtig für die anderen und wollte auch mit der Welt nichts mehr zu tun haben. Malik konnte sich nicht vorstellen, auch nur einen Hauch von Beitrag zu leisten. Er wollte es auch nicht mehr. Im Gegensatz zu seinem Vater sah er allerdings nicht ein, weshalb er sich auch noch umbringen sollte.

Das lag vermutlich daran, dass sein Spielraum immer noch größer war als der eines bis zum Hals querschnittsgelähmten Mannes, der als Kind und Jugendlicher noch einem ganzen Hofstaat an Puppen mit seinen schönen, schlanken Fingern Leben eingehaucht hatte.

Malik schaute aufs Display der Steuerung. 4 Uhr. Noch mindestens zwei Stunden, bis sich der erste schimmernde Frühnebel über dem Fluss zeigte. Er holte trotzdem die Flasche nach oben. Ein viertel Glas bis zum Morgengrauen. Ein Toast auf seinen Vater. Er genoss die körperliche Distanz mittlerweile, die sich mit dem Alkohol einstellte. Alles rückte von ihm ab, gleichzeitig intensivierte sich durch die Verlangsamung die Wahrnehmung von Details. „Auf dich, Papa!", sagte er und hob das Glas.

Malik konnte sich nicht erinnern, auch nur kurz eingenickt zu sein. Trotzdem sah er die riesen Stahlwand viel zu spät, die völlig geräuschlos näherkam. Er sprang auf. Ein Frachter so groß wie, ja heilige Scheiße, wie was denn? Ein Mittelklassesupermarkt oder seinetwegen auch drei Fußballfelder.

Malik riss die Steuerung herum, seine Nussschale ächzte irritiert und begann, nach links zu ziehen. Aber sein Gefühl sagte ihm bereits, dass es kaum noch reichen konnte. Also rannte er nach vorne und schrie nach oben.

„Hey, ihr Schlafmützen, beidrehen, beidrehen, beidrehen", brüllte er in die Nacht.

Von oben rief ein Mann, deren Sprache er noch nie gehört hatte, nach unten und fuchtelte wild mit den Armen, dann war er verschwunden.

„Das war alles?" Malik blickte fassungslos nach oben, dann aufs Wasser und die Wand, die nur noch sechs oder sieben Meter entfernt war und sich weiter und weiter auf ihn zuschob.

„Super Aktion, dann ramm ich euch eben", schrie er. „Volle Kraft voraus."

Nein, er würde nicht mehr ausweichen, wegrennen, sich vertreiben lassen. Malik lief zurück zum Steuer, schnappte sich die

Wodkaflasche, die erstaunlicherweise noch nicht umgekippt war, nahm zwei große Schlucke, ging zum Bug zurück und schaute dem Stahl zu, wie er seine letzten Zentimeter zurücklegte. Jetzt bohrte sich die Spitze des Lastenschiffs in die Flanke seines Bootes. Er hörte Holz knacken, Balken brechen, Schrauben aus den Verankerungen springen. Sein Deck wurde gespalten, der Bug fraß sich durchs Material. Malik schleuderte die Flasche gegen die rostige Wand, dann wurden ihm die Beine weggerissen und er landete im Wasser.

Der Lärm berstenden Stahls mischte sich mit Rufen der fremdländischen Sprache, die er schon zuvor gehört hatte. Das Geräuschbild wurde immer wieder unterbrochen, wenn er unter Wasser ging, weil sein schwerer Pulli und die Hose ihn nach unten zogen. Dort war es kalt, schwerelos, ruhig. Besser als oben.

War er jetzt dort angekommen, wo sein Vater damals war? Sich von der Schiffsschraube zu Hackfleisch verarbeiten lassen. Wie viel bekam man da am Anfang noch mit? Malik war sich nicht sicher, ob er sterben wollte. Nur im Wasser wollte er bleiben, unüberwacht, zum Boden sinken und in Ruhe gelassen werden. Er wusste jetzt, warum. Er fühlte sich so unglaublich einsam, dass er keine Ahnung hatte, wie er es da draußen noch schaffen sollte, weiterzuschwimmen. Er war so verdammt allein.

Malik sah seinen Vater, wie er ihn in die Arme schloss. Malik sah Dario in der Badewanne. Sie saßen sich gegenüber und spielten mit einer Plastikente und einem Plastikdelfin, die kleine Aufziehmotoren hatten und durchs Wasser pflügten. Lachen, die beiden Bademäntel in Reichweite, Kakaoduft, der aus der Küche herüberzog. Selig, warm, geborgen. Er wollte nicht mehr zurück in diese bleierne Einsamkeit.

Dann spürte er, wie Hände nach ihm griffen. Er wollte nicht. Lasst mich in Ruhe, dachte Malik, wehrte sich, verlor aber schnell die Kraft. Zwei oder drei Männer zogen ihn über die Flanke in ein Schlauchboot. Lehnten ihn gegen das Gummi, tätschelten ihm die Wange. Malik begann, zu frieren. Aus Frieren wurde Zittern.

Er ließ die Kontrolle fahren, kauerte sich zusammen und kümmerte sich nicht um die anderen. Sie ließen ihn. Das Gummiboot wurde von einem Kran aus dem Wasser gehievt, schwebte durch die Luft und wurde an Deck wieder heruntergelassen.

Zwei Männer brachten ihn nach drinnen, Malik hatte die Augen offen, nahm aber nichts mehr wahr. Irgendwann fühlte er Frotteestoff und dass es um ihn allmählich wieder warm wurde. Er kuschelte sich tiefer hinein. Bademantel, Kakao, dachte er, und später dürfen wir noch eine lange DVD sehen. Dann schlief er ein.

26

Als Malik sich umdrehte, spürte er, dass er sofort eine Toilette brauchte, wenn er hier nicht ins Bett pinkeln wollte. Er schlug die Decke zurück, schaute sich um und setzte sich auf die Kante der Koje, in die sie ihn verfrachtet hatten. Gegenüber der Zweierschlafbucht lag eine Nasszelle. Er schaffte es noch rechtzeitig, ließ es mit Erleichterung laufen. Malik sah an sich herunter. Sie hatten ihn einfach komplett ausgezogen und ins Bett gelegt. Über Brust und Unterbauch zog sich ein länglicher blauer Fleck. Der Blick in den Spiegel zeigte ihm eine ziemlich verbeulte Wange mit Schürfwunde über dem rechten Wangenknochen. Er konnte sich nicht mehr recht erinnern, ob er sich das noch im Unternehmen oder beim Überbordgehen geholt hatte. War aber auch völlig egal. Einen Schönheitswettbewerb würde er hier nicht gewinnen müssen.

In einem Ständer, der an den Bettpfosten genagelt war, steckte eine Flasche Wasser. Malik trank. Er war unglaublich durstig. Auf dem Stuhl neben einem Minischreibtisch hingen Hose, Pulli, T-Shirt und Boxershorts, daneben lag ein Zettel.

Your clothes are washed, still have to dry, please ring briefly, when you are awake. The crew.

Malik streifte die Boxershorts über und kroch wieder ins Bett. Schlafen war gut. Ein anderes Konzept hatte er im Moment sowieso nicht. Doch schon nach vielleicht einer halben Stunde klopfte es. Er zog die Bettdecke über den Kopf. Nach der zweiten Ankündigung quietschte die Tür.

Eine relativ hohe Männerstimme erzählte irgendetwas und versuchte, die Decke umzuschlagen. Vermutlich wollte er nach ihm sehen. Malik hielt den Stoff fest. Mein Gott, er verhielt sich wie ein Kind. Ein paar Worte, dann würden sie ihn aller Voraussicht nach auch wieder in Ruhe lassen.

Er zog die Decke vom Kopf und drehte sich zu dem Mann. „Ich bin noch ziemlich erschlagen", sagte er. Seine Stimme klang heißer und irgendwie fremd. Der Typ lächelte ihn an, nickte, sagte etwas, das er nicht verstand, wirkte dabei aber so freundlich, dass Malik begann, sich zu entspannen. Auch die große Lücke zwischen seinen Schneidezähnen trug dazu bei. Er fuchtelte wild mit den Armen, ging zum Stuhl, zeigte auf die Kleider und erzählte weiter drauf los. Malik sah fasziniert zu. Sein Gegenüber hielt inne. Dann malte er ein großes Fragezeichen in die Luft.

„Ja, das stimmt, ich verstehe kein Wort", meinte Malik und lächelte.

Der Mann schien nachzudenken und konzentrierte sich. „Eat, you have to eat!", sagte er und führte seine Hand zum Mund.

„Thank you very much, but I'm not hungry", sagte Malik.

„Please", meinte er mit bittenden Augen und legte ihm nach und nach Hose und Oberteile auf sein Bett.

Malik stöhnte, begann aber, sich anzuziehen. Ein Kaffee oder Tee würde ihm auf jeden Fall guttun und dann war sein Kümmerer vermutlich auch zufrieden.

Obwohl das Schiff riesig war, wirkten die Gänge genauso schmal wie auf einer Touristenscholle. Malik war dankbar, dass an den Seiten Handläufe angebracht waren, an denen er sich entlanghangeln konnte. Noch fühlte er sich ein bisschen wackelig auf den Beinen.

Sein Begleiter führte ihn zu seinem Erstaunen an Deck. Der Himmel war grau. Sie befanden sich mitten auf dem Meer. Himmel, wie lange hatte er geschlafen? Sie gingen über Stahlböden und -stege bis zu einem Geländer, das einen Stock über dem Hauptdeck lag.

„How is your name?", fragte der Mann ihn jetzt.

„Malik."

„Malik, nice. I am Birger", sagte er und klopfte sich auf die Brust.

Malik lächelte und nickte.

Birger zeigte jetzt leicht nach rechts. Zunächst verstand er nicht, suchte den Horizont ab, der aber kaum vom Meer zu unterscheiden war. Dann blieb er an einem Haufen hängen, der zwischen zwei Containerreihen lag.

War das seine Nussschale? „You salvaged my boat?"

„Yes." Birger strahlte, wurde dann aber wieder ernst, bedeutete ihm mit Handbewegungen, dass sie sein Boot wieder reparieren wollten, es aber nicht so einfach sei. Obwohl Malik nicht daran glaubte, dass dieses Häufchen Elend wieder zusammenzusetzen war, lächelte er. Es war die Geste, die ihn wirklich freute.

„We are very sorry, what happened", hörte er jetzt jemand hinter sich sagen und drehte sich um. „My name is Yuma Kensa." Der Mann reichte ihm die Hand. „Later we all make clear with the insurance."

„Malik, this is our captain", vermittelte Birger und Malik wunderte sich über den angenehmen Umgang miteinander. Scheinbar hatte er wenigstens hier ein bisschen Glück gehabt.

Der Kapitän stellte fest, dass das Schiff nicht so modern ausgerüstet sei, dass Kameras den Unfall aufgezeichnet hätten, und das Wetter für Satellitenbilder zu schlecht gewesen sei. Man hoffe, dass die Versicherung seinen Schaden einfach übernahm. Das konnte sich Malik kaum vorstellen. Spätestens wenn sie sein Profil und ein paar Daten von ihm vorliegen hatten, war die Sache für ihn gelaufen, aber das würde er vielleicht später erklären.

Die Männer baten ihn nach unten in den Gemeinschaftsraum. Er war eine Mischung aus Kantine und Sofaecke. Nicht besonders prätentiös, mit Flecken an den Wänden und geflickten Polstern, aber gerade das ließ Malik das nötige Vertrauen schöpfen, um den Schritt auf eine fremde Gemeinschaft zuzugehen. Er bereute es nicht. Die Atmosphäre war unverkrampft und er wurde nicht dazu gedrängt, irgendetwas von sich zu erzählen.

Birger und der Kapitän unterhielten sich, Yuma Kensa übersetzte immer mal wieder ein paar Brocken, sodass Malik ein bisschen was aufschnappen konnte. Ein bulliger Mann servierte ihnen drei dampfende Suppenteller und stellte einen Korb mit Brot in die Mitte. Der Geruch von Koriander breitete sich aus.

Malik verschlang die Fischsuppe regelrecht. Sie war unglaublich gut. Beim Ausreiben des Tellers mit Brot grinsten ihn die beiden Männer an. Birger orderte Nachschlag.

Es kamen weitere Crewmitglieder herein, nickten, setzten sich an den Nebentisch. Malik machte sich über seinen zweiten Teller her, während die Dazugestoßenen ihre erste Runde bekamen. Einer der Männer stand auf und schaltete den Flachbildschirm über dem Sofa an. Weil Malik in Blickrichtung saß, sah er immer mal wieder hin. Es war irgendein lokaler Nachrichtensender mit einem Logo von Hamburg, scheinbar waren sie doch noch nicht so weit von der Küste entfernt.

Ein Erdbeben und Überschwemmungen in Chile, die Verhaftung eines Mafiabosses, ein versuchter Putsch in einem afrikanischen Land, dann wurde auf die nationalen Meldungen gewechselt. „Immer noch keine Fortschritte im Fall Kronberg", ließ Malik kurz aufhorchen, aber er wollte sich sein Essen nicht verderben lassen. Der Sprecher berichtete darüber, dass die Spurenauswertung wegen des Feuers im Hauptgebäude extrem schwer sei. Maliks Laune rauschte in den Keller. Diese scheiß Attentäter hatten es geschafft, die komplette Diskussion völlig auf den Kopf zu stellen, die Gerald Kronberg und die Öffentlichkeit nach ihrer Aktion hätten führen müssen. Sie hatten ihn vom Täter zum Opfer und unangreifbar gemacht. Eigentlich sollte er sich auf die Suche nach ihnen begeben, um ihnen kräftig eins reinzuwürgen. Malik versank in Gedanken.

„Bad news?", erkundigte sich Birger bei ihm.

Malik blinzelte, zuckte mit den Schultern und sagte, wie sehr ihm die Suppe schmeckte. Sein Gegenüber lächelte.

Vielleicht war es besser, sich an Deck noch ein bisschen Wind um die Nase wehen zu lassen. Er würde aber sitzen bleiben, bis alle aufgegessen hatten und Birger und der Kapitän wieder ihrer Arbeit nachgingen.

Der lud sie beide noch auf einen Espresso ein. Dann kam er auf den Unfall zu sprechen und dass er ihm seine Daten geben solle, damit die Versicherung sich mit ihm in Verbindung setzen konnte.

Malik nickte. Eigentlich schade. Er fühlte sich nicht unwohl auf dem Schiff. Ob er einfach einen falschen Namen angeben sollte? Aber er wollte den Mann nicht in Schwierigkeiten bringen. Am liebsten würde er sich für einen Job hier anbieten, konnte sich aber nicht vorstellen, für die Arbeit qualifiziert zu sein. Obwohl. Bart würde mir bestimmt kein ganz schlechtes Zeugnis ausstellen, dachte er melancholisch. Er konnte immer noch zugeben, dass er Probleme hatte und keine Reparatur seines Schiffs nötig war.

Er nahm die Teller auf, die leeren Espressotassen in die andere Hand und wollte sie gerade zur Durchreiche tragen. „You don't have to do this", sagte der Kapitän. „You are our guest."

In dem Moment fiel Maliks Blick wieder auf den Bildschirm und seine Bewegungen froren ein. Da war Suri! Suri lächelte in die Kamera. Malik setzte das Geschirr ab, ohne sie aus den Augen zu lassen. Sie sah gut aus, so als hätte man die Zeit zurückgespult. „Sorry", murmelte er und ging langsam um den Tisch herum, um näher an den Bildschirm zu kommen.

Ein Crewmitglied weiter vorne tippte an der Seite aufs Display. Das Bild zeigte jetzt ein Autorennen. Malik rannte nach vorne, war bei dem Mann, faltete die Hände und erklärte ihm eindringlich, dass er unbedingt diese andere Sendung sehen musste, kurz, er würde sicher gleich wieder umschalten können. Der Mann maulte ein bisschen, tippte dann aber doch den Kanal von vorher an.

Birger war jetzt bei ihnen, stellte die Lautstärke etwas höher, nahm den Kollegen beiseite und nickte Malik noch mal zu. Der Typ war unglaublich, wie konnte man so feine Antennen füreinander haben in einer Zeit, die normalerweise alles technisch überdeckte? Ein großer Bruder von Hedi, schoss es Malik durch den Kopf.

Das Kamerabild zeigte eine Situation vor einem großen frei stehenden Haus, das eine royale Stimmung verströmte. Große, massive Balkone, Säulen, Terrasse, aufwendiger Außenstuck. Im Hintergrund, nah beieinander, standen Suris Eltern. Der Kameramann gab sich Mühe, Suri und seine Kollegin einigermaßen unverwackelt einzufangen. Scheinbar hatten sie sehr spontan entschieden, einen Beitrag zu machen. Unten in der Ecke prangte der Hinweis „live".

„Frau Temme, Sie gehören zum engeren Fachkreis bei Kronberg, haben aber durch eine krankheitsbedingte Pause die vergangenen Tage aus der Distanz heraus erlebt. Was denken Sie über das Attentat?", fragte die Journalistin.

„Alles, was ich Ihnen dazu sagen könnte, wäre flach und gespickt mit Floskeln", antwortete Suri mit fester Stimme.

„Ist es richtig, dass Sie sich zum Ende Ihrer Zeit bei Kronberg nicht besonders gut mit dem Vorstand verstanden haben?"

Suri lächelte, sagte aber nichts.

„Es gibt Gerüchte, dass es intern gebrodelt haben soll wegen irgendwelcher Projekte. Könnte das etwas mit dem Anschlag zu tun haben?"

„Kann ich Ihnen nicht beantworten, ich war nicht dabei", meinte Suri.

„Wir haben gehört, dass man Sie als interne Kritikerin regelrecht aus dem Unternehmen herausgedrängt hat. Gegen was haben Sie sich gestellt, das Ihnen so viel Widerstand eingebracht hat?", fragte die Interviewerin.

„Tut mir leid, dass ich Ihnen da nicht weiterhelfen kann. Sie werden verstehen, dass ich erst mit Unterstützung meiner Anwälte prüfen muss, was an Aussagen möglich ist, ohne mir das Genick zu brechen."

„Das heißt, Sie werden sich noch zu dem Thema äußern?" Die Reporterin hielt Suri erwartungsvoll das Mikro hin. Malik stellten sich die Nackenhärchen auf.

„Ja, das bin ich insbesondere einem Freund schuldig, der viel mutiger war und nicht groß ans Abwägen gedacht hat. Es ist mein allergrößter Wunsch, dass es ihm gut geht und ich mich irgendwann einmal für all das bedanken kann, was er versucht und für mich getan hat", sagte Suri und blickte direkt in die Kamera.

Malik war wie paralysiert. Sprach sie von ihm? Meinte sie wirklich Malik Cerny? Wer hatte sie überhaupt informiert? Dann erinnerte er sich, dass er das im Ansatz sogar selbst getan hatte. Das Heft. Im Nachhinein gesehen eine mehr als leichtsinnige Aktion, aber so, wie es aussah, hatte Suri seine Aufschriebe von der Ärztin erhalten. Malik lächelte.

„Your girl?", fragte Birger und grinste.

„No", sagte Malik mit einem leichten Prusten und schüttelte den Kopf, „a friend."

„Sure?"

Das Mikro wechselte wieder die Seite. „Eine letzte Frage, Frau Temme. Sie haben angekündigt, noch mal als eine Art Mahnerin dem Konzern gegenüber aufzutreten. Man scheint hart mit Ihnen umgesprungen zu sein. Wie fühlt sich der Tod von Gerald Kronberg für Sie an?"

Malik rollte mit den Augen. Was sollte man denn darauf antworten? Was glaubte die Reporterin damit zu erreichen? Sie plötzlich doch aus der Reserve locken zu können? Umso mehr überraschte ihn Suris Antwort.

„Das ist interessant, dass Sie das fragen, auch wenn ich denke, Sie spekulieren auf etwas anderes. Es fühlt sich so an, als wäre nichts passiert, so als wäre Gerald Kronberg noch da, obwohl er ermordet worden ist. Das ist schrecklich, weil ich möchte, dass sich etwas ändert."

Das Bild wechselte und eine Frau hielt ein Duschgel und eine Creme in die Kamera. Malik tippte aufs Display, bis das Rennen wieder auf dem Schirm auftauchte, und bedankte sich bei dem Crewmitglied, das ihn den Beitrag hatte anschauen lassen.

Er sagte Birger, dass er kurz an Deck gehe, der sah ihn vielsagend an, nickte aber. Schon auf den Treppen nach oben spulte sich der Film noch mal ab. Es ging ihr gut. Sie hatte überhaupt keine Probleme beim Sprechen gehabt, im Gegenteil, sie wirkte souverän, gesund, fit. Und sie dachte an ihn. Wenn er es richtig verstanden hatte, würdigte sie sogar seinen Versuch, Kronberg, na ja, wie sollte man das bezeichnen, ans Bein zu pinkeln?

Malik hing regelrecht an den Sätzen Suris, sie taten ihm unglaublich gut. Es gab jemand, der es nicht verwerflich fand, was er getan hatte, wenn sie auch noch nicht um die Konsequenzen wusste. Wie sehr sehnte er sich danach, mit Suri zu sprechen, ihr alles zu erzählen. Es wäre gut, das zu teilen, sein Herz auszuschütten.

Der Wind frischte auf, Malik sah aufs Meer. Seine Gedanken kehrten zu ihrem letzten Statement zurück. Ja, auch er wollte immer noch, dass sich etwas änderte. Es wäre verdammt gut, wenn Suri sich zu dem äußerte, was sie wusste. Er würde eine starke Mitstreiterin bekommen. Trotzdem verbat er sich sofort, wieder herumzuträumen. Möglicherweise kam sie zu dem Schluss, dass es für sie zu gefährlich war. Konnte er ihr das versagen? Wenn er etwas rückgängig machen könnte, würde er noch schneller einknicken, um den Sturm der Leute auf den Freizeitpark zu verhindern. Er wusste immer noch nicht, was dort passiert war. Malik schluckte.

„Es fühlt sich so an, als wäre nichts passiert, so als wäre Gerald Kronberg noch da", echote Suris Stimme in seinem Kopf. Das drückte exakt aus, welch ein perfides Ergebnis der Tod des Konzernchefs hatte. Selbst im schlimmsten Fall behielt er noch die Überhand. Er war ein Monster, ein Zombie, der nicht totzukriegen war. Schlimmer noch, der Tod brachte ihm den Triumph. Malik schnaubte. Im Grunde genommen war er schon lange tot gewesen, so viel Maschine, wie in ihm gesteckt hatte.

Aber irgendwas an Suris Bemerkung ließ ihn nicht los. Seine Gedanken kreisen rastlos um die Formulierung.

„Es fühlt sich so an, als wäre nichts passiert, so als wäre Gerald Kronberg noch da." Malik lehnte den Kopf zurück. Was wäre, wenn es sich nicht nur so anfühlte? Was, wenn der Bauch einem mitteilte, dass etwas an dem Bild, das man vorgespielt bekommen hatte, nicht stimmte?

Das war ein unerhörter Gedanke. Was, wenn Gerald Kronberg aus Angst vor den Reaktionen, die nach dem Öffentlichwerden der Pläne auf ihn zurollten, die Reißleine gezogen hatte?

Er musste sich hüten, sich nun ein Luftschloss als Ausweg zu bauen. Eine schöne bunte Fantasiewelt, die seine Schuldgefühle zu Ameisen und Flöhen schrumpfen ließ. Der Gedanke hatte trotzdem etwas Faszinierendes. Malik wollte allerdings auch realistisch sein. Niemand bekam innerhalb einer halben Stunde eine Schauspielertruppe zusammen, die mit Fakeausrüstung einen Terroranschlag durchzog.

Aber was, wenn er die schon gehabt hatte? Die Inszenierung seiner Hinrichtung als Notausgang, als Manöver für die ganz schlimmen Zeiten. Lesen Sie weiter auf Seite 110 des Konzernentwicklungsdossiers. Wenn nichts mehr geht, drehen wir einen Film darüber, wie es weitergeht.

Malik ärgerte sich, dass er in der entscheidenden Phase alles andere als fit gewesen war. Er schloss die Augen und versuchte, sich die Bilder zu vergegenwärtigen.

Kronberg in Wut, Kronberg wendet sich von Charlie ab, Kronberg schickt seine seltsamen siamesischen Zwillinge weg. Er war auffällig allein in der Zeit, bevor die Rambotruppe auftauchte. Das Feuer, das alles zerstörte. Irgendwie auch sehr perfekt für einen Abgang. Zu perfekt.

Wie konnte er das überprüfen? Wenn, dann musste Kronberg seine Server entsprechend gesäubert haben. Außenaufnahmen, die irgendetwas verrieten oder Fragen aufwarfen, Bildsequenzen von seiner Flucht oder Gesprächsprotokolle nach den Schüssen.

Experten konnten selbst solche Löschungen wieder rückgängig machen. Allerdings müsste er dazu wieder in den Konzern. Nicht sehr realistisch. Aber vielleicht fand er eine Dienstleistereinheit, die aushalf, zwischenspeicherte, mitschnitt, sicherte, ohne dass all das im Detail dokumentiert war. Jeder Großkonzern brauchte ein Heer an Zusatzkapazitäten, das irgendwelche Hilfsarbeiten für ihn erledigte. Aber auch in diesem Punkt kam er nicht von außen an die Information. Jedenfalls nicht von hier aus. Malik atmete tief durch. Es war sicher gut, sich nicht allzu viel Hoffnung zu machen, aber einen Versuch war es wert. Er würde einen Verbündeten dazu brauchen. Eine Verbündete.

27

Malik saß schon eine ganze Weile im Kabuff neben dem Gemeinschaftsraum und hatte sich die Finger wundgesucht. Über die Familie Temme existierte eine Menge journalistisches Material, aber er fand so gut wie keine konkreten Angaben, was ihr ganz persönliches Umfeld anging. Suri war verdammt ordentlich und gewissenhaft, was ihre Spuren im Netz anbelangte. Er gab einfach nichts. Keine Mailadresse von früher, keinen Hinweis auf einen Wohnort oder Freunde, die wiederum eine Verbindung erhoffen ließen. Vermutlich hatte sie sogar ein Unternehmen beauftragt, um entsprechende Sicherheit zu haben. Aber wie sollte er dann Kontakt mit ihr aufnehmen? Sich für ein Interview im Fernsehen anzubieten, kam im Moment eher nicht infrage.

Auch mit der Bildvergleichssuche vom Gespräch mit Hamburg-TV kam er nicht weiter, weil er nicht über die wirklich guten Programme verfügte. Die Freeware, die hier auf dem Rechner lief, hatte rund 70 mögliche Ergebnisse des Standorts in Deutschland ausgespuckt. Zu viele, um sie abzureisen.

Sein Blick fiel auf Suris Eltern. Was war mit ihrem Vater? Als Politiker musste er eine Adresse und einen Mailkontakt haben. Die Frage war allerdings, ob er jemals den automatisierten und persönlichen Filter mit einer Nachricht würde passieren können. Malik gab ein paar Suchbegriffe ein und rief Kai Temmes Homepage auf. Ziemlich schlicht, die Mailadresse fand sich sofort.

Blieb das komische Gefühl, dass es peinlich war, mit jemand über den Vater Kontakt aufzunehmen. Was würde er denken, wenn er seine Nachricht wirklich in die Finger bekam? Aber warum eigentlich? Malik erinnerte sich, dass Charlie genau das einmal getan hatte. Weil sie zwischendurch nicht wusste, wo er mittlerweile wohnte und wie sie ihn finden sollte, hatte sie seine Mutter angeschrieben. Malik hatte sich einfach nur gefreut und sich sofort darauf gemeldet. Aber sie verband auch eine lange Freundschaft. Bei Suri war es eher ein loser Kontakt. Na ja, immerhin hatte sie ihm eine Art Gruß und Dank übers Fernsehen übermittelt. Und was hatte er schon zu verlieren? Daddys Meinung sollte ihm ziemlich schnuppe sein.

Er schrieb ein paar höfliche Zeilen an Kai Temme, drängte zu nichts, wollte einfach nur seine Nummer hinterlassen mit dem Hinweis, dass er sich über eine Kontaktaufnahme von Suri freuen würde.

Dann fiel ihm siedend heiß ein, dass er ja überhaupt kein Gerät bei sich hatte. Birger ging an der offenen Tür vorbei, winkte und wollte in die Kantine abbiegen. Malik rief nach ihm.

„Yes?"

„Birger, I wanted to contact somebody, but haven't got a highcontroller. May I use your number? Just for a call?", erkundigte er sich.

Sein Kümmerer zog sein Gerät aus der Tasche, schaltete es ein, zeigte auf die Kennung oben im Display und legte es neben die Tastatur. Malik lächelte, bedankte sich und schrieb die Nummer in die Mail, dann schickte er sie ab.

Er reichte Birger den Kommunikator. „No, keep it untill, your girl contacted you."

Malik musste lachen. Diese fixe Idee bekam er nicht mehr aus ihm heraus, freute sich aber unglaublich über seine Herzlichkeit. „Thank you so much."

Jetzt strahlte auch sein Gegenüber. Diese Zahnlücke war einfach erste Sahne. Während die Crew es sich nach dem Abendessen bei ein paar Bier gemütlich machte, setzte sich Malik noch mal an den Rechner. Was, wenn er doch nach dem Freizeitpark schaute? Ob irgendwas bekannt, ob die Seite noch online war? Langsam tippte er zwei Schlagworte ein. Seine Hand zitterte, er schloss die Augen, dann schickte er die Suche ab.

Die Ergebnisse waren nicht besonders ergiebig, was alles bedeuten konnte. Keine Nachrichtenmeldungen über Vorfälle, Insolvenzen, Übergriffe. Ihre Seite schien unverändert, keine Anmerkung über eine etwaige Schließung. Immerhin.

Malik starrte auf den Menüpunkt *Team*. Nach einer Ewigkeit wählte er ihn an. Dario stand rechts, er strahlte wie immer eine unglaubliche Ruhe und Zuversicht aus. Selbst Sohan fühlte sich von seiner Art angezogen, das sah man sogar auf dem Bild. Er hatte sich nicht umsonst wahnsinnig angestrengt, seinen Bruder im Team zu halten. Seine Mutter hatte eine Cyberbrille in der Hand, lässig, so nach dem Motto, Girls, wenn ihr euch vergnügen wollt, tut es einfach.

Er schloss den Browser, machte den Rechner aus und stand auf. Tolle Aktion, sagenhaft mutig. Wie sollte er es jemals schaffen, sie anzurufen?

Im nächsten Moment fiepte Birgers Highcontroller. Malik zuckte zusammen. Nach der ersten Schrecksekunde besann er sich. Es war nicht sein eigenes Gerät. Konnte das Suri sein? Das wäre verdammt schnell. Er nahm den Apparat, fegte das Telefonsymbol in die Ecke und sagte einfach: „Bei Birger, hallo?"

„Malik, bist du das? Wo bist du? Wie geht es dir? Ich ... mein Vater hat deine Mail ... Hallo?"

Malik genoss es unglaublich, Suri zu hören. „Suri! Ich hätte nie gedacht, dass die Nachricht nicht aussortiert wird."

„Mein Vater kannte dich doch aus dem Krankenhaus, Malik, deine Briefe, du hast so viel für mich gemacht. Ich möchte dich sehen, mich bedanken."

„Hast du doch schon, ich hab das Interview gesehen", sagte Malik und spürte, wie er lächelte. Aber was erzählte er da? Natürlich mussten sie sich sehen. „Also das klang jetzt total dämlich, ich möchte dich auch sehen. Ich hab sogar eine Bitte, vielleicht kannst du mir helfen."

„Ja, ja, gerne. Am besten du kommst zu uns. Geht das? Kennst du den Lerchesberg?", fragte Suri. „Ich schick dir gleich die Adresse. Wann kannst du da sein?"

Malik musste grinsen. Suri war scheinbar jemand, dem die Fragen und Pläne davongaloppierten. Es war richtig gut, wie lebendig sie sich anhörte. Hatten die Ärzte gut hinbekommen. Und wahrscheinlich auch sie selbst. Diese Suri passte so gar nicht zu dem Bild, das sie in der Firma hatte abgeben müssen.

„Suri, ich werde noch eine Weile dazu brauchen. Vermutlich einen Tag, mindestens, ich bin hier auf der Nordsee." Und ich habe kein Geld und sollte mich nicht allzu auffällig bewegen, fügte er in Gedanken hinzu.

„Auf der Nordsee", sagte sie. „Ist mit dir alles in Ordnung?"

„Ja, klar."

„Normalerweise würde ich einfach hochfliegen, aber ich steh noch unter medizinischer Beobachtung, darf nur innerhalb der Stadt unterwegs sein", sagte sie.

Sie hört die Zwischentöne, deshalb hat sie auch die Trickserien im Unternehmen aufgespürt, dachte Malik.

„Ich komme nach Frankfurt, hab dort sowieso noch was zu erledigen. Du schickst mir die Adresse und ich melde mich, sobald ich weiß, wann ich mit der Unterdruckbahn in der Stadt ankomme, in Ordnung?", sagte er.

„Ja, mach ich sofort. Übrigens, die Leitung hier ist sicher, keine Unternehmensanteile."

Malik nickte, womöglich benutzte sie das Friendsnet, zutrauen würde er ihr es.

„Du musst mir alles erzählen, bitte gib Signal, wenn du die Ankunftszeit weißt, ich möchte zum Bahnhof kommen."

„Mal sehen, um wie viel Uhr das dann ist", sagte er.

„Nix da, du sagst Bescheid", meinte sie und fügte hinzu: „Ich freu mich total."

„In Ordnung, ich freu mich auch", sagte Malik und beendete das Gespräch. Er war selbst gespannt, wie er seine Reise bewerkstelligen sollte. Aber wenn er mit jemand seine fixe Idee überprüfen konnte, dann war es Suri. Sie würde Verständnis haben und vielleicht reichten ihre Kontakte zur Firma noch aus, um an die entscheidenden Stellen heranzukommen.

Malik ging in den Gemeinschaftsraum. Er hatte Glück, der Kapitän und Birger standen sogar zusammen und unterhielten sich.

Eigentlich war er alles andere als motiviert, jetzt seinen Abschied zu organisieren. Er wäre gern noch ein wenig auf dem Containerschiff durchs Meer geschippert. War es wirklich vernünftig, zu gehen, um sich auf den Weg zurück ins Kontrollmoloch zu machen?

Aber Malik wollte sich keiner Illusion hingeben. Diese unmoderne Oase hier war genauso überwacht wie alles andere auch. Trotzdem war es gut, sich eine Verschnaufpause gegönnt zu haben. Sie hatte ihm die Chance eröffnet, wahrzunehmen, dass er nicht so allein war, wie er gedacht hatte. Birger und Suri gaben ihm das Gefühl, ein klein bisschen wichtig zu sein. Beide auf ihre Art.

Malik wandte sich an Yuma Kensa und bezog Birger immer wieder ins Gespräch mit ein. Der Kapitän schlug vor, ihn am dänischen Hafen von Esbjerg abzusetzen. Weniger angetan war er von Maliks Idee, sich nicht weiter mit der Versicherung herumzuschlagen und ihm einfach nur 50 Mittelwesteuro als Tausch für den Schrottwert seines Bootes zu geben.

„It's possible I was just as to blame for the accident. At night I wasn't very forward-looking on the way", sagte Malik.

„Let us have your data and the insurance company do their work, after that I am accused of cheating you", entgegnete der Kapitän.

Natürlich wollte Malik nicht, dass Yuma Kensa wegen ihm Ärger bekam, weder weil er sich dem Vorwurf ausgesetzt sah, einen Nussschalenkapitän übers Ohr gehauen zu haben, noch weil Malik möglicherweise gesucht wurde. Er willigte ein und bedankte sich sehr für alles, was er und die Crew für ihn getan hatten, und sah Birger dabei an.

Es dämmerte, als sie in Esbjerg anlandeten. Birger stand bei einem Kollegen, um die Brücke zum Kai herunterzulassen. Der Stahl ächzte, schien sich auf dem Beton wundzukratzen. Was für schöne alte Geräusche. Wieso bin ich nicht auf die Idee gekommen, zur See zu fahren, dachte Malik. Der Abschied fiel ihm noch schwerer, als er gedacht hatte. Birger kam zu ihm zurück und hielt ihm eine Regenjacke hin.

„I guess it will rain", sagte er.

„Thanks for all. If I'm at home, I will send your highcontroller to the next harbor, you are facing to land", meinte Malik.

„Don't be silly, you can send me a foto from you and your girl."

Sie umarmten sich kurz, dann ging Malik von Bord. Er drehte sich noch einmal um, winkte und begann dann, sich den Weg zur nächsten Unterdruckbahn zu suchen. Konnte er sich schon mal Gedanken machen, wie er durch die Sperren kam. Eigentlich wollte er es vermeiden, auf seinen Mailaccount zuzugreifen, aber er hatte nun mal kein Bargeld mehr. Alles, was in irgendeiner Weise personalisiert war und mit ihm in Verbindung stand, barg die Gefahr, dass der Konzern dort irgendwelche Rückverfolgungen und Überraschungen aufgebaut hatte.

Am vernünftigsten war es, Suri anzurufen und sie um Hilfe zu bitten, sobald er wusste, was die Fahrt kostete. Malik sah die Kameras im Eingang des Hafengebäudes, streifte die Regenjacke über und zog sich die Kapuze tief ins Gesicht. Er steckte die Hände in die Taschen und hielt nach dem nächsten Bahnwegweiser Ausschau. Er entschied sich für den Weg neben dem Rollfließband. Im Gegensatz zu den Leuten, die hier unterwegs waren, hatte er ja kein Gepäck.

Weiter vorne begann eine Fensterfront, von der aus man auf den Hafen sah. In der Jackentasche spürte er jetzt an den Fingern Papier. Hoffentlich hat Birger nicht irgendetwas Wichtiges vergessen, dachte er, griff danach und zog es heraus.

„Das kann doch nicht ..." Malik blieb stehen und starrte auf den 50-Mittelwesteuro-Schein, sah aus der Fensterfront und ging langsam weiter. Wenn er jemals wieder zu Geld kam, würde er ein Feuerwerk an einem der Häfen steigen lassen, in den Birger mit seinen Kollegen dann als Nächstes einlief. Das schwor sich Malik. Seine Gedanken begleiteten die Crew noch eine Weile, nachdem er sich ein Kombiticket für die Unterdruckbahnen Dänemark/

Deutschland gekauft hatte. Ihm blieben noch zehn Mittelwesteuro. Sein Blick fiel auf die Auslage eines Stands mit Fischbrötchen. Mein Gott, auf dem Wasser hatte er auch nur von Wodka und Untergangsträumen gelebt. Wieso musste er jetzt wieder Hunger bekommen? Er verkniff sich die Sache und nahm den Aufzug ins dritte Untergeschoss zu seinem Bahnsteig.

In Hamburg ging es nicht sofort weiter. Er überbrückte die Wartezeit von rund zwei Stunden mit einem Nickerchen, Schein und Highcontroller mit der Hand in der Jackentasche umschlossen. Er wollte auf den letzten Metern nicht noch beklaut werden. Die Adresse von Suri, die sie sofort nach ihrem Gespräch geschickt hatte, hatte er aber zur Sicherheit schon auswendig gelernt.

Als er dann in der Unterdruckbahn nach Frankfurt saß, schickte er eine Nachricht an Suri, mit dem Hinweis, dass er gerne direkt zu ihr komme und gegen 22 Uhr im Zentrum sei. Mit knurrendem Magen nickte er wieder ein. Als die Leute um ihn herum aufstanden und zur Tür drängten, merkte er, dass sie bereits im Bahnhof standen. Malik versuchte, wach zu werden, sah sein Spiegelbild, fuhr sich durch die Haare und übers Gesicht. Ob er noch ein paar Kröten dafür ausgeben sollte, sich frischzumachen? Er sah sich in der Halle um, glaubte, an der linken Seite ein WC-Schild zu erkennen. Eine Mutter mit einem kleinen Mädchen an der Hand ging in dieselbe Richtung. In dem Moment kam ein ganzer Trupp grölender Fußballfans von rechts auf sie zu. Links lief die Gruppe eines anderen Clubs und zeigte den Gegnern Gesten ihrer Abneigung.

Malik drehte sich hektisch um. Vor und hinter ihnen sammelten sich Polizeibeamte. Sie waren praktisch eingekesselt. Scheiße, Scheiße, ich hätte die Nachrichten checken sollen, schoss es ihm durch den Kopf. Ich bin ein Idiot, ein gottverdammter Vollidiot. Und wenn es ein nettes Kronberg'sches Spätgimick aus dem Netz war? Ein Teufel aus dem Karton. So wie bei Bart und Momoko damals, weil irgendeine Körper- und Gesichtserkennung ihn gemeldet hatte? Malik wurde verdammt mulmig.

Auch die Mutter sah sich ängstlich um, stellte den Koffer ab und nahm ihr Kind auf den Arm. „Soll ich Ihnen helfen?", fragte Malik, dann waren schon die ersten Hooligans bei ihnen und schoben sie vor sich her in Richtung gegnerischer Block. Sie fassten sich intuitiv an der Hand und schafften es, sich bei einer der Wartebänke auf den Boden zu kauern.

Es drängten immer mehr Leute auf den Platz. Manche stolperten über den Koffer, ein bulliger Typ trat gegen das Gepäckstück, sodass es von ihnen wegrutschte. Malik wollte nach dem Griff schnappen, doch die Frau neben ihm sagte: „Bleiben Sie hier, um Gottes willen, die Klamotten sind scheißegal." Er nickte. Das Mädchen weinte.

Geschrei, rote Gesichter, fliegende Hartfasermehrweg-Bierdosen, Flüche, Beschimpfungen. Nach wenigen Augenblicken waren die Prügeleien in vollem Gange. Die Polizei griff ein, die ersten Verhaftungen begannen. „Wenn Sie sich nicht sofort am Riemen reißen, müssen wir Tränengas und Wasserwerfer einsetzen!", tönte es aus den Lautsprechern. Das durfte doch alles nicht wahr sein.

„Haben Sie irgendein Tuch oder T-Shirt für Ihre Kleine?", fragte Malik. Aber es war schon zu spät, das Zischen in der Luft kündigte die ersten Ladungen Tränengas an, gefolgt von lauten Rufen und Schimpftiraden. Malik, die Frau und ihr Kind wurden von einem Schwall Wasser getroffen. An ihnen liefen die Fußballbegeisterten nun in die andere Richtung vorbei und kegelten den Koffer wieder zurück zu ihnen.

Das Mädchen hielt sich tapfer, obwohl seine Augen total tränten und genauso schmerzen mussten wie seine. Polizisten in Dreiergruppen räumten nach und nach die Leute ab, jetzt kamen auch welche auf sie zu. Einer der Beamten zog Malik hoch und bedeutete ihm, ihnen zu folgen. „Der Mann hat überhaupt nichts gemacht, er hat uns geholfen", sagte die Frau.

„Los, mitkommen, wir überprüfen nur die Papiere", sagte der Polizist.

„Wir werden hier fast verprügelt, Sie sprühen uns mit Reizgas und Wasser voll und dann müssen wir uns überprüfen lassen?" Der Mutter platzte fast der Kragen.

„Nicht unser Problem, wenn Sie unbedingt nach einem Fußballspiel nach Frankfurt kommen müssen. Wozu bitte gibt es Highcontroller-Programme, die Ihnen den für Ihre soziale Lebenssituation passenden Weg weisen? Los, hier lang. Wenn Sie jetzt groß den Aufstand proben, dauert es noch länger."

Die Frau schüttelte empört den Kopf, sagte aber nichts mehr. Die Beamten brachten sie in einen mit Gitterelementen abgesperrten Bereich. Malik sah sich um. Wenn er jetzt die Beine in die Hand nahm, waren an jedem Eingang mindestens zwölf Beamte und noch mehr Polizeiwagen, denen er entgegenrennen würde. Er hatte es versucht und jetzt würde er sich in sein Schicksal fügen.

Malik räumte ein, keine Papiere bei sich zu haben. Sie fotografierten ihn, scannten seine Fingerabdrücke und stellten fest, dass er nun zu warten habe, bis die Anfrage bei der Datenbank durchgecheckt war. Als der Beamte ihm eröffnete, dass er ihn nicht gehen lassen konnte, wunderte er sich nicht weiter.

„Sagen Sie mir noch, was mir vorgeworfen wird?", bat er den Polizisten.

„Sie sind zurzeit in einem S-100-Programm beim Unternehmen Kronberg, haben sich aber seit letzter Woche Donnerstag nicht mehr in der Firma zurückgemeldet. Auch ein Kommunikationsgerät, das in Ihrer Benutzung war, wird vermisst", sagte der Polizist.

Malik kniff die Augen zusammen. Sein „Was?" klang mächtig schrill. „Sie haben aber schon mitbekommen, dass es dort einen Anschlag gab."

„Darum geht's nicht. Sie müssen sich entweder beim Konzern zurückmelden oder bei Ihrem zuständigen Gericht. Weil Sie das nicht getan haben, haben Sie gegen die Bewährungsauflagen verstoßen. Wir nehmen Sie nachher mit."

„Das werden Sie nicht tun! Malik Cerny hat sich sehr wohl zurückgemeldet. Aber vermutlich liegen Ihnen die Daten aus der Firma noch nicht vor", sagte eine Stimme, von der er eigentlich geglaubt hatte, sie jetzt erst einmal einige Jahre nicht mehr zu hören. Suri hielt dem Beamten auffordernd zwei Identitätskarten hin. „Ich bürge für ihn, mein Name ist Suri Temme. Hier dürfte sich alles finden, was für Sie von Wichtigkeit ist."

Der Polizist nahm die Karten verdutzt entgegen, sah Suri kritisch an und steckte sie in seinen Highcontroller. Dann sprach er mit seinem Kollegen.

„Sie sind wirklich vom Unternehmen", sagte der Mann. „Aber wir können von hier aus nicht überprüfen, ob Sie berechtigt sind, Personalfragen zu regeln."

„Na, dann erkundigen Sie sich aber mal fix. Ich habe nicht vor, hier noch lange zu warten. Wenn Sie möchten, können Sie sich auch an Staatssekretär Kai Temme wenden", sagte Suri. „Nein, noch besser, ich rufe ihn einfach gleich selbst an." Sie zog ihren Highcontroller aus der Tasche, tippte, führte ihn zum Ohr und sah Malik mit einem Lächeln an.

Ein Vorgesetzter nahm den Beamten jetzt zur Seite, sie redeten kurz, dann zog er das Absperrgitter auf. „Sie können mit ihr gehen. Aber regeln Sie das mit dem Gericht heute oder morgen", sagte der Polizist. Malik nickte und trat aus dem Käfig.

„Ja, mach ich", sagte er, schaute Suri an und lächelte. Auch sie lächelte und ergänzte: „Ich werde ihn daran erinnern."

Als sie die ersten Schritte in Richtung Ausgang gemacht hatten, sagte Malik vor sich hin: „Ist ziemlich gut, von der Unterdruckbahn abgeholt zu werden."

„Ich hab doch gesagt, dass ich komme", meinte Suri und zwinkerte ihm zu.

28

Malik stand wieder in einem Bad, ohne über eigene Kleider zu verfügen. Suri hatte darauf bestanden, dass er die nassen Klamotten hergab. Er genoss das warme Wasser und ließ es ein wenig länger laufen als normalerweise. Beim Abtrocknen vor dem Spiegel dann die ernüchternde Bilanz. Zu seinen blauen Flecken im Gesicht kamen jetzt auch noch gerötete und geschwollene Augen. Er sah zum Fürchten aus. Auf dem Stuhl lagen Boxershorts, T-Shirt, Kapuzenpulli und Jogginghose. Die sportliche Variante dieser Tage. Er zog sich an, rubbelte sich die Haare noch ein bisschen trocken und ging nach draußen.

In der Wohnküche lief leise Musik und Suri stand neben einem ziemlich altmodisch wirkenden Schnellbuster, in dem zwei Hartfaserschalen langsam im Kreis wanderten.

„Du musst total Hunger haben. Alles, was ich noch da hatte, waren Glasnudeln mit Gemüse. Meinst du das geht?", fragte sie.

„Ja, das ist toll", meinte er. „Soll ich was helfen?"

Sie reichte ihm das Besteck. Gläser und eine Karaffe mit Wasser standen schon auf dem Tisch.

„Wie ist deine Wohnung so ausgerüstet?", erkundigte sich Malik.

„Du brauchst keine Angst haben. Es gibt einen separaten Raum, in dem meine Geräte sind", sagte Suri und zeigte auf eine verstärkte Tür am Ende des Wohnzimmers. „Meine Küche und Heizungen sind WLAN-frei, ich überprüf regelmäßig alles, wenn ich was Neues anschaffe."

Malik nickte. „Ich mach's genauso."

Als sie vor ihren dampfenden Glasnudeln saßen, begann sie, langsam zu fragen. Wie er auf die Datenbanken, die Planungen, das Zwillingsprofil gekommen war. Malik erzählte, dass er einfach ihrem Beispiel gefolgt sei, ihr Ex-Schwager seinen Teil dazu beigetragen hatte und sie sich mächtig angestrengt hatten, um das Ruder noch herumzureißen – mit bekanntem Misserfolg. Suri hörte gebannt zu, wollte immer mal wieder Details erläutert bekommen, wobei Malik sie ab und zu zum Essen aufforderte. Es war nicht nur befreiend, all das loszuwerden, sondern auch für ihn selbst gut, das Erlebte noch einmal mit einem gewissen Abstand zu betrachten. Gerald Kronbergs Gewalt war nicht so stark, wenn er hier bei Suri saß. Aber er wusste, dass es viele Kronbergs gab und noch viel mehr, die in seine Fußstapfen treten wollten.

„Du hast wirklich Glück gehabt, dass dir die Brainschnittstelle nicht geschadet hat", sagte Suri.

„Ein paar Synapsen und graue Zellen wird das Surfen schon gekostet haben, befürchte ich", meinte Malik.

„Und jetzt erzählst du mir, warum du diesen langen Weg auf dich genommen hast." Suri stand auf. „Magst du einen Wein oder lieber ein Bier?"

„Alles, außer Wodka", sagte Malik.

Suri stutzte kurz, nahm zwei Gläser aus dem Schrank, kam mit einem Weißwein zurück und schenkte ihnen ein. Sie stießen an.

Malik fühlte sich wohl und hatte eigentlich keine Lust, Kronberg wieder in diese gemütliche Wohnküche einbrechen zu lassen, aber es half ja nichts. Er nahm den Korken und drehte ihn zwischen Zeigefinger und Daumen hin und her. „Ich hab ja dein Interview gesehen."

Suri lächelte. „Gut, dass ich mich dazu durchgerungen hab, sonst wärst du jetzt nicht hier."

„Eine Sache ist mir nicht mehr aus dem Kopf gegangen, wahrscheinlich wirst du jetzt lachen und mich für verrückt erklären, aber ..." Malik zögerte. Es auszusprechen, war wirklich nicht so einfach.

„Blödsinn."

„Sinngemäß meintest du, es fühlt sich so an, als wäre Kronberg noch da, würde weiterwirken, und es hat sich nichts Grundlegendes geändert."

Suri stützte das Gesicht in die Hände und stöhnte. „Der Termin mit meinem Anwalt ist übermorgen, ich will unbedingt noch was machen, aber ich muss ein bisschen an meine Eltern denken."

„Klar, das mein ich auch nicht, Suri", sagte Malik. „Das hört sich jetzt echt an, als wäre ich völlig abgedreht und zum Verschwörungstheoretiker mutiert, aber was ist, wenn Kronberg nicht so übermächtig war, wie wir denken, er Angst hatte und sich diesen Ausweg offengehalten hat für den Fall der Fälle?"

Suri kniff die Augen zusammen. „Offengehalten? Ausweg?"

„Was, wenn er das Attentat auf Abruf in der Hinterhand hatte, es nur inszeniert hat, um sauber aus der Nummer rauszukommen? Altmodisch, dazu brauchte er noch nicht mal ein Zwillingsprofil."

Sie starrte ihn fassungslos an. Dann trank sie einen Schluck und schüttelte den Kopf. „Das ist so ungeheuerlich, dass es auf den zweiten Blick nicht so verrückt ist, wie es klingt", sagte sie langsam. „Und es würde verdammt gut zu meinem Gefühl passen."

„Hör zu, ich will nicht in der Psychiatrie landen und keine Leute verrückt machen, aber der Gedanke lässt mich einfach nicht mehr los. Die einzige Möglichkeit wäre, es anhand der Aufnahmen im Gebäude zu überprüfen."

„Ha, mit seiner eigenen Keule zurückschlagen, jawohl!" Suri grinste.

„Wenn wir feststellen, dass ich einem makabren Witz hinterhergelaufen bin, konzentrierst du dich auf deinen Anwalt", sagte Malik.

„Die Frage ist, wer uns bei unseren makabren Überlegungen und Überprüfungen behilflich sein könnte", murmelte Suri und trank wieder einen Schluck. „Mir fällt da eigentlich nur ein wirklich aussichtsreicher Kandidat ein. Aber das wird dir wenig gefallen."

Malik hätte sich kaum träumen lassen, dass Suri sofort auf die Sache eingehen würde. Aber an wen dachte sie als Unterstützer, den er nicht gut fände? Oh nein. Malik sah sie prüfend an. „Ich weiß, er gehört zur Familie, aber du kannst ihm unmöglich vertrauen", sagte er.

Suri nickte. „Nein, das tue ich auch nicht. Aber Hans ist uns beiden noch was schuldig und das weiß er auch. Ich habe noch nicht mit ihm gesprochen seither, aber auch bei ihm hat sich die Lage ein bisschen verändert. Er arbeitet nicht mehr in der Firma. Sie haben ihn entlassen."

„Aber dann kann er uns doch sowieso nicht helfen."

„Hans hat sehr gute Kontakte und das sage ich ohne Neid. Wenn einer von außen über Beziehungen an die Aufnahmen kommt, dann ist es er", stellte Suri fest.

„Bist du nicht schrecklich wütend auf ihn?"

„Wegen der Wahrheitsdroge?", fragte Suri.

Malik nickte.

„Schon, deshalb war ich ja auch noch nicht bei ihm. Aber fairerweise muss man sagen, er wusste nicht, dass ich vorher eine Schnittstellensession hatte." Suri trank ihr Glas in einem Zug aus. „Wäre ein guter Anlass, das zu erledigen. Kommst du mit?"

Malik blies die Backen auf und sah sie noch mal prüfend an, dann nickte er. Suri strahlte. Malik ertappte sich dabei, sich in ihre Grübchen zu vergucken. Er blinzelte.

„Mein Gott, du musst völlig erschlagen sein, bitte entschuldige. Ich mach dir das Bett hier drüben, ja?", sagte sie und stand auf. „Wir frühstücken morgen gemütlich und dann gehen wir zu Hans."

Suri hatte ihm Wasser und Schokolade hingestellt, dreimal gefragt, ob er noch irgendwas brauche, und sich schließlich zurückgezogen. Beim Aufwachen spürte er seine Prellungen am Bauch, aber hatte wenigstens das Gefühl, wieder gerade aus den Augen schauen zu können.

Beim Frühstück erzählte Suri, dass Hans ganz in der Nähe wohnte, vielleicht fünf Minuten zu Fuß, und sie einfach nachsehen konnten, ob er zu Hause war. „Meinst du, es ist gut, ihn so zu überrumpeln?", fragte Malik.

„Ich weiß nicht, wie seine Geräte eingestellt sind", meinte Suri, „natürlich hat er auch Kameras am Haus und den ganzen Krempel, aber ich kann klingeln gehen und würde ihm vorschlagen, dass wir einen Spaziergang machen."

„Schon reden ist kompliziert geworden", sagte Malik und stöhnte. „Aber der Plan ist gut."

Die Umgebung war schön. Suris Haus mit zwei nicht besonders hohen Stockwerken lag am Rande einer Villensiedlung. Der Weg führte sie zu einem alten Friedhofstor zwischen Wald und offener Streuobstwiese.

Suri schaute Malik an. „Macht dir das was aus?"

Er lächelte. „Ich hab keine Angst vor Toten, höchstens sie sind es nicht."

Sie gingen über den Friedhof und kamen zu einer weit auseinandergezogenen Häuserzeile. Malik blieb, wie besprochen, unter einem der ausladenden Apfelbäume stehen, Suri ging weiter zum Eingang der klassischen Jugendstilvilla. Er sah, wie sie aufs Display tippte. Hinter sich hörte Malik erst leise Kies knirschen, dann näherkommende Laufschritte. Er drehte sich um.

Hans Vidal war stehen geblieben. Suri wandte sich ihnen zu. Ihr Ex-Schwager hatte Schweißflecken unter den Achseln, seine Laufmontur wirkte ein bisschen altmodisch, wie aus grauen Vorzeiten hervorgekramt. Hans blickte zwischen ihnen beiden hin und her.

Malik konnte seine Stimmungslage nicht gut einschätzen, der Mann hatte eine natürliche Pokerfacebegabung. Hans musterte längere Zeit sein Gesicht. Die Beulen vermutlich.

Suri kam zu ihnen. „Hans, wir würden gern mit dir reden."

„Worüber?", fragte er.

„Wie du das mit deinem Vorgarten hinbekommst. Dünger, Gießsequenzen und so", sagte Suri.

Vidals Augen veränderten sich, er kniff die Lippen zusammen, dann lachte er. Kurz darauf wurde er wieder ernst. „Du siehst gut aus, ich hoffe, dir geht es auch wieder besser." Hans sah Suri an.

„Tut es, woran du bisher keinen größeren Anteil hattest", sagte sie schnippisch. „Aber ich hoffe, dass sich das bald ändert. Lass uns ein Stück gehen. Ach so, und lass doch bitte deinen Highcontroller hier."

Suris Ex-Schwager schnaubte. „Was soll das? Wollt ihr mich verprügeln? Es tut mir wirklich leid, was ich gemacht habe, auch was Cerny angeht, aber es lässt sich nun mal nicht rückgängig machen."

Suri sah Malik vielsagend an. „Nein, wir wollen dich nicht vermöbeln, jedenfalls ich nicht. Aber wir möchten, dass du uns zur Abwechslung einmal hilfst. Ich finde, das wäre verdammt noch mal jetzt an der Reihe."

„Ich mag sie, wenn sie flucht", sagte Vidal und sah Malik an. Vermutlich suchte er irgendwelche Hinweise, wie Malik ihm gesonnen war und was er von ihm zu befürchten hatte. Ein bisschen lasse ich Vidal noch zappeln, dachte Malik, aber lange sollte er mit diesen Spielchen keine Zeit mehr vergeuden.

Hans wirkte anders auf ihn, unabhängiger, ungetriebener als in der Firma. Kein Grund, ihm zu trauen. Er hielt es für ratsam, wachsam zu bleiben, aber Malik war bereit, mit ihm zu kooperieren.

Vidal warf seinen Kommunikator in den Briefkasten. Sie gingen ein Stück über die Streuobstwiese in die Richtung, aus der Hans gekommen war.

„So meine Hübschen, jetzt schießt mal los, wobei ich euch konspirativ zur Seite stehen soll", sagte er und trippelte ein bisschen vor sich hin.

„Wir brauchen jemand, der an die Ton-, Video- und Bewegungsaufzeichnungen vom Tag des Anschlags kommt", sagte Malik.

„Du weiß schon, dass mich Kronberg, Gott hab ihn selig, rausgeschmissen hat", merkte Hans Vidal an und machte eine Dehnübung.

Suri stellte sich jetzt vor ihm auf, sodass er seine Arme etwas zurücknehmen musste, um sie kreisen zu lassen.

„Jaaa, aber wir hatten gehofft, dass du deine Beziehungen spielen lassen kannst. Du kennst den Sicherheitschef, du kennst die Leute im Controlling und weißt, wer im Vorstand einen Draht zu den wichtigen IT-Saubermännern und -frauen hat", stellte sie kühl fest.

„Cernys Video ist doch im Netz. Wieso sollte es irgendetwas bringen, das alles noch mal extra kundzutun? Es interessiert sich einfach keine Sau dafür, seit Gerald Kronberg sich hat abknallen lassen", meinte Hans Vidal ungerührt. Der Ton erinnerte ein wenig an seine alte Manier, aber Malik konnte seine Überraschung nicht ganz verbergen.

„Du hast das Video gesehen?", fragte er.

„Ja, klar. Gute Performance übrigens, die du da bei der Kantinenversammlung abgeliefert hast", sagte Vidal. „Man könnte noch ein bisschen was am Ranking in den Nicht-Kronberg-Netzen schrauben, aber das ist von außen mühsam und in der Wirkung begrenzt."

„Wie schwer war es, da ranzukommen?", wollte Malik wissen.

„Na ja, über ein paar schwarze Kanäle geht das schon. Aber ich muss dir nicht sagen, dass Kronberg überall Leitungsanteile und die Technik hat, um alles durchzuspülen und so ein Video ans Ende der Galaxie ...", Vidal zögerte. „Soll das heißen, du hast dich selbst noch nicht gesehen? Das fass ich nicht. Du hast es doch scheinbar rausgeschafft."

„Das glaub ich gleich, dass du dir deinen eigenen Auftritt in Endlosschleife geben würdest", sagte Suri kopfschüttelnd. Dann hielt sie Hans am Handgelenk fest und sah ihn eindringlich an. „Noch mal die Frage, hilfst du uns, an Datenmaterial des Konzerns zu kommen?"

„Ihr macht mich neugierig. Was hättet ihr denn gern für die persönliche 3-D-Wachsglasscreen-Homesession, wenn es nicht der eigene Auftritt ist?" Vidal sah wieder zwischen ihm und Suri hin und her.

„Gerald Kronbergs Tod", sagte Malik.

Hans Vidals Augenbrauen schossen nach oben, sein Grinsen wurde immer breiter, dann lachte er. Lange. Irgendwann brachte er keuchend zustande: „Ich bin dabei".

„Wir wollen überprüfen, ob er das Attentat inszeniert hat. Hört sich an wie eine Verschwörungstheorie, ist es vielleicht auch, aber wir wollen auf Nummer sicher gehen." Malik war erleichtert, dass es jetzt endlich raus war.

Vidals Kopf ruckte zu ihm herum. „Was? Ihr seid ja irre!" Aber obwohl Hans die Idee erst mal abtat, sah man förmlich, dass es in seinem Kopf zu arbeiten begann. Suri lächelte.

„Das würde heißen ..." Vidal stemmte die Hände in die Hüften, ging ein paar Schritte, drehte sich wieder zu ihnen um. „Die Geldanlagen sollte man checken, ob irgendwas verlagert ist. Sein Büro wird er technisch schon im Griff haben. Da könnte er vorher alles ausgeschaltet haben."

„Man müsste das ganze Haus und Gelände bis hin zur Umgebung kontrollieren", sagte Malik. „Sich ein paar Tipps abholen, wer in dieser Zeit zu den absolut Vertrauten Kronbergs gehört hat."

„Da kann man sich ordentlich die Finger verbrennen", sagte Hans. Sein Blick war jetzt nach innen gerichtet. „Ich meine, ihr habt ja schon ganz gut mitbekommen, was es heißt, sich mit Kronberg anzulegen."

„Du hast Schiss", stellte Suri fest.

„Ja, ich hab Schiss. Ich hab Cerny verpfiffen, weil Gerald Kronberg gedroht hat, mir die komplette Konzernmafia auf den Hals zu hetzen. Er hätte behauptet, ich plane, eine Liste der Zwillingsprofilinteressenten der Presse zuzuspielen."

Malik pfiff durch die Zähne.

„Ein guter Grund, uns zu helfen", sagte Suri.

Vidal schüttelte den Kopf, lächelte aber. „Da haben sich zwei gefunden." Er tänzelte ein bisschen herum, dann drehte er sich wieder zu ihnen. „In Ordnung, ich bin dabei. Früher wollte ich immer wild und intensiv leben. Hat nie geklappt. Ich glaub, ihr seid begabter."

Suris Augenbrauen schoben sich nach vorne. „Kein Kamikaze, Hans. Wir wollen alle heil aus der Nummer rauskommen."

„Klar", sagte Hans Vidal. „Ich hör mich um, was und wen wir brauchen, und melde mich. Ich weiß ja, wo ich euch finden kann."

29

Sie gingen zurück zum Haus. Suri schaute auf die Uhr und stöhnte. „Mist, ich hab noch einen Termin in der Stadt. Ich muss regelmäßig zur Kontrolle bei einem Neurologen", sagte sie. „Ich hab überhaupt keine Lust."

Malik lächelte. „Komm, das ist wichtig und hört sich nicht nach einer langen Session an", sagte er und überlegte kurz, ob er Suri anbieten sollte, sie zu begleiten. Aber er hatte Angst, dass sie das falsch verstehen und übergriffig finden könnte.

Als sie aufgebrochen war, schaute er im Arbeitszimmer Nachrichten. Er hielt allerdings nicht lange durch. Die Berichterstattung war mehr als frustrierend. Attentat, Spekulationen über neue Vorstandskonstellation und Reaktionen in der Branche. Noch nicht mal eine Ahnung von Fragen an einen der größten Hightechplayer und sein Tun.

Malik schaltete ab und ging zurück ins Wohnzimmer. Hinter einer unscheinbaren Tür mit Milchglasscheibe eröffnete sich ein Kosmos der Vergangenheit. Er stand vor einer riesigen Bücherwand. Man konnte den Buchstabenstaub förmlich riechen. Malik hatte seit seiner Kindheit eigentlich kaum mehr auf Papier gelesen. Tragbare Elektronik war besonders in ihrer Situation einfacher zu handhaben gewesen.

Er war mächtig beeindruckt, nicht nur all seine geliebten Soziologen hier stehen zu sehen, sondern auch die guten alten Spötter, Spießigkeitsverächter und Freiheitskämpfer im Geiste. Er zog einen alten Band von Monty Pythons Flying Circus aus dem Regal, verguckte sich dann aber noch in die Informatik-Neurologie-Sparte, die etwas unterhalb zwei Regale in Beschlag nahm. Dort stieß er auf ein abgegriffenes Buch, das sich darüber Gedanken machte, wie Zukunftsvisionen die Gegenwart beeinflussten, und begann schon beim Gang zum Sofa zu lesen.

Obwohl es total spannend war, ertappte sich Malik dabei, sich erst anzulehnen, schließlich legte er sich ganz auf die Couch. Wenigstens wollte er sich nicht die Decke holen, die an der Seite über der Lehne hing.

Er schreckte hoch, als Suri flüsterte, dass sie sehr hoffe, er möge indisches Essen, ihm eine unglaublich duftende Aluschale zeigte und auf den Couchtisch stellte. Eine zweite stand schon vor ihr.

„Hey, war der Arzt zufrieden?", fragte Malik und rieb sich übers Gesicht.

„Ja, war er. Alles paletti." Suri sah auf die zwei Bücher, neben denen er eingenickt war, und zog die Augenbrauen hoch. „Keine schlechte Wahl. Nach dem Essen lass ich dich noch mal ausgiebig dabei einschlafen, du hast bestimmt einiges nachzuholen."

Malik grinste. „Ja, mein dynamisches Image ein bisschen untergraben."

Suri sah ihn nachdenklich an, blinzelte und aß mit Appetit.

„Das ist himmlisch, vielen Dank", sagte Malik.

Als sie fertig waren, schnappte er sich die leeren Mehrwegbehälter, um sie zur Küchenklappe zu bringen. Er nahm zumindest an, dass Suri so vermögend war, an einen dezentralen E-Hol- und -Bringdienst zur Reinigung des Geschirrs angeschlossen zu sein.

„Wo ist …?", murmelte er. Suri kam zu ihm, öffnete die Tür, die im selben Muster wie die Kacheln gehalten war. Er ließ Besteck und Boxen hineinfallen.

„Lass uns einen superfaulen Nachmittag machen, das können wir morgen vielleicht schon nicht mehr", sagte Suri. „Magst du einen Apfelwein?"

Malik lächelte und nickte. „Das soll zweimal ja heißen."

Als Suri nach der Flasche griff, die in einem kleinen Rollwagen stand, kamen sie sich unerwartet ins Gehege und Malik konnte kurz ihre Brüste spüren. Das „Entschuldige" kam zwar automatisch, klang aber irgendwie schlapp. Suri bewegte sich nicht weg von ihm, im Gegenteil, sie rückte noch näher, legte ihre Hände an seine Hüften und begann, vorsichtig mit ihnen unter sein T-Shirt zu wandern. Malik streichelte ihr über die Wange und umfasste sie.

In dem Moment klopfte jemand ans Küchenfenster. „Hey, ihr Turteltäubchen, ich muss euch sprechen", schallte es dumpf aus dem Vorgarten.

Suris Blick verfinsterte sich. Sie stöhnte und drehte sich zur Scheibe. „Bringen wir ihn später oder jetzt gleich um?", fragte sie Malik.

Er grinste und wartete, bis sie sich wieder zu ihm gedreht hatte, dann näherte er sich langsam. Sie küssten sich gierig, ausgiebig.

„Eeehhhh. Kein Scherz. Ich brauch euch. Sex ist was Wunderbares, aber auch überschätzt", rief Hans Vidal ihnen von draußen zu. „Los, macht auf. Hopp. Eaeraejrhhhhhh! Sonst mach ich hier Trallallaaaa, bis alle Nachbarn da sind."

Jetzt musste Malik lachen, Suri stimmte mit ein. Sie löste sich von ihm und ging kopfschüttelnd zur Tür.

Vidal hatte sich umgezogen, die Joggingklamotten gegen Jeans, weißes Hemd und Jackett getauscht. Suri nickte in Richtung Sofa.

Sie saßen noch nicht einmal, da legte ihr Ex-Schwager bereits los. „Es gibt ein paar Hinweise, die vor dem Hintergrund eurer Überlegung ziemlich interessant sind. Gerald Kronberg hat einen nicht unerheblichen Anteil an eisernen Reserven aus dem Unternehmen abgezogen, vor seinem Ableben", sagte Hans. „Am Tag des Attentats ist auch einiges völlig untypisch. Obwohl der Chef immer seine ausgewählten Sicherheitsleute hat, ist keiner von denen bei ihm. Es sind überhaupt viel zu wenig Einsatzkräfte an diesem Nachmittag."

Malik und Suri lauschten gebannt.

„Von einem Freund beim Sicherheitsteam habe ich erfahren, dass es einen Feuerwehrmann gibt, der Kronberg gesehen hat. Danach hat er hektisch mit blutverschmierten Händen eine Maske übergezogen. Er ist sich deshalb sicher, weil er ihn mal auf einem Benefizempfang der Feuerwehr kennengelernt hat."

„Das muss er aussagen", hauchte Suri.

„Er hat gekündigt, ist nach Belgien zu Verwandten gezogen, schon am nächsten Tag. Ich nehme an, man hat ihm massiv gedroht. Von dem erfahrt ihr nichts."

„Merde, merde, merde!" Suri schlug mit beiden Händen mehrmals in die Kissen, die rechts neben ihr lagen.

„Von meinem Freund habe ich auch gehört, dass die normalen Aufnahmen im Gebäude relativ früh abbrechen. Die offizielle Erklärung ist das Feuer, aber das ist schwer zu überprüfen. Ein Brand vernichtet alles. Selbst die Ursache ist nicht mit letzter Sicherheit festzustellen."

„Was ist mit den Videoüberwachungen auf dem Gelände?", wollte Malik wissen.

„Das setzt voraus, dass Gerald Kronberg ohne Unterstützung unterwegs war. Er wäre mehr als bescheuert, wenn er sein nettes Geschäftsmodell für seinen Abgang nicht genutzt hätte", meinte Vidal trocken.

Malik kniff die Augen zusammen. Natürlich. Warum hatte er nicht selbst daran gedacht?

„Wir könnten versuchen, an sein Zwillingsprofil heranzukommen, um zu rekonstruieren, wo er sich aufhält. Die Bildinfos im Hintergrund durch Vergleichsdatenbanken schicken", überlegte Suri laut.

Vidal schüttelte den Kopf. „Das geht nur, wenn die Echtdaten gespeichert werden, ich weiß aber aus verlässlicher Quelle, dass das System sie innerhalb kürzester Zeit eliminiert."

„Fuck!" Suri lehnte sich zurück und starrte an die Decke.

„Was ist mit Kameras oder Sensoren, die nicht im Kronberg-Verbund sind? Kleine Läden, noch selbstständige Cafés?", warf Malik ein.

„Dazu müssten wir wissen, wo Kronberg ist. Und selbst in solchen Fällen kann man Vorkehrungen treffen. Automatische Abschaltungen oder Störsignale", kommentierte Hans. „Hab ich damals aber nie gebraucht. Mein Zwillingsprofil hat mir lückenlose Freiheit garantiert. Meine Fehltritte waren nicht existent."

Malik schnaubte. „Das heißt, Gerald Kronberg kann unbehelligt weiterleben und wir können nichts tun."

„Ist doch genial. Kronberg hat sich ein Zwillingsprofil als Toter eingerichtet. Sein Schatten existiert nur ein paar Sekunden. Nicht zu packen. Zombie 2.0 sozusagen", sagte Vidal. In seiner Stimme schwang eine gewisse Bewunderung mit.

Malik bekam schlechte Laune. Es nervte ihn, dass Hans Vidal so vom Zwillingsprofil schwärmte. „Dein Zombie 2.0 ist gerade dabei, sein Geschäftsmodell in aller Seelenruhe weiterzutreiben. Das funktioniert auf Kosten derer, die noch höchst lebendig durch die Gegend wanken", schimpfte er. „Ich will, dass er damit aufhören muss."

„Huihui. Da ist er wieder, der Moralapostel. Gib doch zu, dass das Ding eine unschlagbare Erfindung ist", bellte Vidal zurück.

„Genial für diejenigen, die lügen, betrügen und sich auf Kosten der Gemeinschaft bereichern wollen."

„Mein Gott, du müsstest doch besser wissen, wie es ist, ständig wegen nerviger Kleinigkeiten gegängelt zu werden. Ist sicher nicht lustig, als Informatiker mit Auszeichnung irgendwelchen Möchtegern-Managern den Krabbencocktail nachzutragen, oder?" Hans sah Malik provozierend an. „Mit einem Zwillingsprofil wäre dir das nicht passiert."

„Ja, aber das ist doch das Problem, du Idiot. Ich will gleiche Voraussetzungen für alle. Alle haben die gleichen Chancen, alle regeln gemeinsam, wie sie welche Errungenschaften, Güter und Möglichkeiten untereinander verteilen. Ihr entzieht euch mit eurem scheiß Profil dieser Auseinandersetzung", sagte Malik.

„Spaßbremse."

„Himmel, du tust so, als wolle ich einen Joint verbieten. Hast du schon mal mit jemand geredet, der keine medizinische Behandlung mehr bekommt, weil sein Gesundheits-Highcontroller-Token ihm die Tür der Arztpraxis vor der Nase verriegelt? Zu schlechte Ernährung wegen zu wenig hitzeangepassten Obst- und Gemüsezüchtungen, die er sich nicht leisten kann. Du musst dir klar darüber werden, dass du Luxusprobleme hast." Maliks Stimme war laut geworden. Er atmete tief durch.

„Nicht zu vergessen, dass wir einen riesen Kontrollapparat geschaffen haben, dessen Sinnhaftigkeit wirklich fraglich ist und jetzt mit dem Geschäftsmodell eines Zwillingsprofils ad absurdum geführt wird", meinte Suri. „Die Leute sind so mit ihrem digitalen Abbild beschäftigt, dass sie übersehen, einfach nur vom Fressnapf und Feuer weggeschoben zu werden."

Hans Vidal sah sie prüfend an. „Seid mir nicht böse, aber ich bin kein Revolutionär, ich möchte einfach ein bisschen Freude und Aktion im Leben haben." Hans stand auf, ging ein Stück zum Tisch und drehte sich wieder um. „Ich glaube, dass ihr richtig liegt und Gerald Kronberg noch lebt, aber wir kriegen ihn nicht."

„Was soll das heißen? Du willst jetzt einfach abziehen? So wie du es immer machst? Kein Wunder, dass ..." Suri brach ab und schaute nach vorne.

„Sag's ruhig. Kein Wunder, dass Aziza dich verlassen hat. Ist es auch nicht, aber das hat noch andere Gründe", sagte Vidal. Es klang durch und durch abgeklärt, Malik war sich trotzdem nicht sicher, ob dem wirklich so war. Seltsamerweise fühlte er mit Hans.

„Trotzdem, am Zwillingsprofil kommt ihr nicht vorbei", sagte der.

„Ohh, ich kann's nicht mehr hören. Scheiß Teil", fluchte Malik und stand auch auf.

Hans sah ihn mit einem Lächeln an, nahm die Hände nach vorne und die Beine auseinander und winkte ihm. „Na komm, wir kämpfen ein bisschen. Ich bin das Zwillingsprofil, du der analoge Revolutionär, los", sagte er und fing an, nach vorne und wieder zurück zu trippeln.

Malik sah ihn ungläubig an, dann tippte er sich mit dem Finger an die Stirn. „Das Zwillingsprofil ist doch nicht mein Gegner, sondern sein Erschaffer und die Planer dahinter."

„Du weißt auch nicht, was du willst."

„Doch, für alle die gleichen Voraussetzungen", schimpfte Malik.

„Ahh, ein Zwillingsprofil für alle! Super, dann krieg ich auch wieder eins."

Hans hatte es geschafft, Malik konnte sich ein Lachen nicht verkneifen. Es war befreiend.

Auch Suri stimmte mit ein, legte ihren Kopf auf die plüschige Sofarückenlehne und hielt sich den Bauch. Als der Flash des gemeinsamen Giggelns allmählich abflaute, war ein Moment Stille, dann sahen sie sich an.

„Ein Zwillingsprofil für jeden. Also nicht, dass ich jetzt so unglaublich jeck drauf bin, aber es würde wirklich wieder alle in die gleiche Startposition bringen. Kronberg könnte kein Geld mehr damit scheffeln", sagte Suri leise.

„Also eigentlich ist Hans der Vorzeigeanarchist in unserer Runde, aber angenommen, das Profil ließe sich wie Freibier verteilen, dann würden sich alle betrinken. Das ist gefährlich nahe an einer kollektiven Orgie und würde das System schnell an seine Grenzen bringen. Bei den entsprechenden Fehltritten der Leute kostet das eine Heidenrechnerkapazität. Ich kann mir nicht vorstellen, dass das die Arbeitsspeicher lange durchhalten." Malik lehnte bei Suri am Sofa und faltete die Hände, rieb sich mit den Fingerspitzen die Nase. „Damit kriegen wir das Netzwerk in die Knie. Ich gehe davon aus, dass die Datenbanken und die Profile Schaden nehmen, auch Kronbergs."

„Na, wer ist jetzt der Vorzeigeanarchist?", fragte Hans mit einem schrägen Grinsen.

„Was ist, wenn die Leute denken, sie haben mit dem Ding einen Freibrief zu Mord und Totschlag?", warf Suri mit einem Stirnrunzeln in die Runde.

„Bisher hat das Privileg nur jemand genutzt, der sich selbst um die Ecke gebracht hat, also zumindest offiziell", sagte Vidal. „Natürlich birgt das Instrument auch Gefahren. Aber jetzt mal im Ernst. Die Leute, die so richtig Lust aufs Abmurksen haben, die machen das mit genauso wie ohne Tarnkappe."

„Wäre nicht schlecht, wenn die Sache einigermaßen fix über die Bühne geht", sagte Malik. „Ich habe keine Lust, plötzlich eine Armee an Kronbergs auf der Matte stehen zu haben."

„Hans, was hast du dir mit dem Profil gegönnt? Was war das Harmloseste und was das Schlimmste?", wollte Suri wissen und sah ihn eindringlich an.

„Du meinst, ihr könnt von mir auf den Normalbürger schließen?" Vidals Augen funkelten spöttisch.

„Gott bewahre. Aber vielleicht bekommen wir eine Idee davon, was wir da so lostreten könnten", entgegnete sie schnippisch.

Hans überlegte. „Aufsteigende Reihenfolge. Schnelles Autofahren, keine Gesundheitschecks, Risikosport", sagte Vidal und zögerte. Dann fuhr er fort. „Drogenkonsum, ungeschützter Verkehr, ich hab mich auch mal ins Auto gesetzt, wenn ich Koks intus hatte. Ist aber nie was passiert."

„Was ist mit dem Job? Hast du Kollegen beschissen, dir Vorteile verschafft?", hakte Suri nach.

„Was ist das hier, ein Verhör?", blaffe Vidal beleidigt. Er sah von Suri zu Malik. „Also das Profil ist nichts fürs direkte Umfeld. Die Leute wissen dann, was du gemacht hast. Sie können es dir zwar nicht beweisen, aber sich durchaus wehren. Der Zwilling macht eher in der anonymen Welt und dort Sinn, wo du viel mit vermittelnder Technik zu tun hast. Genehmigungen, Verbote, Zugänge."

„Sprach der erfahrene Zwillingprofiluser. Klingt für mich aber logisch", sagte Malik. „Meint ihr, wir sollten es versuchen?"

Die beiden nickten. „In Ordnung, dann brauchen wir eine schlagkräftige Truppe. Ich würde mit Charlie Kontakt aufnehmen, obwohl ich die Hosen mehr als voll hab, wie sie reagiert. Wer kommt vom Unternehmen aus infrage?", wandte sich Malik an Suri und Hans.

„Ganz klar Andreas Rotgerber, seine Freundin ist im Inner Circle der Programmierer. Wenn wir beide kriegen, haben wir richtig gute Leute", sagte Suri und stand auf.

„Das ist doch ..."

„Genau, der Typ, der dich in der Versammlung unterstützt hat. Obwohl er verdammt begabt ist, haben sie ihn immer mehr rausgeschoben. Ich denke, dass er trotzdem viel mitbekommt. Und er arbeitet meines Wissens nach noch in der Firma."

Hans Vidal nickte langsam. Er sah konzentriert auf den Teppichboden. „Wenn wir jetzt schon die Rollen getauscht haben, könnte ich mich vielleicht noch auf einem sicherheitspolitischen Randgebiet nützlich machen."

Suri und Malik sahen ihn fragend an.

„Wir wollen ja, dass Gerald Kronberg groß rauskommt. Wenn wir das Netz und damit die Zwillingsprofile lahmgelegt bekommen, ihm die Tarnkappe wegreißen können, will ich seine Wiederauferstehung natürlich entsprechend feiern. Wir müssen im übertragenen Sinne im Zimmer stehen, wenn er nach Hause kommt. Mit Kameras und Übertragungsrechten in alle Welt."

„Ja, ja, ja. Wir brauchen ein richtig gutes, schnelles Suchprogramm", sagte Malik.

„Ich kümmere mich um alle Bilder von Kronberg, die ich nur kriegen kann, auch private", meinte Vidal, grinste und ging in Richtung Tür. Er machte eine kurze Boxbewegung nach vorne und jauchzte. „Das wird großartig."

Als die elektronische Verriegelung einen leisen Pieps von sich gegeben hatte, waren sie wieder allein.

Suri stand auf und ging zielstrebig auf ihn zu. Malik öffnete die Arme und empfing sie. Er erntete einen unglaublichen Kuss. Dann nahm das Tempo zu. Er streifte Suris Bluse nach oben, erkundete Hüften, Rücken und löste den Verschluss ihres BHs. Sein Glied meldete sich und sein Atem ging schneller. Sie küssten sich immer noch, dann fing Suri sanft an zu hüpfen, was Malik als Ungeduld interpretierte und ihm nicht unrecht war. Er hatte jetzt schon Angst, dass er viel zu früh kam. Man konnte nicht gerade sagen, dass er in Übung war. Seine letzte Beziehung war sechs Jahre her. Suri zog ihm das T-Shirt aus, er massierte ihre Brüste.

„Oh Gott", murmelte sie leise und Malik dachte erst, er wäre zu heftig gewesen. Aber Suri starrte auf seinen Bauch. „Ich will dir nicht weh tun", sagte sie und zog einen Schmollmund, was ihr vermutlich nicht bewusst war. Malik musste grinsen. „Das geht schon", sagte er beiläufig, streichelte sie weiter und zeigte auf das Küchenboard.

Sie setzte sich nach oben, Malik tauchte ab, stimulierte mit den Händen weiter ihre Brüste. Sie fuhr ihm erst sanft mit den Fingern durchs Haar, dann wurde sie zupackender. Das machte Malik Mut, mit seiner Zunge freier zu agieren. Er versuchte, an den Brustwarzen die richtige Frequenz abzulesen, er wollte unbedingt, dass Suri absoluten Genuss hatte. Er versank in ihrem Körper, verschmolz mit ihren Synapsen, genoss ihren Genuss.

Sie lehnte sich weit zurück, sodass sie sich mit den Schultern am Fenster abstützen konnte, und atmete intensiv, ohne Scheu. Sie hörte nicht auf, seinen Kopf zu streicheln, ihr Stöhnen wurde tiefer. Ihre Schenkel und ihr Bauch fingen leicht an zu zittern.

„Mach langsam", flüsterte sie. Suri ließ sich nach unten gleiten, nahm sein Glied, steuerte ihn zur Wand neben dem Küchenschrank, suchte Halt, führte ihn ein. Er spürte ihre Wärme, neigte sich zur Wand und brachte noch einen Halbsatz zustande. „Nur noch eine Millisekunde, tut mir leid", sagte er.

Die Wand vor ihm explodierte in Schwarz-Weiß-Quadraten. Malik gab seinen Hals frei und spürte Suris Lippen überall. Er ließ los, umarmte Suri, hielt sie fest. Ganz fest. In derselben Intensität, wie er in den Raum geschleudert wurde.

30

Malik nahm den Karton entgegen, der mit unzähligen Aluschälchen vollgepackt war, Suri hielt dem Lieferanten ihre Codekarte hin. Als sie wieder ins Haus gehen wollten, tauchten drei Personen in der Nähe des Friedhofs auf. „Da sind Charlie, Andreas Rotgerber und vermutlich seine Freundin", sagte Malik.

„Sehr passend, die Zombiejäger kommen aus Richtung der ewigen Ruhestätte. Kennen sie sich?", fragte Suri.

„Wenn sie das Video gesehen haben schon."

Suri tippte sich an die Stirn. „Stimmt." Sie ging einen Schritt nach vorne, nahm die Arme nach oben und winkte dem Trio in Fluglotsenmanier. Andreas Rotgerber machte die anderen auf sie aufmerksam.

Charlie kam näher. Sie hatte ihn bei ihrem Gespräch gestern zwar ziemlich beschimpft, aber vor allem, weil er sich nicht schon früher gemeldet hatte. Er war so erleichtert gewesen, dass es ihr gut ging. Suri begrüßte Andreas Rotgerber und Tamar Willems. Malik nickte den beiden freundlich zu, dann drehte er sich ganz zu Charlie. Sein Blick wanderte vom alten Tramperrucksack zu ihren Augen. Kein Anzeichen von Groll. Malik wollte sie in die Arme schließen, merkte erst jetzt, dass er noch mit der Lieferung dastand, setzte sie ab und fragte zaghaft: „Darf ich?" Im nächsten Moment knuffte ihn Charlotte, dann packte er sie und drückte sie lange an sich.

Ihre drei Gäste ließen sich auf dem Sofa nieder. „Was haltet ihr von einem gemeinsamen Essen?", warf Suri in die Runde. Malik und sie verteilten Schälchen mit Linsenköfte, Butterhähnchen, Palak Paneer und Erbsenreis sowie Besteck. Nachdem Suri noch eine Karaffe mit Wasser und Gläser auf den Tisch gestellt hatte, setzten sie sich dazu.

Dann wurden sie vom obligatorischen Fensterklopfen unterbrochen. Malik öffnete Hans Vidal die Tür. Im selben Moment fiel ihm siedend heiß ein, dass sie etwas Entscheidendes versäumt hatten. Sie mussten den drei noch verklickern, dass Hans ebenfalls zum Team gehörte.

Der winkte mit einem Glaschip. „Feinstes Bildmaterial, was ich da bekommen habe."

Andreas Rotgerber stoppte seine Gabel, auf der er ein sattes Stück Huhn aufgespießt hatte, auf halber Höhe und ließ sie langsam wieder zurück in die Schale sinken. „Das ist nicht euer Ernst. Das Ding soll mit Hans Vidal laufen, dessen Zweitname praktisch Zwillingsprofil ist? Seid ihr noch bei Trost?", sagte er fassungslos.

„Warte, Andreas ...", holte Suri aus.

Malik wurde nervös, weil Hans auch noch grinste. „Liebster Kollege, ich habe hier nur eine kleine Statistenrolle. Bringe euch ein paar wunderschöne Fotografien von Gerald Kronberg. Dann mach ich mich wieder vom Acker, lass euch fleißig arbeiten, wie sich das für einen Ex-Vorstand gehört", sagte er.

Andreas lachte, verschluckte sich, hustete. „Nichts anderes hab ich von dir erwartet. Vermutlich hast du auch ein paar KI-Tracker in deinen Dateien sitzen, um uns auszuspionieren. Gebt mir einen Grund, weshalb wir diesem Typ trauen sollten. Er hat die Einrichtung der Profile mit betrieben."

Tamar Willems legte die Hand auf den Schenkel ihres Freundes. „Mir könntest du auch den Vorwurf machen, dass ich mitprogrammiert habe. Suri und Malik werden ihn aber nicht ohne Grund kontaktiert haben."

„Er hat selbst ein Zwillingsprofil." Andreas Rotgerber stand jetzt auf und ging ein Stück in Richtung Küchenzeile.

Hans schüttelte den Kopf. „Nein, leider nicht mehr, aber vielleicht könnt ihr mir wieder eins anlegen. Wir wollen ja so viele wie möglich anhäufen, um einen Crash zu verursachen."

Der Mann hat eine bewundernswerte anarchistische Arroganz, schoss es Malik durch den Kopf. Dann schaltete er sich ein. „Hört zu, irgendwann können wir unsere seltsamen Wege, Rollen und Fehler einmal diskutieren, aber ich will wirklich, dass Hans dabei ist. Er hat uns nicht nur die Info geliefert, dass Kronberg noch lebt, sondern auch die Idee, eine Art süßen Brei aus Zwillingsprofilen zu generieren."

„Die Idee hattest du, Malik", korrigierte Suri.

„Wir sind während des Gesprächs draufgekommen." Malik sah Andreas auffordernd an. „Wir müssen uns zusammenraufen, sonst haben wir keine Chance gegen den Konzern."

„Von Charlie, Tamar, Suri und dir weiß ich, was ihr erreichen wollt. Was ist seine Motivation?", hakte Andreas nach.

„Deine darfst du uns auch verraten", warf Hans ein und lächelte Rotgerber freundlich an.

„Mein schlechtes Gewissen aufpolieren, dass ich ewig nichts gemacht habe", sagte er. Tamar sah ihn unsicher an. Malik fragte sich, ob die beiden heftige Streits hinter sich hatten.

„Das mit dem Über-Ich hat Gott, die Familie, die Natur oder wer auch immer bei mir nicht so gut hinbekommen. Ich habe aber unglaubliche Lust, Gerald Kronberg in die Pfanne zu hauen. Ich giere förmlich danach", sagte Hans.

„Warum?", wollte Tamar wissen.

„Weil auch ich seine Gewalt zu spüren bekommen habe. Es geht mir weniger um das Zwillingsprofil. Auch wenn ich ganz offen zugebe, dass ich immer alles eingesackt habe, was ich kriegen konnte", meinte Hans.

„Bist du ehrlich oder ist das nur Show, um irgendwo weiterzumachen nach deiner Entlassung?", fragte Andreas.

„Stimmt, wir könnten heute Abend Wahlen anberaumen, ich bewerbe mich als Aufsichtsratsvorsitzender bei euch."

Im Gegensatz zu den anderen hatte Charlie in Ruhe aufgegessen. Ihre leere Aluschale stand vor ihr, sie saß zurückgelehnt auf der Couch, starrte Hans mit einem Grinsen an und fing an zu lachen. Sie spürt es auch, dachte Malik. Sie weiß, dass Vidal trotzdem dazugehört. Vielleicht nur für ein paar Wochen, vielleicht auch nur für ein paar Tage, aber es war gut so.

„Hans, du gibst Malik die Bilder, wir essen zu Ende und machen uns an die Arbeit." Suri sah ernst in die Runde, erntete allgemeines Kopfnicken. Vidal verabschiedete sich, kündigte aber an, immer mal wieder nach dem Rechten zu sehen.

Als sie ins Arbeitszimmer umgezogen waren und die Tür geschlossen hatten, teilten sie sich auf. Tamar und Andreas kümmerten sich darum, den verschlüsselten Code, der das Recht beinhaltete, ein Zwillingsprofil anzulegen, und den die Programmiererin aus dem Unternehmen herausgeschmuggelt hatte, in eine Toolumgebung einzubetten.

Suri, Malik und Charlie bereiteten das Programm vor, mit dem Mitarbeiter, Freunde und Freunde von Freunden ihr Zwillingsprofil anlegen sollten. Es musste einfach und selbsterklärend sein. Absolut idiotensicher. Sie programmierten sich die Finger wund. Aus Freitagabend wurde Samstagfrüh, Samstagnachmittag und Samstagabend.

Der Behälter für Aluschälchen, Besteck und Becher quoll längst über und sie hatten von Indisch, über Thailändisch, Russisch und Deutsch wieder zu Indisch gewechselt. Die letzten Cashewnuss-Tütchen wurden herumgereicht und es roch nach kaltem Kaffee.

„Erster! Finito!", rief Tamar und hob die Hand. Sie und Andreas wechselten zu ihnen. Nach einer weiteren Stunde blinkte ihnen das Symbol zweier Strichmännchen, die Händchen hielten, entgegen.

„Wie testen wir das Ding?", fragte Andreas.

„Ruhig, Brauner. Wir brauchen noch ein fetziges Video, auf dem wir den Leuten erklären, was wir wollen. Sie sollen ja niemand schädigen, sondern am System rütteln. Nicht zu vergessen das Suchprogramm für Gerald Kronberg", sagte Charlie und gähnte ausgiebig.

„Das dürfte das geringste Problem sein. Da müssen wir uns nur an ein paar Suchmaschinen dranhängen und im Hintergrund das Bildmaterial von Hans laufen lassen. Das mach ich bei einem Espresso", meinte Andreas.

„Angeber", sagte Charlie. „Wir müssen ja auch damit rechnen, dass er sich verändert hat."

„Wenn er eine Gesichts-OP durchgezogen hat, wird's schwierig. Einen DNA-Abgleich über Speed-Air gibt's noch nicht", stellte Andreas fest. „Ich würde die Suche im Friendsnet platzieren, die Kronberg-Server und -Dienste fallen dann ja weg, wenn wir sie in die Knie gezwungen haben. Wir lassen das Ding einfach als Livesequenz laufen, das alle fünf Minuten ein Video ausspuckt. Bleibt es schwarz, wird es gelöscht."

Charlie huldigte Rotgerber mit einer leichten Verbeugung.

„Ich fände es gut, zu wissen, wie viele aktive Zwillingsprofile wir für einen Systemkollaps brauchen. Lässt sich das abschätzen? Können wir das grob ausrechnen und den Stand dann anzeigen lassen?", warf Malik in die Runde. „Könnte ja sein, dass wir noch mal wirbeln und so viel Leute wie möglich antriggern müssen."

Tamar nickte. „Gute Idee, aber da brauch ich euch, damit ihr mir beim Überschlagen mal über die Schulter schaut."

Irgendwann fiel ihnen auf, dass Andreas vom Kaffeeholen nicht zurückgekommen war. Malik ging in die Küche. Bei seinem Weg durchs Wohnzimmer fand er Mr. Programmierer selig schlummernd auf der Couch. Zurück im Arbeitszimmer sagte er: „Kommt, lasst uns Pause machen, Andreas ist auf dem Sofa eingeschlafen."

Sie bezogen Schlafsäcke und Decken. Charlie bekam die Couch, Tamar und Andreas wurden im Schlafzimmer untergebracht und Suri schleppte eine alte Matratze in die Bibliothek, auf der sie beide ein Nickerchen machen konnten.

„Reicht 7 Uhr?", fragte Malik und stellte Suris Weichglasarmbanduhr, die neben der Matratze lag. „Ja, wenn du Montag meinst, reicht das gerade mal so." Suri umfasste ihn von hinten, drückte ihn und kuschelte sich ganz nah an ihn. Er spürte ihre Wange, Wimpern und Brüste, sogar ihr Schamhaar. Sanft strich er ihr über die Unterarme. Obwohl er den Moment noch festhalten wollte, glitt er sofort weg, fiel ins ruhige Nichts, schwamm den zusammenfließenden Bildern, Wortfetzen und Mosaiksteinen des Tages entgegen.

31

Am nächsten Morgen bewegte sich Malik ganz vorsichtig Millimeter für Millimeter von Suri weg, damit sie nicht aufwachte. Er genoss das warme Wasser unter der Dusche und zog sich an. Tamar saß schon am Rechner, als er die Tür zum Arbeitszimmer öffnete. Sie bat ihn, ihre Zahlen anzuschauen, Charlie stieß mit drei dampfenden Tassen Kaffee zu ihnen.

„Klasse, wo hast du den denn her?", fragte Tamar und nahm einen Becher entgegen.

„Vom Bösewicht von nebenan", meinte Hans.

„Au ja, das ist klasse. Komm her, Bösewicht, und schau mal, ob du die Berechnung hier logisch findest. Ist alles einbezogen? Was könnte ich vergessen haben?", murmelte Tamar und schlürfte ihren ersten Schluck.

Nach ein paar Ergänzungen tauchte an der oberen rechten Ecke des Doppelbildschirms die Anzeige auf. *Benötigte Profile: 650.000, aktuell angelegte Profile: 120* und *Auslastung des Arbeitsspeichers* in *Prozent*.

„Wie viele Leute arbeiten im Moment bei Kronberg?", fragte Charlie.

„Ich schätze 100.000", meinte Tamar.

„Also wenn jeder Mitarbeiter sechs Freunde oder Verwandte bittet, mitzumachen, haben wir schon fast gewonnen", überschlug Charlie.

Hans pfiff durch die Zähne. „Nicht jeder hat eine indische Großfamilie im Rücken, für heutige Verhältnisse ist das doch einiges. Ganz davon abgesehen, dass natürlich nicht alle mitmachen werden."

„Na, die Erstkontaktierten sollen natürlich auch wirbeln, müssen es weitergeben", sagte Charlie.

„Ja, aber wir können nicht trödeln, die Cyber-Security im Unternehmen wird irgendwann Wind davon bekommen und uns die Zugänge verrammeln." Hans sah Charlie mit einem Lächeln an. Sie nickte kokett. Flirten die etwa miteinander, fragte sich Malik. Jetzt standen auch Andreas und Suri in der Tür.

„So Kinder, wer dreht jetzt den Film?", wollte Charlie wissen. Sie sahen sich betreten an.

„Welche Rolle wäre denn noch frei?", erkundigte sich Hans.

„Oh, nein, wir brauchen jemand Seriöses", sagte Charlie.

„Na hör mal." Hans' Augen leuchteten.

„Ein schöneres Kompliment hättest du ihm gar nicht machen können." Suri lachte leise.

„Und?" Tamar sah in die Runde.

„Also eigentlich muss ich ja, ich hab mich lange genug im Koma herumgedrückt", sagte Suri.

„Ich bin sowieso on air gewesen, habe keine Probleme, noch mal mitzumachen." Charlie suchte Maliks Blick.

Malik nickte. „Natürlich."

„Und was ist mit uns?", wandte sich Andreas an seine Freundin.

„Ein bisschen Angst hab ich schon, aber feige will ich auch nicht sein", sagte Tamar.

„Ich kann filmen, wenn ihr wollt", meinte Hans schließlich versöhnlich.

„Keine Bange, du bekommst auch deinen Auftritt, Meister." Charlie blinzelte ihm zu.

Ein Frühstück und ein indisches Mittagessen später war der Streifen im Kasten. Malik fand ihn richtig gut. Sie erzählten in wechselnden Statements, dass sie den Überwachungskapitalismus satthatten, nicht mehr beim Treiben des Konzerns mitmachen wollten, der die Guten ins Töpfchen und die Schlechten ins Kröpfchen sortierte, die Digitalverlierer an den Rand drängte und die zahlungskräftige Elite umgarnte. Sie kamen aufs Zwillingsprofil zu sprechen, das sie nun einfach verteilen wollten. Denn auch Kronberg verstecke sich so und wenn sie nun in einer gemeinsamen Aktion das Ding gegen die Wand fahren würden, könne auch er sich nicht mehr verbergen.

„Wir bitten euch alle, ein Zwillingsprofil anzulegen und fröhlich damit zu experimentieren. Nicht um jemand zu schaden, sondern um die Rechner an ihre Grenzen zu bringen. Es wäre ein großer Erfolg, wenn die Server überfordert den Geist aufgäben. Denn dann fällt der Vorhang für Kronberg. Bitte gebt Film und Programm an alle weiter, die das auch interessieren könnte und die bereit sind, uns zu unterstützen", sagte Suri zum Abschluss. Ihr Lächeln war allererste Sahne, fand Malik. Wäre er nicht schon so unglaublich verliebt, spätestens da wäre es um ihn geschehen gewesen.

Dann begann der mühsame Teil der Restarbeit. Kontakte sammeln, auslesen, übertragen, herumfragen, um weitere Ansprechpartner und Verteiler zu bekommen. Tamar stöhnte laut, als sie die eigene kleine Datenbank endlich abspeichern konnte. Dann drehte sie sich mit dem Stuhl zu ihnen um. „120.000 Adressen! Leute, das ist nicht schlecht", sagte sie. „Wir sind startklar."

Charlie und Tamar blieben an den Bildschirmen sitzen. Die anderen stellten sich in einem Halbkreis hinter ihnen auf.

Andreas ging zu Tamar, streichelte ihr über Nacken und Schultern. „Wenn du jetzt drückst, fängt unser neues Leben an, es wird eines jenseits von Sicherheit, festem Job, vielleicht sogar mit Cyberpolizeiverhören sein", sagte er. Seine Freundin starrte auf die Tastatur.

„So viel anders ist es gar nicht, nur, dass man sich wegen anderer Dinge schlecht fühlt als im alten", stellte Charlie fest. Hans nickte.

Malik nahm Suris Hand und drückte sie.

„Davon abgesehen, dass uns die halbe Belegschaft von Kronberg wird lynchen wollen." Tamar sah zu ihrem Freund. „Wir haben das hier oft genug diskutiert. Ich bin bereit. Du auch?"

Andreas lächelte. „Jag die Elektropost durchs Netz, Baby!"

Tamar klickte und es wurde still im Arbeitszimmer. Die beiden Frauen standen auf, nach und nach nahmen sie sich alle in die Arme.

„Ich könnte nach einem Tee und ein paar Stück Kuchen schauen", sagte Hans.

„Bist du wahnsinnig? Du bleibst hier!" Charlie sah ihn streng an. Bevor er etwas Schnippisches entgegnen konnte, meinte Tamar leise: „Schaut mal, die Profile".

Die Ziffern der 120 flackerten, es schoben sich immer wieder neue auf die Positionen. Erst bei den beiden hinteren, dann kam auch in die Hundert Bewegung, bis die Tausendergrenze geknackt war. Hans legte den Kopf schräg, Suri feuerte den Zähler an.

„Wie schnell müssen wir denn sein?", fragte Tamar.

„Na ja, so schnell wie möglich. Ihr habt ja auch massig Kollegenadressen verwendet. Das ist an sich richtig, aber eben auch gefährlich ..." Charlies Augenbrauen gingen nach oben.

Jetzt waren die beiden hinteren Ziffernpositionen nicht mehr sichtbar, so schnell liefen die neu angelegten Profile ein. Die Auslastung der Arbeitsspeicher wanderte, wenn auch zaghaft, kontinuierlich mit.

Alle starrten auf den Bildschirm, keiner schien zu atmen. Die 100.000er-Marke war längst überschritten. Nach etwa zehn Minuten lagen sie bei 450.000 Zwillingsprofilen.

Malik kam es so vor, als hätten alle Angst, zu jubeln. Zu Recht, denn der Zuwachs wurde langsamer. Sie brauchten eine Viertelstunde, um bei 640.000 Profilen anzukommen, die Serverauslastung stand bei 92 Prozent, aber die Neuzugänge tröpfelten jetzt nur noch ein.

„Scheiße, das wird allmählich brenzlig", murmelte Charlie. „Was fällt euch ein, wie können wir die Leute noch mobilisieren?"

„Jeder kontaktiert noch mal einen engen Freund und bittet ihn, dranzubleiben, weitere Leute anzuschubsen?", warf Malik in die Runde.

Charlie schnappte sich einen der nicht registrierten Highcontroller und tippte eine Adresse ein. Malik fragte Suri, wo sie seine schmutzige Jacke vom Ankunftstag hingelegt hatte. „Im Wäschekorb im Bad", sagte sie.

Während Charlie wartete, dass der Kontakt aufgebaut wurde, blickte sie ungläubig in die Runde. „Sagt mal, was ist denn los, ihr werdet doch eine Person zusammenbekommen, los!"

Tamar schüttelte den Kopf. „Alle für mich wichtigen, verlässlichen Kontakte befinden sich hier im Raum." Andreas presste die Lippen zusammen und zuckte mit den Schultern, was so viel hieß, dass es ihm auch so ging.

Malik spurtete ins Bad, griff sich die Jacke und rannte zurück. Die Adresse von Birger war ziemlich verwischt, aber noch lesbar. Ganz unten stand die Nummer vom Bordhighcontroller.

„Mein Gott, dann nehmt die zweite Wahl oder Ausschussware, ist doch egal", meckerte Hans. Er tippte wie wild auf sein schickes Gerät und sah Suri auffordernd an. Sie wirkte traurig.

„Was ist mit deinen Eltern?", schlug Malik vor. Ihre Miene hellte sich auf, dann schien sie wieder unsicher zu werden.

„Ja, bring den Staatssekretär mal auf Trab. Die sollen zu dir stehen", sagte Hans.

„In Ordnung", hauchte Suri und griff ins Highcontroller-Nest neben den Bildschirmen.

Irgendwann liefen und sprachen alle durcheinander, verteilten sich in der Wohnung.

Birger hatte sich gefreut und gesagt, dass er sich die Sache sofort anschauen und auch bei den Kollegen auf dem Schiff herumfragen werde. Malik war intuitiv zur Bibliothek gegangen, um sein Gespräch zu führen, jetzt hatte er Angst, ins Arbeitszimmer zurückzugehen. Sie wussten alle, dass es allmählich eng wurde.

Er wollte diese edle, kleine Gemeinschaft hier nicht verlieren. Und er wollte sie nicht untergehen sehen. Was wartete jenseits ihres Hackerwochenendes da draußen auf sie? Ewige Verhöre, geballter Hass im Netz, Anfeindungen auf der Straße. Nun gut, mittlerweile hatte er fast so etwas wie Übung im Untergehen. Trotzdem. Das Gefühl, dass er Teil einer Gruppe war und sich dort sogar aufgehoben fühlte, konnte ihm keiner mehr nehmen. Vermutlich würde kein Birger da sein, wenn er versuchte, über

Wasser zu bleiben. Aber in Gedanken waren sie bei ihm und seltsamerweise glaubte er in diesem Moment, dass er selbst im Gefängnis wieder jemand finden konnte, mit dem er sich verstand. Und wenn es nicht klappte, würde er die Erinnerung wachhalten. Hätte ihm das jemand vor drei Monaten erzählt, hätte er ihm den Vogel gezeigt.

Er biss die Zähne zusammen und steuerte aufs Arbeitszimmer zu. Wieder war es unerträglich still. Er schob sich nach vorne zum Bildschirm. Oben prangte die Zahl: 649.094 Zwillingsprofile. Heilige Scheiße, wie nah dran sie waren! Malik wartete darauf, dass es weiterging, aber es tat sich nichts mehr. Noch nicht mal ein paar einzelne Anlagen trudelten mehr ein.

„Fuck, das kann nichts anderes bedeuten, als dass der Konzern jetzt Bescheid weiß und die Rechte gekappt hat", sagte Charlie.

„Leute, wir sind bei 94 Prozent Auslastung, das kann es nicht gewesen sein", schrie Hans.

„Sieht so aus, als müsstest du dich jetzt ein zweites Mal von deinem Zwillingsprofil verabschieden." Charlies Stimme klang nur halb so schnippisch wie sonst. Malik verstand, dass sie sich ziemlich zusammenriss, um den anderen ihre Resignation nicht zu zeigen. Er hatte sie schon öfters in solch einer Situation erlebt. Eiserne Disziplin. Die anderen nicht mit den eigenen Gefühlen belasten. Er bewunderte sie unglaublich dafür.

„Wann werden sie anfangen, die Profile zu löschen? Wie schnell geht das?", wollte Suri von Tamar wissen.

„Sie müssen ein paar Dinge vorbereiten, vielleicht eine Stunde, vielleicht auch eine halbe", sagte die Programmiererin.

„Das ist nur, weil diese blöden grauen Mitläufer und Langweiler das Ding nicht nutzen, die haben keine Fantasie. Wir müssen denen Beine machen. Wie kann man nur so angepasst sein?" Hans schlug mit den Fäusten gegen die Wand. Er hatte keine Probleme, seine Emotionen im öffentlichen Raum zu verteilen. „Schisser, diese dämlichen Schisser, ich fasse es nicht. Gebt mir ein mistiges 100er-Profil und ich richte die Sache in ein paar Sekunden."

Malik wollte Hans beruhigen, damit der nicht wieder auf die Wand eindrosch. Es nutzte niemand, wenn er Löcher in den Putz von Suris Arbeitszimmer und sich dabei die Hände blutig haute. Aber dann blieb er gedanklich an Hans' heroischem Vorschlag hängen. Sie bekamen keine Zwillingsprofile mehr dazu, also war jetzt ihre einzige Chance, die vorhandenen kräftig auf Touren zu bringen. Sie mussten den Verwaltern ihrer digitalen Doubles Beine, sprich Rechenarbeit machen, damit die Serverauslastung durch die Decke knallte. Das ging nur mit klugen Übertretungen, die keinen gefährdeten, aber den ganzen Tross an Korrekturinstrumenten aktivierte, um die Fehltritte wieder weißzuwaschen und umzurechnen.

Weil er an die Situation denken musste, als sie auf das Profilverteilen gekommen waren, musste er lachen. Die anderen sahen ihn irritiert an.

Er nahm Hans bei den Schultern, drehte ihn zu sich. „In ein paar Sekunden? Wie?"

Vidal sah ihn ärgerlich an.

„Wie? Jenseits von ungeschütztem Verkehr und Kamikazefahrt." Malik ging ganz nah an Suris Ex-Schwager heran, dann machte er eine Bewegung in die Runde. „Wir stehen alle mit unserem fucking Profil bereit, Hans. Wie?"

Seine Augen begannen, sich schnell hin und her zu bewegen. „Es gibt doch diese idiotischen Mychips, die manche schlucken, um ihre Gesundheitswerte ständig checken zu können, dass man ja kein Gramm Fett zu viel und die ideale Menge an Vitaminen frisst. Vermutlich ticken die schon aus, wenn man Vollmilch trinkt. Bei Wodka dürften sie über Selbstzerstörung nachdenken."

„Charlie, du bestellst die Dinger mit einem Drohnenexpresstaxi, einen Kasten Wodka und die fettigsten Speisen, die dir einfallen", sagte Malik und wandte sich wieder an Hans. „Weiter!"

„Alles, was verboten ist, Feuerwerk, Waffen."

„Feuerwerk ist notiert, Waffen lassen wir raus", stellte Charlie fest und wedelte mit der Hand.

„Wir könnten Waffen aus Pappe basteln und einen Scheinkampf inszenieren auf dem Friedhof", murmelte Malik und sah zu Suri. „Hast du, Mist, wie heißt das, Bastelmaterial?"

„Nein, aber wir können die Einbände der großen Atlanten nehmen, zusammenkleben und anmalen", rief sie und war aus dem Zimmer.

„Eine einfache Schlägerei wäre auch nicht schlecht. Also natürlich so, dass keiner was davonträgt", meinte Hans.

„Flying Circus, nein, Leben des Brian. Wir malen einen Protestspruch zu Kronberg auf irgendein wichtiges Gebäude oder wenigstens auf ein überwachtes." Malik blinzelte.

Hans nickte. „Gibt's massig in der Gegend hier. Ich hab Farbe in der Garage."

„So und die Vorschläge jetzt bitte noch mal kompakt als Text mit einer kurzen Erklärung, dass sich keiner selbst oder andere gefährden darf, an alle rausblasen", sagte Malik.

Hans packte ihn und gab ihm einen Kuss auf die Wange. Malik kniff die Augen zusammen.

„Ist die Bestellung schon raus?", wandte Hans sich an Charlie. Die nickte. „Okay, dann noch mal zehn Pakete mit demselben Equipment, gut verteilt im Zentrum, gib die Adressen bei der Nachricht an unsere Zwillingsprofiluser mit an, bitte."

„Aye, Aye. Unsere Wundertüte landet in fünf Minuten."

Wieder teilten sie sich auf. Hans und Charlie schluckten die Mychips und verschlangen gleich darauf vor Fett triefende Pommes mit Ente in Sahne-Honig-Sauce. Eine große Wodkaflasche stand daneben. Malik wurde schon beim Hinsehen schlecht.

Tamar und Suri pappten aus den Atlantendeckeln hektisch Schwerter zusammen. Pistole und E-Schocker folgten, zum Messer war keine Zeit mehr, weil Andreas und er schon mit den Farbeimern aus Hans' Garage dastanden und trippelten.

„Wer zeigt uns die Promivillen? Suri, oder Hans?", fragte Malik.

„Ich will auf den Friedhof", maulte Hans und trank einen ersten Schluck Wodka, dann reichte er die Flasche Charlie.

„Geh du mal auf deinen Friedhof!", sagte Suri, nahm einen Farbeimer in die eine Hand und ergriff Maliks Linke mit der anderen. „Es ist nicht weit. Ich schlage vor, wir nehmen die Villa meiner Eltern. Die ist eine der bestüberwachtesten in der Gegend."

Sie gingen an der Straße entlang, Malik zog den Highcontroller heraus, den er mitgenommen hatte. Noch stand die Zahl bei 649.094. Trotzdem war er sicher, dass sie nicht mehr lange Zeit hatten. Er stolperte fast, als Suri rief: „Wir sind da, hier ist es."

„Wow. Schönstes Deckweiß", sagte Malik. „So als hätten deine Eltern geahnt, dass sie irgendwann die perfekte Bühne für einen rosafarbenen Kommentar sein werden. Ich hoffe, sie finden das auch so schön wie wir."

„Ganz bestimmt", sagte Suri, tauchte den Pinsel ein. Dann begann sie, zu schreiben. „Auf ein baldiges Wiedersehen, Kronberg. Deine Zombiejäger!" Malik nahm sich die Mauer vor, die auf die Garage zulief. Es war nicht zu glauben, wie viele Reiche noch Autos hatten.

Von Weitem sah er, wie Andreas und Tamar ihre Schwerter hoben und über dem Kopf die Pappklingen aufeinandersegeln ließen. Hans hielt die Wodkaflasche in die Luft und legte den Arm um Charlie. Als Andreas nach der Bottle greifen wollte, zog Hans den Elektroschocker. Besser als jedes B-Movie.

Das war alles komplett verrückt und Malik beschlich das Gefühl, dass sie aus einer großen Ohnmacht heraus agierten. Mit Waffen aus Pappe gegen einen Hightechkonzern. Vernünftig und erwachsen war das nicht. Trotzdem würde er es immer wieder machen. Vermutlich, weil es mit den Leuten einfach funktionierte und er sich aufgehoben fühlte.

Es dämmerte bereits. Die LEDs an der Straße sprangen an. Kurz danach flackerten sie in einem seltsamen Takt. Suri sah ihn an, dann wollte sie den Highcontroller haben.

Sie stieß einen spitzen Schrei aus, schmiss den Pinsel weg, umarmte ihn heftig und drückte ihm das Gerät in die Hand. Er sah aufs Display, blinzelte, kniff die Augen zusammen, sah noch mal hin. Die Serverauslastung lag bei 120 Prozent und sämtliche Symbole der Kronberg-Dienste waren grau in den Hintergrund getreten, sprich inaktiv.

Suri rannte los, drehte sich um und schrie: „Komm, zu den anderen!" Sie war richtig schnell. „Wir haben's geschafft, wir sind die besten Zombiejäger aller Zeiten!"

Malik spurtete hinterher. Suri verkündete keuchend ihren Sieg. Sie schauten sich ungläubig an.

„Wir könnten noch ein bisschen weitermachen zur Sicherheit", sagte Andreas und grinste schief.

Hans setzte sich auf ein Stück Rasen zwischen zwei Gräbern und zog seinen Highcontroller aus der Tasche. Er ließ ihn ins Gras fallen, nahm ihn wieder auf und fing an, das Display zu traktieren. „Oh nein, Scheiße, ich hab's verpasst, ich ..." Seine Stimme klang schon leicht verwaschen.

Charlie ging in die Hocke und gab ihm einen langen Kuss auf den Mund. Hans genoss die Sache sichtlich und wollte mehr. Irgendwann klopfte er Charlie auf den Rücken und sagte: „Bin besänftigt, aber lasst uns schauen, wo er ist."

Sie rückten zusammen. Hans gab mit flinken Fingern ein paar Begriffe ein, dann schickte er die Anfrage ab. Im Friendsnet kursierte bereits eine Reihe von Videoaufnahmen mit etlichen Kommentaren. Hans zog durch die Auswahl. „Da! Das ist er!", hauchte er und tippte die Sequenz an.

Gerald Kronberg saß auf einem Spinning-Rad und strampelte sich einen ab. Nach dem Endspurt kam eine junge Frau im gebatikten Outfit ins Bild, die ihm einen Cocktail reichte. Eine zweite im Badeanzug trat heran, diesmal bekam er einen Highcontroller auf dem Tablett serviert. Er nahm ihn, schüttelte den Kopf nach dem Motto, lasst mich doch in Ruhe meinen Urlaub vom Urlaub genießen, ging aber trotzdem ran. Seine Augen weiteten sich. Er schmiss das Ding einfach ins Meer, packte sein Handtuch, das er zuvor noch lässig um die Schultern getragen hatte, zog es über den Kopf und rannte los.

Das Bild zeigte jetzt das leere Rad und die Wellen, die mit dem Sand spielten.

„Wo ist das?", fragte Charlie.

Hans suchte und fand. Kanacea Island, Fidschi-Inseln. Sie gaben sich den Film noch zweimal, dann ließen sie sich nach und nach erschöpft ins Gras fallen.

„Wir sollten Suris Vater morgen bitten, sich darum zu bemühen, dass die Staatsanwaltschaft aktiv wird", sagte Hans.

„Vorher machen wir vielleicht noch ihren Hauseingang sauber", schlug Malik vor.

„Bist du verrückt?", protestierte Hans. „Bring ihre armen Eltern nicht um dieses historische Werk. Die Leute werden sich drum reißen."

„Touristen werden in Scharen vors Haus ziehen und den Friedhof besuchen", sagte Charlie.

„Worauf du dich verlassen kannst", meinte Andreas.

„Bleiben wir hier auf dem Gottesacker oder unternehmen wir noch was?", erkundigte sich Hans.

„Du hast kein Zwillingsprofil mehr, denk dran", meinte Charlie und grinste ihn an.

„Wir könnten Flaschendrehen machen. Wahrheit oder Pflicht", schlug er vor. „Bevor die Leute vom Cybercrime-Netz auftauchen und tausend Sachen von uns wissen wollen."

Suri blies die Backen auf und ließ sich wieder zurück ins Gras fallen. „Wieso denn von uns? Wenn einer Fragen zu beantworten hat, dann ist das Gerald Kronberg!"

„Sehr richtig, liebste Suri", sagte Hans und richtete sich langsam auf. Er atmete schwer. Erst dachte Malik, er sei einfach angetütert.

Dann gab ihr Vorzeigeanarchist aber zu: „Scheiße, mir ist kotzübel. Ich hab ja auch den Feind noch in mir. Gesundheitstracker." Er hielt sich die Hand vor den Mund und würgte. Beim zweiten Mal sprang er auf, schaffte noch ein paar Schritte von ihnen weg und übergab sich.

Charlie kniff mitleidsvoll den Mund zusammen. „Gib's ihnen, Hans, hau sie raus", sagte sie.

Malik fragte sich, wie es all den anderen Mitstreitern ging, die vielleicht wirklich Wodka oder einen anderen Fusel in sich hineingekippt hatten, um ihnen zu helfen und dieses Wahnsinnsvorhaben zu unterstützen.

„Charlie, hast du die Kontakte von Hedi und Bart? Können wir kurz checken, ob es ihnen gut geht? Vielleicht haben sie etwas von Momoko gehört", sagte Malik.

„Klar", meinte sie, schnappte sich das Gerät von Hans, das noch im Gras lag, und begann, zu tippen.

„Weißt du sie auswendig?", fragte Suri bewundernd.

Charlie nickte und lächelte. „So schnell, wie Hedi antwortet, haben die schon darauf gewartet." Sie zeigte die Nachricht in die Runde: *Bart und mir geht es gut. Wir waren in einer Gruppe, die angefangen hat, Unterdruckbahnwaggons zu bemalen. Lass uns die Tage mal telefonieren. Vielleicht können wir die Köpfe zusammenstecken, um für Momoko einen guten Anwalt zu bekommen.*

Malik war erleichtert, ließ sich den Highcontroller geben und fing an, eine ausführliche Nachricht zurückzuschreiben.

Schließlich rappelten sich auf, sammelten Hans, der immer noch ziemlich blass aussah, ein und machten sich zurück zum Haus auf.

32

Obwohl sie längst ins Schlafzimmer hätten umziehen können, schliefen sie immer noch in der Bibliothek. Vermutlich wollten sie die Magie der vergangenen Tage noch ein wenig festhalten. Die unendlichen Gespräche mit den Behörden waren vorbei, sie hatten Suris Eltern besucht und die hatten ihnen gleich zwei Fachanwälte besorgt.

Gestern war dann eine unglaubliche Müdigkeit über ihn hereingebrochen. Malik hatte sich schon um 22 Uhr im Bett verkrochen. Es kam ihm so vor, als wäre sein Körper aus Blei, auch heute Morgen ging es ihm nicht viel besser. Als Suri aufgestanden war, drehte er sich um und zog sich die Bettdecke über den Kopf. Er wusste, warum. Die Anstrengung der letzten Tage würde ihm vielleicht heute noch als Ausrede dienen, morgen wurde es allmählich kritisch.

Sanftes Streicheln durch die Decke über Rücken, Po, Oberschenkel, Po und zurück zum Rücken. Kaffeeduft. Suri tastete sich vorsichtig unter dem Stoff vor, schob die Decke etwas zur Seite. Das Licht war viel zu hell. Er zwang sich trotzdem zu einem Lächeln. Malik setzte sich auf und nahm den Kaffee entgegen.

„Grüße von Hans und Charlie", sagte Suri.

Malik zog die Augenbrauen hoch, pustete ein bisschen in seinen Wachmacher und nippte.

„Schon eine ungewöhnliche Geschichte mit den beiden, oder? Weiß nicht, ob wir Charlie da nicht was eingebrockt haben", meinte sie.

„Wieso?"

„Na, sie muss damit klarkommen, dass Hans auch Männer mag."

Malik lächelte. Jetzt war es nicht gespielt. „Wenn jemand damit klarkommt, ist es Charlie."

Suri strahlte ihn an. „Echt?" Dann wurde sie wieder ernst. „Und mit was kommst du nicht klar?"

Scheiße, er wollte einfach noch diesen Tag, dann hätte er sich wieder zusammengerissen. Großartig. So wie Kronberg? Die Kontrolle behalten, weiterreiten, ohne Sinn und Verstand. Er war wütend auf sich. Eigentlich müsste er der glücklichste Hacker auf Erden sein.

„Was ist es? Etwas, was du beim Attentat erlebt hast?", fragte Suri weiter. „Wenn du nicht mit mir darüber reden willst, gibt es viele andere Möglichkeiten."

Er stöhnte, stellte die Tasse auf den Boden und zog die Bettdecke wieder über den Kopf. „Es hat absolut nichts mit dir zu tun und es ist überhaupt nicht kompliziert", sagte Malik unter der Decke.

Suri legte sich auf ihn und flüsterte ihm durch den Stoff ins Ohr: „Dann sag's mir. Was bedrückt dich?"

„Ich versuche seit Tagen, einen Anlauf zu nehmen und mich bei meiner Familie zu melden, werde es aber nicht hinbekommen, weil meine Angst zu groß ist", tönte es dumpf nach oben.

Suri grabbelte wieder am Leinen und frickelte eine kleine Stelle frei. „Hattet ihr denn keinen Kontakt in den letzten Tagen?"

„Sie hätten gar keine aktuelle Nummer oder Kontaktadresse von mir. Und wenn ...", Malik brach ab.

„Ja?"

„Es würde mich nicht wundern, wenn sie mich zum Teufel jagen."

„Weshalb sollten sie das tun, um Himmels willen?"

Sie krochen zusammen. Malik erzählte. Er erzählte von seinem Vater, von seiner frühen Geschichte mit Kronberg, seinem Mäandern zwischen Studium, Hackerleben und Mitarbeit im Freizeitpark und dem Wiederaufeinandertreffen mit dem Konzern vor einigen Wochen. Die Botschaft seines Onkels war unmissverständlich gewesen. Sie hatten sich im Streit getrennt und Malik konnte sich einfach nicht mehr daran erinnern, ob Gerald Kronberg seine Drohung wahrgemacht und eine Meute auf den Freizeitpark gehetzt hatte.

„Du tust so, als ob du dafür verantwortlich bist." Suri tippte mit dem Finger an seinen Kopf. „Das ist kompletter Blödsinn."

„Ich hab gezögert, dachte, ich kann Charlie nicht hängen lassen. Vielleicht hab ich mir zu viel Zeit gelassen", sagte Malik.

„Man nennt das Erpressung. Du musst es deinen Leuten erzählen, so wie mir. Sie werden es verstehen. Deinen Anwalt wird das übrigens auch interessieren."

„Ich war doch nicht mehr zurechnungsfähig, mein Hirn schon schnittstellenangesengt. Die werden das als Hallus abtun."

„Auch das darfst du erzählen", sagte Suri, stand auf, ging nach draußen und kam mit ihrem Highcontroller zurück. „Zu wem von deiner Familie hast du das größte Vertrauen?"

Malik lächelte und unterdrückte die Traurigkeit, die nach oben drängte. „Zu Dario, meinem Bruder. Er hat mich auch dazu gebracht, dass ich dich im Krankenhaus besucht hab. Auch da hatte ich Schiss. Er hat mir Mut gemacht. Prima Kerl."

„Schreib ihm eine Nachricht." Sie hielt ihm das Gerät hin.

Malik nahm es, rief das Programm auf und zögerte.

„Ich kann doch nicht, das ist doch unmöglich, wenn ich jetzt einfach etwas will, obwohl ich ihnen Kummer bereitet habe. Das ist doch total übergriffig und egoistisch." Malik legte den Kommunikator neben sich.

Suri sah ihn eindringlich an. „Ich kann dich verstehen, weiß, was du meinst, aber du übertreibst. Was, wenn sie auf deine Nachricht warten?"

„Sie müssen zustimmen genauso wie ablehnen können. Dann wissen wir beide Bescheid", sagte er mit zittriger Stimme.

„In Ordnung, dann vereinbart ein Zeichen. Sie sollen eine weiße Fahne aus dem Fenster hängen oder irgendwas in der Art", schlug Suri vor.

Malik nickte, erst langsam, dann heftiger. Er nahm sich den Kommunikator, fing an zu tippen, vertiefte sich, atmete tief durch und schickte die Nachricht ab. Suri sah ihn zufrieden an. „Jetzt brauchen wir noch einen Plan. In welchen Abständen darf ich nach einer Antwort schauen und was machen wir, wenn sie dich sehen wollen, und was, wenn nicht?" fragte sie.

Sie einigten sich auf den Abend. Inzwischen wollten sie sich bei einem Händler am Nordhafen eine Nussschale anschauen, die erstaunlich günstig war. Nicht die allerbeste Entscheidung, weil es Malik wieder daran erinnerte, dass er künftig ohne den Job im Freizeitpark erheblich kürzer würde treten müssen als ohnehin schon. Aber Suri war begeistert vom Boot genauso wie von der Vorstellung, mit dem Ding über die Wasserstraßen Deutschlands und Europas zu reisen.

Seine Süße schleppte ihn spontan ins 3-D-Museum, das Malik unerwartet in Bann zog. Er fragte sich, warum er noch nie hier gewesen war, um die alten Meister wie bei einem Waldspaziergang abschreiten zu können. Es schaffte eine unglaubliche Distanz zu ihrer heutigen Welt mit diesen abstrakten, flüchtigen Bauten, die geschaffen wurden, obwohl sie niemand brauchte, und die das Leben wie durch einen Filter sortierte und zu einer Karikatur verkommen ließ. Stimmte und stimmte nicht, er war vermutlich einfach ein bisschen erschöpft und dazu kam, dass auch dieser Ort ihn an seine Familie erinnerte. Immer wieder sah er in den Bildlandschaften den Hangar, die Puppen seines Vaters, den kleinen Vorhang des Theaters mit Goldborte, die sein Papa selbst als Kind und Jugendlicher bespielt hatte.

Die Unterdruckbahn war schon leer, sie bekamen ohne Probleme einen Platz. Vier Stationen vom Zentrum entfernt waren sie bereits ganz allein im Abteil. Suri zog ihren Highontroller aus der Tasche.

„Ich schau jetzt nach. Wenn deine Leute sich als ungeahnt seltsam erweisen und dich nicht sehen wollen, lass uns morgen das Boot kaufen und eine Reise machen", sagte Suri.

Malik drückte ihr einen Kuss auf die Wange, war aber zu nervös, etwas zu sagen. Er sah auf den Boden der Bahn.

Suri kramte in ihrem Gerät herum. Es dauerte ewig. Der Empfang konnte doch kein Problem sein im zentralen Glasfasertunnel.

Er hielt es nicht mehr aus und fragte: „Keine Antwort, nehme ich an?"

Suri schüttelte den Kopf, sah ihn an und erkundigte sich mit einem Lächeln: „Was hast du für ein Zeichen vorgeschlagen?"

„Na, entweder Dario soll mir einfach mit Ja oder Nein antworten oder, wenn er nicht mehr mit den fucking Medien kommunizieren will, so wie du vorgeschlagen hast, ein weißes Band ans Eingangstor des Freizeitparks binden."

„Ich würde behaupten, die Antwort ist eindeutig", sagte sie und reichte ihm das Gerät.

Die Nachricht enthielt nur ein Foto. Dario, seine Mutter und sein Onkel standen in der Mitte des weit geöffneten Tors, schauten in Richtung Kamera. An jeder der Stahlstreben flatterten unzählige weiße Bänder im Wind.

Dank

Dieses Buch verdankt seine Existenz all denjenigen, die sich Zeit genommen haben, mich und die Arbeit an diesem Roman zu unterstützen.

Besonders erwähnen möchte ich Schreibdozentin und Autorin Ulrike Dietmann sowie die Mitstreiterinnen des Kurses „Mein Buch in einem Jahr", in dem Maliks Geschichte entstanden ist und den Ulrike Dietmann mit gelassener Souveränität zu einem kreativen Abenteuer gemacht hat. Ebenso konnte ich immer auf die Unterstützung meiner Eltern zählen. Angespornt haben mich außerdem Kirstin Krack und Gerd Ihle. Carina Bein und Sonja Falk haben mir geholfen, so manchen Buchstaben und so manches Komma in die richtige Position zu bringen, und mir darüber hinaus wichtige Hinweise gegeben.